Mamen Sánchez

Estela und die Liebe zu den Wörtern

Roman

Aus dem Spanischen
von Anja Rüdiger

PIPER

Mehr über unsere Autoren und Bücher:
www.piper.de
www.thiele-verlag.com

Wenn Ihnen dieser Roman gefallen hat, schreiben Sie uns unter Nennung des Titels »Estela und die Liebe zu den Wörtern« an *empfehlungen@piper.de*, und wir empfehlen Ihnen gerne vergleichbare Bücher.

Von Mamen Sánchez liegen im Piper Verlag vor:
Die schönste Art, sein Herz zu verlieren
Heftiges Umarmen im Eingangsbereich der Pension verboten
Estela und die Liebe zu den Wörtern

FSC
www.fsc.org
MIX
Papier aus verantwortungsvollen Quellen
FSC® C083411

Ungekürzte Taschenbuchausgabe
ISBN 978-3-492-31755-9
März 2021

Titel der spanischen Originalausgabe:
»La Hora de las Mujeres sin Reloj«, Espasa

Umschlaggestaltung: Christina Krutz, Biebesheim am Rhein
Umschlagabbildung: Daniel Murtagh / Millennium / Plainpicture
Satz: Christine Paxmann, München
Druck und Bindung: CPI books GmbH, Leck
Printed in the EU

Für Nelle Harper Lee und ihre Schwester Alice.

Für Carmen Martín Gaite und ihre Schwester Ana María.

Für Ana María Matute, Carmen Laforet
und alle Schriftstellerinnen, die den Mut hatten,
ein Abbild ihrer Zeit zu erschaffen.

Kapitel 1

Alicia war süß wie getrocknete Weinbeeren. Estela hatte eine harte Schale, die so bitter war wie die der Johannisnuss. Beide waren sie in diesem Haus geboren, in einem Abstand von genau zwölf Monaten. Gesegnet sei ihre Mutter, die zwischen der einen Schwangerschaft und der nächsten nicht einmal durchatmen konnte. Wie sie erzählte, war Alicia bei Estelas Geburt, als die Kleine mit einem ersten Schrei das Leben begrüßte, mit ihrem Windelpopo wie ein aufgeschrecktes kleines Tier ins Zimmer gekrabbelt. Nach einem (imaginären) Tusch zog sie sich am Bettrand hoch und machte, mit zusammengeballten Fäusten an der Kante balancierend, drei wacklige Schritte auf das Kopfende des Bettes zu. Dabei lag etwas Neugieriges in Alicias Blick, eine Frage, die sich seit jenem Tag jedes Mal aufs Neue zwischen ihren Brauen abzeichnete, wenn sie ihre Schwester ansah.

Noch heute konnte Alicia sich die Szene lebhaft vorstellen, zumal alles sich in den letzten zweiundachtzig Jahren kaum verändert hatte. Im Hintergrund das Gebirge und der kleine Ort, dessen Einwohnerzahl nie die fünfzehntausend überschritten hatte. Und auch das Haus war noch dasselbe, ein Bau aus dem neunzehnten Jahrhundert, der von einer mit Efeu bewachsenen Steinmauer umgeben war; mit einer Rotunde und einer Terrasse, einem Turm, einer Garage, einem gekachelten Brunnen, einem Pelota-Spielfeld und einem üppigen Garten, in dem Fliederbüsche und Rosensträucher wuchsen und ein alter Baum, dessen Stamm hohl war. Darin lebte ein Kobold, jedenfalls wenn man Tony glauben wollte, der Stein und Bein schwor, dass es für die Existenz des kleinen Wesens eindeutig Beweise gab. »Eindeu-tig« sagte er, wobei er jede Silbe betonte.

Tony Cienfuegos wohnte zwei Häuser weiter. Zu jener Zeit war er ein theatralischer kleiner blonder Junge. Das Wort »theatralisch« hatte er wie andere schwierige Worte in den vielen Stunden gelernt, die er – von seiner Mutter ins Haus verbannt – drinnen verbrachte. Seine einzige Gesellschaft waren die vielen Bücher in seinem Zimmer. Diese hatten einmal seinem Stiefvater gehört, Reinaldo Cienfuegos, der sie bei seiner Flucht genau wie den kleinen Jungen und dessen Mutter einfach zurückgelassen hatte. Aus Rache hatten sie dann nicht nur seine Bücher, sondern auch seinen Namen behalten.

Das Bett, in dem Estela heute noch schlief, war das, in dem die beiden Schwestern geboren worden waren. Wenn man das Zimmer betrat, quietschten die Scharniere der Tür noch genauso wie früher, und auch der Boden knarrte an den gleichen Stellen wie damals. Alicias Schritte waren nun, im Alter, wieder ähnlich wacklig wie an dem Tag, an dem Estela das Licht der Welt erblickt hatte, und es fiel ihr nicht leicht, das Gleichgewicht zu halten. Mit angehaltenem Atem balancierte sie wie bei einer Zirkusnummer das Tablett mit dem Frühstück in ihren Händen: Milchkaffee, Kekse, geröstetes Brot und Marmelade.

Genau wie am Morgen von Estelas Geburt trat sie an das Kopfende des Bettes, um ihre Schwester, die inzwischen eine alte Frau war, anzuschauen – ihr ungekämmtes kurzes weißes

Haar, ihre kleinen, nun geschlossenen flinken Augen und die großen Ohren. Hübsch war sie nie gewesen, daher war die Faszination, die sie auslöste, eigentlich verwunderlich.

Wie üblich lag Estela in ihrem ruhigen Dornröschenschlaf. Die Gespenster der Vergangenheit hatte sie weit hinter sich gelassen. Wie tief sie schlief! Beneidenswert. Wenn Alicia nicht so ein Frühaufsteher wäre, würde Estela wahrscheinlich den ganzen Vormittag im Bett verbringen.

»Guten Morgen, du Schlafmütze«, flötete Alicia, während sie das Tablett auf dem Tisch mit dem Kohlebecken darunter abstellte, und öffnete dann die hölzernen Fensterläden, um die Maisonne hereinzulassen.

Estela antwortete mit einem trägen Brummen. Ein Sonnenstrahl fiel durchs Fenster und traf auf Estelas Brille, die neben dem offenen Buch, das ihr wahrscheinlich am Vorabend beim Einschlafen aus den Händen gefallen war, auf dem Boden lag.

Alicia bückte sich, um die Brille aufzuheben, und erkannte das Buch sofort: *Das rote Backsteinhaus* von Tony Cienfuegos.

»Wir haben eine neue Nachbarin«, sagte sie. »Sie scheint nett zu sein.«

Verstohlen schob sie das Buch mit dem Fuß unters Bett. Sie würde es später holen und an seinen Platz in der Bibliothek zurückstellen, zu den anderen alten Büchern, die ihre Schwester im ganzen Haus hortete: Sie stapelten sich an den Wänden und auf dem Boden und lugten wie Tomatenpflanzen in einem verlassenen Garten unter den Möbeln hervor.

»Ihr Name ist Maya. Ich schätze sie auf etwa dreißig. Sie hat das Nonnenhaus gemietet.«

Alicia hatte damit begonnen, Butter auf das Brot zu streichen. So machten sie es immer. Sie setzte sich an den Tisch, schenkte Kaffee ein, schmierte das Brot und plauderte vor sich hin, während ihre jüngere Schwester nach und nach wieder lebendig wurde.

»Das von den Nonnen?« Estelas Stimme klang ein wenig heiser, was wohl dem Gin Tonic geschuldet war, den sie am Abend zuvor getrunken hatte.

Sie waren spät zu Bett gegangen, weil die anderen Damen aus dem Kartenclub nicht nur Frühaufsteherinnen, sondern offenbar auch Nachtmenschen waren. Gezwungenermaßen, da sie nicht schlafen konnten. Mit dem siebzigsten Lebensjahr hatte sie die senile Bettflucht ereilt, und keine von ihnen machte nachts ein Auge zu. Sie trafen sich ein oder zwei Mal pro Woche, immer im »Haus der Schwestern« – wie sie es getauft hatten –, um gemeinsam Mus oder Poker zu spielen, zu trinken und zu rauchen wie die Kosaken, sich die neuesten Klatschgeschichten zu erzählen und Boleros anzuhören.

Wie üblich hatten sie im Wohnzimmer ein furchtbares Chaos hinterlassen, mit überquellenden Aschenbechern und halbvollen Gläsern. Alicia hatte am frühen Morgen schon alles sauber gemacht. Und als Estela sich endlich dazu herabließ herunterzukommen, waren die Spuren der Verwüstung längst beseitigt. Auch wenn ihre Schwester den Aufwand vielleicht nicht zu würdigen wusste und nicht einmal bemerkte, dass »auf wunderbare Weise« alles wieder an seinem Platz stand, tröstete sich Alicia mit dem befriedigenden Gedanken, ihre Pflicht erfüllt zu haben. Denn es war unerlässlich, dass alles seine Ordnung hatte, um ihre

Schwester bei Laune zu halten, und die Mission, Estela die Ruhe zu verschaffen, die sie brauchte, betrachtete Alicia als den Sinn ihres Lebens.

Nachdem Alicia mit Aufräumen fertig war und die Tüte mit dem Brot hereinholen wollte, die außen an der Haustür hing, hatte sie die junge Frau gesehen. Sie hatte eine von diesen engen Sporthosen an, die man zum Joggen trug, und dazu ein leuchtendes Shirt in einer undefinierbaren Farbe zwischen Grün und Gelb. Alicia hatte sie über die Straße hinweg mit einem leichten Kopfnicken gegrüßt, woraufhin die junge Frau höflich stehen geblieben war und sich den kleinen Knopf aus dem Ohr gezogen hatte, der an einem weißen Kabel hing, um näher zu treten und ihr mit einem ehrlichen, strahlenden Lächeln einen guten Tag zu wünschen.

»Genau das hat sie mir erzählt. Dass sie das Nonnenhaus gemietet hat. Einfach so.« Alicia seufzte. »Ich möchte gar nicht daran denken, in welchem Zustand sie es vorgefunden hat. Die Ärmste. Das kommt davon, dass man heute alles übers Internet macht. Dann folgt anschließend die böse Überraschung.«

Estela richtete sich halb auf, zog sich zwei weiche Kissen an das Kopfende des Mahagoniholzbettes und ließ sich mit einem wohligen Seufzen darauf nieder. Die Sonne schien hell, und ein leichter Fliederduft erfüllte den Raum, der von den Zweigen kam, die ihre Schwester am Vorabend mit viel Liebe ins Zimmer gestellt hatte, nachdem sie unter den Tausenden wilden Blumen, die im schattigen Teil des Gartens gleich neben dem Pelota-Spielfeld blühten, die prächtigsten ausgewählt hatte. Estela hatte sie von der Terrasse aus dabei beobachtet, während sie von dem Buch aufblickte, das ihre Verlegerin ihr – aufmerksam, wie sie war – in einem in Stanniolpapier eingeschlagenen Päckchen mit ihrer unverwechselbaren Handschrift und dem Wort »BÜCHERSENDUNG« in Großbuchstaben darauf geschickt hatte.

Die Bücher, die sie heutzutage erhielt, waren in der Regel ohne großen literarischen Ehrgeiz geschriebene simple Geschichten – in den meisten Fällen von Leuten verfasst, deren Gesichter man aus dem Fernsehen kannte. Dabei handelte es sich oft um Journalisten, um prominente Talk-Show-Gäste oder die Nachfahren von Musik- oder Sportstars, die hofften, mehr durch ihren populären Namen denn aus Liebe zur Literatur das Interesse des breiten Publikums zu wecken. In Ausnahmefällen kam es auch vor, dass sie auf einen originellen Debütroman stieß, der sie zumindest gut unterhielt. Doch in den meisten Fällen brach sie die Lektüre bei der Hälfte des Buches ab, wenn die Heldin des Romans mal wieder vor dem Spiegel ihr Leben Revue passieren ließ – eine Szene, die offenbar in keinem modernen Roman fehlen durfte.

Derzeit las sie die Geschichte einer unmöglichen Liebe zwischen einem jungen Mann aus bescheidenen Verhältnissen und einer jungen Frau, die gegen den Wunsch ihrer Eltern entschieden hatte, ihr Zuhause zu verlassen und mit ihm ein abenteuerliches Leben zu führen. Der Autor – Sohn eines sehr berühmten Künstlers – beharrte darauf, dass es eine rein fiktive Geschichte sei, die mit der Liebesgeschichte seiner Eltern, die am Ende zu seiner Geburt auf einer kleinen Mittelmeerinsel geführt hatte, nichts zu tun hätte. Es war also reiner Zufall, dass sich auf Seite achtzig die beiden Protagonisten, von mehreren Männern verfolgt, die der Vater der jungen Frau damit beauftragt hatte, seine Tochter zu finden, auf ein Frachtschiff flüchteten, dessen Ziel die Balearen waren. Dort versteckten sie sich in einem Container voller Kissen. Die daraufhin beschriebene Szene war äußerst anregend: all die herumwirbelnden Federn, während sich das junge Paar zum ersten Mal liebte.

Den Autoren von heute fehlt es nicht an Talent, sondern an Fantasie, sagte Estela sich zum wiederholten Mal. Denn *Die wirbelnden Federn* war der Titel eines der bekanntesten Gemälde des berühmten Künstlers, dessen Sohn der Romanautor war.

Estela hatte von ihrem Buch aufgeblickt, als sie Alicias Schritte im Garten hörte, und hatte ihrer Schwester dabei zugesehen, wie sie mit ihren breiten Hüften, einem Korb und der Gartenschere in den Händen, mit dem wie üblich hochgesteckten Haar und ihrem verträumten Lächeln zu den Fliederbüschen hinüberging. Sie sah aus wie eine Biene, die Blütenpollen sammelte, um Honig daraus zu machen. Denn sie war genauso süß, ihre ältere Schwester. Genauso fleißig.

»Ich habe der jungen Frau erzählt, dass Papa in diesem Haus geboren wurde«, sagte Alicia nun, während sie ihren Milchkaffee trank. »Als unseren Großeltern noch der halbe Ort gehörte und der Name Valiente in der ganzen Gegend einer der angesehensten war.«

»Du alte Angeberin!«

»Daraufhin hat sie mich gefragt, ob wir mit Estela Valiente verwandt seien«, fuhr Alicia ungerührt fort. »Sie meinte, dass du eine Berühmtheit seist und dass dein Buch in ihrer Schule Pflichtlektüre gewesen ist. Dann wurde sie ein bisschen nachdenklich und hat mich gefragt, ob du noch lebst.«

Alicia lachte verschmitzt. Hin und wieder machte es ihr Spaß, dass Ego ihrer Schwester zu kitzeln.

»Na immerhin konntest du ihr diese Frage zweifelsfrei beantworten.«

»In der Tat. Ich habe ihr gesagt, dass du gestern Abend, als du zu Bett gegangen bist, noch ziemlich lebendig und putzmunter warst, dass ich es aber erst garantieren kann, nachdem ich dich geweckt habe.«

Estela zwang sich zu einem komplizenhaften Lächeln, während sie einen Stich im Herzen spürte. Es war eine Sache, sich freiwillig aus dem Scheinwerferlicht zurückzuziehen, jedoch eine ganz andere, wenn die Leser einen für tot hielten.

Fünfzig Jahre zuvor wäre es ihr egal gewesen. Damals hätte sie sich sogar gewünscht, dass die ganze Welt denken möge, sie wäre nicht mehr am Leben und vorzugsweise Opfer eines tragischen Ereignisses geworden. Das hatte sie damals Alicia gestanden, während sie sich, von einer plötzlichen Identitätskrise befallen, voller Angst und in Tränen aufgelöst, in ihre Arme geflüchtet hatte.

Die ersten Jahre nach der Veröffentlichung von *Hinter verschlossenen Türen*, das ein herausragenden Erfolg werden sollte, waren furchtbar gewesen – vor allem nachdem sie den Preis erhalten hatte. Mit einem Mal wurde ihr Heimatort zur Pilgerstätte, im Briefkasten stapelte sich die Fan-Post, und das Telefon klingelte unaufhörlich. Ständig erhielt sie Einladungen, an irgendwelchen Seminaren teilzunehmen und Vorträge zu halten. Einige Universitäten in Europa und in den Vereinigten Staaten wollten ihr sogar die Ehrendoktorwürde verleihen. Die Journalisten belagerten ihr Haus, das nun ständig von einem lästigen hochtönenden Stimmengewirr umgeben war, das ihnen die Tage zur Hölle machte.

Später war der ganze Hype nach und nach abgeebbt. Die Jahre vergingen, die Kritiker wurden alt und gingen in den Ruhestand, und Estela selbst wurde zu einer mythischen, legendären Gestalt. Irgendwann wurden zwei nicht autorisierte Biografien über sie veröffentlicht, deren Inhalt komplett erlogen war. Ihr zurückgezogenes Dasein nährte das Mysterium, und nach wie vor waren die einzigen konkreten Hinweise auf ihr Leben die anekdotischen Erlebnisse ihrer Kindheit, die sie in ihrem Roman beschrieb. Nach und nach gaben die Leute Ruhe, doch damals, in der schlimmen Zeit, wurde sie mit Fragen bombardiert.

»Wie fühlt man sich als einzige spanische Schriftstellerin, die jemals den Literatur-Nobelpreis bekommen hat?«, fragten sie. Und Estela wusste nicht, was sie darauf antworten sollte. »Arbeiten Sie bereits an einem neuen Buch?«

Natürlich. Aber es reichte ihr nicht, genauso gut zu sein; sie verspürte das Bedürfnis, sich der Herausforderung zu stellen, zu wachsen, die Welt in Erstaunen zu versetzen, und schon bald begannen die Probleme. Sie rief ihre Verlegerin mit der gleichen Panik und krankhaften Hartnäckigkeit an, mit denen andere Menschen ihren Therapeuten belagern. Die Verlegerin besuchte sie häufig, stets bemüht, sie zu ermutigen, zu beruhigen, ihr zu erklären, dass sie ja nicht unbedingt einen neuen Klassiker der Weltliteratur schreiben müsse, sondern irgendetwas. Dass sie der Menschheit ja bereits einen solchen beschert habe und dass das doch erst einmal ausreiche. Niemand erwartete, dass ihr nächstes

Werk ihr Debüt übertreffe. Warum versuchte sie es nicht einfach mal mit einem anderen Genre? Vielleicht mit einem Essay oder einem erzählenden Sachbuch, wie ihr guter Freund Tony Cienfuegos es mit großem Erfolg gemacht hatte. Dann antwortete Estela stets resigniert mit einem Sprichwort, das sie oft von ihrer Schwester gehört hatte: »Wenn ein Bergsteiger den Gipfel erreicht hat, bleibt ihm nur der Weg nach unten, wenn er weitergehen will.«

Und so blieb das erträumte Buch aus.

Vor vierzig Jahren hatte Estela sich schließlich endgültig von dem Gedanken verabschiedet, jemals ein weiteres Werk zu veröffentlichen. Seitdem widmete sie sich zwanghaft, gierig fast, in der Art einer Ernährungsstörung, der Lektüre – eine nervöse Bulimie, die zu Übelkeit und Erbrechen führte, zu Abhängigkeit und Besessenheit.

Noch im Bett tastete sie suchend nach der Zigarettenschachtel. Sie fand sie, leicht zerdrückt von ihrem eigenen Körpergewicht, zwischen Kissen und Decken, nahm eine verbogene Zigarette heraus und entzündete sie mit einem Streichholz, dessen verräterisches Geräusch Alicias Aufmerksamkeit erregte.

»Was für ein schreckliches Laster, meine Liebe!«, sagte sie tadelnd. »Du hast noch keinen Bissen gegessen und rauchst schon die erste Zigarette.« Alicia kräuselte missbilligend die Lippen und schüttelte den Kopf. »Komm, gib her!«

Estela streckte ihr die Hand mit der Zigarette entgegen, ließ den eingeatmeten Rauch durch die Nase entweichen und legte genussvoll den Kopf in den Nacken. Alicia nahm ihr die Zigarette aus der Hand, steckte sie sich zwischen die Lippen und nahm selbst einen tiefen Zug. Wunderbar!

»Erinnerst du dich noch an Tonys Zigarettenspitze, die so aussah wie die von Audrey Hepburn?«

»Ich habe noch nie etwas Weiblicheres gesehen als Tony, wenn er geraucht hat.« Alicia lachte. »Mit seinen kleinen Händen und seiner überkandidelten Art, an der Zigarette zu ziehen. Skandalös!«

»Er wollte eben immer etwas Besonderes sein«, rief Estela ihrer Schwester in Erinnerung. »Tony liebte es, aufzufallen.«

Sie schloss die Augen, suchte in Gedanken jenen Winkel im Garten auf, in dem Tony immer noch lebte, und sah ihn wieder als Fünfzehnjährigen vor sich – kindlich und noch ohne Bart, bildschön, aber so affektiert, dass er mehr wie eine als Dandy verkleidete junge Frau wirkte als ein Junge auf der Schwelle zum Erwachsensein.

»Ein Engel«, seufzte sie.

»Ein Teufel!«, erwiderte Alicia trocken. »Er hat dich zum Rauchen verführt. Und zu allen anderen Lastern.«

Doch Estela hörte ihrer Schwester gar nicht mehr zu. Gierig zog sie an ihrer Zigarette und genoss die Wirkung. Zug um Zug spürte sie, wie ihr Körper sich entspannte, wie ihr langsam warm wurde. Und sie war Tony dankbar dafür, dass er der Verursacher jener und vieler anderer unaussprechlicher Freuden gewesen war.

Seine Stimme war es, die sie alle Regeln hatte brechen lassen. Die Regeln des Anstands und der Korrektheit. Um Tonys Eitelkeit auszugleichen, hatte sie sich sämtliche Flüche angeeignet, die im Wörterbuch zu finden waren; um seiner physischen Zerbrechlichkeit etwas entgegenzusetzen, hatte sie sich mit sämtlichen Rowdys im Ort angelegt; und wegen seiner Manie, immer tipptopp herausgeputzt zu sein, hatte sie sich selbst völlig schief das Haar geschnitten, abgewetzte Hosen und grobe Holzfällerhemden getragen. Sie war sein Kontrapunkt gewesen, seine Gegenstimme, die dunkle Seite des Mondes.

Wegen ihm hatte sie geflucht, war auf Bäume geklettert, hatte Teller zerbrochen. Wegen ihm hatte sie gegen alle Konventionen verstoßen und nirgendwo hingepasst, hatte sie keine Freundinnen, keine Freunde und keine Hobbys gehabt.

Die Zeit an der Universität war flüchtig wie ein kalter Windstoß. Wahrscheinlich hatte keiner ihrer Kommilitonen auch nur einen Gedanken an sie verschwendet, bis sie den Nobelpreis erhalten hatte und ihr Name zum Weltkulturerbe wurde. Von da an versicherten alle, sie gut gekannt zu haben. Behaupteten alle möglichen absurden Dinge. Dass sie immer schon ein Phänomen gewesen sei, ein Wunder.

Auf einmal war sie nicht mehr exzentrisch, sondern originell. Die Geschichten um ihre seltsamen Eigenheiten kursierten in den Zeitungsredaktionen: »Als Studentin hat sie viele Stunden in der Bibliothek verbracht, doch irgendwann haben sie sie rausgeworfen, weil sie ein Buch verbrannt hat, indem sie sich Zigaretten aus den Seiten drehte.« – »Was für ein Buch denn?« – »Ich glaube, es war *Wie werde ich eine gute Ehefrau.*« »Zum Abschlussball kam sie in einer Pilotenuniform.« »Sie schrieb aufrührerische Artikel in der Universitätszeitung. Niemand wird jemals ihr Pamphlet über die freie Liebe vergessen, in dem sie behauptete, dass die größte Freiheit darin bestehe, sich selbst zu lieben, Sie wissen schon, was ich meine …«

Und all das nur für Tony. Wegen des Vergnügens, es ihm zu erzählen, ihn zu schockieren und den Klang seines Lachens zu hören.

Jahre später, in Madrid, gingen sie regelmäßig in eine Bar, die Tony das »Schlachtfeld« nannte, da er dort auf Gegner traf, die es mit ihm aufnehmen konnten. Kräftige, bärtige Herzensbrecher, die ihn ausnutzten und ihn schließlich einsam an dem Tisch zurückließen, wo sie ihn gefunden hatten. Tony bestellte Daiquiri; Estela Gin.

Er war es auch, der sie mit dem Virus des Schreibens infizierte, mit neun Jahren schon, indem er für sie pikante Geschichten über die Nachbarn erfand, die sie in der Einsamkeit des Turmzimmers bei Kerzenlicht gemeinsam zu Papier brachten. Schon damals war abzusehen, wie sie beide enden würden: Schon damals rauchten sie und tranken Alkohol, obwohl sie noch nicht einmal zur Erstkommunion gegangen waren.

»Du machst schon wieder dieses lange Gesicht.« Alicia versetzte ihrer Schwester einen zärtlichen Klaps, um sie aus ihren Grübeleien zu reißen. Sie wusste, dass Estela, wann immer sie Tonys Gespenst heraufbeschwor, traurig wurde. »Los, komm aus dem Bett. Ich lade dich zu einem Wermut im Hotel Miranda ein.«

Alicia stand auf, klopfte sich die Krümel von den Kleidern und öffnete die Balkontür. Sie trat hinaus und atmete tief ein.

»Estela!«, rief sie gleich darauf. »Komm her, schnell, das musst du sehen! Unsere Nachbarin sonnt sich oben ohne im Garten des Nonnenhauses!«

Kapitel 2

Die Geschichte über das Leben eines Mädchens aus der Provinz in der Zeit nach dem spanischen Bürgerkrieg ließ niemanden unberührt. Es war die Saat, aus der die feministische Bewegung erstand, und ihre Anhängerinnen erhoben das Buch zum Fundament ihrer sozialen Revolution. *Hinter verschlossenen Türen* war in Schulen und an den Universitäten zunächst verboten und wurde aus den Bibliotheken verbannt. Die Autorin, Estela Valiente, wurde wegen Erregung öffentlichen Ärgernisses angeklagt und verurteilt. Ihre Gefängnisstrafe saß sie gemeinsam mit ihrer Verlegerin Camino Aribau ab, der zur Last gelegt worden war, ein von der spanischen Zensur verbotenes Buch veröffentlicht, nach Frankreich verkauft und sogar heimlich in Spanien verbreitet zu haben.

Mehr als ein Jahr lang verbrachten die beiden unerschrockenen Damen in Haft, während *Hinter verschlossenen Türen* in Frankreich eine wahre intellektuelle Epidemie auslöste, die sich im ganzen Land ausbreitete. Das führte dazu, dass das Schicksal von Estela und Camino von vielen namhaften Personen diskutiert und ihre Verurteilung angeprangert wurde.

Am Ende wurden die beiden weiblichen Häftlinge diskret bei Nacht vorzeitig entlassen, wobei man ihnen nahelegte, die Unruhen, die sie verursacht hatten, nicht noch mehr anzuheizen und von nun an ein zurückhaltendes

Leben zu führen. Sie wurden gewarnt, dass jegliche Erklärung gegenüber der Presse sowie jegliche Werbung für das verbotene Buch als neuerliche Straftat ausgelegt würde und Grund genug wäre, sie wieder zu inhaftieren.

Von da an setzte der Roman allein seinen Siegeszug fort, wurde unabhängig, emanzipierte sich, verließ sein Zuhause. Beinahe gegen den Wunsch von Autorin und Verlegerin wurde er groß, bis er in den Sechzigerjahren das meistgelesene Buch weiblicher Leserinnen war. Als sich dies Anfang der Siebzigerjahre überall herumgesprochen hatte und sich sogar die Zensoren schämten, wenn sie auf die von allen erwartete Aufhebung des Verbots angesprochen wurden, erhielt der Verlag Aribau (der seit 1963 nur noch medizinische Fachbücher und Werke zur Architektur herausbrachte und keine weiteren Romane) endlich die Erlaubnis, eine Taschenbuchausgabe von *Hinter verschlossenen Türen* in Spanien zu veröffentlichen.

Im Jahr 1973, genau zehn Jahre, nachdem ihr einziges Buch das Licht der Welt erblickt hatte, verkündete der Sprecher der weltberühmten schwedischen Kommission, dass die spanische Autorin Estela Valiente in diesem Jahr den Literatur-Nobelpreis erhalten sollte: »Für ihren universellen Beitrag im Kampf der Gleichberechtigung der Geschlechter.«

Wie zu erwarten war, erschien die über so viele Jahre geächtete Autorin nicht in Stockholm, um die Auszeichnung entgegenzunehmen. Als Entschuldigung gab sie persönliche Gründe an, was zu den unterschiedlichsten Spekulationen führte. Hatten die spanischen Behörden ihr die Ausreise nach Schweden verweigert, weil sie die Auswirkungen fürchteten, die ihre Worte haben könnten? Oder hatte im

Gegenteil sie selbst beschlossen, nicht an der Preisverleihung teilzunehmen, um zu verhindern, dass ihre Gegenwart eine gesellschaftliche Situation legitimierte, mit der sie nicht einverstanden war?

Die Tatsache, dass der wirkliche Grund für die Absage niemandem bekannt war, ließ im Laufe der Jahre viel Raum für Vermutungen, die unzählige Seiten füllten. Die Autorin selbst hatte diese Frage niemals wirklich beantwortet. Sie bestand weiterhin darauf, dass »persönliche Gründe« dahinterstanden, genauer gesagt, ihre sprichwörtliche Schüchternheit und ihre Phobie, im Mittelpunkt der medialen Aufmerksamkeit zu stehen.

Und nach beinahe fünfzigjährigem Schweigen der Autorin hatte man diese Antwort schließlich irgendwie akzeptiert.

Doch all das – die Gefängnisstrafe, der Erfolg des Buches, der Nobelpreis und die Entstehung des Mythos – fand viele Jahre vor der Geburt einer gewissen Maya Millas statt. Diese wuchs in einer vollkommen anderen Zeit auf als die, welche einst Estela zu ihrem Roman inspiriert hatte.

Als Maya im Jahr 2005 *Hinter verschlossenen Türen* las, wirkte das Verbot von 1963 wie ein schlechter Scherz. Natürlich hatten Frauen das Recht, einer Arbeit außerhalb ihres Hauses nachzugehen, für diese Arbeit bezahlt zu werden, allein durch die Welt zu reisen und über ihr eigenes Geld zu bestimmen. Das wäre ja noch schöner!

Jedoch öffneten ihr die Lektüre und die anschließende Debatte im Schulunterricht den Blick auf die eigene entschiedene Position in Bezug auf das weibliche Geschlecht und auf die teilweise immer noch frauenfeindliche Einstellung einiger ihrer Klassenkameraden. Sie erklärte sich zur hartnäckigen Verfechterin der Ansicht, aus der zweiundvierzig Jahre zuvor die Legende Estela Valiente entstanden war, und sie identifizierte sich so stark mit Estelas Leben, ihrem Werk und sogar ihrem Schweigen, dass es einer regelrechten Besessenheit gleichkam.

In der Redaktion von *L'Idéaliste*, der Sonntagsbeilage der Wochenzeitung *Crónica*, bei der Maya Millas als Journalistin arbeitete, war sie trotz ihrer Jugend durchaus angesehen. Sie verstand sich hervorragend mit der Chefredakteurin Clara Cobián, und diese spontane Sympathie füreinander hatte Maya einen festen Vertrag und ein vernünftiges Gehalt eingebracht, als sie noch keine fünfundzwanzig Jahre alt gewesen war. Ihre Vorschläge wurden von den Kollegen sehr geschätzt, und ihre Artikel begeisterten die Leser.

»Du hast wirklich ein gutes Gespür für Geschichten, meine Liebe, wir sollten dich als Trendscout einsetzen«, meinte Clara, als sie Maya am frühen Montagmorgen in der Redaktion begegnete. »Sehen wir uns gleich in meinem Büro?«

Hin und wieder trafen sich die beiden Frauen zu einer Tasse Kaffee in Claras »Allerheiligstem« und gingen kurz darauf auseinander, begeistert von einer neuen originellen Idee, die dann auf dem Titelblatt der nächsten Ausgabe zu bewundern war.

Und an diesem Morgen musste Maya unbedingt etwas loswerden. Sie hatte das ganze Wochenende über nachgedacht und hatte ihrer Chefin eine eindringliche Mail geschrieben, um sie von der dringenden Notwendigkeit zu überzeugen, dem fünfzigsten Jahrestag ihres Lieblingsromans *Hinter verschlossenen Türen* eine Sonderausgabe zu widmen. Sie habe bereits einen Plan, verkündete sie, für den sie unbedingt die Genehmigung und die Unterstützung ihrer Chefin brauche.

»Also, was gibt's?« Clara hatte sich auf ihrem Schreibtischsessel niedergelassen. Sie hatte noch keine Zeit gehabt, den Computer einzuschalten.

»Es geht um Estela Valiente«, erklärte Maya, »und das Geheimnis, das sie umgibt. Was ist aus dieser Autorin geworden? Immerhin hat sie ein Buch geschrieben, das nach *Don Quijote* der am häufigsten übersetzte spanische Roman ist. Wo lebt sie jetzt? Was ist der Grund für ihr jahrzehntelanges Schweigen? Und warum hat sie nach dem Nobelpreis nie wieder ein Buch geschrieben?«

»Nun mal langsam, Maya.« Die Chefin schien Mayas Enthusiasmus offensichtlich nicht zu teilen. »Es sind schon so viele Bücher über Estela Valiente erschienen, darunter zwei recht bekannte Biografien, und ich weiß nicht, ob du den Film *Das rote Backsteinhaus* gesehen hast, über den Niedergang von Tony Cienfuegos … Du wirst dich kaum daran erinnern, weil du damals noch ein kleines Mädchen warst, aber in jenem Jahr hat Meryl Streep, die in dem Film die Estela spielt, ausnahmsweise mal nicht den Oscar gewonnen.«

»Natürlich erinnere ich mich; es ist einer meiner Lieblingsfilme«, entgegnete Maya ein wenig verschnupft.

»Na, dann weißt du ja so gut wie ich, dass über Estela Valiente bereits alles gesagt wurde. Und was die aktuellen Nachrichten angeht, ist diese Frau tot und begraben.«

Die Worte ihrer Chefin lösten bei Maya einen Wutanfall aus. Sie stand auf, schob ihren Stuhl heftig zurück und schlug mit der flachen Hand auf den Schreibtisch.

»Wie kannst du nur so etwas sagen! Estela Valiente ist Spaniens größtes literarisches Mysterium!«, fauchte sie.

Clara Cobián zuckte entgeistert zurück. Sie kannte das Temperament ihrer Redakteurin, aber noch nie hatte sie die junge Frau so aufgebracht erlebt. Also versuchte sie, die Wogen erst mal zu glätten.

»Na komm, jetzt trinken wir beide hübsch unseren koffeinfreien Kaffee, und dann erklärst du mir in Ruhe, was du dir überlegt hast.«

Claras Büro war mit einer modernen Kaffeekapselmaschine ausgestattet. Das sparte Zeit, denn so konnten sie ihren Kaffee in der Redaktion trinken und mussten nicht nach unten ins Café gehen. Dementsprechend bereitete Clara nun zwei Tassen Kaffee zu, gab Milch und Zucker hinein und rührte um.

Maya hatte sich derweil auf das kleine Sofa am Fenster gesetzt und beobachtete Clara noch immer ein wenig erregt, während diese das alltägliche Ritual ausführte.

»Gut«, lenkte sie ein. »Ich beruhige mich. Aber du hörst mir zu, ohne mich zu unterbrechen, okay?«

»Einverstanden.«

Maya Millas verfügte über eine Gabe. Sie war in der Lage, ihr Publikum mit Worten regelrecht zu hypnotisieren.

Mit einschmeichelnder Stimme begann sie mit ihrem Plädoyer und erläuterte zunächst, welch wertvollen Beitrag Estela Valiente zur Stellung der Frau in der Gesellschaft geleistet habe. Anschließend zählte sie die Gründe auf, warum die Autorin trotz der Existenz von diversen unautorisierten Biografien, unzähligen Artikeln, Berichten und sogar Filmen, die sich ihrer Person unerlaubterweise bedient hatten, noch immer die große Unbekannte der Literaturszene war.

»Das, was ich dir vorschlagen möchte, ist etwas ganz anders«, erklärte sie. »Es wird das erste Werk sein, das mit ihrem Einverständnis geschrieben wurde, auch wenn sie sich dessen möglicherweise nicht bewusst ist.«

»Wie soll ich das verstehen?«

»Hast du schon mal von Joe McGinniss oder Geordie Greig gehört? Von ihren Büchern über den Mörder Jeffrey MacDonald und den Maler Lucian Freud? Meine Strategie basiert darauf, mich mit Estala Valiente anzufreunden, ein Haus in der Nachbarschaft zu mieten, ihr selbst gebackene Plätzchen zu schenken … nach und nach ihr Vertrauen zu gewinnen und dann, zack, die am besten recherchierte Biografie aller Zeiten zu schreiben. Mit Gesprächen und allem«, schloss sie triumphierend.

Clara sah ihre Angestellte einen Moment verblüfft an.

»Bist du jetzt fertig?«, fragte sie dann. »Denn wenn ich mich nicht irre, ist das, was du mir da vorschlägst, die älteste und unsittlichste Art, an eine Geschichte zu kommen. Hast du wirklich vor, Estela Valientes Freundin zu werden, um sie dann zu verraten?«

»Nein, Clara«, entgegnete Maya. »Genau das Gegenteil ist der Fall. Ich möchte mit der Autorin, die ich am meisten bewundere, wirklich zusammenarbeiten.«

»Das heißt, du willst die erste autorisierte Biografie über Estela Valiente schreiben.«

»Genau.«

»Und wie kommst du auf den Gedanken, dass sie dich anders behandeln sollte als all die Schriftsteller und Journalisten, die das bereits versucht haben?«

»Bei mir wird sie sich sicher fühlen, weil sie einer Freundin von sich erzählt und nicht einem Biografen.«

»Mal sehen, ob ich das richtig verstehe«, meinte Clara süffisant. »Du willst ihr erst von deinen wahren Absichten erzählen, wenn du sie eingewickelt hast?«

»So wie du es jetzt sagst, hört es sich ziemlich mies an«, erwiderte Maya, »aber ja, im Grunde ist es genau so.«

»Und wenn sie dir am Ende die Genehmigung verweigert, das Buch zu veröffentlichen, war die ganze Arbeit umsonst?«

»Na ja … nicht *wirklich* umsonst. Einen Teil davon könnte man sicher anders verwenden, meinst du nicht?«

Clara dachte eine Weile nach. Zu Beginn ihrer Karriere hatte sie selbst vor einer ähnlichen Herausforderung gestanden. Sie war damals mit der Absicht, eine Biografie über die geheimnisvolle Millionärin Greta Bouvier zu schreiben, nach New York gereist, und diese Veröffentlichung hatte sie bekannt gemacht. Ein paar veränderte Namen, Daten und Orte, einige fiktive Charaktere zusätzlich, um die authentische Lebensgeschichte etwas aufzulockern, die auf Geheimnissen beruhte, die die Protagonistin noch nie mit jemandem geteilt hatte. Das war das Rezept ihres Erfolgs.

»Ich habe bereits in Los Rosales das Haus neben dem der Valiente-Schwestern angemietet«, erklärte Maya und sah eindringlich ihre Chefin an, die gerade ihren eigenen Gedanken nachhing. »Wenn du einverstanden bist, werde ich heute noch dort einziehen. Meine Arbeit kann ich auch von dort per E-Mail erledigen. Und wenn es nötig ist, komme ich nach Madrid. In einer guten Stunde kann ich hier sein.«

Wie ein kleines Mädchen, das Christus um ein Wunder anfleht, faltete Maya ihre Hände und hielt den Atem an.

»Hmmm … nun ja … Zur Not könnte man immer noch einen Roman daraus machen«, überlegte Clara.

Bei diesen Worten machte Maya Millas auf Claras Sofa beinahe einen Salto.

»Ich verspreche dir, dass du es nicht bereuen wirst, Clara«, versicherte sie.

»Ich bereue es schon jetzt!«, rief diese ihrer Redakteurin zu, die in freudiger Erregung die Tür hinter sich zuknallte.

Mit dem gleichen Schwung, mit dem Maya die Bürotür der Chefredakteurin geschlossen hatte, öffnete sie ein paar Stunden später die ihres neuen Zuhauses, das sich in einem desolaten Zustand befand. Das Haus war überall im Ort unter dem Namen das »Nonnenhaus« bekannt, da dort, nachdem es vor langer Zeit einmal der Familie Valiente gehört hatte, in den Jahren vor dem Bürgerkrieg die Unbeschuhten Karmelitinnen für eine Weile untergekommen waren. Inzwischen gehörte das alte Gemäuer jedoch einer Immobilienfirma, die es zu einem günstigen Preis vermietete. Es war sehr rudimentär ausgestattet, hatte weder Heizung noch Klimaanlage, immerhin fließendes Wasser und einen Butangasherd. Die Einrichtung war äußerst spartanisch, der Kamin zog nicht richtig, und im Badezimmer, das bis zur halben Höhe des Raums gekachelt war, roch es nach alten Leitungen.

Doch aus dem Fenster der Mansarde bot sich dem Betrachter die interessanteste Aussicht, die die Welt zu bieten hatte: der direkte Blick auf das Haus der Valiente-Schwestern mit seinem Turm, dem gekachelten Brunnen, dem mit Flieder und Rosen bewachsenen Garten, dem Pelota-Spielfeld, das die alten Damen durchaus noch nutzten, der riesigen Eiche, die im Sommer Schatten spendete, und dem Schwimmbad, in dem Estela und Alicia mit ihren farblich aufeinander abgestimmten Badekappen ihre Bahnen zogen. Nicht in ihren kühnsten Träumen hatte Maya Millas sich vorgestellt, dass sie einen derart perfekten Ort finden würde, um ihren Plan in die Tat umzusetzen.

Kapitel 3

Irgendetwas musste die Schwestern aus ihrer üblichen Ruhe gerissen haben, denn kurz nach Mittag hörte Maya den Motor eines Autos und sah gleich darauf die beiden miteinander streitenden Damen mit Alicia am Steuer in einem alten Lancia davonfahren. Zunächst maß sie dem keine größere Bedeutung bei, da sie es nicht für ungewöhnlich hielt, dass ihre Nachbarinnen hin und wieder ihr Heim verließen. Doch nach einer ganzen Weile, in der sie vergeblich versucht hatte, über ihr Mobiltelefon ins Internet zu gelangen, kam ihr der beunruhigende Gedanke, dass Estela und Alicia Valiente möglicherweise genau an diesem Tag eine lange Reise angetreten hatten, von der sie erst in mehreren Monaten zurückkommen würden.

Ein paar Stunden später jedoch konnte sie aus dem Mansardenfenster beobachten, wie sich der Lancia aus der Ferne über die Landstraße holpernd näherte. Dieser Anblick erleichterte sie einerseits, vermittelte ihr andererseits aber auch den drängenden Wunsch, so bald wie möglich mit dem zu beginnen, was sie an diesen Ort geführt hatte. Die Zeit rennt, sagte sie sich, und das umso schneller, wenn das Objekt der Begierde über achtzig ist. Denn dann ließ das Gedächtnis nach, und man warf Namen und Daten durcheinander, was bedeutete, dass Estela Valiente als Studienobjekt nicht mehr allzu lange zur Verfügung stehen würde. Also machte sich Maya gleich auf den Weg. Sie schnappte sich die Pralinenschachtel, die sie in Madrid gekauft hatte, und legte leichten Schrittes die knapp fünfzig Meter zurück, die ihr Haus von dem ihrer Nachbarinnen trennten. Sie blieb vor dem Gartentor stehen, klingelte und wartete. Wenige Sekunden später war das Geräusch kleiner Schritte auf dem Kies zu hören.

»Ja bitte?«

Es war das zweite Mal, dass Maya Alicia Valientes melodische Stimme hörte. Ihr Alter und ihr freundlicher, unschuldiger Tonfall rührten sie. Plötzlich beunruhigte sie der Gedanke an die Verletzlichkeit der beiden alten Damen, die ganz allein in diesem Haus wohnten. Ob sie über einen Notrufknopf mit irgendeinem Sicherheitsdienst verbunden waren?

»Ich bin Maya, ich wohne nebenan. Wir haben uns heute Morgen schon kurz kennengelernt. Erinnern Sie sich?«

Unwillkürlich drückte sie die Daumen, in der Hoffnung, dass Alicias Kurzzeitgedächtnis noch funktionierte. Denn oft erinnerten sich ältere Leute hervorragend an irgendwelche Nichtigkeiten aus ihrer Kindheit, während sie die wichtigen Dinge der Gegenwart vergaßen, wie zum Beispiel den Gashahn zuzudrehen oder ihre Medikamente zu nehmen.

»Natürlich erinnere ich mich«, entgegnete Alicia, wobei Maya aus ihrer Antwort einen leicht belustigten Tonfall herauszuhören meinte.

Ohne weiter nachzufragen, öffnete die alte Dame das grün gestrichene Holztor und lächelte.

»Oh!«, sagte sie überrascht. »Sie haben ja etwas Süßes mitgebracht!«

»Ja«, bestätigte Maya lachend. »Es mag ein wenig amerikanisch erscheinen, sich seiner Nachbarin mit einer

Schachtel Pralinen in der Hand zu präsentieren, aber ich hatte einfach das Bedürfnis, vorbeizukommen und mich vernünftig vorzustellen. Heute Morgen war ich etwas aus der Puste, weil ich gerade vom Joggen kam.«

»Wie nett von Ihnen«, sagte Alicia. »Kommen Sie doch rein.«

»Nein, nein.« Maya hob abwehrend die Hände. »Ich möchte wirklich nicht stören.«

»Sie stören überhaupt nicht, meine Liebe. Meine Schwester ist gerade nach Madrid gefahren, und ich bin mutterseelenallein hier. Ein wenig Gesellschaft wird mir guttun. Wenn Sie möchten, können Sie zum Essen bleiben. Ich habe vor, ein Ragout zu kochen. Mögen Sie das?«

Niemals hätte Maya gedacht, dass es so einfach sein würde, in dieses Haus zu kommen, und schon gar nicht, dass sie gleich an ihrem ersten Tag in Los Rosales von Alicia Valiente zum Essen eingeladen würde. Im Gegenteil war sie angesichts des zurückgezogenen Lebens, das die beiden Schwestern angeblich führten, davon ausgegangen, deren Domizil wie eine Festung erobern zu müssen.

»Ich *liebe* Ragout«, log sie munter drauflos. »Und außerdem bin ich mindestens ebenso mutterseelenallein wie Sie.«

Die alte Dame trippelte mit kleinen Schritten voraus durch den Vorgarten, und Maya kam erneut in den Sinn, wie wehrlos ihre Nachbarinnen doch waren.

»Haben Sie denn gar keine Angst, so allein hier zu leben?«, fragte sie, während sie langsam über den Kiesweg gingen.

»In meinem Alter, meinen Sie?«

»Ein Einbrecher könnte ins Haus eindringen, um Sie zu bestehlen und ...«

»Und was sollte er denn stehlen? Wir haben nicht mal einen Fernseher. Unsere Bücher?«

Alicia lachte belustigt, und ihr Lachen klang wie ein trockener Husten, dann schloss sie die Haustür auf. Beim Anblick der vielen Bücherstapel, die sich bereits im Flur an den Wänden auftürmten, dachte Maya, dass sich damit auf dem Flohmarkt sicher ein kleines Vermögen verdienen ließ. Überall waren Bücher: völlig ungeordnet in den unzähligen Regalen, auf Tischen und Stühlen, auf den Fensterbänken, dem Kaminsims und stapelweise in allen Ecken.

»Die meisten davon gehören meiner Schwester«, erklärte Alicia, als sie Mayas verblüfften Gesichtsausdruck sah. »Es hat etwas von einem Diogenes-Syndrom, aber zum Glück sind es nur die Bücher. Als junge Frau hat meine Schwester in Madrid gelebt und auch dort massenweise Bücher angehäuft, sogar auf dem Herd. Woran sich unschwer erkennen lässt, wie selten sie kocht und wie viel sie liest.«

Alicia ließ erneut ihr trockenes Hustenlachen hören, während sie weiter in die schattige Wohnung ging. Dort roch es nach erloschenem Kamin und alten, staubigen Büchern. Durch die Bäume, die draußen im Garten standen, kam kaum Licht in das untere Stockwerk des Hauses.

Den Mittelpunkt des Wohnzimmers bildete eine breite Holztreppe, die mit glänzendem Geländer und Bücherstapeln auf den Stufen in den Turm hinaufführte. Vor dem Kamin standen zwei Ohrensessel mit Fußschemeln, über deren Armlehnen gefaltete Wolldecken hingen. An der hinteren Wand befanden sich ein altes Klavier und ein unbequemes Sofa, mit dem man lästige Gäste sicher leicht vertreiben konnte. Alicia hatte das gute Stück in den Sechzigerjahren eigenhändig bezogen, passend zu den grünen Samtvorhängen vor den Fenstern. Ein paar Meter weiter gab es einen Tisch, an dem vier nackte Holzstühle standen. Auf der sorgfältig gebügelten Tischdecke lagen Karten zum Spiel bereit. Das ganze Haus war sehr sparsam ausgestattet, zwar ganz heimelig, aber dennoch ungewöhnlich für eine Frau und Autorin, die jedes Jahr nur durch ihre Tantiemen ein Vermögen verdiente und es sich sicher hätte leisten können, in einem Palast zu wohnen, wenn sie es gewollt hätte. Wenn man der Zeitschrift *Rolling Stone* glauben durfte, kamen die Einnahmen aus den Buchrechten für *Hinter verschlossenen Türen*, mit all den unzähligen Ausgaben, den internationalen Übersetzungen, den Verfilmungen und Theaterstücken, die auf dem Buch basierten, denen eines Rockstars gleich.

»Wer von Ihnen spielt denn Klavier?«, erkundigte sich Maya.

»Wir spielen beide, aber keine von uns hört die andere«, erklärte Alicia lachend. »Die Schwerhörigkeit hat auch was Gutes.«

Auf dem Sofa hatte jemand die Tageszeitung in einem wilden Durcheinander liegen lassen. Alicia legte die Seiten sorgfältig wieder zusammen und hielt sie Maya hin.

»Bitte«, sagte sie und wies auf das steife alte Sofa, »machen Sie es sich bequem und lesen Sie ein bisschen Zeitung, während ich das Essen zubereite.«

»Ich könnte Ihnen in der Küche ein wenig zur Hand gehen.«

»Kommt nicht infrage. Sie bleiben hier, und ich lege los.«

Der Zustand des Sofas war noch schlimmer, als es auf den ersten Blick schien. Einige Stahlfedern hatten sich gelöst und bohrten sich Maya in Rücken und Hintern. Wenn man sich einmal auf dieses Folterinstrument gesetzt hatte, durfte man sich nicht mehr bewegen und musste stocksteif dasitzen wie eine Dame aus dem achtzehnten Jahrhundert in Anwesenheit ihres affektierten Verehrers.

Während Alicia in der Küche mit Töpfen und Pfannen hantierte und einen Heidenlärm machte, ließ Maya den Blick durch den Raum wandern, merkte sich jedes Detail und prägte sich die Titel einiger Bücher ein, die sie erkannte. Später würde sie all diese Einzelheiten in ihrem Notizbuch festhalten, und dazu sämtliche Eindrücke, die sie in ihrem detektivischen Gehirn abspeicherte: die Wärme, den Geruch, das spärliche Licht, die raue Beschaffenheit der Polster, auf denen sie saß.

Sie atmete tief ein, um Estela Valientes Universum ganz in sich aufzunehmen, und fand es weniger bedrückend und viel gemütlicher, als sie es sich vorgestellt hatte. Und authentischer. Hier lebten Menschen aus Fleisch und Blut, die Karten und Klavier spielten und anstatt sich in den Wahnsinn der Welt zu stürzen, diese lieber von ihren Ohrensesseln aus betrachteten und die Nachrichten in der lokalen Tageszeitung lasen.

Alicia hatte ihr die Zeitung überreicht wie man jemandem die Fernbedienung des Fernsehers in die Hand drückte. »Machen Sie es sich bequem«, hatte sie gesagt und sie an den Gepflogenheiten dieses Haus teilhaben lassen. Wahrscheinlich las auch Estela die Zeitung, während ihre Schwester das Essen zubereitete, und später, wenn die beiden am Tisch saßen, unterhielten sie sich über die Neuigkeiten des Tages. Erwartete Alicia, dass der Überraschungsgast heute ihre Schwester beim täglichen Tischgespräch vertrat?

Wie eine fleißige Schülerin widmete sich Maya in den nächsten Minuten der Lektüre der aktuellen Ereignisse, wobei sie erfuhr, dass die Polizei einen Mann festgenommen hatte, dem vorgeworfen wurde, nachts durch die Gegend um den Bahnhof zu streifen. Eine Ortsbewohnerin hatte die ganze Nacht in ihrer Badewanne festgesessen. Das Organisationskomitee, das das Fest zum Feiertag am 15. Mai vorbereitete, würde am folgenden Dienstag zusammentreffen. Am 1. Juni sollte das Freibad eröffnet werden, und die sommerlichen Ferienlager würden Anfang Juli beginnen.

Maya wollte gerade die Lektüre abbrechen und nach ihrem Mobiltelefon greifen, um darin etwas Aufregenderes zu finden, da fiel ihr auf, dass in der Rubrik der Todesanzeigen eine Seite fehlte. Jemand hatte sie wütend oder in großer Eile herausgerissen, wie unschwer an den ausgefransten Rändern zu erkennen war. Sie nahm es zur Kenntnis, um sich später näher damit zu beschäftigen. Denn möglicherweise hatte es etwas mit Estela Valientes Abwesenheit zu tun. Oder vielleicht auch nicht.

»Warum ist Ihre Schwester denn nach Madrid gefahren? Gab es etwas Besonderes?«, hatte Maya unauffällig nachgefragt, als sie zusammen mit Alicia das Haus betrat. Denn wie sie sich erinnerte, hatte es am Morgen so ausgesehen, als hätten die Schwestern im Auto eine Auseinandersetzung gehabt.

»Etwas, was nur sie betrifft«, hatte Alicia ein wenig ausweichend geantwortet und nicht mehr verraten, obwohl Maya noch einmal nachgehakt hatte. »Etwas, was nur sie betrifft« war die einzige Erklärung geblieben, und Maya hatte verstanden, dass es besser war, es dabei zu belassen, um ihre Gastgeberin nicht zu verärgern.

Alicia kochte ihr Ragout mehrmals im Monat. Es war ein altes Familienrezept – eine Mischung aus Gemüse, Kartoffeln und Fleisch, die dank der richtigen Zubereitung zu einem schmackhaften, sättigenden Gericht wurde. Wenn man davon eine Portion gegessen hatte und noch ein wenig Obst zum Nachtisch, war auch der hungrigste Magen gut gefüllt. Danach war man angenehm müde und hatte die richtige Schwere für eine Siesta mit einem kleinen Schläfchen. Es empfahl sich, diese gemütlich zurückgelehnt im Sessel abzuhalten, statt im Bett, um das reiche Mahl leichter verdauen zu können. Von der Küche aus bat Alicia ihren Gast, den Kamin anzuzünden; mit den Streichhölzern, die neben den Pfeifen und dem Tabak auf dem Kaminsims lagen.

Im Topf blubberte es, und das Fleisch wurde langsam gar, während die Wanduhr vor sich hin tickte. Schon bald zog der Duft nach geschmortem Fleisch und Gewürzen durch das ganze Haus.

Während Alicia im Topf herumrührte, lachte sie in sich hinein bei der Vorstellung, was ihre Schwester wohl sagen würde, wenn sie ihr erzählte, dass sie die neue Nachbarin zum Essen eingeladen hatte. Wahrscheinlich würde sie stinksauer werden und ins Telefon schreien. Estela hasste es, mit unbekannten Leuten zu tun zu haben.

»Und wie sollen dann aus den Unbekannten jemals Bekannte werden?«, pflegte Alicia scherzend zu fragen.

Estelas Abneigung fremden Menschen gegenüber war völlig irrational. Es war eine Phobie, die vor vielen Jahren begonnen hatte, in der Zeit, als der Erfolg ihre Buches sie in den Mittelpunkt der medialen Aufmerksamkeit katapultiert hatte und ihre Fans sich um ein Autogramm von ihr schlugen.

Zunächst hatte Estela sich bemüht, sich all den begeisterten Lesern gegenüber dankbar zu zeigen, und hatte mit unendlicher Geduld und Opferbereitschaft stundenlang Bücher signiert. Sie hatte sich die Mühe gemacht, die Widmungen den Wünschen und den persönlichen Umständen der Leser anzupassen, die sie sich in den zwei- oder dreiminütigen kurzen Gesprächen, die sie mit jedem Fan führte, zu erfahren bemühte.

Das ging so lange, bis sie den florierenden Handel, der hinter ihrem Rücken stattfand, entdeckte: den Weiterverkauf der von der Autorin handsignierten Bücher, die zu hohen Preisen an verschiedenen Stellen angeboten wurden. Nachdem sie ihre Verlegerin darauf hingewiesen hatte, versuchte diese erfolglos, diesen Missbrauch zu unterbinden. Es gelang ihr, den Verkauf von signierten Exemplaren in den Buchläden zu kontrollieren, doch der Handel ging auf dem Schwarzmarkt weiter. Und seit Estela Valiente sich weigerte, auch nur ein weiteres Exemplar ihrer Bücher zu signieren, stiegen die Preise ins Uferlose.

Es tat ihr weh und verbitterte Estela, dass ihre Naivität und ihre Großzügigkeit derart ausgenutzt worden waren. Und es machte sie zu einer sehr misstrauischen Person.

Alicia stellte sich vor, wie sie ihrer mürrischen Schwester erzählen würde, dass die neue Nachbarin eine äußerst angenehme Person sei. »Sie hat uns Pralinen geschenkt«, würde sie Estela sagen.

Und dann malte sie sich das zweistündige Telefongespräch aus, das darüber gehen würde, was wohl die *wahren* Gründe waren, die die attraktive Maya Millas mit ihrem interessanten Job, von dem sie sich aus persönlichen Gründen für eine Weile hatte beurlauben lassen, in der Blüte ihres Lebens in einen kleinen Ort wie Los Rosales verschlagen hatten.

»Ich tippe auf Liebeskummer«, würde die stets romantische Alicia sagen.

»Oder weil sie wegen einer hässlichen Geschichte für eine Weile untertauchen muss«, würde Estela mit ihrem Faible für Kriminalromane entgegnen.

Das Esszimmer war ein kleiner türloser Raum zwischen dem Wohnzimmer und der gläsernen Galerie, die sich bis zur Terrasse hin erstreckte. An der einen Wand stand ein altmodischer Geschirrschrank, während die anderen Wände von Bücherregalen verdeckt waren.

Im Kamin im Wohnzimmer prasselten die Flammen, im Esszimmer jedoch war es ziemlich kalt. Maya hatte kalte Hände und genoss die Wärme des Ragouts, die sich in ihrem Körper ausbreitete.

»Es schmeckt großartig«, lobte sie die Köchin. »Sie sind eine wahre Künstlerin.«

»Wirklich?«, entgegnete Alicia. »Und dabei sagen alle, dass meine Schwester die Künstlerin in der Familie ist.« Sie lachte verschmitzt. »Und nun verpasst sie ein leckeres Essen und eine angenehme Unterhaltung. Das hat sie davon, dass sie immer dann, wenn man am wenigsten damit rechnet, nach Madrid abhaut.«

»War es denn ein Notfall?«, versuchte Maya es noch mal.

»Persönliche Dinge.«

Alicia Valiente hob den Blick von ihrem Teller und sah Maya an.

»Und was machen Sie hier in Los Rosales?«

»Persönliche Dinge«, antwortete Maya mit der gleichen Strategie. »Irgendwann werde ich es Ihnen erzählen, das verspreche ich.«

Nach dem Essen setzten sie sich an den Kamin und aßen die Pralinen, und als Maya merkte, dass ihrer Gastgeberin die Lider schwer wurden, verabschiedete sie sich mit einem aufrichtigen Kuss auf deren faltige Wange.

»Nun bin ich an der Reihe, Sie einzuladen«, erklärte sie, bevor sie ging, »wobei meine Kochkünste ziemlich zu wünschen übrig lassen und es im Haus noch viel zu tun gibt.«

»Es ist nicht das, was Sie erwartet haben, richtig?«

»Eigentlich ist es genau so, wie ich es wollte. Ich muss nur noch lernen, es zu zähmen.«

»Wie den Fuchs vom kleinen Prinzen?«

»Genau.«

»*Sehr* geheimnisvoll«, würde Alicia später am Telefon zu Estela sagen, um ihre Neugierde zu wecken. »Sie ist sehr geheimnisvoll und gut erzogen. Diskret, zurückhaltend, dankbar. Tatsächlich hat sie einen sehr guten Eindruck auf mich gemacht. Sieh zu, dass du bald zurückkommst, dann stelle ich sie dir vor.« Alicia konnte beinahe sehen, wie sich ihre Schwester einen Mojito auf Eis gönnte und den Schallplattenspieler anmachte, um auf der Terrasse ihrer Dachwohnung in Madrid mit Aussicht auf den Retiro-Park einen traurigen Bolero zu hören.

Nachdem Maya das Haus der Valiente-Schwestern verlassen hatte, verlor sie keine Minute und kaufte sich sofort die Tageszeitung, um die fehlende Seite zu lesen. Sie eilte den Hügel zum Ort hinauf und gelangte zu dem kleinen Platz, wo sie am Morgen beim Joggen einen Kiosk gesehen hatte. Der jedoch war geschlossen. Also ging sie die schmalen gepflasterten Straßen entlang bis zum Bahnhof. Dort kaufte sie sich die Zeitung und suchte sich dann einen Platz auf der Terrasse eines Cafés, um die nachmittägliche Sonne zu genießen.

Auf der fehlenden Seite der Todesanzeigen standen zwei Nachrufe. Der eine bezog sich auf einen gewissen Melchor Caballero, einen sehr verdienten Bürger, Lehrer an der Grundschule Nuestra Señora de la Soledad, verheiratet, Vater und Großvater, der wegen seiner Großzügigkeit und seiner großartigen Lehrtätigkeit unvergessen bleiben würde.

Der zweite Text war eine Mischung aus Nachruf und Verbrechensmeldung. Darin ging es um den Tod der sogenannten »Liebesbrief-Mörderin«, einer Straftäterin aus Los Rosales, die in den Achtzigerjahren drei Männer erstochen hatte, mit denen sie vorher einen von ihrer Seite aus vorgetäuschten erotischen Briefwechsel geführt hatte. Die Frau war in die Wohnungen ihrer Opfer eingedrungen, nachdem sie den Haustürschlüssel an sich gebracht hatte, und hatte sämtliches Geld und andere Wertgegenstände gestohlen. Viele Jahre über hatte niemand sie verdächtigt, da die Mörderin von ihren Opfern verlangt hatte, die Briefe zu verbrennen, nachdem sie sie gelesen hatten. Ihre Initialen lauteten M.P., und sie war im hohen Alter von vierundachtzig Jahren im Gefängnis von Alcalá Meco gestorben, wo sie ihre Strafe verbüßt hatte.

Kapitel 4

Estelas liebster Ort, um zu schreiben, war die ruhige, leicht heruntergekommene Bibliothek im Turmzimmer, wo sie sich vor vierzig Jahren ihr Arbeitszimmer eingerichtet hatte, mit dem Tisch, der eine Weile in der Küche gestanden und um den sich die Familie versammelt hatte, dem Stuhl aus ihrem Kinderschlafzimmer und den Regalen voller Bücher. Letztere waren, vernachlässigt und an anderen Wänden verwaist, in diesen Raum gelangt, wo sie Wurzeln schlugen und zu blühen begannen. Dazu die alte Olivetti, die wie alle Schreibmaschinen in Estelas Leben ein Geschenk ihres Vaters war, die Urenkelin der ersten Underwood aus robustem schwarzem Stahl, an der sie und Tony in einem der langen Sommer, die sie als Kinder gemeinsam verbracht hatten, zusammen die Buchstaben gelernt hatten.

Das Geräusch der Tasten versetzte Estela jedes Mal zurück zu jenen heißen Tagen, als sie, zu zweit in ihrem Turmversteck, ihren Durst mit Limonade gestillt und Geschichten erfunden hatten, während Alicia sie gesucht hatte, um sie zu einem Bad im Schwimmbad in den Garten zu locken.

Estela und Tony hatten niemandem gezeigt, was sie geschrieben hatten, da sie wussten, dass das, was damals in dem Turmzimmer entstand, nichts Gutes war, kein gesunder, unschuldiger Spaß, sondern ein Vergehen, dessen Beweise nach dem Lesen sofort verbrannt werden mussten.

Denn ihre Geschichten waren voll von der Leidenschaft, die die langen Sommernachmittage vermissen ließen. Zum Beispiel gab es darin einen Mann aus der Nachbarschaft, der die Persönlichkeit eines blutgierigen Mörders in sich barg und nachts in die Zimmer von schlafenden Menschen schlich. Der Gärtner war ein verkommener Mensch, der den Hunden und Katzen in der Umgebung die Augen ausriss, und die Nonnen im Haus nebenan hielten im Keller Kinder gefangen und folterten sie.

Tony war der Anstifter; Estela seine eifrige Komplizin.

Sie schrieben ein paar Seiten und lasen sie sich dann gegenseitig vor, ergötzten sich in ihrer Fantasie an allem, was schmutzig und verboten war, wobei sie sich niemals gegenseitig berührten, sondern lernten, sich auf andere Weise zu lieben.

Einmal machte Tony Estela einen Heiratsantrag. Doch das war viel später und im Scherz gesagt. Im Turmzimmer konnten sie auf Derartiges verzichten. Dort hatten sie den Bund fürs Leben längst geschlossen.

Nach dem Erfolg ihres Buches, dem Nobelpreis und der Enttäuschung ging Estela noch immer jeden Tag ins Turmzimmer hinauf, obwohl Tony sie nun nicht mehr begleitete. Doch sie war stets in der Lage, die Funken seiner sprühenden Ideen von den Wänden abzulesen. Deshalb liebte sie es, ihre Zeit an diesem Ort zu verbringen, mit ihrem Tisch, dem Stuhl, den Büchern und der Olivetti.

»Brauchen Sie viel Ruhe und Konzentration, um zu schreiben?«, fragten die Journalisten üblicherweise.

»Brauchen Sie Ruhe und Konzentration, um zu atmen?«, entgegnete sie dann.

Ein anderer Ort, wo sie gern schrieb, war im Zug. Dort fielen ihr die besten Geschichten ein. Dann nahm sie ihr Notizbuch heraus und schrieb ohne Unterlass, sobald die Lok sich in Bewegung setzte, bis der Schaffner das Ende der Fahrt verkündete. Die vorbeiziehenden Landschaften, die leisen Gespräche und das Geschäftige Hin und Her der Reisenden mit ihren Koffern an den Bahnhöfen inspirierte sie.

»Warum haben Sie mit dem Schreiben aufgehört?«

»Ich habe nie mit dem Schreiben aufgehört. Ich bin einfach nur eine Schriftstellerin, die keine Bücher veröffentlicht.«

Für die Zugfahrten kaufte sie sich ein paar rote Notizbücher mit festem Einband. Sie füllte die Seiten mit ihrer gedrängten Schrift, wobei sie einem magischen Ritual folgte: zuerst die Brille, dann einen guten Schluck, eine Zigarette und die Kappe des Kugelschreibers zwischen den Zähnen.

Es kam vor, dass sie sich an Tagen, an denen ihr nichts einfiel, ein Hin- und Rückfahrtticket kaufte, ohne ein bestimmtes Ziel zu haben, einfach nur, um im Zug zu sitzen, bis nach Madrid oder noch weiter. Bis zur Küste.

Zwei Stunden hin und zwei Stunden zurück, sieben Seiten, gefüllt mit bewegten Bildern und mit besänftigtem Geist. Wenn sie nicht jeden Tag ein wenig schrieb, konnte sie nicht schlafen.

Alicia hatte kein Verständnis für die Angewohnheit ihrer Schwester, ohne konkretes Ziel in einen Zug zu steigen. Sie war viel vorausschauender und plante jede Reise ganz genau, packte ihre Koffer, reservierte die Plätze, verließ früh genug das Haus. Estelas Art, sie zu drängen – »Alicia, komm, hol das Auto aus der Garage und fahr mich schnell zum Bahnhof, sonst komme ich zu spät!« –, machte sie wahnsinnig. So ganz plötzlich ohne Vorankündigung. Und das Ragout? Und der Wermut?

Aber sie kannte ihre Schwester ja. Und die würde ihre Manien nun, kurz bevor sie dreiundachtzig wurde, sicher nicht mehr ändern.

An jenem Morgen jedoch hatten sie heftiger gestritten als sonst.

Nachdem Estela im Bett gefrühstückt hatte, war sie wie immer ins Turmzimmer hinaufgestiegen, um sich der täglichen Aufgabe zu widmen, ihre Post zu beantworten. Diese brachte der Postbote jeden Tag zusammen mit der Zeitung vorbei, in einer eleganten Ledertasche, die Alicia ihm geschenkt hatte, um sich dafür zu bedanken, dass er die zusätzliche Arbeit auf sich nahm. Denn was die Post anging, waren sie ein Sonderfall. Niemand sonst in Los Rosales erhielt seit vierzig Jahren in Folge durchschnittlich fünfzehn Briefe am Tag.

Diese brachte Alicia, bevor sie Frühstück machte, ins Turmzimmer hinauf und nutzte die Gelegenheit, um zu lüften, ein wenig aufzuräumen und die vollen Aschenbecher zu entfernen. Da das Turmzimmer an jeder der vier Seiten ein Fenster hatte, herrschte immer Durchzug. Egal, woher der Wind kam, fegte er über die Schreibmaschine hinweg. Und wenn Estela in den Raum trat, fand sie jedes Mal die Briefe überall auf dem Schreibtisch verteilt vor, die Zeitung vom Wind aufgefaltet und ein paar Papierseiten, die durch die Luft segelten. Dann schloss sie sich ein, zündete sich eine Zigarette an und machte es sich bequem.

Zuerst las sie die Zeitung und mit besonderem Interesse die Verbrechensmeldungen, für die sie eine Schwäche hatte. Dabei schnitt sie aus, unterstrich und kommentierte für sich, was sie las, sodass, wenn anschließend Alicia die Zeitung bekam, diese in einem furchtbaren Zustand war, zerschnitten und völlig durcheinandergebracht. Doch das machte Alicia nichts aus; sie gab sich mit dem Kreuzworträtsel zufrieden, das die Misshandlung durch Estela in der Regel unbeschadet überstand, und überließ es ihrer Schwester, sie über die neuesten Nachrichten zu unterrichten, was wesentlich unterhaltsamer war als das, was die Lokalreporter verfassten. Aus Estelas Munde wurde jede Geschichte zu einem Abenteuer, erhielten die kleinen provinziellen Ereignisse epische Dimensionen. »Warum schreibst du nicht mal einen Krimi?«, ermunterte Alicia ihre Schwester.

»Weil die Wirklichkeit die Fiktion bei Weitem übertrifft« antwortete diese zwischen zwei Löffeln irgendeines warmen Gerichts.

Nachdem Estela mit der Zeitung fertig war, widmete sie sich mit angeregter Fantasie ihren Briefen. Dies war eine anstrengende Arbeit, mit der sie sich jeden Tag ein paar Stunden beschäftigte. Camino Aribau, ihre Verlegerin, war eines Tages mit einem in Geschenkpapier verpackten Laptop erschienen. »Damit du in der Lage bist, elektronische Post zu erhalten und zu verschicken«, hatte sie dazu gesagt. »Wenn du es einmal gelernt hast, wird es dir gefallen. Es macht die Arbeit um einiges einfacher.« Doch Estela hatte das Geschenk ungeöffnet zurückgegeben. Dazu hatte sie freundlich erklärt, dass sie von der neuen Technologie nichts halte. Und zwar so wenig wie von jeder anderen tyrannischen Ideologie. »Ich war doch immer schon ein wenig rebellisch«, hatte sie der Freundin in Erinnerung gerufen.

Das letzte futuristische Gerät, was ihnen ins Haus gekommen war, war die Hispano Olivetti gewesen, die ihr Vater seiner jüngeren Tochter geschenkt hatte und deren Farbbänder sie seit geraumer Zeit, da sie nicht mehr im Schreibwarenhandel zu bekommen waren, bestellen musste. Den Leuten, die ihr handgeschriebene Briefe schickten, antwortete sie auf die gleiche Weise, wofür sie ein elegantes Briefpapier benutzte. Allen anderen schrieb sie mit der altertümlichen Typografie der Schreibmaschine.

Bevor sie begann, ordnete sie sämtliche zu beantwortende Schreiben je nach Ansinnen auf vier Stapeln:

Zuerst kamen die von offiziellen Einrichtungen, Universitäten und anderen Lehranstalten, von denen sie gebeten wurde, an einer Veranstaltung wie der Verleihung von Diplomen, Abschlussfeiern oder Seminaren teilzunehmen. Derartige Anfragen lehnte sie in der Regel höflich ab, wobei sie aber, vor allem, wenn sie von einer der vielen winzigen Lehranstalten kam, wie es sie im Land massenweise gab, ohne dass sie irgendwie von sich reden machten, eine Weile über ihre Antwort nachdachte, um den Enthusiasmus eines Lehrers mit wahrer Berufung nicht zu zerstören. In extremen Fällen ging sie manchmal sogar so weit, ein »vielleicht in einem der nächsten Jahre« anzudeuten, was sie sich dann tatsächlich vornahm.

Den zweiten Stapel bildeten die Schreiben, die von den Organisatoren irgendwelcher Veranstaltungen, Preisverleihungen oder Festen kamen. Alle baten sie um ihre Teilnahme an dieser oder jener Gala, die ihr und ihres Werks zu Ehren stattfand, im Gedenken an den großen Erfolg, ein Jubiläum, das Vermächtnis, das sie hinterließ, wegen ihrer Bedeutung für die Welt … Diese beantwortete sie durchweg mit einem kategorischen, ungeschönten »Nein«. Denn dabei fühlte sie sich ausgenutzt, um irgendeiner Unternehmung oder deren Veranstaltern zu mehr Ruhm zu verhelfen. Die Philanthropen waren schon immer die Schlimmsten.

An dritter Stelle kamen die Briefe ihrer Bewunderer, und diese waren ihr die liebsten. Sie kamen aus allen Teilen der Welt, waren in verschiedenen Sprachen verfasst und oft in unleserlicher Schrift. Die, die sie lesen konnte, beantwortete sie. Alle anderen schickte sie an Camino Aribau und ihre polyglotten Kollegen, um sie übersetzen zu lassen.

All diese schönen, feinfühligen Briefe von all den neuen, jungen, unverbrauchten Lesern; oder von den alten, vom Leben gezeichneten Lesern; von den vielen bedingungslosen, treuen Bewunderern, die ihr Buch alle zwei, drei Jahre erneut lasen und sich jedes Mal wieder damit identifizierten; all die Hilferufe, die Glückwünsche, die Geständnisse, die Fragen, die Ängste, die Freuden …

Den letzten Stapel bildeten schließlich die Briefe, die sie am meisten beunruhigten: die Briefe von Verrückten und Besserwissern.

Die Briefe der Verrückten las sie, litt darunter, beantwortete sie jedoch nie. Einige von ihnen schickte sie mit dem Vermerk »Empfänger unbekannt verzogen« postwendend wieder zurück. Andere übergab sie der örtlichen Polizei, zusammen mit einer Schachtel Pralinen wegen der Unannehmlichkeiten. Die Briefe der Besserwisser stammten von

Menschen, die sich wichtigtun wollten, oder von Stimmen aus der Vergangenheit, die ihr den Magen umdrehten und sie durcheinanderbrachten. Die alte Wunden wieder aufrissen und darin bohrten.

Wenn Estela diese tägliche Aufgabe bewältigt hatte, schwirrte ihr der Kopf, und sie verließ den Turm, um einen trockenen Martini zu trinken. Dann klammerte sie sich an Alicias Arm, die mit ihr ins Hotel Miranda ging, wo sie den ersten Drink des Tages zu sich nahm. Hatte Estela Valiente ein Alkoholproblem? »Nein, Herr Journalist, das zwischen ihr und dem Alkohol ist eine alte Liebe.«

Der Turm, die Zeitung, die Briefe, der Drink, der Streit mit Alicia und das Zugfahren waren im Laufe der Zeit zu einer schlechten Angewohnheit geworden. Estela floh für ein paar Tage in ihre Dachwohnung in Madrid, schloss sich dort mit den Geistern der Vergangenheit ein und kehrte wie ein Soldat nach dem Krieg nach Hause zurück: verletzt und mit der Sehnsucht nach Zärtlichkeit.

Doch an jenem Tag war es anders gewesen. Alicia hatte es ihrer Schwester sofort angemerkt, hatte ihr zitterndes Kinn gesehen, ihre verzweifelte Bitte gehört: »Bring mich zum Zug, ich flehe dich an!«, ihren desorientierten Blick wahrgenommen, den unsicheren Schritt.

»Alicia, hol den Wagen aus der Garage, beeil dich, sonst verpasse ich den Zug!«

»Trinken wir nicht noch einen Wermut zusammen, Estela? Also wirklich, dich verstehe, wer will!«

»Nun hol schon den Wagen, verdammt!«

»Jetzt erst recht nicht. Hast du etwa getrunken?«

»Was geht es dich an, ob ich trinke oder nicht? Wenn du mich nicht fährst, nehme ich den Wagen und lasse ihn am Bahnhof stehen. Ist dir das lieber?«

Auf dem Bahnsteig hatten sie sich mit einer versöhnenden Umarmung wortlos voneinander verabschiedet, und anschließend hatte sich Estela in ein leeres Abteil gesetzt und zu zittern begonnen.

Ein Brief mit handgeschriebenem Absender, der in ihrer Tasche steckte, war der Grund für ihre Panik. Denn an jenem Morgen hatte sie zwischen ihren Briefen einen gefunden, der die Fundamente ihres Heims erschütterte. Er war von einem Mann unterschrieben, der Alonso Ríos hieß, und dieser Name stand für all den Schmerz und all das Leid in Estelas Leben.

Kapitel 5

Es fiel Maya nicht leicht, sich an die Entbehrungen in ihrem neuen Zuhause zu gewöhnen. In Madrid lebte sie in einer modernen Zwei-Zimmer-Wohnung mit einer winzigen Küche, die sie niemals benutzte, einem Esstisch, den sie zum Schreibtisch umfunktioniert hatte, und einem brandneuen Router, der es ihr ermöglichte, zu jeder Zeit ins Netz zu gehen und sämtliche Plattformen und sonstigen digitalen Angebote zu nutzen, die das technologische Zeitalter zu bieten hatte. Wenn sie Hunger hatte, konnte sie sich mit wenigen Klicks etwas zu essen bestellen. Und wenn sie sonst etwas benötigte, erwarb sie es über irgendeine App, die das Gewünschte auf dem schnellsten Weg herbeischaffte.

Zweimal pro Woche kam eine Haushaltshilfe, um sauber zu machen, die Wäsche gewaschen und gebügelt in den Schrank zu legen und das Geschirr zu reinigen. Sie kannten sich kaum, da ihre unterschiedlichen Arbeitszeiten dafür sorgten, dass sie sich niemals begegneten. Die Verständigung erfolgte über Textnachrichten, die sie sich hin und wieder über Handy zuschickten.

Maya hatte keine Pflanzen in der Wohnung. Einige Bücher. Weder Hund noch Katze, dafür jedoch einen Kaffeeautomaten und jede Menge Bio-Smoothies im Kühlschrank.

Bisher hatte sie sich noch nie nach ihrer Wohnung gesehnt. Sie hatte darin stets einen vorübergehenden Aufenthaltsort gesehen; eine einstweilige Rückzugsmöglichkeit in einer bestimmten Phase ihres Lebens. Sie war dabei, sich eine Zukunft aufzubauen, mit viel Arbeit, ohne Hilfe, ohne jemandem etwas zu schulden oder jemandem dankbar sein zu müssen. Und bald würde ihr Einsatz Früchte tragen, würde sie in ein elegantes Viertel umziehen können, würde sie einen Mann kennenlernen, in den sie sich rettungslos verliebte, um mit ihm gemeinsam um die Welt zu reisen und irgendwann später ein Kind zu haben. Wobei es zugegebenermaßen etwas Paradoxes hatte, mehr auf die Zukunft hin als in der Gegenwart zu leben.

Daher gab es im Grunde nichts, was sie mit ihrer Wohnung verband, doch als sie das Nonnenhaus das erste Mal betreten hatte, hatte sie sich plötzlich extrem nach ihren zwei Zimmern gesehnt. Denn dieses riesige, kalte, dunkle, unheimliche Haus war bedeutend schlimmer, als sie es sich vorgestellt hatte.

Es war ein Gebäude aus der Jahrhundertwende, das einige Jahre über eine kleine Religionsgemeinschaft beherbergt hatte. Etwa ein Dutzend Nonnen, wie man ihr erzählt hatte. Jede von ihnen hatte eine wenige Quadratmeter große Zelle im ersten Stock bewohnt, in der eine Holzpritsche das Bett und das Kruzifix den Spiegel ersetzt hatten. An den Wänden am Kopfende der Schlafstätten waren noch immer die kreuzförmigen Ränder zu sehen. Ein Großteil der Zellen verfügte weder über ein Fenster noch sonst irgendeine Belüftung. Zusammen bildeten sie eine Art Labyrinth mit Winkeln, Gängen, Wänden und Türen. Vom ersten Stock aus führte eine alte Treppe nach oben in eine Mansarde mit niedrigen, schrägen Wänden. Diese stand leer und war voller Staub.

Am Tag ihres Einzugs hatte Maya die Tür, die in den ersten Stock führte, abgeschlossen und entschieden, nur das Erdgeschoss zu bewohnen. Ein kleines Dienstbotenzimmer direkt neben der Küche wurde ihr Schlafzimmer, und das Wohnzimmer wurde mit den wenigen Dingen verschönert, die sie mitgebracht hatte. Auf dem Zwölf-Personen-Tisch im Esszimmer installierte sie ihren Computer und den Drucker neben den Büchern, die sie für ihre Arbeit brauchte. Als sie Letztere so gesammelt vor sich sah, stellte sie fest, dass sie eine kleine Bibliothek mit den Werken über Estela Valiente und ihren Roman *Hinter verschlossenen Türen* hätte füllen können: Sachbücher, Essays, Studien und Doktorarbeiten sowie die unterschiedlichsten Zeitungsartikel.

»Aber es gibt keine autorisierte Biografie«, rief sie sich in Erinnerung.

Im Wohnzimmer gingen zwei große Fenster, die vom Gestrüpp fast zugewuchert waren, auf den Garten hinaus. Es gab einen gemauerten Kamin, über dem ein Bild der leidenden Jungfrau hing. Davor standen zwei mit rotem Samt bezogene Armsessel. An der hinteren Wand und den beiden seitlichen Wänden war eine Holzbank platziert, die die gesamte Fläche einnahm. Auf dem Boden lag ein alter Teppich, zwei Stehlampen und ein Kronleuchter erhellten den Raum, und in einer Ecke gab es einen kleinen Mahagonischreibtisch mit einem harten Stuhl mit Sitzkissen. Am anderen Ende des Flurs, von dem aus die Treppe nach oben führte und die Türen zur Küche und zum Wohnzimmer abgingen, befand sich der Eingangsbereich mit einer baufälligen Sitzgelegenheit und einer Lampe mit gewundenen Armen.

Das war schon die gesamte Einrichtung ihres neuen Zuhauses. Am liebsten wäre Maya in Tränen ausgebrochen. Niemand, der noch einigermaßen bei Verstand war, hätte sich diese Bruchbude gemietet, so günstig sie auch sein mochte.

»Das Gebäude steht seit Jahren leer«, hatte man sie in der Immobilienagentur gewarnt. »Wir möchten Ihnen keine falschen Versprechungen machen. Es ist kein angenehmer Ort. Allerdings sind die Rohrleitungen noch in einem guten Zustand, sodass es weder tropft noch auf diesem Weg irgendwelche Tiere ins Haus eindringen können. Wenn solche alten Häuser Ihnen keine Angst machen, mag es sogar sein, dass Sie sich wohlfühlen. Wobei ich Ihnen nicht empfehlen kann, über den Winter dort zu bleiben. Ab Oktober wird es unerträglich kalt.«

»Ich hoffe, meine Arbeit bis dahin erledigt zu haben.«

»Was sagten Sie noch über Ihre berufliche Tätigkeit?«

»Ich schreibe.«

»Einen Roman?«

»Eher ein Essay.«

»Aha.«

Sie musste das Negative einfach ausblenden und sich auf das Ziel ihrer Mission konzentrieren. Wäre es angenehmer gewesen, in einem hübschen Hotel zu wohnen? Ja, das wäre es, aber dann hätte sie nicht in so kurzer Zeit so viel erfahren. Sie war noch keine vierundzwanzig Stunden in dem Nonnenhaus und hatte schon genügend Material gesammelt, um ein ganzes Notizheft zu füllen. Sie hatte bereits einen ersten Eindruck von Los Rosales und seiner

Umgebung und davon, wie sich der Alltag der Valiente-Schwestern gestaltete. Sie hatte Alicia kennengelernt und über sie auch Estela, und vor allem hatte sie einen Hinweis gefunden, dem sie nachgehen konnte: den Fall von der »Liebesbrief-Mörderin«, der für ihre Recherchen wichtig sein konnte. Sie musste immer wieder daran denken, dass Estelas plötzlicher Aufbruch nach Madrid möglicherweise mit diesem Fall in Zusammenhang stand. Vielleicht hatten sich die beiden Frauen gekannt, was nicht verwunderlich wäre, schließlich stammten sie aus demselben Ort und waren in etwa im gleichen Alter gewesen.

»Meine Schwester hat schon immer ein Faible für Krimis gehabt. Mit zwölf Jahren hat sie Agatha Christie und Edgar Allan Poe für sich entdeckt und all ihre Bücher gelesen. Als wir Kinder waren, haben wir uns oft Geschichten mit düsteren Verbrechen ausgedacht; Estela und Tony Cienfuegos, ja, der berühmte Schriftsteller, der zwei Häuser weiter wohnte und ein extrem fantasievolles Kind war, haben die Drehbücher für uns geschrieben. Und dann hat jeder von uns eine Rolle gespielt, wobei wir die Dialoge immer noch etwas ausgeschmückt haben.«

»Was ist aus Tony Cienfuegos geworden?«

»Er ist gestorben.«

»Aber er und Estela sind Freunde geblieben, oder? Ich meine, auch als Erwachsene.«

»Sicher. Einige Jahre lang war Tony so etwas wie ein Bruder für Estela. Als sie nach Madrid umgezogen sind, waren sie regelrecht voneinander abhängig, ihre Beziehung hatte beinahe etwas Krankhaftes. Beide haben geschrieben, beide haben gelitten, was der eine erreichte, wünschte sich der andere für sich, sie beneideten sich gegenseitig, liebten und hassten sich. Das zwischen ihnen war so etwas wie eine extreme Form von Symbiose, ich weiß nicht, ob Sie mich verstehen.«

»Wann kommt Estela eigentlich zurück?«

»Bald, hoffe ich.«

Nachdem Maya am späten Vormittag aufgewacht war, ging sie gleich als Erstes in die Mansarde hinauf, um durch das kleine Fenster zu sehen, durch das man den besten Blick auf den Garten der Schwestern hatte. Neben dem Pelota-Spielfeld entdeckte sie Alicia, die fleißig die Rosen beschnitt. Sie trug Gummistiefel und eine Gärtnerschürze mit Taschen. Aus der größten ragte der Griff der Gartenschere heraus.

Von Estela war nichts zu sehen. Die Glastür im ersten Stock, die auf die Terrasse vor ihrem Schlafzimmer hinausging, war geschlossen. Das Auto stand noch immer auf seinem Platz im Schatten. Wie es aussah, würde es ein ruhiger Tag werden. Genau wie der vorangegangene.

Im Halbdunkeln an dem langen Tisch im Esszimmer vor dem eingeschalteten Bildschirm ihres Computers sitzend, ließ Maya auf der Suche nach Inspiration den Blick über die kahlen Zimmerwände wandern. Sie wollte unbedingt so schnell wie möglich die ersten Seiten der Biografie schreiben, doch es gelang ihr nicht, sich darauf zu konzentrieren. Dabei hatte sie sich jede Menge notiert; Alicia war eine sprudelnde Quelle gewesen und hatte viele Anekdoten und Besonderheiten erzählt, doch um mit der Arbeit zu beginnen, fehlte Maya noch das Wichtigste: die Heldin ihrer Geschichte persönlich kennenzulernen.

Vielleicht ist es besser, auf Estelas Rückkehr zu warten, sagte sie sich. Um bis dahin nicht untätig herumzusitzen, konnte sie schon mal die ersten Artikel für die Chronik verfassen, die sie ihrer Chefin für die Zeitung versprochen hatte: eine Serie über das bukolische Leben einer Frau von Welt, die es in einen kleinen Gebirgsort verschlagen hatte. Dies war die beste Erklärung, die sie ihren Kollegen als Grund für ihre Abwesenheit angeben konnte. Doch nachdem Maya nach einer Weile immer noch kein Wort geschrieben hatte, atmete sie tief durch und stand auf. Mit dem entschiedenen Schritt eines Romandetektivs verließ sie das Haus und machte sich auf den Weg in den Ort hinauf, wo sie einer anderen geheimnisvollen Geschichte auf den Grund gehen wollte: dem seltsamen Fall der Liebesbrief-Mörderin.

Unterwegs zog sie ihr brummendes Mobiltelefon aus der Tasche.

»Clara?«

»Wie geht es meiner Geheimagentin?«

»Es geht ein wenig langsam voran, aber sonst ist alles in Ordnung. Hör mal, wie fändest du es, wenn ich eine Reportage über eine lokale Berühmtheit dieses verschlafenen Nests schreiben würde? Eine echte Serienmörderin! Wie sich herausgestellt hat, ist sie gerade im Gefängnis gestorben. Die Frau hat in den Achtzigerjahren drei Männer ermordet. Sie hat ihnen Liebesbriefe geschrieben und sie glauben lassen, ihr Herz an sie verloren zu haben, dabei wollte sie nur ihr Geld. Allein der Titel ist doch schon klasse: ›Die Liebesbrief-Mörderin‹.«

»Und was ist mit deiner Biografie über Estela Valiente?«

»Es könnte sogar sein, dass beides zusammenhängt. Sie haben im selben Ort gewohnt und sind in etwa gleich alt gewesen. Vielleicht haben sie sich gekannt. Estela hat den Bericht über die Frau aus der Zeitung ausgeschnitten. Das habe ich gestern entdeckt und … Das erzähle ich dir noch ausführlich.«

Die Zweigstelle der Zeitungsredaktion in Los Rosales war ein einzelner Büroraum voller Papier, den die Verwaltung dem einzigen Lokalreporter namens Pereira und seinem Praktikanten Monteiro überlassen hatte. Die beiden teilten sich einen Tisch, einen Aschenbecher und, den vielen Zeitungsartikeln nach zu urteilen, die an den Pinnwänden überall im Raum hingen, die Leidenschaft für Verbrechensmeldungen.

Pereira stand auf, um Maya zu begrüßen, und deutete einen Handkuss an.

Der Lokalreporter war ein kleiner, sehr alter Mann mit einem gepflegten Äußeren und einem ebenso gepflegten, ein wenig anachronistischen Schreibstil. Monteiro seinerseits war jung und hochgewachsen, wirkte schlaksig und ein wenig schlampig und war damit das genaue Gegenteil seines Chefs.

»Erlauben Sie uns die Frage, wieso es eine junge, schöne Redakteurin des *Idéaliste* ausgerechnet in diesen abgelegenen Gebirgsort verschlägt? Könnte dies vielleicht mit dem rätselhaften Dasein unserer prominenten literarischen Berühmtheit Estela Valiente zusammenhängen? Schließlich steht im nächsten Herbst der fünfzigste Jahrestag der Erstveröffentlichung von *Hinter verschlossenen Türen* an. Gedenken Sie, einen Artikel über dieses Jubiläum zu schreiben?«

Maya verspürte eine leichte Beunruhigung. Waren ihre Absichten so leicht zu durchschauen?

»Wir haben uns schon gewundert, wo die Journalisten bleiben«, fuhr Pereira fort. »Zum fünfundzwanzigsten Jahrestag war da mehr los. Damals haben schon Monate vorher Korrespondenten, Biografen, Studenten und neugierige Bürger unseren kleinen Ort belagert. Einige von ihnen waren von der Tür des Wohnhauses der Valiente-Schwestern nicht wegzukriegen. Die Polizei musste eingreifen, um den Ort zu räumen. Und wissen Sie, was Estela gemacht hat? Sie war auf Reisen! Ist einfach in den Zug gestiegen und verschwunden.«

»Nach Madrid?«

»Nein. Wie es aussah, haben ihre Bewunderer auch ihre dortige Wohnung belagert. Sie ist einfach von der Bildfläche verschwunden. Wie vom Erdboden verschluckt.« Pereira zwirbelte sich den langen Schnurrbart. »Ich schätze, dass sie es diesmal genauso macht. Wenn sie erfährt, dass Sie hier sind, wird sie ihre Koffer packen und die Flucht ergreifen.«

Der Chef warf seinem Praktikanten einen oberlehrerhaften Blick zu und befahl ihm stumm, dem Gast seinen Platz zu überlassen. Maya setzte sich, bedankte sich für die höfliche Geste und lehnte freundlich die ihr angebotene Zigarette, das Glas Wasser und das Aufhängen ihrer Jacke ab.

»Dann sollte ich sie wohl möglichst schnell in mein Geheimnis einweihen«, sagte sie mysteriös mit Blick auf die neugierigen Gesichter ihrer Gastgeber. »Estela Valiente kann ganz beruhigt sein. Ich bin nicht gekommen, um über sie zu schreiben.«

»Ach, nein?«

»Nein.« Maya ließ ein paar Sekunden verstreichen, um es noch spannender zu machen. »Ich interessiere mich viel mehr für die Geschichte dieser Liebesbrief-Mörderin.« Pereira und Monteiro machten große Augen und tauschten dann einen überraschten Blick. »Sie müssen wissen«, fuhr Maya fort, »dass ich vorhabe, einen in mehrere Teile gegliederten Tatsachenbericht über diesen Fall zu verfassen. In der Art des berühmten wahrheitsgemäßen Berichts *Kaltblütig* von Truman Capote. Mit Interviews, Dialogen und viel Archivmaterial.«

»Bedauerlicherweise verfügen wir nicht über ein Archiv«, entgegnete Pereira. »Als die Liebesbrief-Mörderin ihr Unwesen trieb, hat diese Zeitung noch gar nicht existiert.«

»Wer von Ihnen beiden hat denn den Nachruf in der gestrigen Ausgabe geschrieben?«

»Das war ich«, antwortete der Praktikant mit heiserer Stimme. »Ich habe davon erfahren, dass Marta Poza gestorben ist, weil meine Großmutter mir davon erzählt hat. Sie waren befreundet, müssen Sie wissen. Bevor das mit den Morden geschehen ist natürlich. Wie es aussieht, haben die beiden all die Jahre über Kontakt gehalten. Marta Poza hat meiner Großmutter aus dem Gefängnis geschrieben. Im Briefeschreiben hatte sie ja Übung.« Er grinste.

Maya nahm ihr Notizbuch heraus und hielt den vollständigen Namen der Mörderin fest: *Marta Poza*.

»Und Ihre Großmutter heißt …?«

»Anita. Anita Romero.«

»Könnten Sie für mich ein Treffen mit ihr vereinbaren?«

So kam es, dass Maya Millas schon nach kürzester Zeit an etwas viel Besseres als einen detaillierten chronologischen

Bericht über den Fall herankam, nämlich an eine Zeugenaussage aus erster Hand. Gut, die Zeugin war ein wenig senil und halb taub, konnte sich aber noch genau an die ganze Geschichte erinnern. Der Besuch bei Doña Anita war für den kommenden Mittwoch zur Mittagszeit vereinbart worden. Mit eingeschaltetem Aufnahmegerät und gespannter Aufmerksamkeit, einer Schachtel Plätzchen und in unvermeidlicher Begleitung von Francisco Monteiro, dem Enkel der Zeugin, als eine Art Botschafter des guten Willens: »Seit damals traut meine Großmutter niemandem mehr, wissen Sie?«

In der Konditorei auf dem Dorfplatz kaufte Maya ein Tablett mit *buñuelos*. Sie wollte an Alicias Haustür klingeln, um die frittierten Teigbällchen mit ihr zu teilen. Das musste sein, denn Estelas Schwester sollte ihr, ohne in ihre Pläne eingeweiht zu sein, ein Alibi verschaffen. »Ich werde Ihnen die Wahrheit anvertrauen, Alicia«, hatte sie vor, in vertraulichem Ton zu sagen. »Meine Anwesenheit in Los Rosales ist einem Auftrag meiner Chefredakteurin geschuldet. Sie möchte, dass ich über eine Mordserie schreibe, die vor vielen Jahren hier in den Bergen verübt wurde. Und es ist besser, wenn keiner davon erfährt. Ich möchte niemanden beunruhigen; ein solches Vorhaben erfordert strengste Diskretion.«

Das würde der beste Weg sein, dafür zu sorgen, dass Estela Valiente nicht sofort die Flucht ergriff, wenn ihre Schwester ihr erzählte, dass es sich bei der neuen Mieterin im Nonnenhaus um niemand Geringeres als eine unbequeme Journalistin handelte. Eine Redakteurin des *Idéaliste*, um genauer zu sein, und eine mögliche Bedrohung für ihren häuslichen Frieden.

Kapitel 6

Als Estela am Bahnhof ankam, schloss sie ihr Notizbuch mit dem roten Einband, in das sie ein paar unleserliche Zeilen geschrieben hatte, und steckte es in ihre ungeordnete Handtasche, in der sie bereits den Umschlag mit dem gefalteten Brief und die Ausgabe von *Das rote Backsteinhaus* bei sich trug, die ihre Schwester an jenem Morgen unter dem Bett zu verstecken versucht hatte. Um an das Buch heranzukommen, hatte Estela tatsächlich auf dem Bauch ein Stück unter ihre Schlafstatt rutschen müssen.

Sie fand das Buch jedes Mal wieder, sosehr sich Alicia auch bemühte, es verschwinden zu lassen. Ihre Schwester war nicht davon abzubringen, obwohl Estela ihr schon eine Million Mal erklärt hatte, dass zwischen ihr und diesem Buch eine lebenslange Verbindung bestand, eine Art magnetische Kraft, die stärker war als jeder Versuch, sie zu trennen. Wo auch immer Alicia es versteckte, wurde Estela mit geschlossenen Augen von ihm angezogen, als könnte sie es riechen oder auf einer imaginären Landkarte anhand der genauen Koordinaten seine Position orten. Immer wenn das Buch wieder in ihre Hände gelangte, nachdem es ein paar Tage in einem neuen Versteck gelegen hatte, las sie die kühle, enttäuschende Widmung darin – *Für Estela Valiente, in herzlicher Dankbarkeit* – und fuhr mit dem Zeigefinger Tony Cienfuegos' geschwungene Unterschrift nach, die wie eine Narbe von links nach rechts über die erste Seite verlief.

»Du hast die Schrift eines Tyrannen«, hatte sie ihn immer wieder aufgezogen.

Normalerweise ließ sie das Buch immer zu Hause, wenn sie wegfuhr, da sie Angst hatte, es zu verlieren. Doch an jenem Morgen hatte sie sich nicht davon trennen können. Also hatte sie es in ein besticktes Taschentuch gewickelt und es behutsam in ihre Handtasche gesteckt wie einen Schatz.

Als sie in Madrid aus dem Zug gestiegen und über den Bahnsteig und den belebten Platz zu Fuß das kurze Stück bis zu ihrer Dachwohnung gegangen war, hatte sie es an die Brust gedrückt – den Sohn, den sie nie hatte, das Baby, das nicht älter wurde und niemals seinen Namen sagen würde – und den Schlag seines papiernen Herzens gespürt, der von Tony Cienfuegos' eiserner Faust erstickt wurde.

Mit dem Buch im Arm war sie über die enge Treppe in den sechsten Stock hinaufgestiegen, wobei sie sich zwischendurch immer mal wieder schnaufend an das schmiedeeiserne Geländer lehnte und mit einer Mischung aus Ekel und Hunger die Gerüche aus den Küchen der Wohnungen wahrnahm.

Es war Essenszeit. In Los Rosales hatte Alicia sicher ein leckeres Mahl gekocht und wartete am gedeckten Tisch auf sie, geduldig, wie sie war, und bereit, die Geschichten zu hören, die sie manchmal gelesen hatte und manchmal für sie erfand. In schweigendem Einvernehmen – ich koche, du erzählst –, woran sie sich all die Jahre über konsequent gehalten hatten.

An dem Morgen, an dem Alicia Tonys Buch mit einem raschen Fußtritt unter das Bett beförderte, hatte sie, Estela, den Artikel unter den Todesanzeigen in der Zeitung entdeckt. Im Alter von vierundachtzig Jahren war die berühmte Liebesbrief-Mörderin im Gefängnis gestorben. Marta Poza, das frühreife Mädchen, das schon mit fünfzehn Jahren von sich reden machte. Sicher konnte Alicia sich auch noch an sie erinnern. An ihre dünnen Beine und die großen Augen. Wie sie Tony hoffnungslos den Kopf verdreht und ihn davon überzeugt hatte, gemeinsam durchzubrennen. Um dann eine Nacht mit ihm in einem verruchten Motel zu verbringen und mit ihrem langen, schlanken Körper Gott weiß was anzustellen. Sie war mindestens einen Kopf größer als ihr junger Liebhaber gewesen und bedeutend gewitzter, verführerischer und ungestümer.

Jedenfalls würden sie genügend Gesprächsstoff für mehrere Tage haben, da Alicia sich sicher auch an die Zeit der Unsicherheit erinnern würde, als es hieß, dass bei ihnen im Gebirge ein Mörder umging, was die Menschen in Angst und Schrecken versetzte, sodass die Kinder nicht in die Schule gingen und alle Haustüren fest verrammelt waren.

Anschließend würden sie mit ihren Freundinnen vom Kartenclub darüber reden. Und während sie spielten und ein Glas Wein nach dem anderen tranken, würden sie wie üblich immer wieder sagen: »Estela, du solltest unbedingt einen Roman über diese Geschichte schreiben.«

Schließlich erreichte Estela den Treppenabsatz im sechsten Stock. Sie zog den Schlüssel aus der Tasche, wobei ihre Finger das Buch berührten. Dann öffnete sie die Tür und betrat die Welt von Tony Cienfuegos. Sie ließ sich auf dem mit rotem Samt bezogenen Sofa nieder und betrachtete alles, was um sie herum zu sehen war: die Porzellankatzen, den Beistelltisch mit der Seidentischdecke, die bedruckte grüne Tapete an den Wänden, die Trockenblumen, die Marmorbüste und das Ölgemälde, das ihr immer ein wenig seltsam und künstlich erschienen war, die überfrachtete Einrichtung, in der Tony gelebt hatte, in der er untergetaucht war, immer wieder nach Luft schnappend, um weiterleben zu können.

Estela zündete sich eine Zigarette an und gönnte sich einen Drink, dann tastete sie nach dem Telefon und wählte die einzige Nummer, die sie auswendig kannte: die von Camino Aribau, ihrer Verlegerin, ihrer Freundin, ihrer Seelenverwandten.

»Was ist passiert, Estela, du beunruhigst mich, meine Liebe, ich komme, sobald ich meine Enkel los bin.«

»Ach, Camino! Was passiert ist, ist, dass ich einen Brief von Alonso Ríos erhalten habe. Und ich weiß nicht, was ich damit machen soll. Zerreißen? Verbrennen? Ich habe Angst. Ich würde am liebsten für immer verschwinden. Mich auf eine einsame Insel zurückziehen und dort alt, einsam und in Ruhe sterben. Schließlich bleibt mir eh nicht mehr viel Zeit.«

»Es wird schon nicht so schlimm sein. Ist ja nicht das erste Mal, dass so etwas passiert, und wir haben es noch immer überstanden. Die Sache ist jetzt so lange her, und wenn die Wahrheit bis heute nicht ans Tageslicht gekommen ist, bedeutet das, dass dein Geheimnis sicher ist. Schließlich sind alle, die damals dabei waren, schon tot. Hörst du?«

Camino hatte mit zweiunddreißig Jahren geheiratet – mit Blumen im Haar und in einem ihren Körper umschmeichelnden, fließenden Kleid aus weißem Baumwollstoff.

Einen französischen Violinisten, den sie in Paris kennengelernt hatte. Und gegen jede Vorhersage hatte sie an seiner Seite das große Glück gefunden, das es sonst nur in Märchen gibt. Gemeinsam hatten sie eine zweisprachige Hippie-Familie gegründet, die jeden Sommer mit einem bunten Wohnwagen an die Küste gefahren war. Die Kinder waren in der Freiheit aufgewachsen, die ihre Eltern sie gelehrt hatten; ohne Angst vor nackten Körpern, Brokkoli und dem Geruch von Marihuana.

Zu Anfang waren sie arm wie die Kirchenmäuse – ein kleiner Verlag, der ausschließlich architektonische und medizinische Fachbücher publizierte, erwirtschaftete nicht genügend Einkommen, um fünf Kinder, zwei Katzen, einen Hund und jede Menge Künstler, die bei ihnen vorbeischauten, zu ernähren. Doch nach der Veröffentlichung von *Hinter verschlossenen Türen* stieg das Familienvermögen derartig an, dass die Kinder studieren und die Eltern auf Ibiza leben konnten, ohne ihren Lebensstil zu ändern – niemals! Und die fröhliche Hippie-Kommune wurde immer größer, bis sie zu der großen quirligen Gemeinschaft wurde, die sie heute war: eine ungewöhnliche Familie mit mehr als dreißig verrückten Mitgliedern, darunter Väter, Kinder, Enkel, Violinisten, Dichter und andere sympathische Hungerleider, die sich an die kleine Künstlertruppe anhängten.

Als Camino Aribau sagte, dass sie erst noch ihre Enkel loswerden musste, entsprach dies nicht nur der Wahrheit, sondern war wörtlich zu verstehen. Ständig hingen zwei oder drei Kleinkinder an ihr, die sie mit sich über den Boden des Hauses schleifte, wodurch sie sich das Putzen sparen konnte. Denn die zärtliche, lustige, unkonventionelle, sorglose Großmutter war ein begehrter Babysitter, der sich über die Streiche der Enkel amüsierte und dem es nichts ausmachte, wenn sie die Wohnzimmerwände bemalten.

Im Laufe der Jahre hatte Caminos Beziehung zu Estela Valiente mehrere Veränderungen durchlaufen. Sie hatten sich an der Uni kennengelernt und gemeinsam die geheimen Treffen besucht, bei denen über Feminismus und Freiheit geredet wurde. Camino wollte eine revolutionäre Zeitung herausgeben, ein satirisches Studentenblatt, das sie bei sich zu Hause drucken und dann unter ihren Kommilitonen verteilen wollte, um so für das einzige Ziel zu kämpfen, das ihr wichtig genug war, um dafür ihre körperliche Unversehrtheit und ihre Zukunft aufs Spiel zu setzen. Estela dagegen ersehnte sich lediglich genügend unbenutztes Papier, um die vielen Geschichten und Gedanken aufzuschreiben, die nicht mehr alle in ihren Kopf zu passen schienen und sie nachts nicht schlafen ließen.

Gemeinsam hoben sie jene verbotene und verfolgte Publikation aus der Taufe, die die universitäre Autorität untergrub, sich von Hand zu Hand und Mund zu Mund in dunklen Kellern verbreitete und die Studentinnen auf die Gefahren hinwies, die ihrem weiblichen Naturell innewohnten: *Lasst nicht zu, dass man Euch mit Füßen tritt* – warnten sie –, *seid Euch Eures Wertes bewusst und stark. Fähig, die Welt zu verändern; sie gerechter und menschlicher zu machen. Kämpft für Euer Recht, Euch unter gleichwertigen Bedingungen mit den Männern zu messen, zu studieren, zu arbeiten und Eure Meinung zu vertreten, Entscheidungen zu treffen und das Leben zu genießen.*

Camino vertrat die Ideologie; Estela fasste sie in überzeugende Worte. Ohne aufdringlich zu sein; nur, indem sie die schmerzliche alltägliche Realität beschrieb. Geschichten, die ihre Kommilitoninnen ihr erzählten; junge Frauen, die dem tyrannischen Befehl ihrer Väter oder ihrer Ehemänner unterworfen waren, Mädchen, die, bevor sie noch fünfzehn Jahre alt waren, zur Heirat gezwungen wurden, Frauen, die sklavisch die Wünsche ihrer Männer erfüllen mussten … Geschichten, die sie sich schweigend anhörte und anschließend zu Papier brachte. Der Ursprung dessen, was später in *Hinter verschlossenen Türen* Gestalt annehmen sollte.

»Schreib einen Roman, Estela. Du hast genügend Material, um eine packende Handlung zu entwerfen. Erfinde eine Heldin, die stellvertretend für uns alle steht, und gib uns eine Stimme.«

So kam es, dass Estela in einem Sommer im Schatten der Eiche im Garten, zusammen mit Alicia und Tony, denen sie jedes Kapitel vorlas, das sie geschrieben und überarbeitet hatte, gestärkt von Limonade mit viel Eis und Zucker, von Zigaretten, Gin, aufmunternden Worten und schlaflosen Nächten, unter Schmerzen das Buch zur Welt brachte, das sie berühmt machen sollte.

Und das von der Zensur verboten wurde.

Camino Aribau wickelte das Neugeborene in warme Decken, versteckte es unter ihrem Rock, überschritt mit ihm die Grenze in Irún, gab ihm in Hendaye die Brust und erreichte so erschöpft Paris, als ob sie ohne Sauerstoff, ohne Sherpa und Basislager den Mount Everest bestiegen hätte.

Sie hatte von einer altersschwachen Druckerei im Hinterzimmer eines alten Buchladens gehört, die von ein paar

Spaniern im Exil betrieben wurde, wo man mit Pesetas bezahlen und in der Zeit, in der das Buch gedruckt wurde, unterkommen konnte.

»Zweihundert Exemplare, in Ordnung?«

»Haben wir dafür genügend Platz?«

Camino errichtete einen Stand am linken Seine-Ufer, an dem nur ein einziges Buch verkauft wurde: *Hinter verschlossenen Türen*, das Debüt der bisher unbekannten Autorin Estela Valiente. Auf Spanisch geschrieben und von einem Freund des Druckers ins Französische übersetzt.

Gleich am ersten Tag kaufte Arpad, der Violinist, das erste Exemplar des Buches, das ein Klassiker der Weltliteratur werden sollte.

»Signierst du es mir?«

»Ich habe es nicht geschrieben.«

»Das ist mir egal. Bitte signiere es mir, dann weiß ich, wie du heißt.«

Nach Caminos Rückkehr aus Frankreich mit fünfzig als Bibeln getarnten Büchern und dem Violinisten am Arm, führte sie den Verlag Aribau mit Sitz im Madrider Viertel Malasaña, der zunächst nur einen einzigen Roman vertrieb und nahezu unbekannt war.

»Dieses Buch ist von der Zensur verboten worden«, warnte sie die Leser. »Bitte seid vorsichtig und gebt es nur an Leute weiter, die unsere Meinung unterstützen. Wenn es in die falschen Hände gerät, bringt das Estela und mich in Gefahr, versteht ihr?«

Sie kamen um Mitternacht und fanden Camino nackt in Arpads Armen vor. Sie wurde wegen Erregung öffentlichen Ärgernisses, Veröffentlichung verbotener Schriften und einiger anderer Vergehen verurteilt. Estela teilte in den dreizehn Monaten, die die Haft andauerte, ihre Zelle. Und jede Nacht hörten sie mit Tränen in den Augen jenseits der Gitterstäbe die traurigen Klänge von Arpads Violine.

Es war bereits nach sechs, als Estela endlich das vertraute Klopfen Caminos an der Tür der Dachwohnung hörte. Bis dahin war es ihr gelungen, ihre Nerven mit ein paar Gläsern Gin zu beruhigen. Doch die äußerliche Ruhe täuschte. Und als ihre alte Freundin nun mit gerunzelten Brauen vor ihr stand, wurde Estela von ihrer gemeinsamen Geschichte regelrecht erschlagen. Als ob eines der Bücherregale sich von der Wand gelöst hätte und auf sie draufgefallen wäre, um sie mit dem Gewicht Hunderter gebundener Bücher zu erdrücken. Vollkommen verzweifelt, in staubiger Kleidung, mit wirrem Haar und geröteten Augen warf sich Estela Camino in die Arme, die sofort bemerkte, dass ihre Freundin wie Espenlaub zitterte. Wie zerbrechlich und wehrlos die kleine Estela Valiente doch war!

»Jetzt bin ich ja da. Nun hör auf zu weinen, sonst trocknen deine Augen aus und tun dir weh. Hast du genügend Wasser getrunken? Sicher nicht!«

»Ach, Camino!« Estela sprach so leise, dass sie kaum zu verstehen war. »Dass ich das mit meinen zweiundachtzig Jahren noch erleben muss ... Dabei könnte ich längst tot sein, dann müsste ich das nicht mehr durchmachen!«

Camino schob sie sanft ins Wohnzimmer. Sie räumte die leere Flasche und das benutzte Glas weg und bettete Estela dann auf dem mit rotem Samt bezogenen Sofa, schob ihr weiche Kissen unter den Kopf und wickelte sie in die geblümte Decke ein. Anschließend ging sie in die Küche und wartete, bis das Wasser sauber und kühl aus dem Hahn lief, füllte einen Krug damit, stellte ihn mit zwei Gläsern auf ein Tablett und kehrte damit wieder zu ihrer Freundin ins Wohnzimmer zurück.

»Gut«, sagte sie mit großmütterlicher Stimme, »trink einen Schluck Wasser, erzähl mir alles, und dann rauchen wir einen Joint, einverstanden?«

Mit zitterndem Finger deutete Estela auf die Handtasche, die zu ihren Füßen lag.

»Lies zuerst den Brief!«, flehte sie.

Camino nahm den Brief aus der Tasche und blickte auf den Absender.

»Alonso Ríos.« Sie nickte nachdenklich. »Das war doch nur eine Frage der Zeit, Estela. Ich kann mir schon denken, was drinsteht.«

»Er will sich mit mir treffen.«

Camino schenkte das Wasser ein und drehte sich einen Joint.

»Und? Wirst du ihn empfangen?«, fragte sie, während sie ein Streichholz entzündete.

»Er schreibt, dass der fünfzigste Jahrestag der Veröffentlichung des Buches bevorsteht. Dass es an der Zeit sei, dass die Wahrheit ans Licht kommt. Dass er sie auf jeden Fall erzählen wird, mit oder ohne meine Einwilligung.«

»Womit er recht hat.«

»Hat er nicht!«, widersprach Estela erregt. »Wie kannst du denn so etwas sagen!«

»Ich finde auch, dass die Geschichte an die Öffentlichkeit kommen sollte. Das hab ich dir ja oft genug gesagt …«

»Und nun lässt es sich nicht mehr verhindern, Camino. Er ist fest entschlossen, die Wahrheit zu sagen.«

Camino zog an ihrem Joint, und der süßliche Geruch mischte sich in die stille Luft im Zimmer.

»Ich werde einfach sagen, dass alles gelogen ist«, meinte Estela jetzt. »Wir könnten eine offizielle Mitteilung herausgeben, so wie früher, und behaupten, dass er ein Betrüger und Verleumder ist. Wir könnten ihn gegebenenfalls sogar verklagen.«

»Zuerst müssen wir herausfinden, welche Beweise er hat, Estela.«

»Ich will ihn aber nicht sehen!«

Nach und nach beruhigte die Wirkung des Joints die Gemüter. Als es dunkel wurde, gingen die beiden Freundinnen auf die kleine Dachterrasse, machten den Schallplattenspieler an und hörten die schluchzenden Klänge eines herzzerreißenden kubanischen Boleros. Estela machte die besten Mojitos auf der Welt. Mit viel Minze und zerdrücktem braunem Zucker im Rum.

Am Himmel hing groß und traurig der Mond. Hin und wieder beschwerten sich die Nachbarn über die laute Musik und das Kreischen der beiden betrunkenen Frauen, die unablässig rauchten und wie zwei toll gewordene Katzen hoch über den Dächern miauten, die Kinder aufweckten und auch alle anderen um den Schlaf brachten.

Kapitel 7

»Diese Gewohnheit von Ihnen, mit Ihren Lesern per Post zu kommunizieren, muss doch sehr zeitaufwändig, teuer und unübersichtlich sein. Das kostet Sie am Tag sicher mehrere Stunden … Haben Sie mal darüber nachgedacht, einen Facebook- oder einen Instagram-Account zu eröffnen, um sich die Sache zu erleichtern?«

Journalisten konnten unglaublich lästig sein! Von all ihren Gesprächspartnern waren sie diejenigen, die die meisten Fragen stellten und nie mit ihren Antworten zufrieden waren. Eine ihrer Fragen zu beantworten war, wie den Samen einer Tomatenpflanze zu säen: Sie keimte, wuchs, wand sich, breitete sich aus, erdrückte alle anderen Pflanzen und trug schließlich üppige Früchte, die sich in Rispen über den ganzen Garten ausbreiteten. Es war nicht einmal nötig, die Sträucher zu gießen. Sie wuchsen von allein und überlebten, indem sie auch noch den letzten Tropfen Tau aufsaugten.

»Nein, nein. Ich würde nie derart respektlos mit meinen Lesern umgehen. Mich niemals an sie richten, als wären sie eine einzige, gefügige, unpersönliche Masse. Ich sehe in den sozialen Medien einen Angriff auf die Essenz der menschlichen Kommunikation. Sie führen zu Abhängigkeit und Versklavung. Und ich war schon immer gegen die Tyrannenherrschaft.«

Camino Aribau stand den modernen Medien da weitaus offener gegenüber, allein schon aus der Notwendigkeit heraus, mit ihren Enkeln kommunizieren zu können. So war sie den Verlockungen des Smartphones erlegen und würdigte die digitalen Fotos und die rührenden kindlichen Äußerungen ihrer Nachkommen zum Sinn des Lebens oder dem Trugbild der Liebe hin und wieder mit einem *like*.

An dem Tag, als Estela von einer jungen Reporterin angeschrieben wurde, die angeblich einen Artikel über »literarische Schriftsteller und ihr Verhältnis zur modernen Technologie« verfassen wollte, hatte sie daher Camino um Hilfe gebeten und hatte sich dank der Erfahrung ihrer Freundin in die gefährlichen Gewässer des »Hochladens, Teilens und Kommentierens« begeben. »Verurteile nicht, was du nicht kennst«, war eine der Maximen der beiden, die auch in diesem Fall der unbequemen Frage nach Estelas Art, mit ihren Lesern zu kommunizieren, zugrunde gelegt werden musste.

Der Ausflug in die Welt der Social Media führte bei Estela Valiente jedoch zum absoluten Unverständnis gegenüber der menschlichen Rasse. »Wir sind verloren«, klagte sie.

Wie sehr hätte jemand wie Tony unter den modernen sozialen Medien gelitten!, schoss es ihr durch den Kopf. Hätte es in jenen goldenen Zeiten bereits Internet gegeben, wäre Tony zunächst zum Liebling des Internets aufgestiegen, um anschließend von ihm vernichtet zu werden. Man hätte einen Shit-Storm losgelassen, hätte ihn schikaniert und erniedrigt. Und er hatte nicht geschwiegen, natürlich nicht. Estela hätte ihn eines Tages in Tränen aufgelöst auf genau diesem roten Sofa vorgefunden, auf dem nun sie voller Angst lag. Allein die Vorstellung, wie gefährlich jemand, der so bekannt war wie Alonso Ríos, im Zeitalter des Internets sein konnte, reichte, um sie in Panik zu versetzen.

»Diese Zahl, 471, bezieht sich auf die Anzahl der Freunde. Diese, 58, auf die Anzahl der Follower.«

»Aha. Das sind ziemlich wenige, oder?«

»Weil es recht aufwändig ist.«

»Aufwändiger, als meinen Lesern Briefe zu schreiben?«

Es war so, dass Alonso Ríos, was die neuesten Nachrichten und die Meinungsbildung anging, ein Vorbild war. Wenn er sich äußerte, traf er die Menschen ins Herz, egal, ob er eine Kolumne für die Zeitung schrieb oder in einer Radio- oder Fernseh-Talkshow auftrat. Das dunkelbraune Haar und sein Gesicht mit dem dichten, leicht melierten Bart verliehen ihm das ein wenig beunruhigende Aussehen eines schwierigen Menschen, der zu plötzlichen Stimmungswechseln neigte. Der von einem Tag auf den anderen ohne jegliche Erklärung verschwinden konnte. Der noch nie in einer längeren Beziehung gelebt hatte. Doch seine Augen, die klar und ruhig wie das Wasser in einem See waren, brachen jeden Widerstand. Estela wusste sehr gut, welche Wirkung ein Blick aus solchen Augen auf der weiblichen Netzhaut erzeugen konnte.

Camino hatte gehofft, dass Estela irgendwann erschöpft auf dem roten Sofa, das einstmals Tony Cienfuegos gehört hatte, einschlafen würde.

»Bleib heute Nacht hier«, hatte ihre Freundin sie mit alkoholschwerer Zunge gebeten, obwohl sie genau wusste, dass Camino das nicht tun würde. Dass sie, bevor es hell wurde, wie immer an Arpads Seite zurückkehren würde, damit ihm ihre Abwesenheit nicht auffiel und er sie neben sich im Ehebett nicht vermisste. So wie Alicia in Los Rosales

Estela vermisste, während sie mit viel Liebe und Geduld Blumen in Vasen stellte, Kartoffeln kochte, Bücher versteckte und ihrer Schwester möglichen Ärger vom Leib hielt.

In der Dachwohnung roch es frisch und gut. Die treue Verlegerin hatte die Gläser in die Küche gebracht, gespült und gelüftet. Die nächtliche Schlacht hatte keine Leichen hinterlassen.

Estela nahm ein Bad, machte sich zurecht, und tupfte sich Parfum hinters Ohr. Sie zog ein winterliches Strickkleid an, weil sie im Schrank nichts anderes fand, drückte erneut ihre Tasche an die Brust und machte sich auf den Rückweg nach Hause. Es war der 5. Mai kurz nach Mittag. Als der Zug sich in Bewegung setzte, begann sie unzusammenhängende Sätze in ihr rotes Notizbuch zu schreiben. *Sehr geehrter Señor Ríos* war oben auf jeder Seite zu lesen, die sie, erneut von einer diffusen Angst erfasst, immer wieder herausriss.

Als Estela am Bahnhof ankam, sah sie Alicia bereits mit einem seltsam zufriedenen Lächeln am Bahnsteig stehen. Sie hatte ein geblümtes Kleid angezogen und darüber eine leuchtend rote Jacke, was für sie, die ansonsten stets zu unauffälliger Kleidung neigte, äußerst ungewöhnlich war. Man sah ihr förmlich an, dass sie darauf brannte, eine Neuigkeit loszuwerden.

»Entschuldige, Alicia, dass ich mich dir gegenüber so schlecht benommen habe«, sagte Estela, als sie ihre Schwester zur Begrüßung umarmte.

»Keine Sorge, du Dummerchen, ist alles längst vergessen. Außerdem ist etwas Erstaunliches geschehen. Ich werde dir unterwegs davon erzählen.«

Kein Wort über den Streit vom Vortag. So war Alicia: Vergessen das, was gestern war, und stets bereit, den neuen Tag ohne Gram und voller Begeisterung zu beginnen.

Das »Erstaunliche«, was laut Alicia während Estelas Abwesenheit geschehen war, hatte mit der neuen Nachbarin zu tun, was Estela nicht wirklich überraschte. Und es ging darum, dass Alicia sie zum Essen eingeladen hatte, dass die junge Frau Journalistin war und dass sie eine aufklärende Reportage über die Liebesbrief-Mörderin schreiben wollte.

»Du erinnerst dich doch noch an diese Verrückte, oder? Marta Poza, die mit Tony abgehauen ist. An das, was damals los war! Das ganze Dorf hat in den Bergen nach ihnen gesucht, bis sie in einem alten Motel an der Landstraße gefunden wurden. Meine Güte, war das aufregend! Und Tonys Mutter, die extra aus Madrid gekommen war, weil die Polizei sie angerufen hatte. Die aussah wie eine Nutte und völlig übernächtigt war. Sie hat die Sonnenbrille nicht einmal abgesetzt, als sie Tony die heftigste Ohrfeige seines ganzen Lebens verpasst hat.«

»Aber das hast du doch nicht etwa dieser Journalistin erzählt, oder?!«

»Natürlich nicht, Dummerchen. Wir haben es uns geschworen, und ich kann ein Geheimnis für mich behalten. Aber das hält *uns* doch nicht davon ab, darüber zu sprechen. Komm, sei nicht sauer!«

Estela erinnerte sich an den ersten Skandal in Tony Cienfuegos Leben, als ob er gestern erst geschehen wäre. Weil er damit ihre Freundschaft verraten hatte und wegen der schmerzhaften Folgen, die das Ganze für sie beide mit sich brachte.

Dieses frühreife Mädchen, in dem man schon die verruchte Frau sehen konnte, war an einem Sommerabend plötzlich aufgetaucht. Sie war die abschüssige Straße herabstolziert und hatte sie über die Gartenmauer hinweg mit offenem Mund und blödem Gesichtsausdruck angestarrt. Tony und Estela hatten, wie zwei Affen im Urwald kopfüber an einem der Äste der Eiche hängend, schweigend gelesen, sodass sie den ersten Eindruck von Marta Poza aus umgekehrter Perspektive bekamen. Aus dieser Position heraus erschien sie ihnen groß und dünn, jedoch nicht so sehr wie später, als sie ihnen gegenüberstand. Sie war fünfzehn Zentimeter größer als Estela und zehn Zentimeter größer als Tony. An diesem Tag trug sie einen kurzen, weiten Rock, hatte Schorf an den Knien und schmutzige Fingernägel.

Sie erzählte ihnen, dass sie für eine Weile zu Besuch bei ihren Cousins sei. Dass sie sich zu Tode langweile. Dass sie ihren Freund vermisse, der als Einziger in der Lage sei, ihr ein wenig Freude zu verschaffen.

»Was macht er denn so mit dir?«, fragte Tony in einem seltsamen Tonfall, der verschwörerisch klang, komplizenhaft, so als hätten die beiden zusammen ein Verbrechen begangen.

Marta Poza legte sich den Zeigefinger an die Lippen und fuhr sich dann ganz langsam damit über den Hals bis zur Brust hinunter.

»Und was machst du mit ihm?«, fuhr Tony fort, ohne Estelas Verblüffung zu beachten.

»Möchtest du es wissen?«

Das Mädchen streckte den Arm aus, nahm Tony an der Hand und zog ihn wortlos die Straße mit sich hinauf. Er folgte ihr wie ein Schoßhündchen und wandte sich nicht einmal um, um sich von Estela zu verabschieden, nicht einmal, um das Buch aufzuheben, das auf den Boden gefallen war.

Sieben Stunden später verriet Estela ihren besten Freund, nachdem sie von einem Polizisten unter Druck gesetzt worden war, der sie so aggressiv befragte, dass sie in Tränen ausbrach. Tonys Großtanten, die ihn verwöhnten, liebkosten und wie einen Dandy kleideten, schworen, dass sie ihn umbringen würden, wenn sie ihn fanden.

Da war es bereits nach drei Uhr morgens. In dieser Nacht hatte niemand in Los Rosales ein Auge zugemacht, da das Gerücht umging, dass die beiden Kinder entführt worden waren, um von Tonys Mutter und dem Mann, der sie aushielt, Lösegeld zu erpressen.

»Alicia, was, glaubst du, ist eine Geliebte?«

»Na ja, jemand, den man liebt, oder?«

Estelas Aussage, ihre genaue Beschreibung des verschwundenen Mädchens und die wenigen Hinweise, die gefunden wurden, führten den Suchtrupp zuerst ins Gebirge und schließlich zu dem Motel, in dem die beiden sich unter erfundenen Namen und falschem Alter als Geschwister angemeldet hatten.

Die Polizei wartete darauf, dass Tonys Mutter kam, und trat dann die Tür zu dem sündigen Zimmer ein. Tatsächlich trug Tonys Mutter, obwohl es dunkel war, eine riesige Sonnenbrille und war zum Ausgehen zurechtgemacht, mit vielen Perlen und knallroten Lippen. In dieser Aufmachung war sie aus dem schwarzen Auto gestiegen, das sie bis zur Haustür gefahren hatte, wobei Alicia und Estela sie im Pyjama von einem der Fenster im Turm aus beobachtet hatten.

Dass sie die Sonnenbrille nicht einmal abgenommen hatte, als sie ihrem Sohn die schallende Ohrfeige verpasste, erzählte am nächsten Tag der Postbote der jungen Frau, die im Haus gegenüber arbeitete, was Estela von dem Ast des Baumes aus hörte, auf den sie sich geflüchtet hatte.

Marta Poza wurde von einem entfernten Verwandten abgeholt, der versicherte, der Vormund des Mädchens zu sein. Er schickte sie zum Arbeiten nach Madrid, und sie hörten erst mehr als vierzig Jahre später wieder von ihr, als sie angeklagt wurde, drei Männer umgebracht zu haben, nachdem sie ihnen erotische Briefe geschrieben hatte.

»Estela, soll ich dir erzählen, was Marta und ich in diesem Motel gemacht haben?«

»Nein.«

»Sie kennt wirklich alle Tricks.«

»Das ist mir egal.«

»Das sollte dir aber nicht egal sein. Niemand wird dich heiraten wollen, wenn du keine Ahnung hast, was du im Bett anstellen sollst.«

»Ich werde niemals heiraten, hörst du?«

»Nicht einmal mich?«

»Scher dich zum Teufel, Tony Cienfuegos.«

Estela erinnerte sich – natürlich erinnerte sie sich – an den bitteren Geschmack der Galle, die ihr hochkam, den Drang, in Tränen auszubrechen, ihr gebrochenes Herz. Das Schuldgefühl, den leeren Magen und die befriedigende Rache. »Ich habe euch verraten und der Polizei alles erzählt, dass du's nur weißt«, schleuderte sie Tony entgegen, als sie ihn nach dem Stubenarrest, den seine Mutter ihm auferlegt hatte – vier Tage eingeschlossen bei Brot und Wasser und den alten Büchern seines Stiefvaters –, zum ersten Mal wiedersah.

»Klettern wir heute nicht auf den Baum?«

»Wir sind doch keine kleinen Kinder mehr, Tony.«

Estela tat es immer noch weh, an diesen Verrat zu denken, über den Alicia sich gerade prächtig zu amüsieren schien. »Kinderkram«, sagte sie, als sie den Motor startete, um zurück nach Hause zu fahren.

»Maya hat uns Pralinen und *buñuelos* mitgebracht«, erzählte sie dann. »Da ich ja weiß, wie gern du sie isst, habe ich dir die Hälfte aufgehoben. Sie ist sehr sympathisch und interessant. Ich glaube ja, dass sie Liebeskummer hat, auch wenn sie nichts davon gesagt hat … Aber du weißt ja, dass ich für diese Dinge ein feines Gespür habe. Ich sehe es in ihren Augen, die irgendwie traurig sind. Vielleicht lernt sie hier ja jemanden kennen und bleibt für immer. Sie hat mir erzählt, dass sie allein hergekommen ist, um den Sommer hier zu verbringen. Danach wird sie nach Madrid zurückkehren. Wenn sie mit den Recherchen fertig ist, weißt du? Morgen führt sie ihr erstes Interview zu dem Fall. Sie ist mit einer Frau aus dem Dorf zum Essen verabredet, deren Name Anita Romero ist und die anscheinend mit Marta Poza befreundet war.«

»Monteiros Großmutter?«

»Genau die. Kennst du sie?«

»Ein wenig. Sie ist ziemlich verkalkt.«

»Na ja, im Moment ist sie Mayas einzige Informationsquelle.«

Bevor sie ins Haus traten, blieb Alicia abrupt vor der Tür stehen. Sie wiegte den Kopf, wie sie es immer tat, wenn sie eine außergewöhnliche Idee hatte. Dann drehte sie sich langsam zu ihrer Schwester um, die verletzlich, zitternd, mit vom Weinen geröteten Augen und völlig erschöpft vor ihr stand.

»Hör mal«, meinte sie, »wenn du mir nicht sagen willst, wo diesmal der Schuh drückt, dann lass es. Es ist mir egal. Hauptsache, du bist wieder hier. Aber dafür möchte ich dich um einen Gefallen bitten.«

»Was für einen Gefallen?«

»Dass du Maya morgen bei ihrem Besuch bei Anita Romero begleitest. Ich glaube, dass das Mädchen Hilfe braucht, und mir fällt kein besserer Watson für diesen Sherlock ein als du. Außerdem wird dich das von deinem Problem ablenken, was immer es auch sein mag, und du hast später beim Abendessen etwas zu erzählen.«

Kapitel 8

Maya lag in der Sonne. Es war vier Uhr nachmittags, und sie hatte den ganzen Morgen über im Haus vor ihrem Computer gesessen und die Stichpunkte geordnet, die sie sich bisher notiert hatte. Zwar waren es nicht viele, aber genügend, um eine Geschichte zu schreiben, in der sie die Realität mit ein paar fantasievollen Ergänzungen ausschmücken würde.

Sie konnte schon einmal den Ort Los Rosales beschreiben und mehrere Jahrzehnte in die Vergangenheit reisen, ohne sich von ihrem Platz wegzubewegen, indem sie sich die Straßen zum Teil nicht asphaltiert und im Licht von alten Laternen vorstellte und die Bäume um einiges kleiner. Wahrscheinlich hatte sich ein Ort wie dieser, weit weg von den Zwängen des Fortschritts, in den letzten Jahren nicht allzu sehr verändert.

Sie war derart inspiriert gewesen, dass sie sich mittags nicht mal eine Pause gegönnt hatte, um etwas zu essen. Gegen halb vier hatte sie sich dann ein Sandwich gemacht und war hinausgegangen, um es im Garten zu essen. Dabei hatte sie überrascht festgestellt, wie klar und warm der Tag war. Im Haus der Schwestern war es vollkommen still. Estela war noch nicht zurückgekehrt, und von Alicia war den ganzen Morgen über nichts zu hören und zu sehen gewesen.

Sie war eine zauberhafte alte Dame, die gute Alicia. Am Vortag hatte sie Maya erneut zum Essen eingeladen – als sie mit dem Tablett voller Gebäck und einem Lächeln vor ihrer

Tür gestanden hatte. »Sie wollen mir etwas erzählen«, hatte sie richtig vermutet. Dann hatte sie Maya untergehakt und mit sich in ihr Reich gezogen. Dort hatte sie derart hartnäckig darauf bestanden, dass sie zum Essen blieb, dass Maya keine andere Wahl gehabt hatte, als die Einladung anzunehmen.

»Erinnern Sie sich, Alicia, dass ich Ihnen versprochen habe, Ihnen den Grund für meinen Aufenthalt in Los Rosales zu erzählen? Nun ja, jetzt kann ich es sagen. Ich bin hergekommen, um etwas über die Liebesbrief-Mörderin zu schreiben.«

Für einen Moment hatte Alicia nachdenklich mit gerunzelten Augenbrauen und dem Löffel auf halbem Weg zum Mund innegehalten. Dann hatte sich ihr Gesichtsausdruck auf einmal verändert. In ihre Augen war ein seltsamer Glanz getreten, und auf ihren Lippen lag ein verschmitztes Lächeln.

»Also *das* ist es«, hatte sie mit einem erfreuten Seufzen gesagt. »Ich hab doch gewusst, dass da etwas im Busch ist.«

»Es ist eine Auftragsarbeit für die Zeitschrift, bei der ich arbeite. Es soll eine Art Fortsetzungsgeschichte werden; eine Serie also, über das, was damals hier im Gebirge passiert ist, mit Zeugenaussagen, Dokumenten, Fotos … Es hat sich herausgestellt, dass die Mörderin gerade vor ein paar Tagen gestorben ist. Sie war vierundachtzig Jahre alt. Und hat zwanzig davon im Gefängnis verbracht.«

Alicia erinnerte sich noch sehr gut an den Fall. »Estela ist ein großer Krimifan«, hatte sie erzählt, »sie hat mehrere Mappen mit Zeitungsausschnitten von Fällen, über die berichtet wurde. Und dann hat sie mich und unsere Freundinnen vom Kartenclub völlig verrückt gemacht, weil sie versucht hat, die Verbrechen aufzuklären, während die Polizei noch im Dunkeln tappte. Genau wie Miss Marple. Wenn meine Schwester wieder hier ist, werde ich ihr von dir und deinem Projekt erzählen«, hatte sie Maya versprochen und in ihrem Überschwang begonnen, die junge Frau zu duzen. »Du wirst sehen, dass sie dann nicht widerstehen kann, dir zur Hand zu gehen. Es würde mich nicht wundern, wenn sie einiges über den Fall aufbewahrt hat.«

»Und Sie erinnern sich nicht an Marta Poza? Wie es aussieht, hat sie als Kind hin und wieder ein paar Tage hier verbracht. Und später, als Erwachsene, hat sie sich ein Haus im Ort gekauft, wo sie viele Jahre über gewohnt hat. Haben Sie sie denn nie kennengelernt?«

»Ich?«, fragte Alicia mit dramatischem Augenaufschlag. »Ich habe sie weder gekannt, noch erinnere ich mich an sie. Immerhin sprechen wir über eine Mörderin und nicht über eine barmherzige Nonne. Ich habe mir meine Freunde immer sehr sorgfältig ausgewählt.«

Im Klostergarten in der Sonne liegend, war Maya kurz davor einzuschlafen, als sie den Motor des sich nähernden Autos hörte. Sie spitzte die Ohren und wartete geduckt hinter der Steinmauer darauf, Alicias und Estelas Stimmen zu hören, die, ins Gespräch vertieft, vom Bahnhof zurückkehrten.

An diesem Morgen hatte sie sich die beiden Schwestern als Kinder in der Nachkriegszeit vorgestellt, mit Flickenpuppen und kaputten Schuhen, und hatte über sie geschrieben, als wären sie zwei Romanfiguren. Doch sie waren Menschen aus Fleisch und Blut, hier, gleich neben ihr, sodass sie sie sehen und hören konnte. Durch einen Spalt im Mauerwerk beobachtete sie nachdenklich, wie sie die Haustür öffneten und ins Haus traten. Sie redeten freundschaftlich miteinander, so als hätten sie sich nie gestritten. Das ist das Wunderbare zwischen Schwestern, dachte Maya seufzend, nichts ist so wichtig, dass man es nicht gleich wieder vergessen könnte.

Maya blieb noch ein paar Minuten länger auf ihrem Beobachtungsposten. Dabei stellte sie sich vor, wie die beiden langsam die riesige Holztreppe in der Mitte des Hauses hinaufgingen oder es sich in den beiden Sesseln vor dem Kamin gemütlich machten. Sie sah die Szene in ihrer Biografie über Estela Valiente genau vor sich.

Also machte sie sich wieder an die Arbeit. Sie beschrieb den Garten, den Brunnen, das Pelota-Spielfeld, das Haus und den Blick auf die Felder, die in der Ferne zu sehen waren. Die Bauernhöfe und die Feldwege. Das Gebirge im Hintergrund. Sie erfand eine Schaukel, die aus einem Traktorrad bestand, das an einem Seil hing, und dort platzierte sie die beiden Mädchen. Eine von ihnen würde Jura studieren, in einer Kanzlei arbeiten und sich um die Eltern kümmern, bis ihre Schwester zurückkam, die sie mit offenen Armen empfing; in dem Bewusstsein, dass sie, wenn sie für Estela da war, auch sich selbst Gutes tat. Die andere würde nach Madrid gehen, ein Kultbuch schreiben, eine ungerechte Gefängnisstrafe absitzen, beinahe den Verstand verlieren, sich in die liebenden Arme ihrer Schwester flüchten und von da an den Folgen des Ruhms aus dem Weg gehen.

Als Estela und Alicia in Mayas Fantasie gerade mit geflochtenen Zöpfen auf dem Traktorrad im Garten schaukelten, klingelte es an der Tür.

»Maya, meine Liebe, bist du zu Hause?« Es war Alicias Stimme. »Ich bin hier, um dir meine Schwester Estela vorzustellen. Sie ist gerade aus Madrid gekommen und möchte dich gern kennenlernen.«

Maya sprang auf. Sie versicherte sich, dass die Riegel gut verschlossen waren, und rief dann durch die Tür:

»Ich komme sofort! Nur eine Sekunde!«

Auf dem Tisch im Esszimmer lagen noch all die Bücher, die sich mit Estela Valiente befassten. Die musste sie schleunigst verschwinden lassen.

Sie legte alles auf einen Stapel und schleppte diesen in die Küche, wo sie ihn im Ofen versteckte ... Das erinnerte sie doch an irgendetwas! Es waren insgesamt zwanzig Bücher, mehrere Zeitschriften und jede Menge Papierkram. Dann schaltete sie den Computer aus, strich sich den Rock glatt, holte tief Luft und riss die Haustür auf.

»Überraschung!«, rief Alicia fröhlich und hielt ihr den üppigsten, intensiv duftenden Fliederstrauß entgegen, den sie jemals bekommen hatte. Sie trug ein Kleid mit Blütenmuster, eine rote Jacke und strahlte übers ganze Gesicht.

Estela Valiente neben ihr war viel kleiner, als sie sie sich vorgestellt hatte; eckiger, menschlicher, realer. Auch sie lächelte, jedoch mit einer gewissen Schüchternheit, und schien sich hinter ihrer Schwester ein wenig zu verstecken.

»Das ist Maya«, stellte Alicia fröhlich vor. »Ich habe dir ja schon viel von ihr erzählt.«

Estela nickte zögernd. Dann trat sie einen Schritt nach vorn und reichte der neuen Nachbarin ihre kleine Hand mit den kurz geschnittenen Fingernägeln.

»Bitte kommen Sie doch rein. Bleiben Sie nicht in der Tür stehen.«

Maya legte die Fliederzweige auf den Tisch im Esszimmer direkt neben den Computer und den Drucker. Sie bot ihren Gästen etwas zu trinken an, und die beiden Schwestern baten jede um ein Glas Wasser. Dann ließen sie sich auf den samtbezogenen Sesseln nieder und warteten darauf, dass Maya aus der Küche zurückkam, um mit dem Gespräch zu beginnen.

Alicia führte das Wort und lobte zunächst die Pralinen, das Gebäck und die interessante Unterhaltung, die sie während des Essens in ihrem Haus geführt hatten. Danach leitete sie geschickt zum eigentlichen Grund ihres Besuchs über.

»Wir haben uns überlegt«, begann sie, »dass du bei der Recherche vielleicht ein wenig Unterstützung brauchen könntest. Die Menschen hier in den Bergen sind von Natur aus ein wenig misstrauisch, glaub nicht, dass das leicht wird. Außerdem sind die wenigen noch lebenden Zeugen schon sehr alt. Nun ja … Etwa so alt wie wir, meine ich.«

Estela Valiente sagte nichts, wirkte jedoch angespannt. Hin und wieder trank sie einen Schluck Wasser. Sie ließ den Blick durch den Raum schweifen und betrachtete jede Ecke, musterte alles mit zusammengezogenen Augenbrauen. Es war offensichtlich, dass sie dem, was ihre Schwester sagte, nicht die geringste Aufmerksamkeit schenkte.

»Estela liebt Geheimnisse. Sie wäre eine hervorragende Detektivin. Deshalb bin ich auf den Gedanken gekommen, dass ihr euch zusammentun könntet. Ich versichere dir, dass meine Schwester sogar einen Stummen zum Sprechen bringt.«

»Es gibt nichts auf der Welt, worüber ich mich mehr freuen würde, als mit Ihnen zusammenzuarbeiten«, versicherte Maya, an Estela gewandt. »Tatsächlich wäre es für mich wie ein Lottogewinn …«

»Gibt es gar keine Bücher in diesem Haus?«, erkundigte sich Estela plötzlich verblüfft. Alicia verstummte. Dann richtete sie einen tadelnden Blick auf ihre Schwester, um sie wortlos zurechtzuweisen. »Ich habe mich ja nur darüber gewundert«, erklärte Estela, ohne sich über die Zurechtweisung zu beschweren, »das ist alles.«

»Doch, doch«, entgegnete Maya eilig. »Ich habe ein paar Romane mitgebracht. Sie sind im Schlafzimmer. Den größten Teil meiner Bücher habe ich in Madrid gelassen. Ich werde nur ein paar Wochen hier sein und …«

»Ich meine Bücher zur Recherche«, insistierte Estela. »Sie schreiben Ihre Artikel doch sicher auf dem Computer, der dort auf dem Esszimmertisch steht, oder? Wie kommt es, dass Sie keine Wörterbücher oder Lexika hier haben oder irgendeine Bibliografie?«

»Ich habe Internet«, verteidigte sich Maya, wobei sie mit einem Anflug von Panik an die Bücher dachte, die sie im Ofen versteckt hatte.

»Das erklärt alles«, brummte Estela.

»Habe ich dir schon erzählt, dass unser Vater in diesem Haus geboren wurde?«, unterbrach Alicia die beiden, um das Thema zu wechseln. »Damals hat es unserem Großvater gehört. Er hatte hier im Dorf großen Einfluss und war so etwas wie ein Großgrundbesitzer.«

»Gib doch nicht so an!«, sagte Estela.

»Damals war es eines der schönsten Häuser im Dorf … Und wenn man sieht, in welchem Zustand sich das arme Gebäude jetzt befindet … Die Möbel sehen aus, als wären sie vom Flohmarkt. Und erst die Teppiche und die Vorhänge! Eine Schande ist das!«

Alicia stand auf. Dann ging sie ins Esszimmer hinüber und blickte durch das Fenster, das auf den Garten hinausging, jedoch zum Teil von wild wucherndem Gebüsch zugewachsen war. Sie seufzte.

»Früher war dieser Garten der Stolz des ganzen Ortes. Die Rosen rankten über die Mauer, und der Duft der Blumen war in der ganzen Straße zu riechen. Und nun sieht es aus, als wäre Attila mit seinen Hunnen hindurchgeritten. So ein Jammer!«

»Darum kümmern wir uns auch noch, wenn der Zeitpunkt gekommen ist«, murmelte Estela nachdenklich. »Aber jetzt konzentrieren wir uns erst mal auf das, weswegen wir hier sind.« Maya blickte verblüfft von einer Schwester zur anderen. »Wann soll ich morgen kommen, um Sie zu Anita Romero zu begleiten?«, fragte Estela da und heftete ihren Adlerblick auf sie.

»Monteiro kommt um fünf, um mich abzuholen«, entgegnete Maya überrascht.

»Sehr gut. Sie können auf mich zählen.«

Nachdem Estela dies gesagt hatte, stand sie auf, um ihr Wort feierlich mit einem Handschlag zu besiegeln.

»Aber Sie müssen mir schwören, dass Sie mit niemandem darüber reden. Wenn irgendetwas darüber durchsickert, dass ich an Ihrer Arbeit beteiligt war, werde ich es rundweg abstreiten, verstehen Sie?«

»Absolut«, bestätigte Maya nickend.

»Meine Güte, musstest du so unfreundlich sein?«, tadelte Alicia ihre Schwester auf dem Rückweg. Sie hasste Estelas

Manie, die Menschen nach den Büchern zu beurteilen, die sie im Regal stehen hatten. Genauso wie ihre Angewohnheit, in den Bibliotheken ihrer Gastgeber zu stöbern, jedes Buch zu begutachten, es herauszunehmen, daran zu riechen und unüberhörbare Kommentare zu äußern. Die Geschmäcker waren eben verschieden, und das sollte man respektieren. Es würde ja auch niemand auf den Gedanken kommen, fremde Kleiderschränke zu öffnen und deren Inhalt zu kritisieren. Oder?

Doch Estela bestand darauf, dass ein Haus ohne Bücher verdächtig sei. Erst recht, wenn es von einer jungen Journalistin bewohnt wurde, die gerade eine aufwändige Recherchearbeit vor sich hatte.

»Irgendetwas stimmt da nicht«, hatte sie daher gemutmaßt, nachdem sie sich mit dem Versprechen, am nächsten Tag wiederzukommen, von der jungen Frau verabschiedet hatte. »Ich verstehe zwar deinen Enthusiasmus – diese Maya ist nett und modern und möglicherweise ein interessanter Gesprächspartner. Aber ich versichere dir, dass sie uns etwas verschweigt. Und weißt du was, Alicia: Ich bin wesentlich neugieriger darauf, ihr Geheimnis zu ergründen, als in Marta Pozas alten Verbrechen zu wühlen.«

Danach hatte Estela sich in ihrem Turmzimmer eingeschlossen und mürrisch schweigend den Rest des Tages dort verbracht. Dabei hatte sie eine Zigarette nach der anderen geraucht und hin und wieder einen guten Schluck aus der Ginflasche genommen. Als Alicia schließlich hinaufging, um ihre Schwester zum Abendessen zu rufen, fand sie Estela tief schlafend auf dem Sofa vor. Auf dem Boden lagen überall zerknüllte Papierseiten, die alle den gleichen

Briefkopf und die gleiche Anrede enthielten. Nur ein Blatt lag sorgfältig gefaltet bereit, um am nächsten Tag mit der Post verschickt zu werden.

Alicia trat auf Zehenspitzen heran und beugte sich vor, um die wenigen Zeilen zu lesen, die dieser beunruhigende Brief enthielt:

Sehr geehrter Señor Ríos,

ich kenne weder Sie noch eine der Personen, die Sie in Ihrem Brief erwähnen. Daher bitte ich Sie, mir nicht länger zu drohen, diese absurde Geschichte, die lediglich in Ihrer Fantasie existiert, zu veröffentlichen. Tun Sie mir den Gefallen und sehen Sie von diesem Vorhaben ab, da ich mich ansonsten gezwungen sehe, Sie anzuzeigen. Und glauben Sie nicht, dass die Tatsache, ein bekannter Fernsehmoderator zu sein, Ihnen eine Art Immunität verleiht. Denn, mein Herr, vor dem Gesetz sind wir alle gleich. Sollten Sie, wie in Ihrem Brief angedeutet, tatsächlich auf den Gedanken kommen, mich in meinem Haus aufzusuchen, versichere ich Ihnen, dass ich Sie, wenn Sie auch nur Ihre Nasenspitze auf mein Grundstück strecken, auf der Stelle verhaften lasse.

Mit aufrichtiger Ablehnung
Estela Valiente

Kapitel 9

Der Albtraum wiederholte sich immer wieder mit identischem Inhalt: Zuerst ein plötzliches Klopfen an der Tür. Dann Tonys Klagen, der die Nacht, ohne zu schlafen und nur spärlich bekleidet, auf der Terrasse der Dachwohnung verbracht hatte. Wach gehalten von dem verzweifelten Versuch, einen zusammenhängenden Romantext zu schreiben, und nicht nur eine Ansammlung unverbundener Geschichten, in denen er all seine Obsessionen und Frustrationen verarbeitete, die Traumata des verlassenen Kindes, des geprügelten Hundes. Er behauptete, unter Einfluss von Amphetaminen besser arbeiten zu können, doch in Wahrheit stürzte er nach wenigen euphorischen Stunden, in denen er sich für den König der Welt hielt, in ein danteskes Inferno. Dort, im wütenden Höllenfeuer, riss er dann, weinend und zähneknirschend, sämtliche Blätter, die er beschrieben hatte, in Fetzen, sodass am nächsten Morgen nur noch ein weißer Konfettiregen über den Dächern der Stadt lag.

Deshalb hielt er die Polizisten, die mit ihren grauen Uniformen und den schwarzen Stiefeln gewaltsam seine Tür öffneten, für blutdürstige Monster. Und ihre Schlagstöcke schienen ihm Folterinstrumente zu sein, mit denen sie seine Knochen brechen und sein Fleisch zerreißen wollten, bis das Blut an die Wände spritzte.

Tony schrie wie ein wildes Tier und kauerte sich in einer Zimmerecke zusammen, während sie Estela aus dem Bett zogen und sie die Treppe hinunterstießen. Er machte keine Anstalten, sich dem Feind zu stellen. Verteidigte seine Seelenverwandte weder mit Worten noch mit Taten. Sie fragten ihn, die Schwuchtel, wo die Hure sei, und er wies zitternd auf ihre Tür. Er verbarg das Gesicht in den Händen, um nicht zu sehen, wie sie ging, ungekämmt und im Pyjama, in der Dunkelheit nach ihm Ausschau haltend, ohne ihn zu sehen. Noch Stunden später saß er dort, leise weinend, die Arme um die mageren Knie geschlungen und sich unaufhörlich vor und zurück wiegend. Mit blockiertem Gehirn und leerem Magen, bis am Mittag Arpad auftauchte und ihn so, wie er war, in eine Wanne mit eiskaltem Wasser setzte.

Dieser immer wiederkehrende Albtraum endete genauso wie derartige Träume auszugehen pflegten: Estela fiel, taumelnd und an jede Stufe stoßend, die Treppe hinunter in ein tiefschwarzes Loch. Dann wachte sie – zehn, zwanzig, vierzig Jahre danach – jedes Mal schweißgebadet in dem weichen Bett in ihrem Zuhause in Los Rosales auf. Und ihr Haar war weiß geworden.

»Es ist viel darüber geschrieben worden, welchen Beitrag Tony Cienfuegos' Mentor dazu geleistet hat, dass Sie und Ihre Verlegerin aus dem Gefängnis entlassen wurden. Stimmt es, dass sich Minister Álvarez beim Gericht für Öffentliche Ordnung für Sie *eingesetzt hat?«*

»Nein, mein Lieber. Wie Sie in jedem Zeitungsarchiv nachlesen können, hat es zu dieser Zeit gar kein Gericht für Öffentliche Ordnung gegeben. Diese und ähnliche falsche Behauptungen in der Autobiografie, auf die Sie anspielen, sind dem verwirrten Geist Tony Cienfuegos' entsprungen, unter

dem er in den letzten Jahren seines Lebens litt, und nichts davon entspricht der Wahrheit.«

»Aber es stimmt doch, dass Minister Álvarez eine außereheliche Beziehung zu Cienfuegos' Witwe – Tonys Mutter – unterhielt, oder? Tatsächlich ist sogar bewiesen, dass die Dachwohnung in Madrid, in der sie starb, ein Geschenk ihres Liebhabers war.«

»Glauben Sie nicht alles, was geschrieben steht, mein Freund. Alle Leute lügen. Die einen stilvoller als die anderen, das schon. Und Tony Cienfuegos war der talentierteste Schwindler, den es je gab.«

Alicia weckte ihre Schwester sanft und ersparte ihr so das unangenehme Ende des Albtraums, in dem sie sich voller Panik, mit einer Platzwunde am Kopf in der Tiefe unterhalb der Treppe wiederfand. Sie servierte Estela das Frühstück und sagte, dass sie die Briefe und die Zeitung mitgebracht habe. Es sei bereits Mittwoch und ein wunderbarer Morgen, fügte sie hinzu, sodass sie gleich zum Markt fahren werde, um eine Lammhaxe zu kaufen. Die wolle sie mit Kartoffelpüree und Salat zum Essen zubereiten.

Estela reckte und streckte sich, blieb jedoch im Bett liegen, bis sie das Auto über den Kies fahren hörte. Dann nahm sie ihren ganzen Mut zusammen, atmete tief durch und machte sich daran, schweigend die Bibliothek nach einer Ausgabe von *Das rote Backsteinhaus* zu durchsuchen, bis sie Tonys Roman unter einem Stapel verstaubter Bücher fand.

Schon immer habe ich mich von den Orten, an denen ich gelebt habe, wie magisch angezogen gefühlt, las sie, *von den*

Häusern und den Vierteln. Zum Beispiel gibt es da ein rotes Backsteinhaus in der Nähe des Retiro-Parks, in dem sich meine erste Wohnung befand.

Tatsächlich war die zauberhafte Dachwohnung vor vielen Jahren der Ort gewesen, an dem sich Tonys Mutter und ein zu jener Zeit bedeutender Politiker heimlich getroffen hatten. Der verheiratete Mann hatte sich dort, in luftiger Höhe, ein »Liebesnest« eingerichtet, das er regelmäßig aufsuchte, wenn er den Drang verspürte, seine perversen sexuellen Vorlieben auszuleben. Bis die Witwe Cienfuegos eines Morgens leblos im Schlafzimmer ihrer Wohnung gefunden wurde, von einem Eindringling erdrosselt, von einem Dieb, der unverständlicherweise keinen einzigen Wertgegenstand mitgenommen hatte.

Da die Liebesbeziehung eine heimliche gewesen war, brachte damals niemand jenen Tod mit dem respektablen Politiker Álvarez in Verbindung. Bis viele Jahre später der Schriftsteller Tony Cienfuegos es in seiner Autobiografie erwähnte. Darin beschuldigte er den Minister eines – wie er es nannte – »Verbrechens aus Leidenschaft«, bei dem seine Mutter zu Tode kam. Allerdings enthielt dieses absurde Werk so viele Beschuldigungen und dem Wahnsinn zuzuschreibende Ungeheuerlichkeiten, dass die Frage nach dem Mord an der Witwe Cienfuegos unbeachtet im allgemeinen Sumpf versank.

Als sich die Tragödie ereignete, war Tony fünfundzwanzig Jahre alt und konnte das Erbe ohne gesetzliche Probleme antreten. Denn die Wohnung war auf den Namen seiner Mutter eingetragen. Kurz nachdem Tony nach Madrid umgezogen war, tauchte er mit einem Zugticket und dem pragmatischen Vorschlag, sich auf dem steinigen Weg in die Welt der Literatur die Kosten zu teilen, bei Estela in Los Rosales auf. Und somit stand ihr, die schon immer davon geträumt hatte, zur Universität zu gehen, der Himmel offen. Sie schrieb sich in Philosophie und Literaturwissenschaften ein und bezog das kleinere der beiden Schlafzimmer in der Dachwohnung.

»Warum heiraten wir nicht und führen eine offene Beziehung so wie Sartre und Simone de Beauvoir?«

»Die beiden haben nie geheiratet, du Dummkopf.«

»Weil sie nicht in Spanien gelebt haben und sich nicht ständig rechtfertigen mussten.«

»Gefällt dir unsere wilde Ehe nicht?«

»Was für ein furchtbares Wort!«

Tony kam selten allein von seinen nächtlichen Exkursionen zurück. Am nächsten Morgen traf Estela dann, hübsch herausgeputzt in Faltenrock und hochhackigen Schuhen, im Flur auf seine Begleitung. Daraufhin wünschte sie dem Besuch einen guten Tag und verschwand eilig Richtung Universität.

Zu jener Zeit wurde Tony das »literarische Wunderkind« genannt, was er seinen extravaganten Erzählungen zu verdanken hatte, die in den modernen Zeitschriften veröffentlicht wurden und auf den literarischen Abenden im Café Comercial für großes Aufsehen sorgten.

Tony hatte eine glatte, zarte, makellose Haut, auf der nicht ein einziges Barthaar wuchs; riesige hellbraune Augen; eine blonde Haarsträhne, die ihm in die Stirn fiel, und einen weichen Mund mit ausgeprägten, glänzenden Lippen. Einen schlanken Hals, eine knochige Gestalt, einen hervorstehenden Adamsapfel und die kleinen Hände einer fleißigen Klosterschülerin.

Seine Zeugung – so versicherte seine Mutter stets – war ein Wunder gewesen und hatte ohne Beteiligung eines männlichen oder sonst eines fruchtbaren Wesens stattgefunden. Tony war einfach irgendwann in ihrem Bauch gewesen, um dann schreiend das Licht der Welt zu erblicken. Und das unerwartete Kind war schon bei seiner Geburt so hübsch gewesen, dass sie keine andere Wahl gehabt hatte, als es zu lieben. Auf ihre Weise natürlich.

Wenige Jahre nach der glücklichen Geburt hatte Tonys Mutter dann den reich geworden aus Südamerika zurückkehrenden Reinaldo Cienfuegos geheiratet und hatte beinahe zwölf Jahre an seiner Seite gelebt. Von ihm hatten sie und ihr Sohn den wohlklingenden Nachnamen. Allerding hatte der neue Ehemann Tonys Mutter die Bedingung gestellt, auf ihr unbequemes Kind zu verzichten. Daher wuchs Tony bei seinen unverheirateten Tanten in Los Rosales auf und stellte sich seinen Stiefvater wie den von ihm verehrten Comic-Helden Roberto Alcázar y Pedrín vor.

»Er ist ein Geheimagent, der die Welt vor Monstern und andere Bösewichten rettet. In seinem Hosenbein hat er eine Pistole versteckt, die am Unterschenkel befestigt ist.«

»Das hast du irgendwo gelesen, du Lügner.«

»Sei vorsichtig, was du sagst. Mein Stiefvater könnte dir eine Kugel in den Kopf jagen.«

Seine Tanten empfingen ihn wie ein verspätetes Geschenk des Lebens. Sie vergötterten das Kind, kleideten es wie eine Puppe und erlaubten ihm all seine Launen und Seltsamkeiten.

Tony hatte wenig Kontakt zu anderen Kindern – er ging erst mit zehn Jahren zur Schule –, weshalb seine Art, sich auszudrücken, der eines Erwachsenen entsprach und er sich verhielt wie eine alte Jungfer in einem Bergdorf. Inspiriert von dem, was er in den Büchern las, die Reinaldo Cienfuegos hin und wieder in großen Kartons nach Los Rosales schickte, erfand er Geschichten. Vielleicht war es auch Tonys Mutter, die die Bücher sandte, damit sie nicht mehr in jeder Ecke darüber stolperte. Sie selbst kaufte sich nur Frauenzeitschriften mit schönen Modezeichnungen auf dem Cover, die sie von den Boulevards in Paris und den Avenues in New York träumen ließen.

Während seiner ersten Lebensjahre hatte Tony nur zwei Freundinnen: Alicia und Estela Valiente, die beiden Mädchen, die zwei Häuser weiter wohnten und bereit waren, sich seine Geschichten anzuhören.

Doch nicht nur das. Estela hatte sich als genauso kreativ wie er selbst erwiesen. Zusammen erfanden sie äußerst verstörende Geschichten und schrieben sie auf. Einige davon waren derart abartig, dass sie sie, nachdem sie sie laut gelesen hatten, vorsichtshalber hinten im Garten verbrannten, damit niemand sie fand.

Jahre später überzeugte der gewaltsame Tod von Tonys Mutter die beiden von der Niedertracht des wahren Lebens. Damals wurde die Dachwohnung zu ihrem Zufluchtsort, ihrem Schlupfwinkel, bis eine der Literaturzeitschriften, an die sie jeden Tag voller Hoffnung ihre Geschichten schickten, auf eine tatsächlich aufmerksam wurde. Diese trug den Titel *Am helllichten Tag,* war von Tony verfasst worden und wurde im März desselben Jahres veröffentlicht.

Das Talent des jungen Schriftstellers fand einen solchen Anklang, dass er schon bald zum Liebling der avantgardistischen Welt wurde und ins neuralgische Zentrum der literarischen Gesprächskreise rückte.

»Es mag sein, dass Tony Cienfuegos ein Lügner war, Señora Valiente, allerdings enthält seine Biografie auch eine beträchtliche Anzahl wahrer Enthüllungen. Zum Beispiel, dass es nur durch einen einschüchternden Anruf von Minister Álvarez beim Chefredakteur der Zeitschrift Ínsula *zur Veröffentlichung seiner ersten Erzählung kam.«*

»Das hat er behauptet?«

»Ja, genauso wie, dass der Liebhaber seiner Mutter sich, ohne dass jemand davon erfuhr, bei der Zensur für ihn eingesetzt hat. Was wiederum zu der schlüssigen Annahme führt, dass es ebenfalls Álvarez war, der dafür gesorgt hat, dass Sie und Ihre Verlegerin aus dem Gefängnis entlassen wurden.«

»Es stimmt, dass dieser Mann alles getan hat, worum Tony ihn bat. Aber soweit mir bekannt ist, hat er ihn nie darum gebeten, Camino und mir zu helfen. Das war nicht Tonys Art. Er hat sich nie für jemand anderen interessiert als für sich selbst. Er war selbstverliebt, egozentrisch und ein Narziss. Wissen Sie, was ich von seiner pathetischen Autobiografie halte? Dass es eine noble Geste von ihm gewesen wäre, sie zu verbrennen, anstatt sie zu veröffentlichen.«

Kapitel 10

Estela eilte die wenigen Meter zum Nonnenhaus hinüber. Es war schon zehn nach fünf, und Monteiros Wagen wartete bereits am Gehsteig. Maya ging ihr entgegen, um sie zum Auto zu begleiten.

»Mensch, Paco, es ist lange her, dass ich dich zuletzt gesehen habe, Junge«, begrüßte Estela den jungen Mann, als sie nahe genug herangekommen war.

»Na ja, da Sie ja nun nicht mehr in der Redaktion vorbeischauen …«, entschuldigte er sich und küsste Estela liebevoll die Wangen.

»Ah, Sie beide kennen sich!«, sagte Maya.

»Sehr gut sogar«, entgegnete Monteiro. »Estela hat dafür gesorgt, dass ich Journalismus studieren konnte. Sie hat völlig uneigennützig mein Studium finanziert.«

»So ganz uneigennützig war das nicht, mein Lieber«, entgegnete Estela schnell. »Denn ich wollte dich gerade bitten, mal einen Blick auf Mayas Garten zu werfen. Er sieht grauenvoll aus.«

»Sicher. Sehr gern.«

»Das ist das Gute an der Sklaverei«, vertraute Estela Maya augenzwinkernd an. »Seit ich Paco zur Universität geschickt habe, kann ich frei über ihn verfügen.«

Anschließend machte sie es sich mit einem koboldhaften Kichern auf dem Beifahrersitz bequem, strich sich zufrieden durchs Haar und rief aus:

»Los jetzt oder wollen wir den ganzen Nachmittag hier verbringen?«

Das Haus, in dem Anita Romero lebte, war genau wie seine Bewohnerin alt und bescheiden. Im Inneren roch es nach erloschenem Kaminfeuer und gekochtem Gemüse.

Die betagte Dame empfing sie erfreut, wobei sie sich jedoch nicht die Mühe gemacht hatte, ihre Filzpantoffeln gegen angemesseneres Schuhwerk zu tauschen oder die verfleckte Schürze auszuziehen. Sie führte ihre Gäste durch den schmalen Eingangsbereich in das kleine Wohnzimmer, wo sie ein auf volle Lautstärke eingestellter Fernseher erwartete sowie ein Käfig mit zwei aufgeregten, unaufhörlich piependen Vögeln.

»Großmutter«, schrie Monteiro, »wenn es dir nichts ausmacht, schalte ich den Fernseher aus, damit wir uns in Ruhe unterhalten können.«

»Das Problem ist, dass ich kaum noch etwas höre, wissen Sie?«, beklagte sich Anita Romero. »Und ehrlich gesagt sehe ich auch nicht mehr viel, denn ich gehe auf die neunzig zu.«

»Das sind noch vier Jahre, Oma«, erklärte der Enkel.

»Und mir tun alle Knochen und die Gelenke weh. Der Zucker ist viel zu hoch. Und meine Zähne sind auch nicht mehr echt«, fügte sie hinzu und nahm sich zum Beweis das Gebiss aus dem Mund, um es ihren Besuchern zu zeigen.

Daraufhin beeilte sich Maya, der alten Frau die Schachtel mit dem Gebäck zu überreichen, die sie in der Konditorei im Ort gekauft hatte. Anita Romero stürzte sich sofort mit großem Appetit auf die Süßigkeiten und bediente sich, ohne ihren Gästen auch nur einen Sitzplatz anzubieten. Daher sprang ihr Enkel ein und fragte die Besucher, ob sie etwas trinken wollten. »Tee, Kaffee oder vielleicht ein Bier?«

»Also, wenn das Bier schön kalt ist, nehme ich gerne eins«, entgegnete Estela.

»Und ich ein Glas Wasser bitte«, fügte Maya etwas schüchtern hinzu.

»In Wasser schwimmt man, das trinkt man nicht!«, rief Anita Romero und brach in lautes Gelächter aus, während sie sich auf dem muffig riechenden Sofa niederließ.

Paco Monteiro zuckte mit den Schultern, als wolle er sich für den senilen Zustand seiner Großmutter entschuldigen. Sie konnten sich nur schreiend unterhalten, da sie sich anders nicht verständlich machen konnten und die Vögel wie verrückt piepten.

»Paco, Junge, kannst du den Käfig nicht woandershin bringen?«, fragte Estela, was Anita Romero jedoch rundweg ablehnte. Daher wurde entschieden, den Käfig mit einem Tuch abzudecken, woraufhin die Vögel endlich den Schnabel hielten.

Nachdem nun nur noch das Ticken einer alten Uhr im Hintergrund zu hören war, konnte das Gespräch beginnen.

»Anita«, begann Maya und griff nach der Hand der alten Frau, »wir sind gekommen, um Sie nach Ihrer Freundin Marta Poza zu fragen. Erinnern Sie sich noch an Marta?«

»Oh, aber natürlich!« Die Frage ließ die Angesprochene mit einem Ruck auffahren. »Das war eine! Ihre Lieblingsbeschäftigung war es, Männer zu ermorden. Sie ist einfach in ihre Wohnungen gegangen und hat ihnen mit einem Küchenmesser die Kehle durchgeschnitten.«

»Und sie hat ihnen Briefe geschrieben.«

»Ja, Liebesbriefe. Damit hat sie sie geködert, verstehen Sie? Und dann hat sie sich ihr Geld und ihre Wertgegenstände genommen.« Anita Romero hielt einen Moment inne, um Luft zu holen. »Sie hat sie gesammelt.«

»Die Wertgegenstände?«, vergewisserte sich Maya.

»Die Männer natürlich, Dummchen!«, stellte Anita klar. »Tote Männer.«

Nun ergriff Estela das Wort. Sie räusperte sich.

»Damit will sie sagen, dass Marta Poza keine Diebin, sondern eine Serienmörderin war.«

»Aber sie hat immer Männer mit Geld ausgewählt«, stellte Anita klar. »Männer, die ein Auto, ein Haus und Ersparnisse hatten. Arme Männer haben sie nicht interessiert. Nur die reichen.«

»Und erinnern Sie sich noch, wie viele Männer genau sie umgebracht hat?«

Das war eine entscheidende Frage, von deren Antwort einiges abhing.

»Na ja, meine Liebe, alle natürlich.«

»Wieso ›alle‹?«

»Alle, die auf der Liste standen.«

Maya machte sich in einem kleinen Buch mit schwarzem Einband Notizen. Monteiro, der sich auf der Armlehne des Sofas niedergelassen hatte, auf dem seine Großmutter saß, versuchte über Mayas Schulter hinweg zu lesen, was sie schrieb. Was ihm jedoch nicht gelang.

»Von welcher Liste sprichst du, Großmutter?«, hakte er nach.

»Von der, die die Agentur ihr geschickt hat. Welche sonst?«, erklärte Anita Romero und machte ein Gesicht, als wäre dies das Normalste von der Welt. »Seid ihr nicht hier, um mich nach den Männern von der Agentur zu fragen?«

»Aber von welcher Agentur denn?«

»Na, von der Agentur, Paco. Und schrei mich nicht so an, ich bin ja nicht taub.«

Erneut mischte sich Estela in das Gespräch ein.

»Was dein Enkel wissen möchte, ist, um welche Art von Agentur es geht«, erklärte sie sanft. »Eine Arbeitsagentur, eine Immobilienagentur, eine Versicherungsagentur …?«

»Nein, meine Liebe, natürlich nicht! Sondern um die Heiratsagentur!«

Danach war es unmöglich, noch einen Schritt weiterzukommen. Denn nach dieser Enthüllung baute Anita Romero rapide ab. Das liege wohl am Zucker, versicherte Monteiro. Wenn sie so apathisch werde, ihr Blick auf diese Art erlösche und ihre Hände zu zittern begannen, habe das immer mit dem Zucker zu tun. Dann müsse man sie zwingen, große Mengen Wasser zu trinken, das sie immer wieder ausspuckte und behauptete, dass Wasser dafür da sei, um darin zu schwimmen, und nicht, um es zu trinken.

»Das liegt sicher an dem süßen Gebäck«, meinte Maya schuldbewusst, nachdem sie festgestellt hatte, dass sich nur noch ein paar Krümel in der Schachtel befanden. »Sie hat alles aufgegessen.«

»Süßigkeiten sind für einen Diabetiker wie Alkohol für einen Alkoholiker«, entgegnete der junge Mann, während er seiner Großmutter mit einer Bingokarte Luft zufächelte. »Aber machen Sie sich keine Sorgen, das geht gleich wieder vorbei.«

Estela war kurz zusammengezuckt. Sie blickte auf die leere Bierflasche, die neben ihr auf dem Tisch stand. Das Glas, das Monteiro ihr auf einem Plastiktablett gebracht hatte, hatte sie gar nicht erst benutzt. Sie hatte in zwei großen Zügen gleich die ganze Flasche geleert und wollte den jungen Mann gerade bitten, so nett zu sein, ihr noch ein zweites Bier zu bringen.

Maya merkte, dass der Kommentar über den Alkohol die Schriftstellerin aufgeschreckt hatte. »Danke, Paco«, brachte Estela leicht verstört heraus. »Maya und ich machen uns auf den Weg, damit du dich in Ruhe um deine Großmutter kümmern kannst.«

»Wenn Sie noch einen Moment warten, bringe ich Sie mit dem Wagen nach Hause«, bot der junge Mann an.

»Kommt gar nicht infrage. Der Spaziergang wird uns guttun«, versicherte Estela. »Sag deiner Großmutter vielen Dank, wenn sie sich erholt hat. Sie war uns eine große Hilfe.«

Maya verabschiedete sich mit einem schuldbewussten Händedruck von Paco und trat dann hinaus auf die Straße, wo Estela sie in Gedanken versunken erwartete.

»Interessant«, meinte sie und runzelte die Stirn wie ein Meisterdetektiv. »Eine Heiratsagentur also, hmm, hmm.«

»Wahrscheinlich hat sie auf diese Art mit ihren Opfern Kontakt aufgenommen.«

»Dieses gewiefte Miststück.«

Die beiden Frauen gingen plaudernd die steile Straße entlang und gelangten zum Marktplatz, wo die Einwohner jeden Tag am frühen Abend zusammentrafen, um in den

Außenbereichen der Cafés, unter Sonnenschirmen an Tischen sitzend, etwas zu trinken und den Tag zu verabschieden. Auf der Terrasse des Hotel Miranda entdeckten sie einsam in einer Ecke Pereira, der so konzentriert in einem dicken Buch las, dass er ihre Gegenwart erst bemerkte, als Estela ihn sanft an der Schulter berührte. Der alte Lokalreporter zuckte zusammen, zwinkerte ein paar Mal und reagierte schließlich mit der ihm eigenen Höflichkeit. Er lud die beiden Damen auf ein Erfrischungsgetränk ein und bat sie, an seinem Tisch Platz zu nehmen.

Kurz darauf waren sie in ein angeregtes Gespräch vertieft.

Ja, Pereira erinnerte sich an diese Heiratsagentur, die in den Achtzigerjahren sehr gefragt gewesen war. Ihr Name war »Leitstern der einsamen Herzen«, und es handelte sich um ein privates Unternehmen, das alleinstehende Frauen mit ledigen oder verwitweten Männern bekannt machte, die sich danach sehnten, eine Lebensgefährtin zu finden. Die Agentur war in ganz Spanien tätig, bemühte sich jedoch, ihre Kunden innerhalb eines nicht allzu großen Radius zu vermitteln. Aber auch andere Auswahlkriterien wie Alter, soziale Herkunft und äußerliche Merkmale spielten eine Rolle.

Wobei natürlich niemand dafür garantieren konnte, dass die übermittelten Daten stimmten. Viele Frauen schummelten bei der Angabe ihres Alters, ihrer finanziellen Situation oder bei der Beschreibung ihres Äußeren. Tatsächlich war es üblich, vor der ersten persönlichen Begegnung Briefe und Fotos auszutauschen. Allerdings waren die Fotos manchmal schon ein paar Jahre alt, was dann später zu großen Enttäuschungen führte. Hin und wieder war die Vermittlung aber auch erfolgreich, und die Liebesgeschichte endete mit der Hochzeit eines glücklichen Paares, das den Grundstein für eine zahlreiche Nachkommenschaft legte.

Estela und Maya tauschten bedeutungsvolle Blicke aus. Beide dachten sie an die Fälle, in denen das Ende ein anderes gewesen war und hochdramatisch zum gewaltsamen Tod eines ahnungslosen Menschen geführt hatte, der einer Serienmörderin zum Opfer fiel.

»Ich glaube, dass diese Agentur sogar heute noch existiert«, erklärte Pereira, »nur dass sie inzwischen über eine Webseite im großen Rahmen agiert und einen anderen Namen hat. Und es wird auch nicht mehr vorausgesetzt, dass der Bewerber alleinstehend oder verwitwet ist. Heutzutage nehmen sie jeden. Die Vermittlungsagentur präsentiert sich unter dem Namen ›lonelyhearts.com‹, und die Zielgruppe ist jünger geworden. Wir Alten kennen uns mit diesen modernen Techniken wohl nicht gut genug aus.«

Immerhin bestand die Möglichkeit, dass die Agentur die Unterlagen über ihre Kundschaft aus den Achtzigerjahren aufbewahrt hatte. Wahrscheinlich nicht in digitaler Form, aber vielleicht gab es ein Archiv oder etwas Ähnliches.

Nachdem sie diese Möglichkeit ausgiebig diskutiert hatten, meinte Maya, dass sie der Sache nachgehen und nach dem Ort suchen würde, an dem sich der aktuelle Sitz der Agentur befand. Da sie Marta Pozas Namen kannten und noch einiges mehr über sie wussten, konnte es nicht schwer sein, die Liste aufzutreiben, von der Anita Romero gesprochen hatte.

Maya rührte zufrieden in ihrer Limonade und beschloss, sich gleich an die Arbeit zu machen, wenn sie wieder zu Hause war. Allerdings würde sie ihre Notizen dazu in einem anderen Buch festhalten als in dem, das sie mit allem füllte, was sie über Estela Valiente erfuhr. Denn in das Notizbuch mit dem schwarzen Einband schrieb sie ausschließlich das, was sie über das wahre Objekt ihrer Recherche herausfand. Zum Beispiel, dass die Schriftstellerin sich ständig bemühte, nicht zu viel Alkohol zu trinken. Und natürlich notierte sie sich auch den Grund, der Estela kurze Zeit später dazu veranlasste, sich dann doch einen Wodka Lemon zu bestellen.

»In den kommenden Tagen werden wir einen berühmten Gast in der Redaktion begrüßen«, verkündete Pereira stolz. »Ganz im Vertrauen verrate ich Ihnen, dass es sich um den bekannten Literaturkritiker, Talkmaster und Kolumnisten Alonso Ríos handelt. Er hat mit mir Kontakt aufgenommen, um von mir ein paar Informationen über unseren Ort zu erhalten.«

Als Estela den Namen dieses Mannes hörte, wurde sie kreidebleich. Mit zitternder Hand winkte sie dem Kellner, um »einen Wodka mit viel Alkohol und wenig Saft und, bitte, ohne Eis, vielen Dank« zu bestellen. Und Maya machte sich im Geist eine Notiz.

Estela trank ihren Wodka in wenigen Zügen aus, woraufhin selbst Pereira sie besorgt musterte, ohne sich jedoch nach dem Grund ihrer offensichtlichen Aufgeregtheit zu erkundigen. Dabei hätte Maya natürlich brennend interessiert, welche Verbindung es zwischen Alonso Ríos und Estela Valiente gab. Und sie beschloss, dass ihre oberste Priorität von nun an sein würde, dieses Geheimnis zu lüften.

Die Nacht brach an, es war schon spät, aber als Maya und Pereira sich schließlich verabschiedeten, weigerte sich Estela mitzugehen und bestand darauf, allein am Tisch sitzen zu bleiben. Das veranlasste Maya dazu, nicht sofort nach Hause zu gehen, sondern erst an Alicias Tür zu klingeln, um ihr mitzuteilen, wo und in welchem Zustand sich ihre Schwester befand.

Alicia bedankte sich bei ihr und fuhr kurze Zeit später mit dem Auto zum Marktplatz, der einsam in der Dunkelheit lag. Alle anderen Gäste waren bereits gegangen, nur der Mond stand einsam am Himmel und beleuchtete die zusammengesunkene Gestalt ihrer Schwester, die auf einer Bank am Rande des Platzes kauerte.

Kapitel 11

Um acht Uhr abends klingelte es an der Tür. Maya war derart konzentriert damit beschäftigt, im Internet die Spuren der Heiratsagentur »Lonely Hearts« durch die ganze Welt zu verfolgen, dass ihr erst nach einigen Minuten auffiel, mit welchem Nachdruck nach ihr verlangt wurde. Da sie die Türklingel bis zu diesem Zeitpunkt noch nie gehört hatte, konnte sie das Geräusch auch nicht gleich zuordnen. Erst am Morgen hatte der junge Monteiro die Klingel repariert, bevor er sich wie verprochen auf die Gartenarbeit gestürzt hatte.

Den Rest des Morgens und einen Teil des Nachmittags über hatten die Geräusche der Motorsäge und des Rasenmähers Mayas Gedanken begleitet. Sie hatte ihn eingeladen, zum Essen zu bleiben, doch Monteiro hatte dankend abgelehnt und versichert, dass es seiner Großmutter schon viel besser gehe.

Am frühen Abend hatte Maya dann endlich eine Webseite ausfindig gemacht, auf der sie die nötigen Informationen fand, um an das Archiv der Heiratsvermittlung heranzukommen. Und damit war sie noch immer beschäftigt, als sie draußen Alicias Stimme hörte:

»Maya, meine Liebe, bist du zu Hause?«

Von dem unerwarteten Besuch überrascht, öffnete Maya die Tür, ohne die nötigen Vorsichtsmaßnahmen zu ergreifen. Die Bücher und der Computer standen deutlich sichtbar auf dem Esszimmertisch.

Glücklicherweise handelte es sich nicht um einen Notfall, und, nein, Alicia wollte nicht hereinkommen, um etwas zu trinken oder sich von Monteiros Fortschritten im Garten zu überzeugen. Sie war einfach nur gekommen, um Maya zu fragen, ob sie das Kartenspiel Mus beherrsche. Estela gehe es nicht so gut, erklärte Alicia, sie habe den ganzen Tag mit heftigen Kopfschmerzen im Bett verbracht, und nun fehle ihnen eine Mitspielerin, um die Partie zu komplettieren.

»Sie haben Glück«, entgegnete Maya fröhlich. »Zufällig bin ich ›die Königin der Tapas‹: In meinem zweiten Universitätsjahr habe ich alle im Mus geschlagen und durfte dafür das ganze Jahr über in der Mensa kostenlos Tapas essen.«

»Wunderbar!«, jubelte Alicia und klatschte in die Hände.

Ohne den Computer auszuschalten, hakte sich Maya bei ihrer Nachbarin unter und ging mit ihr zum Haus der Schwestern hinüber, wo die anderen Damen des Kartenclubs bereits ungeduldig warteten.

Insgesamt waren sie, die beiden Valiente-Schwestern nicht mitgezählt, zu sechst. Die Clubmitglieder hatten allesamt die sechzig bereits überschritten, waren gut gekleidet und sorgfältig gekämmt und geschminkt. Sie hatten zwei Spieltische in die Nähe des Kamins gestellt und die Sessel zur Seite geschoben, um für den Servierwagen mit den alkoholischen Getränken Platz zu schaffen, der mit seinen Likörflaschen und den Schüsseln mit Eiswürfeln einen Ehrenplatz einnahm.

Maya sollte Estela ersetzen und mit Alicia zusammen spielen. Ihre Gegnerinnen hießen Consuelo und Viri. Beide hatten es in der Klosterschule Nuestra Señora de la Soledad zur Meisterschaft im Kartenspiel gebracht und konnten sich noch sehr gut an ihren Lehrer Don Melchor Caballero erinnern, der mittlerweile in Frieden ruhte. Tatsächlich waren sie gerade von seiner Beerdigung gekommen, was erklärte, wieso sie komplett in Schwarz gekleidet waren.

»Und wie findet ihr das mit der Liebesbrief-Mörderin?«, fragte Alicia nach ein paar Spielrunden, während sie die Karten ausgab, und zwinkerte Maya zu. »Schon komisch, dass sie am selben Tag gestorben ist wie Don Melchor. Am Montag standen beide Todesnachrichten in der Zeitung.«

»Ja, hab ich gesehen«, entgegnete Viri missbilligend. »Und ich fand es ziemlich geschmacklos, die Nachricht von dem Tod einer Mörderin auf derselben Seite zu veröffentlichen wie die Traueranzeige unseres netten Lehrers.«

»Da hast du wohl recht. Aber habt ihr sie eigentlich gekannt?«

»Nein«, antworteten die Freundinnen im Chor.

»Oder eines ihrer Opfer?«, warf Maya hoffnungsvoll ein.

»Auch nicht«, versicherten die Damen eilig. »Tatsächlich wurden die Namen der Ermordeten niemals veröffentlicht. Das Ganze ist vor mehr als dreißig Jahren passiert, und die Familien der Opfer haben alles getan, um ihre Identität geheim zu halten. Die Geschichte war ja auch so schon schlimm genug für die armen Leute.«

»Jedenfalls hat die Polizei ziemlich lange gebraucht, um den Fall zu lösen. Zehn oder zwölf Jahre«, erinnerte sich Viri. »Da war die ganze Sache beinahe schon in Vergessenheit geraten.«

»Und wie ist es der Polizei gelungen …?«

»Sie haben einen der Briefe gefunden, sind der Spur nachgegangen und haben am Ende eins und eins zusammengezählt. Schließlich haben sie die Mörderin in irgendeinem andalusischen Dorf aufgespürt, wo sie mit allem, was sie gestohlen hatte, wie eine Fürstin lebte.«

»Und sie hat wirklich drei Männer ermordet?«, versuchte Maya die Damen zum weiteren Gespräch zu ermuntern.

»Soviel man weiß, ja.«

»Was willst du damit sagen, Viri? Mal den Teufel nicht an die Wand!«, stieß Alicia hinter ihrem Kartenfächer hervor.

»Na ja, dass es vielleicht noch mehr Tote gegeben hat. Wer weiß?«

»Und wo wurde der Brief gefunden?«, fragte Maya.

»Das ist nie bekannt gegeben worden«, antwortete Consuelo. »Das Einzige, was man weiß, ist, dass es ein Liebesbrief war. Na ja, ein erotischer Brief«, korrigierte sie sich. »Und dass darauf Spuren der Mörderin nachgewiesen werden konnten. Also ihrer DNA.«

»Vielleicht ein Haar oder so etwas«, meinte Viri.

Dann wandte sich das Gespräch anderen Dingen zu. Eine der Damen stand auf und verkündete, dass es Zeit für die erste Runde sei, um auf Tony Cienfuegos anzustoßen, den Gründer des Clubs, dem sie die segensreiche Entdeckung des *Screwdrivers* zu verdanken hatten. Gleich darauf stellte sie acht Gläser in eine Reihe, gab Orangenscheiben und Eiswürfel hinein und füllte sie dann mit einer großzügigen Menge Wodka, gefolgt von einem Schuss Orangensaft.

Sie verteilte die Gläser auf dem Tisch, und die Kartenspielerinnen stießen auf Tony Cienfuegos an.

»Du musst wissen, dass Tony weiterhin jeden Sommer nach Los Rosales kam – auch als er bereits ein berühmter Schriftsteller war und seine reichen Freunde in aller Welt sich um ihn rissen: in Monte-Carlo, New York, Paris …«, erklärte Alicia der erstaunten Maya. »Er war ständig auf Reisen, aber in jedem Jahr nahm er sich im Juli eine Woche Zeit, um uns zu besuchen. Er sagte, dass wir seine Freundinnen vom Land seien, seine hässlichen Entlein. Und dass er immer ein paar Tage mit uns gemeinsam verbringen müsse, um seine Bodenhaftung wiederzufinden. Und um die Zukunft nicht aus den Augen zu verlieren, wie er sagte.«

Tony Cienfuegos war ein extravaganter Mensch, der oft für eine Frau gehalten wurde. Er hatte die Stimme einer Telefonistin und verhielt sich wie die Kameliendame: neigte zu Ohnmachtsanfällen, klimperte ständig mit den Wimpern, untermalte seine Worte mit affektierten Gesten und strich sich auf eine Art die Haare aus dem Gesicht, die eher zu einer Hollywoodschauspielerin gepasst hätte als zu einem Schriftsteller.

Er kam stets mit dem Zug aus Madrid nach Los Rosales und trug die auffällige Sonnenbrille, die einst seiner Mutter gehört hatte, einen weißen Panama-Hut und ein leuchtendes Tuch, das er sich um den Hals geschlungen hatte. Von der übrigen Kleidung her hätte man ihn für einen Forscher im fernen Afrika halten können.

Seine Tanten erwarteten ihn am Bahnhof, zwei alte Damen von über neunzig Jahren mit ihren Hüten aus dem neunzehnten Jahrhundert, die glücklich waren, den verlorenen Sohn wiederzusehen, ihr kleines blondes Spielzeug, um ihn zu verwöhnen, an sich zu drücken und mit Küssen zu überschütten.

Im Haus hatte sich nichts verändert. Noch immer standen die vielen Bücher von Tonys Stiefvater in den Regalen, und sein Zimmer sah auch nach all den Jahren noch genauso aus wie früher: dasselbe schmale Holzbett, dieselben Bilder von Vögeln und Blumen, derselbe lackierte Schreibtisch, die Blumenvase und der bemalte Wasserkrug.

Im Garten hatte Tony ein riesiges Schwimmbad bauen lassen, das genauso aussah wie das von Jay Gatsby in dem Film mit Robert Redford. Und in New York hatte er sich ein zweiteiliges Badekostüm gekauft, das aus einer azurblauen Badehose aus Lycra und einem gestreiften Oberteil mit Trägern bestand, um es seinem Filmidol nachzutun. Den ganzen Tag über lag er in der Sonne oder ließ sich auf der Luftmatratze auf dem Wasser treiben, während seine Tanten ihm Martini mit Eis servierten, den sie auf einem silbernen Tablett an den Pool brachten. Tony benutzte Sonnenöl mit einem aufdringlichen Kokosduft und fächelte sich mit einem Pai-Pai aus Bambusholz kühlende Luft zu.

Die Einzigen, die er gelegentlich einlud, mit ihm gemeinsam die langen Tage in der Sonne zu verbringen, waren Estela und in Ausnahmefällen Alicia. Dann erzählte er den beiden Schwestern faszinierende Geschichten von seinen Reisen um die Welt und sprach aus der Distanz seines Heimatortes mit erschreckender Gleichgültigkeit und Geringschätzung von seinen wohlhabenden Freunden.

»Diese verdammten Idioten halten mich für ihren persönlichen Hofnarren, der nur dazu da ist, sie zu unterhalten und von ihrer chronischen Langeweile zu erlösen«, sagte er dann. »Dabei bin ich Schriftsteller, ein Chronist meiner Zeit, und eines Tages werden sie sehen, wozu ich in der Lage bin.«

Doch mit dem literarischen Erfolg kam auch Tonys emotionaler und physischer Verfall, die Zerstörung seiner selbst, was Estela, die ihn so gut kannte wie niemand sonst, nicht verborgen blieb.

Tony Cienfuegos trank nicht nur in Gesellschaft, sondern auch allein ein Glas nach dem anderen und nahm regelmäßig Schlaftabletten. Seine hochtrabende Ausdrucksweise, seine Extravaganz und sein Drang, mit seiner glockenhellen Stimme stets im Mittelpunkt der Gespräche zu stehen, waren nichts als die schöne Fassade, hinter der das Gebäude bereits einstürzte.

Es stimmte, dass Tony den Kartenclub ins Leben gerufen hatte, eines Abends, als ein Gewitter tobte und er aus Angst vor dem lauten Donner ins Haus der Valiente-Schwestern platzte, wo diese gerade mit ein paar Freundinnen beim Essen saßen.

Sie alle waren Frauen mittleren Alters und standen Alicia näher als Estela. Sie arbeiteten als Grundschullehrerin, als Apothekerin, als Sekretärin oder Beamtin, hatten eine traditionelle Erziehung genossen und trugen Strickjacken, Schildpattbrillen und flache Schuhe.

Tony brauchte nur wenige Stunden, um sie alle zum Alkohol und zum Spiel zu verführen. Zunächst ließ er sie hinter die Kulissen Hollywoods schauen und verriet ihnen die pikanten Geheimnisse seiner Bekannten dort – Schönheitsoperationen, sexuelle Entgleisungen, skandalöse Untreue, zweifelhafte Herkunft –, um sie dann den Geschmack von

Wodka Orange testen zu lassen: Alkohol mit einem Schuss Saft, Orangenscheiben, Eis, Erregung und Hemmungslosigkeit.

Sie verloren beim Pokern Geld und ein Kleidungsstück nach dem anderen. Viri wankte im Unterrock zurück nach Hause, sie, die in Los Rosales immer ein Vorbild des Anstands und guter Manieren gewesen war und das halbe Dorf von ihrem Lehrerpult in der Klosterschule aus zu verantwortungsbewussten Menschen erzogen hatte.

Von jenem Abend an versammelten sich die Damen regelmäßig an einem Tag in der Woche im Haus der Valiente-Schwestern zum verruchten Kartenspiel, zunächst unter dem Vorsitz ihres Gründers und Zeremonienmeisters Tony Cienfuegos und später dann ohne ihn und ohne ihren Dirigenten zu vermissen. Die kleine Sekte traf sich im Geheimen, und nach einem ausgelassenen Abend kehrte jede von ihnen mit Kopfschmerzen und rebellierendem Magen zu ihrem Alltagsleben als respektables Mitglied der Gesellschaft und Stützpfeiler der Dorfgemeinschaft zurück.

»Kommt zu mir, meine hässlichen Entlein«, heizte Tony sie, mit einem Glas in der Hand auf dem Spieltisch stehend, an. »Wie ich sie satt habe, all die eitlen, heuchlerischen Schwäne mit ihren falschen Federn, die, sobald du ihnen den Rücken zukehrst, kein gutes Haar an dir lassen! Was für eine wunderbare Art, diese geldgeilen Snobs hinter mir zu lassen! Dank euch, die ihr dick und geschmacklos seid, mit euren gefärbten Haaren und euren unmöglichen Schuhen! Mein Gott, wo nehmt ihr diese Kleider her, meine Lieben? Ihr mit eurer Authentizität und eurer reinen inneren Schönheit. Ich liebe euch!«

Und sie, betrunken und erregt, wie sie waren, streichelten und herzten ihn wie einen süßen kleinen Welpen. Sie trockneten seine Tränen, küssten sein Gesicht und seine Hände, beschützten ihn vor jenem ersten Gewitter und vor allen Unwettern, die noch kommen sollten.

Estela war die Einzige, die an diesen verrückten Abenden nicht die Haltung verlor. Mit vor der Brust verschränkten Armen und gespitzten Lippen begutachtete sie vom Treppenabsatz aus das Treiben und bedauerte die Unvernunft ihrer Freundinnen und Tonys Exzesse. Denn sie war es, die sich nachher um ihn kümmerte, wenn er sich übergeben musste, oder die ihn ängstlich aus dem durch Tabletten herbeigeführten Schlaf aufrüttelte. Und die tödliche Mischung aus Alkohol und Drogen war es schließlich auch, die seiner vielversprechenden Karriere auf dem Höhepunkt seiner Fantasie und Kreativität, mit gerade mal fünfzig Jahren in einem seltsamen Zimmer in dem seltsamen Haus einer seltsamen Millionärin, die in Gelächter ausbrach, als sie seine Leiche sah, ein Ende setzte.

»Stimmt es, dass Tony Cienfuegos an einer Überdosis Kokain gestorben ist?«

»Tony ist an einer Überdosis Überheblichkeit gestorben.«

»Haben Sie beide sich vor seinem Tod wieder vertragen?«

»Wir waren niemals zerstritten, sondern nur nicht mehr so eng verbunden, nachdem diese grässliche Autobiografie veröffentlicht wurde, die man ihn zu schreiben gezwungen hat.«

»Gezwungen?«

»Sie müssen wissen, dass manche Verlage blutrünstig wie Vampire sind. Und Tony hatte keinen Tropfen Blut mehr, der nicht infiziert war.«

Gegen Mitternacht machten sich die Mitglieder des Kartenclubs auf den Weg nach Hause. Tatsächlich handelte es sich bei den Damen weder um Hexen, noch waren sie einem verstörenden Stanley-Kubrick-Film entsprungen, es waren einfach aus Los Rosales stammende Frauen im fortgeschrittenen Alter, die sich den Rest der Woche über der Hausarbeit widmeten, zum Markt gingen oder ihren Garten pflegten. Sie waren Großmütter oder Witwen, alle waren sie bereits im Ruhestand und abgesehen von dieser kleinen Entgleisung, die sie sich leisteten, führten sie ein ganz normales, respektables Leben. Niemand ahnte, dass sie im Haus der Valiente-Schwestern derart den Kopf verloren, laut lachten und tranken wie die Kosaken.

In jener Nacht wartete Maya, bis auch die Letzte von Alicias Freundinnen den Mut gefunden hatte, zu ihrer langweiligen alltäglichen Existenz zurückzukehren, und bot dann der Gastgeberin an, ihr beim Aufräumen zu helfen. Überall im Raum standen leere Gläser herum, die Kissen hatten Federn gelassen, und auf dem Fußboden lagen jede Menge Spielkarten.

Alicia lehnte das Angebot dankend ab. Sie wollte lieber ins Bett, um am nächsten Tag mit neuer Kraft wieder Ordnung zu schaffen.

»Ehrlich gesagt, würdest du mir einen wesentlich größeren Gefallen tun, wenn du meine Schwester aus ihrem seelischen Tief befreien könntest«, meinte sie dann. »Deine

Recherchen zur Liebesbrief-Mörderin sind das Einzige, was sie zumindest für ein paar Stunden abgelenkt hat.«

»Aber was belastet sie denn so?«

»Dieser verdammte Jahrestag!«, stieß Alicia zornig aus. »Der ruft ihr leider viele üble Dinge ins Gedächtnis.«

Alicia ließ sich auf das unbequeme Sofa sinken und forderte Maya wortlos auf, neben ihr Platz zu nehmen.

»Hör mal, Maya, ich weiß nicht, ob du weißt, dass meine Schwester in ihrem ganzen Leben nur ein Buch veröffentlicht hat. Einen Roman um die Kindheit eines armen, leidenden Mädchens auf dem Land in der Zeit nach dem Bürgerkrieg. Mir persönlich hat *Hinter verschlossenen Türen* nie gefallen, weil ich nie verstanden habe, wie Estela auf all diese schlimmen Geschichten gekommen ist. Wir beide hatten eine sehr glückliche und ruhige Kindheit. Unsere Eltern haben uns unendlich geliebt und uns in allem, was wir getan haben, unterstützt. Du musst wissen, dass ich zum Beispiel Jura studiert und als Anwältin in einer Sozietät gearbeitet habe. Estela ging nach Madrid, machte einen Abschluss in Geisteswissenschaften und hat sich entschieden zu schreiben, weil es ihr Wunsch war. Doch in ihrem Buch steckt so viel Groll, so viel Bitterkeit …« Sie schüttelte den Kopf.

»Das ist der Grund, warum Menschen schreiben«, sagte Maya. »Es hilft, die Dämonen zu vertreiben.«

Alicia nickte traurig.

»Jedenfalls hat dieses Buch ihr einen Ruhm eingebracht, den sie gar nicht wollte. Sie wurde zum Vorbild für viele Dinge, die ihr im Grunde fernlagen. Du hast sie ja gesehen. Kommt sie dir wie eine beinharte Aktivistin vor? Nein, oder? Weil sie keine ist. Sie ist ein Mädchen vom Lande mit einem angeborenen Talent zu schreiben, das ja, aber ohne sich berufen zu fühlen, irgendeine gesellschaftliche Revolution anzuführen. Deshalb fühlt sie sich oft wie eine Betrügerin. Verstehst du?« Maya nickte schweigend. Alicia hatte ihr ihre zitternde Hand auf den Arm gelegt. »Als der Roman veröffentlicht und wenig später zum Kultbuch wurde, von der Zensur verboten, von den Behörden verfolgt, bekam es Estela mit der Angst zu tun«, fuhr Alicia fort. »Sie flüchtete sich zu ihrem alten Freund Tony Cienfuegos, der damals auch gewagte Texte veröffentlichte, die aber nicht auf die schwarze Liste kamen. Er hatte einen Beschützer … einen bedeutenden Politiker, der der letzte Liebhaber seiner Mutter gewesen war. Deswegen ließ man ihn in Ruhe.«

»Und Tony hat sie enttäuscht«, meinte Maya verständnisvoll.

»Das kann man wohl sagen«, erklärte Alicia bitter. »Er hat nicht nur untätig dabei zugesehen, wie sie und ihre Freundin Camino festgenommen wurden, er hat sogar über Monate ihre Freundschaft abgestritten. Er hat sich nicht für sie eingesetzt. Hat sie nicht ein Mal im Gefängnis besucht, dieser Mistkerl!« Alicia brach die Stimme. »Dennoch hat sie die Freundschaft zu ihm nicht beendet. Irgendwie ist es ihr gelungen, ihm zu verzeihen, oder es ist ihm gelungen, sie davon zu überzeugen, ihm zu verzeihen …«

»Aber Estela hat danach nie mehr ein Buch geschrieben«, meinte Maya nachdenklich.

»Das kann man so nicht sagen«, entgegnete Alicia, und Maya blickte überrascht auf. »Estela hat all die Jahre über weitergeschrieben. Allerdings hat sie nie wieder etwas veröffentlicht. Sie hat davor zurückgeschreckt, erneut im Mittelpunkt der Öffentlichkeit zu stehen. Meine Schwester hasst Interviews, Menschenansammlungen, Ehrbezeugungen, Rezensionen ihrer Bücher oder andere Artikel, die über sie geschrieben werden. Sie fühlte sich immer wie eine Betrügerin, verstehst du?«

»Aber Estela Valiente hat niemanden betrogen«, protestierte Maya. »Sie hat eines der bedeutendsten Bücher dieses Jahrhunderts geschrieben, ob ihr das nun gefällt oder nicht.«

»Das Schlimme ist, dass nun der fünfzigste Jahrestag der Veröffentlichung von *Hinter verschlossenen Türen* bevorsteht und kein Tag vergeht, an dem Estela nicht um die Mitarbeit an dieser oder jener Schrift gebeten wird, um einen Auftritt an irgendeiner Universität, um ein Interview, eine Stellungnahme, ein Foto. Die ganze unselige Geschichte wird wieder aufgewühlt. Wegen dieses verdammten Jubiläums stürzen sich alle auf sie wie die Geier, und Estela ist völlig neben der Spur. Sie trinkt und raucht mehr, als ihr guttut. Sie weint, zerreißt Briefe, flüchtet sich nach Madrid und kommt am Boden zerstört nach Hause zurück.«

Maya legte den Arm um Alicia und spürte die Zerbrechlichkeit ihrer zarten, alten Knochen. Allmählich klärte sich das Ganze auf, und die Dinge bekamen einen Sinn. Die Lösung aller Rätsel war tatsächlich hier zu finden, in diesem alten Haus, und ihr, Maya Millas, würde es gelingen, die Erlaubnis der Schwestern zu erhalten, die Geschichte, wie sie wirklich war, der Welt zugänglich zu machen. Das Einzige, was dazu nötig war, waren Rücksicht und Feingefühl. Sensibilität, Behutsamkeit.

»Machen Sie sich keine Sorgen, Alicia! Gleich morgen werde ich versuchen, Estela aus ihrem dunklen Gefängnis zu befreien«, versprach sie. »Ich habe bereits den roten Faden, der mich zu der Liebesbrief-Mörderin führen wird. Oder zumindest zu ihren Opfern. Richten Sie Estela aus, dass ich dringend nach Madrid fahren muss und dass sie meiner Rückkehr erwartungsvoll entgegensehen kann.«

»Danke, Maya.«

»Nur eine Frage noch, Alicia: Kennen Sie Alonso Ríos?«

Alicia zuckte zusammen. Dann sah sie Maya mit zusammengezogenen Augenbrauen an.

»Nein. Wer soll das sein?«

»Niemand, entschuldigen Sie. Ich dachte, Sie wären vielleicht befreundet.«

»Also der Name sagt mir gar nichts. Ist er hier aus dem Ort?«

»Ich glaube nicht. Jemand hat ihn mir gegenüber erwähnt, mehr nicht.«

»Vielleicht hat er mit den Verbrechen zu tun.«

Maya lächelte geheimnisvoll.

»Genau das muss ich herausfinden«, meinte sie.

Nach diesem Schlusswort erhob Maya sich vom Sofa und verließ das Haus der Valiente-Schwestern mit einem leicht flauen Gefühl im Magen, das vermutlich dem Übermaß an Wodka Orange geschuldet war.

Kapitel 12

Clara Cobián war über die Maßen verblüfft. Als Maya so plötzlich, ohne Vorankündigung, verschwitzt, ungekämmt und so aufgeregt wie nie zuvor, in ihr Büro stürzte, hatte sie schon geahnt, dass diesem seltsamen Auftreten eine denkwürdige Geschichte folgen würde. Doch niemals hatte sie mit einer solchen Überraschung gerechnet.

Seit mehreren Tagen schon hatte Clara aus Los Rosales keine Nachrichten mehr erhalten. Und das letzte Gespräch, das sie mit ihrer Redakteurin geführt hatte, hatte sie ein wenig beunruhigt. Sie hatte das Gefühl gehabt, dass die junge Frau das eigentliche Ziel aus den Augen verlor. Wie es aussah, hatte sie, anstatt sich auf die Aufgabe zu konzentrieren, wegen der sie nach Los Rosales gereist war und die sie augenscheinlich so begeistert hatte, nun die Absicht, über eine Mordserie zu schreiben. Und als sie Maya nach ihren Fortschritten bezüglich der Biografie von Estela Valiente gefragt hatte, hatte diese sich nur vage geäußert: dass die Mörderin mit der Schriftstellerin in Verbindung stehen könnte, dass sie aus demselben Dorf stammten, im gleichen Alter seien … nichts Konkretes.

Und nun war sie wie ein Wirbelsturm über die Redaktion hereingebrochen. Atemlos, sonnenverbrannt und in völlig aufgelöstem Zustand hatte Maya sich auf das Sofa in Claras Büro fallen lassen, ohne zu fragen, ob diese überhaupt Zeit für sie hatte; sie schien völlig verdurstet, trank das kalte

Wasser, das auf dem Tisch stand, direkt aus der Flasche, leerte diese gierig in einem Zug, richtete ihre geweiteten Pupillen auf ihre Chefin und stieß triumphierend hervor:

»Ich weiß auch schon, wer die drei Männer waren, die Marta Poza ermordet hat.«

Dann legte sie los und breitete den ganzen Fall vor Clara aus: Maya hatte offenbar dank einer senilen alten Frau aus dem Dorf erfahren, dass die Liebesbrief-Mörderin über eine Heiratsagentur namens *Leitstern der einsamen Herzen* mit ihren Opfern in Kontakt getreten war. Wie es schien, hatte die Agentur Marta Poza eine Liste der liebeshungrigen Männer geschickt, die sie zunächst eingewickelt und dann mithilfe ihrer rhetorischen Fähigkeiten verführt hatte (wie es aussah, war diese Frau in der Lage gewesen, unwiderstehliche erotische Briefe zu formulieren), um anschließend ihr ganzes Geld zu stehlen und ihnen am Ende die Kehle durchzuschneiden.

Die Schwierigkeit, der sich Maya bei der Rekonstruktion der Ereignisse gegenübersah, war das verdammte Datenschutzgesetz, das den öffentlichen Zugang zu den Unterlagen verhinderte. Und da Maya weder über die Unterstützung der Polizei verfügte, noch einen richterlichen Beschluss hatte, hatte sie zu einer List greifen müssen. Sie war der Spur der ursprünglichen Heiratsagentur gefolgt, die im Laufe der Jahre ein monströses Unternehmen geworden war, das von einem Firmensitz in Den Haag aus auf internationalem Terrain agierte und dessen Tentakel sich wie die Nebenflüsse eines riesigen Stroms in alle europäischen Hauptstädte erstreckten. Die spanische Filiale befand sich in Madrid, genauer gesagt in der Calle Padilla, und verbarg sich hinter der Fassade eines kleinen Reisebüros. Dieses verfügte über eine Empfangsdame, einen Warteraum, Prospekte, die eine Auswahl romantischer Reiseziele anpriesen, und zwei oder drei Büros, in denen ein paar Experten in Liebesdingen Verabredungen für zwei zueinander passenden Personen arrangierten. Die Kunden mussten als Erstes einen umfassenden Fragebogen ausfüllen, in dem sie über ihre Vorlieben, Erfahrungen, Wünsche und Hoffnungen Auskunft gaben. Anschließend hieß es darauf zu vertrauen, dass das Computerprogramm das Wunder vollbrachte, für jeden Topf einen Deckel zu finden. Auf diese Weise entstand dann die begehrte Namensliste, die auf einen Katalog verwies, in dem der interessierte Bewerber Fotos und mehr oder weniger intime Angaben über die möglichen Kandidaten vorfand. Danach kümmerte sich die Agentur darum, den ausgewählten Bewerber zu kontaktieren und ein erstes telefonisches Gespräch zu vereinbaren.

So hatte Maya, die sich unter falschem Namen in die Kundenkartei hatte eintragen lassen, bereits mit einem gewissen Roque telefoniert, der unbedingt die tierliebe Veterinärin kennenlernen wollte, die genau seiner Traumfrau zu entsprechen schien. Außerdem hatte sie bei der Agentur eine Telefonnummer angegeben, die – Pech für den armen Mann – möglicherweise gar nicht existierte, und eine Erklärung unterschrieben, in der sie versicherte, dass alle ihre Angaben der Wahrheit entsprachen.

Nachdem sämtliche Formalitäten erledigt waren, hatte sich Maya etwas überlegen müssen, um in dem fingierten Reisebüro ein paar Minuten allein zu sein. Sie täuschte ein plötzliches Unwohlsein vor und bat um eine Dose Cola, die

die Angestellte ihr in einer nahegelegenen Bar kaufen sollte. »Bitte beeilen Sie sich, ich bin völlig unterzuckert, ich möchte ja nicht in Ihrem Büro noch umkippen, Cola ist das Einzige, was hilft«, sagte sie, und die besorgte Angestellte eilte davon.

»Sobald die Frau den Raum verlassen hatte, habe ich die Tür zugemacht und mich auf das Archiv gestürzt, um die nötigen Informationen zu suchen. Dieses Archiv liegt seit den Achtzigerjahren in digitaler Form vor, sodass ich Marta Poza in weniger als zwei Minuten ausfindig machen konnte. Ich habe mir alle aufgeführten Namen aufgeschrieben, sämtliche Spuren verwischt, die Tür wieder geöffnet, die süße Cola getrunken – ein widerliches Gesöff! – und mich mit der Versicherung, dass es mir schon wieder viel besser gehe, verabschiedet.«

Maya hatte erreicht, was sie wollte, was ihre Erregung und die geweiteten Pupillen erklärte. Dann war sie in der Madrider Maihitze direkt von der Calle Padilla aus in die Redaktion geeilt und hielt nun das gefaltete Stück Papier in der Hand, auf dem sie drei Namen notiert hatte: Sancho Herrera, Darío Olmedo und Juan Bautista.

»Das Problem an der ganzen Sache ist nur, dass du völlig vom Thema abgekommen bist, meine liebe Maya«, meinte Clara in warnendem Ton. »Du solltest dich auf Estela Valiente konzentrieren und diese ganze Räuberpistole mit der Liebesbrief-Mörderin vergessen. Ich verstehe ja, dass das eine spannende Sache ist, aber doch wohl eher ein Thema für eine Boulevardzeitung und nicht für den *Idéaliste.*«

»Du hast das Ganze nicht richtig *verstanden*«, entgegnete Maya ungeduldig. Die Sache mit der Liebesbrief-Mörderin sei doch gerade der perfekte Vorwand, um zu Estela

Valiente eine Beziehung aufzubauen und Zugang zu ihrem engsten Kreis zu erhalten. Sie würden zusammen recherchieren, zusammen schreiben, überhaupt alles zusammen machen. »Verstehst du das denn nicht?« Überdies habe sie schon jetzt genügend Material gesammelt, um mehrere Kapitel zu füllen; sie wisse bereits ziemlich gut über das tägliche Leben der Valiente-Schwestern Bescheid, über ihre Verbindung zu Tony Cienfuegos, über Estelas Alkoholproblem, über Alicias Sorge um die seelische Stabilität ihrer Schwester – vor allem aber habe sie die aufregendste literarische Entdeckung der letzten Jahre gemacht. Maya legte eine kleine Kunstpause ein, bevor sie die Katze aus dem Sack ließ.

»Alicia hat mir wortwörtlich gesagt, dass Estela all die Jahre über geschrieben hat.«

Clara Cobián runzelte die Brauen, lehnte sich in ihrem Sessel zurück und blickte Maya eindringlich an.

»Hast du das aufgenommen?«

Maya sah sie verblüfft an.

»Natürlich *nicht*. Wie hätte ich das denn aufnehmen sollen?«

»Na, mit dem Handy, Maya«, rügte ihre Chefin sie herablassend. »Wenn du für das, was du da behauptest, keinen Beweis hast, kannst du das Ganze vergessen. Estela Valiente wird alles, was du herausgefunden hast, in einem ihrer üblichen Statements abstreiten. Und das war's dann.«

»Du vergisst die Absicht, die hinter all dem steht«, verteidigte sich Maya. »Ich schreibe nicht irgendeine Biografie, sondern die einzige *autorisierte* Biografie. Ich werde ihr Einverständnis bekommen, Clara, und ich werde sogar erreichen, dass Estela Valiente ein persönliches Vorwort schreibt.«

Clara brach in schallendes Gelächter aus. Sie bewunderte die Entschlossenheit ihrer Redakteurin, aber sie wusste auch, dass diese sich Illusionen hingab, die niemals Wirklichkeit werden würden. Maya sah in ihrer Fantasie schon die unveröffentlichten Texte vor sich, Notizen, ganze Hefte, Meisterwerke der Literatur, die in dem Turm des Hauses der Valiente-Schwestern verborgen waren und wie gefangene Prinzessinnen darauf warteten, befreit zu werden. Fünfzig Jahre permanentes Schreiben ließen Großartiges vermuten, beharrte Maya. Das war ein Schatz, in dem mehrere Erzählbände, Essays, sogar Romane enthalten sein konnten. Verstand sie, Clara, denn nicht, von welch außerordentlicher Bedeutung diese Entdeckung war?

Auf der anderen Seite der verglasten Bürotür ging der Arbeitstag zu Ende. Die Hitze ließ allmählich nach, und die Redaktion leerte sich. In den modernen Büroräumen war das leise Geklacker der Computertastaturen nicht mehr zu hören; die Telefone klingelten nicht mehr, und Claras Sekretärin hatte das erhitzte Gespräch der beiden Journalistinnen kurz unterbrochen, um zu fragen, ob sie nach Hause gehen könne. Maya hatte die Pause genutzt, um sich in ihrem Smartphone die Abfahrtszeiten der Züge nach Los Rosales herauszusuchen, und für die Rückfahrt einen ausgewählt, der in einer Stunde abfahren würde. Anschließend hatte sie noch einen kurzen Blick in ihr Notizbuch geworfen, um die Aufzeichnungen zu überprüfen.

»Eine letzte Sache noch, bevor ich gehe«, sagte sie, nachdem sie auf einer der Seiten einen rot unterstrichenen Namen gelesen hatte. »Da war etwas, das ich ziemlich merkwürdig fand.«

»Ich höre.«

»Es geht um Alonso Ríos, du weißt schon, den Fernsehmoderator. Wie es scheint, plant er, in diesen Tagen nach Los Rosales zu kommen.«

Clara rutschte unangenehm berührt auf ihrem Sessel hin und her. Sie wollte nach der Wasserflasche greifen, stellte jedoch fest, dass sie leer war.

»Ein grässlicher Mensch«, erklärte sie. »Er ist mir vor einiger Zeit mal vorgestellt worden. Das ist einer von diesen Besserwissern, die zu allem – egal, ob Politik oder Bücher – ihren Senf dazugeben müssen. Ein Schönling, der sehr charmant sein kann, dem aber nicht zu trauen ist. Er hat den Ruf, ein Frauenheld zu sein.«

»Nun, ich hatte jedenfalls den Eindruck, dass Estela regelrecht in Panik geriet, bei dem Gedanken, ihm zu begegnen. Vielleicht handelt es sich dabei um ihre übliche Phobie vor Literaturkritikern, Journalisten und allen Menschen, die sich mit ihrem Werk beschäftigen. Alicia hat mir erzählt, dass ihre Schwester pro Tag Dutzende Briefe von Leuten erhält, die sie bitten, an irgendeinem Akt teilzunehmen, an diesem oder jenem Verlagsprojekt mitzuwirken, aber …«

In diesem Moment hielt Maya mit einem Mal inne und verstummte. Sie wirkte vor Schreck wie erstarrt und begann dann heftig zu zittern.

»Maya? Was ist los?«, fragte Clara beunruhigt.

»Oh nein! Jetzt ist mir alles klar«, stotterte Maya entsetzt. »Alonso Ríos kommt nach Los Rosales, weil er auch eine Biografie über Estela Valiente schreiben will!«

Sie sprang mit einem Ruck auf, klaubte ihre Sachen zusammen und stürzte aus dem Büro, ohne sich von Clara zu verabschieden.

»He! Wohin willst du denn auf einmal so eilig, du Einfaltspinsel?«

»Ich muss es verhindern!«, rief Johanna von Orléans mit fliegendem Haar und geweiteten Augen, während sie mit langen Schritten durch den Gang eilte.

Es war die einzig mögliche Erklärung für Alonso Ríos' geplanten Besuch in Los Rosales. Dieser Gedanke ging Maya während der anderthalbstündigen Rückfahrt nicht mehr aus dem Kopf und reifte in den folgenden Tagen zu einer derart beunruhigenden Überzeugung heran, dass sie zu einer Obsession wurde. Wenn Alonso Ríos eine Biografie über Estela Valiente veröffentlichen würde, konnte sie die ihre vergessen. Die Erde war zu klein, als dass zwei Autobiografien über ein und dieselbe Person darin Platz hätten. In den Buchhandlungen gab es sowieso schon immer weniger Bücher, das Geld war knapp, die Budgets sämtlicher Institutionen gering. Würde also ein neues Werk von einem der derzeit angesagten Autoren auf den Markt kommen, wer würde sich dann noch für die anschließend veröffentlichte Arbeit einer gewissen Maya Millas interessieren? Nun war es noch wichtiger als zuvor, dass sie bei dem Verfassen der Texte auf Estela Valientes Mitarbeit zählen konnte. Wenn sie nicht erreichte, dass die Schriftstellerin ihr ihren Segen gab und ihre Biografie als die einzige von ihr autorisierte anerkannte, konnte sie die Sache knicken.

Von nun an musste sie wirklich alles aufzeichnen. Alles, was Estela sagte oder tat, würde im Archiv ihres Computers landen. Sie würde das Haus der Valiente-Schwestern auf der Suche nach literarischen Schätzen unter die Lupe nehmen und aus Alicia auch noch die letzten Details ihrer Existenz herausquetschen. Und sie würde Estela letztlich davon überzeugen, ihre Zustimmung zu geben. Denn dafür würde Maya das furchtbare, vernichtende, beschämende Geheimnis aus Estelas Vergangenheit – das es zweifellos gab – für sich behalten. Niemand lebte mehr als achtzig Jahre lang, ohne irgendeine Leiche im Keller zu haben.

Kapitel 13

»›Sehr geehrter Señor Ríos‹, bla, bla, bla. ›Daher bitte ich Sie, mir nicht länger zu drohen, diese absurde Geschichte, die lediglich in Ihrer Fantasie existiert, zu veröffentlichen‹, bla, bla, bla. ›Vor dem Gesetz sind wir alle gleich …‹«

Kurz vor Vollendung seines fünfzigsten Lebensjahres hätte Alonso Ríos eigentlich eine Lesebrille gebraucht, was ihm seine männliche Eitelkeit jedoch verbat, die ihm eindeutig wichtiger war als die Meinung seines Augenarztes. Daher hielt er den Brief ein gutes Stück von seinen blauen Augen entfernt, die ihm im Laufe der Jahre so viel Freude geschenkt hatten. Es gab keine schöne Frau, die seinen verführerischen Blicken widerstehen konnte, die er mit genau der richtigen Mischung aus Weitsichtigkeit und Verheißung auf sein Opfer richtete.

An diesem Morgen allerdings saß er an einem der hinteren Tische auf der Terrasse des Café Gijón am Paseo de Recoletos in Madrid und war in Begleitung seiner treuesten Geliebten – der Einsamkeit. Mit ihr redete er, ohne etwas beschönigen zu müssen, ohne sein erotisches Geschick unter Beweis stellen zu müssen und ohne sie mit dem falschen Versprechen auf ein baldiges Wiedersehen verabschieden zu müssen.

»›Mit aufrichtiger Ablehnung‹, aha!«

Endlich hatte Estela Valiente auf seinen Brief geantwortet. Wie zu erwarten gewesen war, hatte ihm die Nobelpreisträgerin eine unmissverständliche Abfuhr erteilt. Sie versicherte, niemanden der erwähnten Personen zu kennen – was leicht zu widerlegen war –, und drohte damit, ihn verhaften zu lassen, und zwar »wenn Sie auch nur die Nasenspitze auf mein Grundstück strecken«.

Anstatt den Briefbogen zu zerreißen, faltete Alonso Ríos ihn sorgfältig zusammen und steckte ihn wieder in den Umschlag. Er hatte sofort die altertümliche Typografie von Estela Valientes Schreibmaschine wiedererkannt und wusste, dass er mit diesem Brief, trotz der Drohungen, die er enthielt, einen ersten Kontakt hergestellt hatte. Es war ein erster Schritt. Der nächste – so sagte er sich – würde darin bestehen, unangekündigt in diesem Kaff Los Rosales zu erscheinen, wohin die Autorin von *Hinter verschlossenen Türen* sich zurückgezogen hatte, um ihre Ruhe zu haben.

Er genoss seinen Gin Tonic mit Raspeln von Zitronenschale und Kardamomsamen, die zwischen den Eiswürfeln schwammen. Als er das Ballonglas an die Lippen führte, genoss er zugegebenermaßen auch die Vorstellung des vorteilhaften Bildes, das er dabei abgab. Dann bestellte er sich einen zweiten Drink und lehnte sich entspannt zurück. Nur wenige Meter von ihm entfernt öffneten die Buchhändler die Stände mit ihren alten Schätzen. Dabei wurden sie von ein paar Buchliebhabern umschwärmt, die von der romantischen Vorstellung, das vergilbte Papier unter den Fingerspitzen zu spüren und den Geruch einer glücklicheren Zeit zu atmen, angezogen wurden wie die Motten vom Licht.

Einige Jahre zuvor hatte Alonso an einem dieser Stände zu einem Spottpreis eine Erstausgabe von *Das rote Backsteinhaus* erworben. Nach diesem erstaunlichen Fund war er auf die Idee gekommen, es Estela Valiente zu schenken, um sie sich ihm gewogen zu machen. Das Buch habe, wie der Händler versicherte, der großen spanischen Autorin Carmen Martín Gaite gehört und enthalte einige von ihr höchstpersönlich verfasste Randnotizen.

Doch Alonso machte sich nichts vor. Auch wenn er in bester Absicht handelte, war es gut möglich, dass dieses Geschenk genau den gegenteiligen Effekt haben würde: dass die Valiente es als Waffe benutzen und es ihm an den Kopf werfen würde.

Denn in diesem Buch, in der kühlen Widmung, mit der Tony Cienfuegos es ausgestattet hatte, und in jeder einzelnen der mehr als dreihundert Seiten schlummerte der Riese, der die Fundamente der zeitgenössischen Literatur zum Wanken bringen würde. Und im Schreibtisch seines Büros wartete in einer verschlossenen Schublade, deren Schlüssel er höchstpersönlich mit Klauen und Zähnen verteidigen würde, das magische Objekt, das den Riesen wecken würde.

Eine sehr junge Kellnerin näherte sich, graziös das Tablett balancierend, seinem Tisch. Als sie sich vorbeugte, um das leere Glas durch das neue zu ersetzen, lächelte sie ihn strahlend an und bot ihm den Blick in ihr hübsches Dekolleté.

»Sie sind ziemlich berühmt, oder?«, meinte sie. »Ich kenne Sie aus dem Fernsehen.«

»Stimmt genau. Ich bin Filmschauspieler«, erklärte er süffisant.

Die junge Frau strich sich durchs Haar.

»Wusste ich's doch«, sagte sie.

»Möchten Sie ein Autogramm?«

»Gerne!«

Alonso klopfte suchend gegen die Brusttasche seines Jacketts, nahm den Füllfederhalter heraus, schrieb ein paar Zeilen auf die Papierserviette und reichte sie der Kellnerin.

»›Vielen Dank für das Getränk und den schönen Ausblick. Alberto Closas‹«, las sie laut vor und errötete leicht.

»Und jetzt sind Sie dran«, forderte er sie auf, »bitte unterschreiben Sie hier, wenn es Ihnen nichts ausmacht, und wenn Sie schon dabei sind, können Sie gleich Ihre Telefonnummer dazuschreiben.«

Sie lachte kokett, entschuldigte sich dann jedoch damit, dass ihr Chef ihr verboten habe, mit den Gästen anzubändeln. Wahrscheinlich würde es den schon stören, dass sie ihn um ein Autogramm gebeten hatte.

»Aber Ihren nächsten Film sehe ich mir auf jeden Fall an«, sagte sie, während sie die Serviette mit dem Autogramm einsteckte.

Alonso Ríos sah ihr nach, wie sie sich hüftschwingend entfernte. Er wusste, dass die junge Frau seine Lüge spätestens dann entdecken würde, wenn sie den Namen in Wikipedia eingab und feststellte, dass der echte Alberto Closas bereits 1994 mit zweiundsiebzig Jahren nach einer produktiven Schauspielkarriere gestorben war. Dann würde sie ziemlich enttäuscht sein. Genauso wie, wenn er ihr die Wahrheit gesagt hätte: Ich bin Alonso Ríos, Fernsehmoderator, Teilnehmer einer Talkrunde im Mitternachtsprogramm, Autor von ein paar denkwürdigen Zeitungsartikeln, der hin und wieder in den sozialen Netzwerken für einen unschuldigen Kommentar auf Twitter gelobt wird.

Er nahm einen guten Schluck seines Gin Tonic und kehrte zu seinen Grübeleien zurück; zu dem schlafenden Riesen und dem Wächter, der es ihm so schwer machte.

Das brisante Dokument, um das es ging, war ein – scheinbar harmloser – alter Notizblock, der durch einen glücklichen Zufall in seine Hände gelangt war und nur durch ein Wunder dem Schicksal entkam, zusammen mit einem Stapel anderer Papiere von den Flammen im Kamin verschlungen zu werden. Die Kiste mit den alten Unterlagen hatte ihm seine Schwester geschickt, nachdem sie ihren Dachboden entrümpelt hatte. *Wirf das Zeug weg, wenn du möchtest*, hatte sie dazugeschrieben.

Er jedoch hatte sich – glücklicherweise – die Zeit genommen, einige dieser Reliquien anzuschauen, bevor er sie als Kaminanzünder benutzt hatte. Dabei war er dann auf jenen Notizblock gestoßen, der unzweifelhaft einmal Estela Valiente gehört hatte, der Autorin des berühmten Romans *Hinter verschlossenen Türen*. Und es hatte etwas mit einem anderen Meisterwerk der spanischen Literatur zu tun: *Das rote Backsteinhaus*, geschrieben von einem gewissen Tony Cienfuegos.

Nachdem Alonso sich mehrfach bei seiner Schwester der Authentizität des Blockes versichert hatte, war er dann angesichts der Folgen, die dieser Fund mit sich bringen konnte, tatsächlich in Tränen ausgebrochen.

Noch in derselben Nacht hatte er einen Brief geschrieben, der mit dem lapidaren Satz begann: *Sehr geehrte und von mir aufrichtig bewunderte Estela Valiente, zufällig befindet sich ein Notizblock in meinem Besitz, der für Sie von großem Interesse sein könnte.* Diesen Brief hatte er nach langem Überlegen an die Autorin geschickt, in der Furcht, dass jemand anderes ihn öffnen und lesen könnte, obwohl er wusste, dass Estela Valiente sich persönlich um ihre Post kümmerte. Und die heftige Reaktion auf seinen Brief bewies, dass sie diesen tatsächlich gelesen und eigenhändig beantwortet hatte.

Das, worum es ging, war vor beinahe fünfzig Jahren geschehen, und nach all der Zeit konnte man wohl davon ausgehen, dass Estela Valiente ihr Geheimnis lieber mit ins Grab genommen hätte. Doch zu ihrem Leidwesen war er, Alonso Ríos, fest entschlossen, dies zu verhindern. *Aufgrund des allgemeinen Interesses und der historischen Gerechtigkeit muss die Öffentlichkeit die Wahrheit erfahren. Ob Sie es wollen oder nicht.*

Die Beweise, die der alte Notizblock enthielt, waren derart stichhaltig, dass sie sich nicht einfach durch eine schriftliche Stellungnahme entkräften ließen. Im digitalen Zeitalter war es nicht mehr möglich, die Menschen an der Nase herumzuführen, zu zensieren oder zum Schweigen zu bringen. *Die Frage ist nicht, ob ich dies veröffentlichen werde oder nicht, sondern wie und wann und ob ich dabei auf Ihre Mitarbeit zählen kann.*

Ein paar Tage zuvor hatte er in der Redaktion der lokalen Tageszeitung von Los Rosales angerufen und lange mit dem Chefredakteur, einem gewissen Pereira, gesprochen, um dann ein Treffen mit ihm zu vereinbaren. Dabei hatte er ihn um äußerste Diskretion gebeten, da die Angelegenheit, die ihn nach Los Rosales führte, sehr vertraulich sei.

Er hatte die Absicht, sich die Angaben vor Ort bestätigen zu lassen, mithilfe dieses Pereiras fünfzig Jahre in die

Vergangenheit zu reisen und dann mit einer vollständigen Liste unwiderlegbarer Beweise bei Estela Valiente vorzusprechen.

Die Recherche würde selbstverständlich einige Zeit in Anspruch nehmen, weshalb er im Hotel Miranda ein großes, luftiges Zimmer reserviert hatte, mit einem Schreibtisch vor dem Fenster und einem weichen Doppelbett mit einer mit Gänsefedern gefüllten Daunendecke und jeder Menge Kissen, falls ihm danach sein würde, im Bett zu frühstücken.

Das Gute daran, freischaffend zu arbeiten, war – erst recht seit der Erfindung des WLANs –, dass er seinen Beruf von jedem Ort und in jeder Lage ausüben konnte, sogar gemütlich im Bett eines Hotels in den Bergen, angezogen oder nicht, allein oder in Gesellschaft, ohne seinen guten und professionellen Ruf aufs Spiel zu setzen.

Dieses Hotelzimmer würde das Hauptquartier sein, von dem aus er operierte. Wie er gehört hatte, nahmen die Valiente-Schwestern üblicherweise auf der Terrasse unterhalb seines Fensters ihr tägliches Glas Wermut ein, und vielleicht würde der Wind ihre Stimmen zu seinen unschuldigen Ohren tragen. Wobei es nicht darum ging, zu spionieren – wie er sich vor sich selbst rechtfertigte –, sondern die Gelegenheit beim Schopf zu packen.

Und wenn es dann so weit wäre, würde er die gepflasterte Straße hinunterschreiten, die zu Estelas Domizil mit dem legendären Baum, dem Turm, dem Pelota-Spielfeld und dem gekachelten Brunnen führte. Er würde an der Tür klingeln, ihr fest in die Augen sehen, und das Drama würde seinen Lauf nehmen.

»Hier ist Ihre Rechnung, mein Herr«, unterbrach die junge Kellnerin Alonsos Grübeleien. Sie legte den Kassenbon direkt neben sein Glas auf den Tisch und biss sich leicht auf die Unterlippe, bevor sie an die Bar zurückkehrte, von wo aus sie ihn herausfordernd beobachtete.

»Ich habe doch gar nicht die Rechnung …« Verwundert bemühte sich Alonso zu entziffern, was auf dem Papier stand.

Auf der Rückseite des Blattes hatte die junge Frau frech ihre Telefonnummer und ihren Namen notiert: Nina.

Alonso Ríos, der sich rühmte, von Frauen umschwärmt zu werden, zuckte dennoch zusammen, als er den Namen las, und ein kleiner Schauer lief ihm den Rücken herunter. Das Leben hatte doch immer wieder überraschende Zufälle auf Lager, denn, wenn er sich richtig erinnerte, war der Name von Tony Cienfuegos' Mutter ebenfalls Nina gewesen.

Er steckte den Zettel zu dem Füllfederhalter in die Brusttasche und zwinkerte der jungen Frau zum Abschied zu. Dann trank er einen letzten Schluck von seinem Gin Tonic und ging Arm in Arm mit seiner Einsamkeit nach Hause.

Kapitel 14

Als Kind hatte Estela unter einem äußerst leichten Schlaf gelitten. Ein leises Geräusch reichte aus, um sie zu wecken, und anschließend konnte sie nicht wieder einschlafen. Dann wälzte sie sich im Bett herum, hörte die Glocken der Kühe auf der Weide, das Schlagen der Kirchturmuhr und die Schreie der Katzen auf dem Dach.

Und an einigen Abenden hörte sie das Geräusch der Reifen von Nina Cienfuegos' Auto auf dem Kies. Tonys Mutter kam so leise wie ein nächtlicher Wind. Sie fuhr mit ausgeschaltetem Motor den Abhang hinab, hielt vor der Eingangstür und benutzte den Schlüssel, über den sie verfügte, um, unangekündigt und ohne zu klingeln, ins Haus zu treten. Dort verbrachte sie dann eine ganze Weile, bis sie schließlich mit wirrem Haar, zerknitterter Kleidung und Tränen im Gesicht wieder herauskam.

Wenn dann bereits der Morgen graute, versteckte sie ihre traurigen Augen hinter einer riesigen Sonnenbrille, setzte sich ins Auto, schloss leise die Tür und ließ den Motor an, der zunächst wie das leise Knurren eines Monsters klang und erst, wenn sie die Straße hinauffuhr, laut aufheulte. Dann sprang die kleine Estela aus dem Bett und beugte sich aus dem Fenster, um zuzusehen, wie der Wagen hinter dem Hügel verschwand.

Und Tony konnte sich am nächsten Morgen vor Müdigkeit kaum auf den Beinen halten.

Niemals hatte Estela ihren Freund gefragt, was in den Nächten geschah, in denen seine Mutter ihn heimlich besuchte. Zumal er niemals zugab, dass diese seltsamen Zusammentreffen überhaupt stattfanden. »Meine Mutter mitten in der Nacht? Mit wirrem Haar? So ein Unsinn, Estela, warum erfindest du solche Dinge?« Bis Tonys Mutter schließlich mit einem Seidentuch, das ihren Schwanenhals abschnürte, tot im Bett der Dachwohnung gefunden wurde, die ihr letzter Liebhaber für sie gekauft hatte. Erst später, in einer jener Nächte, die Estela und Tony in genau dieser Wohnung verbrachten, schlaflos gemeinsam unter einer Decke auf dem roten Sofa kauernd, verriet er ihr das Geheimnis: »Meine Mutter hat mich in diesen Nächten besucht, sie kam, sooft sie konnte«, gestand er. »Manchmal hat sie mich geweckt, manchmal nicht. Sie hat sich einfach nur zu mir ins Bett gelegt, mich fest umarmt und neben mir geschlafen. Sie hat so viel geweint. Die Prellungen und Blutergüsse auf ihrer Haut haben mich geängstigt, doch sie spielte deren Bedeutung stets herunter. Sie sagte, dass sie sofort heilen würden, wenn ich einen Kuss darauf gäbe, und dass ich magische Kräfte hätte. Und es stimmte. Beim nächsten Mal kam sie mit neuen Verletzungen, doch die alten waren bereits verblasst. Wenn ich zwischendurch wach wurde, streichelte sie mir übers Haar, bis ich wieder eingeschlafen war. Und sie flüsterte mir ins Ohr, dass sie mich liebe und vermisse und dass es ihr so leidtue, nicht mehr Zeit mit mir verbringen zu können.«

Nach dieser Eröffnung zerfloss Tony förmlich in Tränen, und Estela wusste nicht, was sie angesichts seiner vom heftigen Weinen bebenden Schultern tun sollte.

»Dann stimmt es also nicht, dass Nina Cienfuegos ihren Sohn misshandelt hat?«

»Ich kann nur wiederholen, dass Sie kein Wort von dem glauben sollten, was in seiner verdammten Biografie steht. Tony hat sich diese infame Geschichte ausgedacht, um die Leser zu schockieren, vielleicht auch um als tragische Figur in die Geschichte einzugehen. Er wurde wie Dorian Gray von seiner eigenen Eitelkeit aufgezehrt. Auch er war nicht in der Lage, sich seinen körperlichen Verfall im Spiegel anzusehen. Deshalb hat er das geschrieben, was ihm in den Sinn kam. Um danach sein Abbild gnadenlos zerstören zu können.«

Antonina Cienfuegos hatte mit siebzehn Jahren das hübscheste Baby der Welt geboren, jedoch in einer Zeit und an einem Ort, wo die Scham die Freude unter sich begrub. Als die Wölbung ihres Bauches unter ihrem Kleid sichtbar wurde, zog sie sich in das Haus ihrer Tanten zurück, um nicht auf der Straße beschimpft zu werden. Und dort erblickte Tony schließlich ohne die Hilfe, den Beistand und die Zuneigung einer Hebamme und nur mit der Unterstützung der beiden treuen alten Jungfern das Licht der Welt. Antoninas Eltern hatten sie, als sie gestand, dass sie schwanger war, aus dem Haus geworfen. Die wenigen Freundinnen, die sie hatte, grüßten sie nicht mehr, und der sich rundende Bauch war Grund genug, mit dem Finger auf sie zu zeigen.

Dabei war Antonina eine lebenslustige junge Frau, die es wie jedes Mädchen in ihrem Alter liebte, sich zu amüsieren. Um abends auszugehen, ließ sie ihr Kind in der Wiege zurück und kletterte aus dem Fenster. Wenn sie im Morgengrauen, die Musik noch im Ohr, zurückkehrte, fand sie den

Säugling, vom eigenen Erbrochenen bedeckt und erschöpft vom vielen Weinen, in seinem Bettchen vor. Ihre Tanten, die ein Stockwerk höher den Schlaf der Gerechten schliefen, hatten davon keine Ahnung. Sie bekamen das Kind nur am Tag zu Gesicht, wenn es sauber und gepflegt vor sich hin schlummerte, immer müde, aber so hübsch, dass sie es abwechselnd wiegten und herzten, als wäre es eine Puppe und nicht ein kleiner Mensch aus Fleisch und Blut.

In einer jener Nächte stieg Antonina in den Wagen eines Unbekannten ein und kehrte erst zwei Jahre später nach Los Rosales zurück. Die Tanten wussten, dass sie noch am Leben war, weil sie hin und wieder anrief und nach Tony fragte, doch die Anrufe erfolgten immer zu nachtschlafenden Zeiten, in Eile und mit flüsternder Stimme. An einem Maimorgen erfuhren sie schließlich die Neuigkeit: »Ich habe geheiratet, meine lieben Tanten, habe eine gute Partie gemacht. Einen reichen Mann, der in Südamerika sein Vermögen gemacht hat und nun wieder nach Spanien zurückgekehrt ist und der mir jeden Wunsch erfüllt. Ich habe ein Auto mit Chauffeur, Silberbesteck, Champagner und Hummer, wann immer ich will, ein Dienstmädchen und ein Schoßhündchen. Wir wohnen mitten in Madrid, in einem eleganten Haus im Salamanca-Viertel, und wir verkehren in der vornehmen Gesellschaft. Ich heiße jetzt nicht mehr Antonina, sondern Nina, was viel stilvoller klingt. Und ich habe kein Kind mehr. Sagt Tony, dass ich ihn über alles liebe, dass ich auf Reisen bin und ihn holen komme, wenn er groß ist.«

Dafür, dass Nina ihr Elend verschwieg und die blauen Augen und die Prellungen verdeckte, erhielt sie für sich selbst und ihren heimlichen Sohn den wohlklingenden Namen Cienfuegos. Tony sah seinen Stiefvater nur ein einziges Mal, vor dem Richter, der die Adoption beglaubigte. In dem Nadelstreifenanzug, den er trug, mit der goldfarbenen Krawatte und dem Duft nach Eau de Cologne sah er für den Jungen aus wie der Held in einem Kriminalroman. Und seine unschuldige Fantasie brachte die Schläge, die seine Mutter erdulden musste, niemals mit jenen gepflegten schlanken Händen in Verbindung.

Nachdem sie erfahren hatte, dass Alonso Ríos vorhatte, nach Los Rosales zu kommen, schloss Estela sich zwei Tage lang in ihrem Zimmer ein. Wäre Tony noch am Leben gewesen, wäre es ihm sicher gelungen, sie wie die Novizin Doña Inés mit den Waffen der Liebe und den Verführungskünsten eines Don Juan Tenorio aus ihrem Gefängnis zu befreien. Ein vorbildlicher Verehrer, dieser Tony Cienfuegos!

Alicia wusste nicht, was los war. Sie ging hin und wieder hinauf, um ihrer Schwester etwas zu essen, ein wenig Zerstreuung oder eine Zigarette anzubieten. Sie war so beunruhigt wegen Estela, dass sie in ihrer Sorge vor dem Zubettgehen einen Kuchen im Ofen vergaß, sodass am nächsten Morgen ein beißender Rauch das ganze Haus erfüllte. Es war unmöglich, den Brandgeruch zu vertreiben, weder durch ständiges Lüften, noch durch Ausschütteln der Kissen oder durch Vasen voller duftender Blumen in jeder Ecke. Am späten Vormittag war Alicia mit dem Staubwedel in der Hand kurz davor aufzugeben, als jemand an der Tür klingelte. Hoffnungsvoll trat sie in den Garten hinaus.

»Maya, sind Sie das?«

»Ja, Alicia, bitte machen Sie auf, ich habe Neuigkeiten.«

»Gott sei Dank!«

Sie liefen gemeinsam über den Kiesweg und eilten die Treppe hinauf. Außer Atem hielten sie vor der geschlossenen Tür zu Estelas Zimmer inne.

»Sie hat den Raum seit zwei Tagen nicht mehr verlassen«, warnte Alicia. »Ich weiß nicht, in welcher Verfassung sie ist.«

»Estela!«, rief Maya laut. »Ich weiß jetzt, wer die drei Männer waren, die Marta Poza umgebracht hat! Ich bin an die Liste gekommen!«

Eine raue, erstickte Stimme, die direkt aus dem tiefen Inneren der Erde zu dringen schien, erklang.

»Lasst mich in Ruhe, ich glaube euch kein Wort! Ich werde dieses Zimmer nicht verlassen, auch wenn ich vor Hunger und Durst sterbe!«

»Mach's nicht so dramatisch, meine Liebe! Ich kenne dich seit deiner Geburt und musste das ganze Leben lang deine Sturheit ertragen!«, rief Alicia durch die Tür. Dann erzählte sie Maya in vertraulichem Tonfall: »Als sie sieben Jahre alt war, ist sie auf den Baum im Garten gestiegen und hat sich den ganzen Tag geweigert, wieder runterzukommen. Schließlich hat Papa sie überzeugt, keine Ahnung, was er ihr gesagt hat. Der arme Mann musste klettern wie ein Affe, um den Ast zu erreichen, auf dem seine Tochter sich verschanzt hatte. Ein Wunder, dass die beiden das überlebt haben.«

»Aber es ist die Wahrheit, Estela!«, schrie Maya, wobei sie beide Hände wie einen Trichter vor ihren Mund hielt. »Die Namen der Männer waren Sancho Herrera, Darío Olmedo und Juan Bautista. Sagt Ihnen einer davon etwas?«

Während der angespannten Stille, die nun folgte, war aus dem Inneren des Zimmers kein Laut zu hören. Alicia legte ihr Ohr an die Tür und hielt den Atem an. Endlich, nach einer scheinbar endlos andauernden Minute, war das Knarren der Matratzenfedern zu hören, gefolgt von Schritten auf dem Fußboden.

»Juan Bautista?«, murmelte Estela auf der anderen Seite der Tür. Dann drehte sich der Schlüssel im Schloss, und Estela streckte ihren Kopf durch die Tür, als blickte sie nackt und nass hinter einem Duschvorhang hervor. »Juan Bautista hat auf einem Hof in den Bergen gewohnt. Erinnerst du dich noch an die Bautistas, Alicia? Sie waren arm wie die Kirchenmäuse, aber zu stolz, um von irgendjemandem Hilfe anzunehmen.«

»Die, die Papa mal mit einem toten Huhn bezahlt haben?«

»Genau die.«

Estela verließ ihr Gefängnis wie ein Toter sein Grab: schmutzig, bleich und ungekämmt. Im Nachthemd und barfuß. Hinter ihr das Chaos der vielen Stunden, in denen sie sich mit Zigaretten und Alkohol betäubt hatte, übervolle Aschenbecher, leere Flaschen, zerknitterte Bettwäsche und welke Blumen.

»Das ist ja ekelhaft, meine Liebe!«, sagte Alicia, nachdem sie einen Blick in das Zimmer geworfen hatte. »Wie hast du es in diesem Dreck nur ausgehalten?«

Doch ihre Schwester hörte ihr gar nicht zu.

»Ich erinnere mich noch sehr gut an Juan Bautista«, sagte Estela. »Wir waren etwa im gleichen Alter. Er war etwas kleiner als ich. Ich habe ihm mal auf die Nase gehauen, weil er Tony beleidigt hat. Er hat ihn als Sohn einer Nutte bezeichnet.«

Estela schwankte die Treppe hinunter. Sie ließ sich von Maya helfen, die sie fest am Arm fasste. Gemeinsam gingen sie ins Wohnzimmer und setzten sich wie immer, wenn Vertraulichkeiten ausgetauscht wurden, auf das unbequeme Sofa.

»Was ist das denn für ein bestialischer Gestank hier!«, rief Estela aus. »Alicia, in diesem Haus riecht es nach verbranntem Horn!«

Alicia tauchte im Treppenhaus auf.

»Das war nur ein Kuchen, du Dummerchen«, erklärte sie und lachte fröhlich wie der Vater im Gleichnis, als sein verlorener Sohn wie ein Schwein stinkend nach Hause kam. »Ich lüfte hier ein bisschen und komme gleich. Möchtet ihr einen Kaffee?«

Währenddessen rekonstruierten die beiden Ermittlerinnen die Geschichte von Juan Bautista – von seiner glücklichen Kindheit in Los Rosales bis hin zu der trostlosen Zeit als Erwachsener, seiner Hässlichkeit und seiner Einsamkeit, die ihn schließlich – ganz sicher – dazu gebracht hatte, nach dem Tod seiner Schwester Dolores über eine Heiratsvermittlung nach einer Ehefrau zu suchen.

»Mit Dolores hatte ich mehr zu tun als mit ihm«, erklärte Estela. »Denn sie hat sich um den Milchverkauf gekümmert und hat alles erledigt, was Kontakt mit anderen Menschen erforderte. Juan dagegen war die ganze Zeit mit den Kühen auf der Weide. Er hatte den Ruf, ein mürrischer Mensch zu sein, zu viel zu trinken und zu Prostituierten zu gehen … Aber irgendwie hat er es zu Geld gebracht, und wenn er betrunken war, hat er damit angegeben, mehr als eine Million Pesetas in seiner Matratze versteckt zu haben. Die Schwester war ebenfalls unverheiratet. Sie wohnten zusammen in einem verwahrlosten Haus außerhalb des Dorfes, und Dolores hat geschuftet wie eine Sklavin: die Ställe ausgemistet, die Kühe gemolken, für ihren Bruder gekocht und die Wäsche gewaschen.«

»Und dann ist sie gestorben.«

»Ja, in jungen Jahren, wahrscheinlich vor Erschöpfung. Alicia und ich waren auf der Beerdigung. Und Juan, der Mistkerl, hat nur immer wieder gesagt: ›Und wer kümmert sich jetzt um mich?‹«

Schließlich kamen Estela und Maya zu dem Schluss, dass Juan Bautista sich an die Heiratsvermittlung gewandt hatte, um eine neue Sklavin zu finden. Daraufhin hatte man ihm Marta Poza vermittelt, er hatte sie kontaktiert, und nachdem sie ein paar schlüpfrige Briefe ausgetauscht hatten, hatte er sie in sein Haus gelassen.

»Ein großer Fehler«, befand Estela. »Denn so hat er sich, ohne es zu ahnen, seine Mörderin ins Haus geholt.«

Nach einer Weile schloss sich auch Alicia dem Gespräch an. Auch sie erinnerte sich an die Milchverkäuferin, wenn sie sie auch nicht näher gekannt hatte. »Sie war eine niedergeschlagene, stille Frau. Irgendwie traurig.«

Den Bruder hätte sie sicher nur mit Mühe wiedererkannt. An die Geschichte mit dem Schlag auf die Nase konnte sie sich nicht erinnern, wunderte sich aber nicht darüber.

»Als Kind bist du ja ständig ausgerastet. Du hast dich mit jedem angelegt«, meinte sie zu ihrer Schwester. »Den Hof haben, soweit ich weiß, jedenfalls irgendwelche Verwandten geerbt. Die Kühe haben sie abgeschafft, und sie verkaufen auch keine Milch mehr. Sie haben sich eine Schafherde zugelegt und machen jetzt Käse, den sie an die Delikatessläden in Madrid verkaufen. Vielleicht solltet ihr mal bei ihnen vorbeischauen. Sicher wissen die mehr über den Mord.« Alicia runzelte nachdenklich die Stirn. »Ob sie die Matratze mit dem Geld wohl gefunden haben? Oder ob Marta Poza es genommen hat, bevor sie Bautista um die Ecke gebracht hat?«

»Also mich interessiert an der Sache eines viel mehr als alles andere«, entgegnete Estela und erhob sich vom Sofa. »Diese erotischen Briefe, mit denen Marta Poza den Männern den Kopf verdreht hat und die sie so erregt zu haben scheinen, dass sie jede Vernunft außer Acht gelassen haben! Ich frage mich, was sie ihnen versprochen und welche Fantasien sie in ihnen geweckt hat? Ob diese Briefe wohl noch existieren?«

Der Gedanke, dass sie sich am nächsten Tag auf den Weg zu Juan Bautistas Hof machen würden, versetzte Estela und Maya in eine derartige Aufregung, dass sie beide in der Nacht kaum schlafen konnten. Sie lagen in ihren Betten, die nur durch ein paar Meter Garten und eine Steinmauer getrennt waren, und hörten das Läuten der Kirche, die Glocken der Kühe und die Schreie der Katzen auf dem Dach. Als Estela endlich die Augen schloss, musste sie an das knirschende Geräusch von Nina Cienfuegos' Autoreifen auf dem Kies denken. Maya ihrerseits lauschte ein ums andere Mal auf die Stimmen der Valiente-Schwestern, die sie auf ihrem Handy gespeichert hatte.

Nur wenige Hundert Kilometer entfernt versuchte Alonso Ríos zur gleichen Zeit freundlich und geduldig der jungen Nina zu erklären, dass ihre gerade begonnene Liebesgeschichte keine Zukunft hatte. Sie war kurzlebig wie eine frisch erblühte Mohnblume. »Hast du schon mal eine Mohnblume gepflückt und welken sehen? Genau so.« Doch Nina verstand nicht, warum nach dieser Nacht voller ungezügelter Leidenschaft ihre Beziehung schon wieder zu Ende sein sollte, nur weil ihr Liebhaber überlegte, für ein paar Tage in die Berge zu fahren. Dies schien ihr kein plausibler Grund zu sein. Schließlich fahre er doch nur nach Los Rosales und ziehe nicht in den Krieg, meinte sie. Sie könnten sich doch nach seiner Rückkehr wiedersehen, oder nicht?

»Ach, mein süßes Mädchen, wer weiß schon, was uns die Zukunft bringt.«

Kapitel 15

Der Hof der Bautistas lag außerhalb des Dorfes, jedoch nicht in völliger Abgeschiedenheit. Denn ganz in der Nähe war inzwischen ein Seniorenheim gebaut worden und direkt daneben hatte ein bescheidenes Hotel eröffnet, wo die Familien der Heimbewohner wohnen konnten, wenn sie zu Besuch kamen. Daher war in der Gegend einiges los, zumal dort auch noch zwei Straßen entlangführten, die von vielen Ausflüglern auf dem Weg in die Berge genutzt wurden.

An der Eingangstür des Hofes wies ein Schild auf den Käseverkauf hin. Wenn man ein Stück Käse wollte, musste man nur an der Tür klingeln, woraufhin ein fröhliches junges Mädchen mit ein paar Stücken zum Probieren herunterkam.

Die junge Frau begrüßte Estela und Maya mit einem strahlenden Lächeln. Offensichtlich war sie am Verkauf beteiligt. Als die Besucher den Grund ihres Besuchs erklärten – der so rein gar nichts mit dem Erwerb von Käse zu tun hatte –, verschwand die Fröhlichkeit aus ihrem Gesicht, als gute Verkäuferin geriet sie jedoch nicht komplett aus der Fassung. Sie erklärte, dass ihre Eltern am Morgen nach Madrid gefahren seien, um dort ihre Produkte zu verkaufen, und erst am späten Abend zurückkommen würden.

In jedem Fall warnte sie sie, dass der Mord an ihrem Onkel kein willkommenes Thema in der Familie sei. Die Angelegenheit werde konsequent verschwiegen, und die junge

Frau konnte sich nicht vorstellen, dass ihre Eltern bereit sein würden, mit zwei Fremden darüber zu reden. Allerdings habe sie einige Dinge über den Mord erfahren, die sie ihnen gegen einen kleinen finanziellen Beitrag zum Wohl des Unternehmens anvertrauen würde. Möglicherweise wollten sie ja doch ein wenig Käse kaufen? Vielleicht zwei Kilo von dem gut gereiften *queso tetilla*? Oder ein Stück mit feinen Kräutern und eine Rolle Ziegenkäse?

Nachdem der Handel unter Dach und Fach war, öffnete die junge Frau den beiden Damen die Tür, und das Lächeln kehrte in ihr Gesicht zurück. Sie bat den Besuch, im Schatten einer Weinlaube Platz zu nehmen, und stellte einen Krug mit kaltem Wasser und drei Plastikbecher auf den Tisch. Maya nahm, eifrig wie immer, ihr Notizbuch heraus, und Estela eröffnete das Gespräch mit dem lapidaren Satz:

»Vor vielen Jahren habe ich deinem Onkel Juan mal die Nase eingeschlagen.« Das Mädchen riss erstaunt die Augen auf. »Er hatte es verdient«, fügte Estela hinzu. »Er war ein grausames Kind.«

»Genau das hat meine Mutter auch gesagt. Dass er ein Mistkerl war.«

In den folgenden Minuten gewann Estela mit ein paar Anekdoten über ihre Kindheit in Los Rosales das Vertrauen der jungen Frau.

»Ich hatte einen Freund namens Tony. Er war nicht wirklich ein Draufgänger, wenn du verstehst, was ich meine, und deshalb haben die anderen Jungen ihn ausgelacht und gehänselt. Wenn wir zusammen nach Hause gingen, hielt Tony immer mühsam die Tränen zurück. Aber ich wusste, wie sehr er litt, obwohl er so tat, als machten ihm die Gemeinheiten und die Witze auf seine Kosten nichts aus. Er war ein schwächlicher Junge, und seine alten Tanten zogen ihm lächerliche Kleidung an, für die er viel zu alt war.« Juan Bautistas Großnichte nickte fasziniert. »Eines Tages stellte sich dein Onkel ihm in den Weg und beleidigte seine Mutter. Er behauptete höhnisch, dass Tony der Sohn einer Nutte wäre. Und Tony explodierte. Zum ersten Mal in seinem Leben brachte er den Mut auf, sich dem Kampf mit einem anderen Jungen zu stellen. Er biss die Zähne zusammen, ballte die Fäuste und stürzte sich wie ein rasendes Kälbchen auf seinen Gegner.«

Estela goss sich etwas Wasser ein. Dann trank sie in aller Ruhe zwei Schlucke, zweifellos um die Spannung ihrer Geschichte zu steigern. Das Mädchen knabberte an den Fingernägeln und fuhr sich durchs Haar.

»Und dann?«

»Dann hat dein Onkel ihn mit einem Schlag umgehauen. Bevor Tony ihm auch nur ein Haar krümmen konnte, wälzte er sich schon stöhnend vor Schmerzen auf dem Boden, während sein Gegner nicht davor zurückschreckte, ihn noch mal als Hurensohn und Bastard zu beschimpfen.« An dieser Stelle machte Estela erneut eine dramatische Pause. Der Blick aus ihren grauen Augen war fest auf das sommersprossige Gesicht des Mädchens gerichtet. »Deswegen sah ich mich gezwungen, deinem Onkel eins auf die Nase zu geben«, meinte sie schließlich. »Weil ich schon immer für die Gerechtigkeit gekämpft habe! Mit dieser Hand habe ich zugeschlagen«, sagte sie und schüttelte ihre gealterte, faltige, von Adern durchzogene Faust. »Ich habe keine Ahnung, woher ich die Kraft genommen habe. Denn tatsächlich flog dein Onkel durch die Luft und schlug mit dem Gesicht auf einem Stein auf. Wahrscheinlich hat er sich dabei die Nase gebrochen. Aber Tony hat sein ganzes Leben lang behauptet, dass ich ihn mit meinen Bärenkräften niedergerungen hätte. Dadurch wurde ich in der Schule zu einer Legende. Ich glaube, dass einige Kinder sogar Angst vor mir hatten. Nach dem Vorfall hatte ich eine Woche Stubenarrest, also genug Zeit, meine geschwollene Hand mit Eis zu kühlen.«

»Wahnsinn!«, rief das Mädchen bewundernd aus.

Von da verstanden sich die beiden prächtig und unterhielten sich, als wären sie schon seit Ewigkeiten befreundet. Estela konnte gut mit Menschen umgehen, wie sie schon bei Monteiros Großmutter bewiesen hatte. Sie war wirklich eine hervorragende Ermittlerin. Maya hingegen blieb im Hintergrund. Wie eine stumme Sekretärin beschränkte sie sich darauf, Notizen in ihr Heft zu schreiben und hin und wieder zu nicken.

Juan Bautista war, wie das Mädchen erzählte, ein schrecklicher Mensch gewesen. Er war das älteste von acht Kindern, zu denen auch ihr Großvater Jesús gehört hatte, der in Frieden ruhen möge. Jesús seinerseits hatte eine eigene Familie gegründet und vier Töchter und einen Sohn bekommen. Letzterer war ihr Vater, der auf den Namen Juan Nepomuceno getauft worden war, weil er am 16. Mai geboren war und seine Mutter, um schwanger zu werden, zu dem Heiligen gebetet hatte.

»Mein Großvater weigerte sich rundweg, das Kind Juan zu nennen. Sie können sich also vorstellen, wie sehr er seinen Bruder gehasst haben muss, um den zweiten Namen für seinen Sohn vorzuziehen. Er meinte, dass ein Juan in der Familie ausreiche. Daher wird mein Vater Nepo genannt, was letztendlich ja nicht das Schlechteste ist.«

Weil Juan Bautista der älteste Sohn war, erbte er den Landbesitz der Familie und übernahm die Verantwortung für seine einzige unverheiratete Schwester: Dolores. Außerdem zählten zwanzig Kühe zu seinem Besitz, der Milchstand auf dem Marktplatz am Rathaus und der verfallende Hof, in dem die acht Geschwister dicht gedrängt, zerlumpt und hungernd ihre Kindheit verbracht hatten.

»Tante Dolores hat er wie die letzte Magd behandelt. Sie war sehr unglücklich. Mein Vater sagt, dass sie vom vielen Abwaschen wunde Fingerknöchel hatte und an Erschöpfung gestorben ist. Er schwört, sie in manchen Nächten noch klagen zu hören. Ihr Geist schluchzt und heult wie eine unerlöste Seele. In den Nächten, in denen Tante Dolores ihr Leid klagt, ist es draußen immer vollkommen windstill.«

Aus Aberglauben war das Zimmer, das einst Dolores Bautista gehört hatte, all die Jahre nie mehr benutzt worden. Das Mädchen zeigte es den beiden Besucherinnen mit ehrerbietigem Respekt: das schmiedeeiserne Kopfende des Bettes, das Kruzifix aus Holz an der weiß gekalkten Wand, die Waschschüssel, den Nachttopf und einen Schrank mit einem halbblinden Spiegel, der seltsame phantasmagorische Schemen wiedergab.

»Wegen Tante Dolores haben meine Eltern mich Lola genannt«, erklärte die junge Frau. »Und ich glaube, dass wir deshalb auf besondere Art verbunden sind. Ich bin die Einzige in der Familie, die sie sehen kann.«

»Du kannst sie *sehen*?« Mayas Stimme klang seltsam heiser.

Lora Bautista nickte, ohne den Bick von dem Spiegel abzuwenden. »Ja. Wenn es nicht meine Tante wäre, hätte ich mir vor Angst in die Hose gemacht. Sie hat ganz weißes Haar, und ihre Fingernägel sind so lang wie die Klauen eines Adlers. Ihre Augen sind blutunterlaufen, und beim Gehen hinkt sie.«

Maya stellte fest, dass Estela Valiente trotz der gruseligen Schilderung das Interesse an dem, was das Mädchen erzählte, verloren zu haben schien und allmählich ungeduldig wurde.

»Schön, schön, aber jetzt lass mal deine Tante Dolores und erzähl uns lieber, was du über den Mord weißt«, drängte sie. »Wo wurde denn die Leiche deines Onkels gefunden?«

Das Mädchen erwachte aus seiner Trance.

»In der Küche«, meinte sie seufzend. »Er saß am Tisch. Mit einem Fleischmesser im Rücken und dem Gesicht in einem Teller Linsen. Zunächst war nicht klar, woran er genau gestorben war: ob der Messerstich die Todesursache war oder ob er in den Linsen erstickt war. Die Küche kann ich Ihnen leider nicht mehr zeigen, weil meine Eltern den Raum zu einer Kühlkammer umgebaut haben.«

Juan Bautistas Leiche wurde erst eine Woche nach dem Mord entdeckt, voller Fliegen und nach Verwesung riechend. Damals waren alle davon ausgegangen, dass das tragische Ereignis die Folge seiner Angeberei gewesen war. Immerhin hatte er in jeder Bar erzählt, dass er jede Menge Scheine in der Matratze versteckt habe, dass seine Kühe ihm einen Haufen Geld einbrachten und dass er reicher sei als der Bürgermeister.

»Niemand im Dorf hatte ihn vermisst«, erklärte die Großnichte, »doch schließlich machte das laute Geblöke der Kühe, die seit Tagen nicht gemolken worden waren, die Nachbarn darauf aufmerksam, dass etwas nicht stimmte.«

»Wer hat ihn gefunden?«

»Die Polizei.«

»Und war das Geld noch da?«

»Ach was. Die Matratze im Schlafzimmer war völlig zerfetzt und das Innere war komplett herausgerissen worden. Es war klar, dass das Geld das Motiv des Verbrechens gewesen war. Einen Verdächtigen gab es jedoch nicht. Oder es gab zu viele, wie man will. Jedenfalls wurde der Fall nach einiger Zeit zu den Akten gelegt.«

Die Verbindung zu den anderen Opfern und Marta Poza sei erst viel später hergestellt worden, als die Leichen von Sancho Herrera und Darío Olmedo kurz hintereinander ebenfalls mit einem Küchenmesser im Rücken aufgetaucht waren.

»Dann wurde der Fall neu aufgerollt«, erzählte Lola, »da es einige Übereinstimmungen bei den Opfern gab: Alle drei waren unverheiratet gewesen, Säufer, Hurengänger und unverbesserliche Angeber. Dieser Olmedo hatte behauptet, zwei Millionen im Lotto gewonnen zu haben. Und Herrero hatte geschworen, von einem entfernten Verwandten eine Truhe mit Perlen geerbt zu haben.«

»Ich erinnere mich noch daran, dass es damals hieß, ein Serienmörder treibe in den Bergen sein Unwesen«, unterbrach Estela die Erzählung. »Das war zu der Zeit, als die Fußballweltmeisterschaft in Spanien stattfand, und die Leute waren mehr an den Morden interessiert als an den Fußballergebnissen. Das war schon ungewöhnlich.«

»Meine Eltern sind 1992 kurz nach ihrer Hochzeit nach Los Rosales gezogen«, fuhr Lola Bautista fort. »Da stand das Haus schon seit zehn Jahren leer. Kein anderer Verwandter hatte den Hof übernehmen wollen, wegen der Sache mit dem Mord und dem Geist von Tante Dolores. Als meine Eltern hier ankamen, waren die Fensterscheiben eingeworfen worden und die Wände mit anzüglichen Worten beschmiert. In den Zimmern waren Feuer gemacht worden, und auf dem Boden lagen leere Flaschen und verrostete Getränkedosen.« Lola seufzte. »Gut, dass sich heute niemand mehr daran erinnert. Sonst wären meine Geschwister und ich das Gespött der Schule.«

Nach dieser Feststellung erklärte Lola Bautista die Besichtigung des Gespensterzimmers für beendet. Sie traten in den Flur, und Lola geleitete ihre Gäste zum Ausgang. Im Wasserkrug in der Weinlaube schwammen tote Fliegen. Lola ging noch einmal ins Haus und kam wenig später mit zwei in Papier eingeschlagenen Stücken Käse wieder.

»Das macht dann fünfzig Euro«, erklärte sie.

»Als Romanautorin kannst du es weit bringen«, entgegnete Estela, »aber als Erpresserin bist du eine Katastrophe. Was wäre, wenn wir dir den Käse jetzt nicht abkaufen würden? Du hast uns doch schon alles gesagt, was wir wissen wollten. Erpresser kassieren immer im Voraus, Mädchen.«

»Woher wissen Sie, dass ich Schriftstellerin werden will?«, fragte Lola verwundert.

»Das sehe ich an deinen Augen. Sie verdunkeln sich, wenn du deine Geschichten spinnst.«

Estela nahm den Käse entgegen und griff mit der anderen Hand das Mädchen am Arm.

»Lola«, sagte sie und blickte sie fest an, »du solltest die Geschichte deiner Tante Dolores und deines Onkels Juan wirklich aufschreiben. Wenn du möchtest, helfe ich dir dabei. Aber vorher musst du zur Universität gehen.«

»Meine Eltern haben kein …«

»Geld?«, unterbrach Estela sie. »Ist es das, was du sagen wolltest?« Das Mädchen nickte verwirrt. »Sag ihnen, dass sie meine Schwester Alicia anrufen sollen. Sie hat eine wunderbare Stiftung gegründet, die Stipendien vergibt.«

Estela schob eine Visitenkarte in die Tasche von Lola Bautistas Kittel. »Und jetzt sag mir bitte noch, wo deine Eltern Marta Pozas Briefe aufbewahren.«

Lola sah sie überrascht an und wusste nicht, was sie sagen sollte.

»Sie meinen, die schmutzigen Briefe?«, fragte sie.

»Genau die.«

»Die gibt es nicht mehr«, sagte Lola. »Die Polizei geht davon aus, dass Marta Poza die Briefe nach dem Mord im Kamin verbrannt hat. Sie haben in der Asche ein paar Papierschnipsel gefunden. Die haben sie aufbewahrt, und als sie sie später mit den Briefen der anderen Toten verglichen haben, haben sie festgestellt, dass sie von derselben Person geschrieben worden waren.«

»Das heißt, dass die Polizei die Briefe der beiden anderen Opfer aufbewahrt hat«, schloss Estela daraus.

»Soweit ich weiß, ja.«

Sie verabschiedeten sich am Hoftor. Lola Bautista trottete zurück in die Einsamkeit des Hauses, und Maya nahm Estelas Arm.

Gerade als sie sich in Bewegung gesetzt hatten, um zurück in den Ort zu gehen, drang aus irgendeinem Winkel des Hofs ein klagendes Stöhnen. Und es war völlig windstill.

Dann spürten sie etwas, was sich anfühlte, als ob kalte Hände über ihre Schultern strichen; unsichtbare Füße gingen im Gleichschritt neben ihnen her, bis sie zum Ende des Weges kamen, dort, wo dieser auf die Landstraße traf, die den Berg hinaufführte. Genau an dieser Stelle verließ der Geist von Dolores Bautista sie, das Gespenst mit den weißen Haaren und den langen Fingernägeln, nachdem sie ein Seufzen gehört hatten, das genauso klang wie der letzte Atemzug eines Sterbenden.

Daraufhin gingen sie in wortloser Übereinstimmung zum Hotel Miranda, setzten sich beide kreidebleich an einen der Tische und bestellten zwei trockene Martinis, obwohl es noch nicht einmal elf Uhr war und alle anderen Gäste zum Frühstück Milchkaffee tranken und geröstetes Brot aßen.

Zum zweiten Mal in dieser Woche entdeckten sie Pereira auf der anderen Seite der Terrasse, in die Lektüre eines seiner dicken Geschichtsbücher vertieft. Diesmal war er es, der Estela und Maya ansprach, nachdem er kurz aufgeblickt hatte – wie eine Schildkröte, die aus ihrem Panzer hervorlugt, um ein wenig Luft zu schnappen – und ihm die beiden Frauen aufgefallen waren, die wie zwei Schlafwandlerinnen schweigend ihren Martini tranken.

»Guten Tag, meine Damen«, begrüßte er sie. »Sie sehen aus, als ob Sie ein Gespenst gesehen hätten.« Er setzte sich zu den beiden an den Tisch, ohne darauf zu warten, dazu aufgefordert zu werden. »Sie werden sich sicher fragen, wie es kommt, dass ein Mann der Tat wie ich an einem normalen Arbeitstag morgens um Viertel vor elf hier herumsitzt«, meinte er. »Glauben Sie nicht, dass ich mir häufiger solche Auszeiten erlaube; schließlich muss eine Zeitungsredaktion ständig darauf vorbereitet sein, dass irgendetwas geschieht, über das berichtet werden sollte. Derzeit jedoch ist der junge Monteiro dort, um mich mit dem Enthusiasmus, der ihn auszeichnet, zu vertreten, sodass wir und alle anderen Bewohner dieses Ortes darauf vertrauen können, über jedes erwähnenswerte Ereignis informiert zu werden.«

Estela und Maya sagten noch immer kein Wort, allerdings blickten sie nun nicht mehr ins Leere, sondern schienen auf Pereiras Schädel etwas entdeckt zu haben, was sie dazu veranlasste, nun dorthin zu starren. Der Reporter rief nach dem Kellner, bestellte eine weitere Limonade – »mit vier Löffeln Zucker bitte« – und wies mit dem Kopf geheimnisvoll zur Fassade des Hotels hinüber.

»Er ist bereits angekommen«, verkündete er in vertraulichem Tonfall. »Vor etwa zehn Minuten«, fügte er hinzu. »Mit dem Zug. Er meint, dass er in unserem hübschen Ort kein Auto benötigt. Dass er lieber zu Fuß gehen und die frische Luft genießen wolle. Jetzt richtet er sich gerade in seinem Zimmer mit Blick auf den Platz ein. Er hat einen großen Koffer dabei, was darauf hinweisen könnte, dass er eine ganze Weile hierbleiben will.«

»Sie sprechen von Alonso Ríos«, folgerte Maya und nahm einen tiefen Schluck von ihrem Martini, während Estela ihr Glas gerade geleert hatte und dem Kellner ein Zeichen gab, ihr ein weiteres zu bringen, und zwar möglichst schnell.

»Bingo!«, rief Pereira aus.

Maya spürte, wie sich ihr Magen zusammenzog und ihr die Galle hochkam. Dieser verdammte Ríos war bereits in Los Rosales eingetroffen! Wahrscheinlich packte er gerade seinen Koffer aus, dessen Inhalt sicher große Ähnlichkeit mit dem ihren hatte, als sie vor wenigen Tagen hier angekommen war: Bücher, Zeitungsartikel, Computer und Drucker – alles, was man brauchte, um eine umfassende Biografie über Estela Valiente zu schreiben. Nun arbeitete die Zeit gegen sie. Bisher hatte sie vorsichtig agiert, jedoch musste sie entschiedener vorgehen, wenn sie vermeiden wollte, dass Alonso Ríos ihr mit seinem Buch zuvorkam.

»Er ist ein sehr attraktiver Mann«, erzählte Pereira gerade. »Knapp fünfzig Jahre alt, und wenn man ihn so vor sich hat, sieht er noch besser aus als im Fernsehen, wenn Sie mir diese Feststellung erlauben. Ich glaube, das Faszinierendste an ihm ist sein Blick. Seine Augen haben eine außergewöhnliche Farbe; wie zwei glitzernde, klare Bergseen. Man schüttelt ihm die Hand und ist sofort von ihm eingenommen.«

»Einfach unwiderstehlich«, sagte Estela Valiente, die von dem anderen Planeten, auf dem sie sich gerade befunden hatte, auf die Erde zurückgekehrt war.

»Wenn Sie noch ein paar Minuten hierbleiben, stelle ich Sie ihm gern vor. Ich denke, dass ein so feinsinniger Mensch wie Alonso Ríos sich sehr freuen würde, die berühmteste Einwohnerin von Los Rosales kennenzulernen. Und genauso natürlich unsere junge bezaubernde Redakteurin des *Idéaliste.*« Dann schien ihm plötzlich etwas einzufallen. »Übrigens … wie geht es denn mit Ihren Recherchen zur Liebesbrief-Mörderin voran?«

Maya wollte ihm gerade eine vage Antwort geben, als Estela ihr zuvorkam.

»Wie Sie sicher verstehen, werden wir weder Ihnen noch sonst jemandem Einzelheiten über diese geheime Ermittlung mitteilen. Das wäre ja noch schöner! Immerhin gehören Sie der indiskretesten Zunft überhaupt an: der der Journalisten. Genauso wie Ihr Freund Ríos. Und wir sind weder bereit, wie zwei dämliche Höflinge hier auf ihn zu warten, noch, mit Ihnen beiden auch nur über das kleinste Detail das Artikels zu reden, an dem meine gute Freundin Maya Millas derzeit schreibt, damit Sie ihn sich unter den Nagel reißen können. Aasgeier!«

Pereiras Augenlid zuckte. Stotternd und mit der Angst eines kleinen Jungen, der, nachdem er einen Streich begangen hat, vor der Schulleiterin steht, wandte er sich an Estela.

»Aber meine liebe Señora Valiente«, stammelte er, »bitte erlauben Sie mir, Ihnen zu versichern, dass mir nichts ferner liegt, als Sie zu belästigen oder mich in die Arbeit von Señorita Millas einzumischen. Im Gegenteil können Sie beide mit meiner absoluten Verschwiegenheit rechnen. Und wenn Sie Señor Ríos lieber aus dem Weg gehen möchten, respektiere ich das vollkommen.«

In großen Schlucken trank er seine Limonade. Er war rot geworden wie eine Tomate und hatte Schweißperlen auf der Stirn. Als er sich wieder gefasst hatte, sah er zu den Hotelfenstern hinauf. »In diesem Fall wäre es jedoch empfehlenswert, diesen Ort möglichst bald zu verlassen«, meinte er. »Denn Alonso Ríos wird jeden Moment herunterkommen. Und machen Sie sich keine Sorgen wegen der Rechnung, meine Damen, die übernehme ich.«

Estela stand auf.

»Man darf sich jedenfalls nicht so einfach die Butter vom Brot nehmen lassen«, erklärte sie. Dann legte sie dem Reporter die Hand auf die Schulter. »Vielen Dank, Pereira«, sagte sie schon wieder versöhnlicher, »und entschuldigen Sie das mit dem Aasgeier. Damit waren nicht Sie gemeint.«

Maya folgte ihr brav wie ein Lamm und versuchte ihren Schritt Estelas strammem Marsch anzupassen. Sicher würden sie nun zum Haus der Schwestern zurückkehren, wo Alicia schon ungeduldig wartete.

»Bleibst du zum Essen?«, brummte Estela, plötzlich zum »Du« übergehend und in einem Ton, der Maya nicht die Möglichkeit ließ, die Einladung abzulehnen.

»Aber sicher, gern. Danke.«

»Wir müssen uns gegen diesen Ríos wappnen. Dieser Mistkerl wird mein Haus niemals betreten! Und wenn doch, wird er es mit den Füßen voran wieder verlassen!«

Den Rest des Weges legten sie schweigend zurück. Maya fragte sich, was für ein geheimer Grund wohl der Anlass für Estela Valientes übermäßigen Hass auf Alonso Ríos war? Schließlich war dieser Mann nur einer mehr von den vielen Journalisten, die im Laufe der Jahre vergeblich versucht hatten, die Mauer, die die Nobelpreisträgerin um sich herum errichtet hatte, einzureißen. Doch allein seinen Namen zu hören verursachte bei Estela eine solch heftige Abwehrreaktion, dass sie am ganzen Körper zu zittern begann. Sie musste den Grund für diese Panik unbedingt herausfinden. Vielleicht wäre das der Schlüssel, um die seltsame Schriftstellerin endlich zum Reden zu bringen.

Kapitel 16

Als Estela gesagt hatte, dass sie sich gegen Alonso Rios' Angriff wappnen müssten, hatte sie das offenbar wörtlich gemeint. Kaum war sie zu Hause angekommen, begann sie die Abwehr ihrer Festung zu organisieren – noch bevor sie sich die Wolljacke auszog oder sich hinsetzte, um wieder zu Atem zu kommen, noch bevor sie ihrer Schwester, die tatsächlich ungeduldig auf sie gewartet hatte, während sie ein Hähnchen im Ofen briet, haarklein die Geschichte vom Mord an Juan Bautista erzählte.

Als Erstes rief sie alle Mitglieder des Kartenclubs an und bestellte sie zur üblichen Uhrzeit zu einem dringenden Treffen ein. Diesmal handele es sich nicht um eine Partie Mus oder Poker, verkündete sie, sondern um eine heftige Bedrohung ihrer Person und ihrer Familie. Sie brauche Hilfe, um die Katastrophe abzuwenden, die sich über ihren Köpfen zusammenbraute. Zuletzt wählte sie die Nummer ihre Verlegerin Camino Aribau und flehte auch diese an, sofort nach Los Rosales zu kommen. »Die Schlange hat sich bereits eingeschlichen«, sagte sie ihrer Freundin in der Annahme, dass diese sofort wisse, von wem die Rede war.

All das hörte Maya von ihrem unbequemen Platz auf dem Sofa mit, da der einzige Telefonapparat im Haus auf einem Sims im Eingangsbereich direkt neben der Treppe stand und die von dort aus geführten Gespräche der Valiente-Schwestern niemals vertraulich waren.

Alicia hatte sich neben sie gesetzt und schüttelte mit gekräuselten Lippen besorgt den Kopf.

»Es geht um diesen Alonso Ríos, stimmt's?«, fragte sie. Maya nickte. »Was ist denn nur los?«, erkundigte sich Alicia beunruhigt. »Was habt ihr herausgefunden? War er etwa an dem Mord an Juan Bautista beteiligt?«

»Ich denke, dass es nicht darum geht«, entgegnete Maya. »Mit dieser Sache hat Alonso Ríos meiner Meinung nach nichts zu tun. Ich habe den Eindruck, dass die Gefahr woanders liegt.«

Alicia bedeckte ihr Gesicht mit den Händen. Schon seit einer Weile hatte sie sich vor diesem Moment gefürchtet. Der fünfzigste Jahrestag von *Hinter verschlossenen Türen* konnte nichts Gutes mit sich bringen. Genauso wie der fünfundzwanzigste Jahrestag, genauso wie die Verleihung des Nobelpreises.

Jedes Mal war Estela in tiefe Depression verfallen und hatte sich mit Alkohol betäubt. Damals hatte sie sich mit Tony in der Dachwohnung eingeschlossen, und gemeinsam waren sie in den Drogensumpf abgestürzt. Diesmal würde Estela ihre Krise ohne ihn bewältigen müssen. Was vielleicht besser war.

Am Nachmittag, nachdem sie zu dritt auf der Terrasse, die auf das Tal hinausging, zu Mittag gegessen und noch mal über den Mord an Juan Bautista gesprochen hatten – wobei Estela nicht recht bei der Sache zu sein schien und ununterbrochen rauchte – und sich anschließend im Schatten der Eiche eine kleine Siesta gegönnt hatten, schreckte das Klingeln des Telefons sie auf.

Absurderweise sprangen sie alle drei gleichzeitig auf und rannten gemeinsam ins Haus. Estela war als Erste am Telefon. Sie nahm den Hörer ab und wartete.

»Alicia?«, sagte eine Männerstimme.

»Ich bin's, Estela, was ist los, Pereira?«

»Estela!«, rief der alte Reporter aus. »Sie hatten recht. Ich meine, was die Gründe von Alonso Ríos' Besuch in Los Rosales angeht. Ich habe Sie gleich angerufen, nachdem ich ihn abwimmeln konnte.«

Er räusperte sich leicht und man hörte, wie er sich mit unterdrückter Stimme an seinen Praktikanten wandte: »Könntest du mich einen Moment allein lassen, Monteiro?«

Dann sprach er wieder ins Telefon.

»Tatsächlich hat dieser Ríos mir anvertraut, dass er ein Buch über Sie schreiben will«, sagte Pereira. »Er hat mir versichert, dass es ein bahnbrechendes Werk sein wird, und behauptet, äußerst aufschlussreiche Informationen über Ihr Leben und Ihr Werk zu haben. Er tat sehr geheimnisvoll, will sich aber mit Ihnen persönlich treffen, um alles zu besprechen und noch mehr über die Hintergründe zu erfahren.« Hier machte Pereira eine Pause, um Luft zu holen. »Mehr wollte er mir nicht verraten«, fügte er dann hinzu. »Ich habe versucht, noch irgendeinen weiteren Hinweis aus ihm herauszukriegen, aber der Typ ist schwer zu knacken.«

»Sie können diesem grässlichen Kerl ausrichten, dass er sich verpissen soll.«

»Meine Güte, Estela, jetzt sei doch nicht so ordinär!«, rief Alicia und riss ihrer Schwester den Hörer aus der Hand. »Entschuldigen Sie meine Schwester, Pereira, sie ist ein wenig erregt. Sie hasst Journalisten, ausgenommen

Sie natürlich. Sie möchte einfach ihre Ruhe haben, Sie verstehen schon.«

»Ja, natürlich. Das Problem ist nur, dass Ríos fest entschlossen ist, Sie noch heute Nachmittag zu Hause aufzusuchen«, erklärte Pereira und schluckte. »Ich habe versucht, ihm das auszureden, aber vergeblich. Er sagt, dass er etwas für Estela mitgebracht habe, das er ihr persönlich übergeben möchte. Eine Art Reliquie …«

»Zur Hölle mit ihm!«, rief Estela, hochrot im Gesicht, die ihr Ohr am Hörer neben ihre Schwester gequetscht hatte.

»Jedenfalls wollte ich Sie warnen, dass Alonso Ríos im Anmarsch ist«, fasste Pereira zusammen.

»Dafür sind wir Ihnen wirklich sehr dankbar«, versicherte Alicia, bevor sie den Hörer auflegte.

Die drei Frauen sahen sich entsetzt an. Der unerwünschte Besucher konnte jeden Moment an der Tür klingeln. Es würde sicher ausreichen, einfach nicht die Tür zu öffnen, meinte Alicia, doch Estela war davon überzeugt, dass dieser Mistkerl sich sicher nicht so leicht geschlagen geben und nach einer Möglichkeit suchen würde, in den Garten zu gelangen. Oder er würde draußen an der Tür warten, bis eine von ihnen das Haus verlassen musste.

»Das wird eine Belagerung! Wie 1936 die des Alcázar von Toledo!«, verkündete sie düster.

Das war der Moment, in dem Maya ihre Stunde gekommen sah.

»Meine Damen, haben Sie keine Angst«, erklärte sie feierlich. »Ich werde mich um Alonso Ríos kümmern.«

Die Valiente-Schwestern sahen sie bewundernd an. Maya kam ihnen auf einmal viel größer vor. Ihr entschlossener Gesichtsausdruck war filmreif. Ihre Augen leuchteten wie Feuerkugeln, und sie wirkte mindestens so heroisch wie die unbezwingbare Heldin der *Tribute von Panem.*

»Besser, wir rufen bei der Polizei an«, schlug Alicia vor und entzauberte damit den heroischen Moment.

Gleich darauf wurde ihr jedoch bewusst, dass es, solange die Präsenz von Alonso Ríos vor ihrem Gartentor nur eine theoretische Bedrohung war, noch keinen Grund gab, die Behörden einzuschalten. Also mussten sie angespannt darauf warten, dass die Dinge ihren Lauf nahmen.

Alle drei kehrten sie in den Schatten unter der Eiche zurück, wo Alicia und Estela die Feuerfestigkeit ihrer Lungen unter Beweis stellten, indem sie eine Zigarette nach der anderen rauchten. Wenig später klingelte es am Gartentor und zwei fröhliche weibliche Stimmen waren zu hören:

»Wir sind's, Consuelo und Viri!«, riefen die beiden Freundinnen über die Mauer.

»Gott sei Dank!«, sagte Alicia mit einem erleichterten Seufzen.

Nur wenige Minuten danach kamen die anderen und hatten alles Nötige dabei, um, dem Beispiel von Tony Cienfuegos folgend, literweise *Screwdriver* zuzubereiten.

»Jetzt fehlt nur noch Camino«, murmelte Estela erleichtert, die sich in der Gesellschaft ihrer Freundinnen in ihrer Küche beim gemeinsamen Orangenauspressen gleich viel sicherer fühlte.

Viri hieß mit vollem Namen nicht Elvira, wie jeder annahm, sondern Viridiana, da sie am 1. Februar geboren war und ihre Mutter sie lieber nach der heiligen Viridiana benannt hatte als nach der heiligen Brigida von Kildare.

Zu jener Zeit war es üblich, sich bei der Taufe der Neugeborenen nach dem Heiligenkalender zu richten. Und dass der Name in diesem Fall dazu noch der Titel eines der meist diskutierten spanischen Filme war, war tatsächlich nur ein Zufall, der sich angesichts der Handlung des Skandalfilms als ziemlich unangenehm erwies. Dabei war die echte Viridiana jungfräulich im Kloster gestorben. Sie hatte zur Zeit des heiligen Franziskus gelebt, hatte die Zelle ihres Klosters am Rande des Flusses Elsa nie verlassen und wurde bereits 377 Jahre vor der Geburt des Filmemachers Luis Buñuel seliggesprochen.

All dies erfuhr Maya von Viri selbst, nachdem sie sie völlig ahnungslos gefragt hatte, ob ihr Name etwas mit dem verbotenen Film zu tun habe, der nur dadurch gerettet wurde, dass die Hauptdarstellerin Silvia Pinal ihn zwischen der Unterwäsche in ihrem Koffer nach Mexiko schmuggelte.

»Nein, meine Liebe, ich bin doch viele Jahre, bevor der Film gedreht wurde, geboren. Alles bitte immer schön der Reihe nach.«

An Viris Art, in herablassendem Ton die Leute zurechtzuweisen, erkannte man, dass sie ihr ganzes Arbeitsleben lang Lehrerin gewesen war. Und auch alles Weitere an ihr entsprach dem Klischee: In bequemer Kleidung und flachen Schuhen schien sie es immer eilig zu haben, lebte allein in einer altmodischen Wohnung, hatte eine betagte Katze und hatte sich von Männern immer ferngehalten. Letzteres bestätigte Alicia lachend, die in ihrer Jugendzeit mitbekommen hatte, wie Viri die wenigen Jungen, die sich für sie interessierten, hatte abblitzen lassen. Sie waren seit der Vorschule eng befreundet und erinnerten sich nicht daran, sich mal gestritten zu haben, sofern es nicht um Grammatik ging – denn diese nahm Viri sehr genau – oder um die Zubereitung von Gazpacho – was Alicias Spezialität war.

Zu den vielen positiven Dingen, die Estela Valiente ihrer Schwester zu verdanken hatte, zählte zweifellos auch die geteilte Freundschaft zu Viridiana Altozano, die das perfekte Gegenstück zu Estelas rebellischem Charakter und deren Ungehorsam war. Viri richtete sich stets streng nach Hierarchie und Ordnung, und ihre Meinung, die der von Estela immer diametral entgegengesetzt war, erwies sich als sehr nützlich, um in jeder Debatte das perfekte Gleichgewicht herzustellen. Man brauchte lediglich nachzumessen, wie weit Viri und Estela auseinanderlagen, die Entfernung zu halbieren, und schon hatte man den goldenen Mittelweg gefunden, als handelte es sich um eine feststehende mathematische Formel. Die einzigen Ausschweifungen, die Viri sich erlaubte, waren zweimal pro Woche ein Wodka Orange und das Glücksspiel, für das sie niemals mehr als zwanzig Euro ausgab, da sie jeden Cent ihrer Pension dafür aufsparte, sich eines Tages ihren Traum zu erfüllen, einmal nach New York zu reisen. »Ich bin nämlich eine große Bewunderin von Walt Whitman und seinem Werk *Grashalme*«, erklärte sie.

An jenem Nachmittag jedoch, an dem die Frauen sich auf den Kampf vorbereiteten, gleichzeitig ungeduldig auf das Erscheinen von Camino Aribau warteten und das von Alonso Ríos befürchteten, nahm Viridiana Altozano all ihren Mut zusammen und traf die schwierigste Entscheidung in ihrem bisherigen Leben.

Sie nahm Maya auf der Terrasse zur Seite, nachdem sie bereits einen ziemlich starken Cocktail getrunken hatte, und vertraute ihr beschämt und voller Reue unter dem Siegel der Verschwiegenheit an, dass sie viele Jahre zuvor an Darío Olmedo ihre Unschuld verloren hatte.

»Ja, genau, an einen von denen, die Marta Poza umgebracht hat.«

Sie ließ Maya schwören, ihre Quelle niemals zu verraten. Nicht einmal, wenn sie vor Gericht unter Eid aussagen müsse. Außerdem teilte sie ihr mit, genau zu wissen, dass ein Journalist sich auf die persönliche Schweigepflicht berufen könne, wenn es darum ging, die Identität seiner Informanten zu schützen. Denn natürlich hatte Viri das Gesetz genau studiert, bevor sie sich entschieden hatte, das Geheimnis zu lüften, das ihren Ruf als angesehene Frau mit einem Schlag zerstören konnte.

Nachdem dies geklärt war, räusperte sich Viridiana Altozano leise und erzählte von jener schicksalhaften Nacht, in der Tony Cienfuegos die Freundinnen mit seinem unfehlbaren *Screwdriver* allesamt betrunken gemacht hatte.

»An jenem Abend«, begann sie, »tobte draußen ein furchtbares Gewitter mit heftigen Donnerschlägen, als plötzlich der berühmte Tony Cienfuegos auftauchte, den wir bis dahin alle nur aus Erzählungen kannten. Wir wussten, dass Estela eng mit ihm befreundet war, und waren entsetzt über seine Äußerungen in der Presse, da er sich vor allem über Sex, Drogen und ähnliche Dinge ausließ. An jenem Abend jedoch wirkte er, nass und vor Kälte und Angst zitternd, wie ein verlassenes Kind. Er war ausgesprochen hübsch. Zierlich, regelrecht mickrig, aber dennoch bezaubernd wie ein kleiner Engel. Er hat unsere mütterlichen Instinkte geweckt, denke ich, da wir nicht aufhören konnten, ihn zu liebkosen. Heute frage ich mich manchmal, ob das alles nicht einfach nur ein Albtraum war. Jedenfalls waren wir, als das Gewitter nachließ, allesamt betrunken und halb nackt. Und ich, die ich doch sonst so auf meine Rechtschaffenheit achte, fand mich plötzlich, in Unterwäsche umhertaumelnd, draußen auf der steilen Straße in den Ort wieder. Und in diesem Moment entdeckte ich Darío Olmedo, der in der Nähe herumstrich.«

Laut Viris Erzählung, die an diesem Punkt etwas wirr wurde, hatte Olmedo sie überredet, sich von ihm nach Hause begleiten zu lassen. Dort angekommen, hatte er sich in die Wohnung gedrängt und mit ihr geschlafen, wie man es aus Filmen kannte: kurz und hastig. Er hatte sich gewundert, dass sie mit über vierzig Jahren noch Jungfrau war, vor allem angesichts der Umstände, unter denen er sie kennengelernt hatte. Wobei ihn das nicht störe, hatte er ihr versichert, sondern ihn, im Gegenteil, »noch geiler« mache.

»Ich habe jahrelang versucht, dieses Ereignis zu vergessen«, klagte Viri, »was mir jedoch nicht gelungen ist. Zu den unerwartetsten Gelegenheiten fallen mir plötzlich die Szenen jener einzigen Nacht ungezügelter Leidenschaft wieder ein. In all ihrer Rohheit.«

Nach ihrer Beichte stieß Viri ein tiefes Seufzen aus. Sie war völlig erledigt und musste sich auf dem Sims des Terrassenfensters niederlassen.

»Ich verstehe Ihren Kummer«, sagte Maya leise. »Und ich danke Ihnen, dass Sie mir diese Geschichte erzählt haben. Wobei mir noch nicht klar ist, wie das Ganze mit dem

Mord zusammenhängt. Wissen Sie etwas, Viri, was für die Ermittlungen von Interesse sein könnte?«

Viridiana barg das Gesicht in den Händen. Sie schämte sich zu Tode und begann zu weinen.

»Als wir zum … Höhepunkt kamen … Sie verstehen, was ich meine? Also Darío und ich im selben Moment, riefen wir den gleichen Namen aus: Tony.«

Kapitel 17

Da Alonso Ríos nach dem Essen stundenlang das Geschwätz seines Gastgebers Pereira ertragen musste und sich während dessen ausschweifenden Vortrags über den wunderbaren Ort Los Rosales tödlich gelangweilt hatte, ging er um fünf Uhr am Nachmittag in sein Hotelzimmer hinauf und ließ sich aufs Bett fallen, ohne sich auch nur die Schuhe auszuziehen.

Es war ein angenehmes Zimmer. Das Fenster mit dem hölzernen Rahmen ging auf einen kleinen Balkon hinaus, von dem man die Dächer der Häuser, den Kirchturm und im Hintergrund das Gebirge sehen konnte. Da das Fenster dem Bett gegenüberlag, stellte er sich vor, wie er nachts, wenn er darin lag, den Mond und die Sterne betrachten würde. Und tagsüber würde er am Schreibtisch kein künstliches Licht brauchen.

Während des Essens hatte Alonso ein wenig das Terrain erkundet. Doch obwohl Pereira so ein Schwätzer war, hatte es ihn größte Mühe gekostet, dem Reporter ein paar nützliche Informationen über Estela Valiente aus dem Kreuz zu leiern. Und letztendlich hatte ihn das Gefühl nicht losgelassen, dass nicht er selbst, sondern der alte Fuchs mehr von ihrem Gespräch gehabt hatte. Denn der hatte aus ihm herausbekommen, dass der wahre Grund für seinen Aufenthalt in Los Rosales sein Vorhaben war, ein Buch über Estela Valiente zu schreiben – diese hinterhältigen Journalisten waren eben zu allem in der Lage! –, und ehe er sich's versah, hatte er Pereira sogar verraten, dass er über gewisse bisher unbekannte Informationen über das Leben und das Werk der Autorin verfügte.

Immerhin hatte dieser Pereira eingewilligt, ihm die Adresse der Valiente-Schwestern auf einer Serviette zu notieren.

»Das ist kein Geheimnis«, hatte er erklärt. »Die Adresse kann man in meinem Buch *Gelebte Geschichte von Los Rosales* auf Seite 270 nachlesen, das sogar ein Schwarz-Weiß-Foto des Hauses enthält.«

Nach der Siesta wollte Alonso sich gleich dorthin auf den Weg machen, die wertvolle Ausgabe von *Das rote Backsteinhaus* wie eine weiße Fahne vor sich her schwingend. Wenn es ihm nicht gelang, eingelassen zu werden, würde er am folgenden Tag wiederkommen sowie an allen weiteren Tagen, bis die Valiente-Schwestern weichgekocht waren.

Er schloss die Augen. Eine leichte Brise zog durch die Vorhänge herein und streichelte seine Stirn wie eine verliebte Frau. Doch als er gerade in einem wunderbaren Traum versinken wollte, wurde er vom Klingeln des Telefons aus dem Schlaf gerissen.

»Señor Ríos?«, vergewisserte sich die Rezeptionistin. »Hier ist eine Maya Millas für Sie am Telefon, die im Namen von Estela Valiente anruft.«

Alsonso Ríos schnellte hoch wie eine Sprungfeder. An das Kopfende des Bettes gelehnt, wartete er dann schweigend darauf, die Stimme der Anruferin zu hören.

»Guten Tag.«

Es war die Stimme einer sehr jungen Frau; unter dreißig schätzte er, ohne auffälligen Akzent, also möglicherweise aus Madrid, und sie klang so selbstbewusst wie eine Sekretärin, die es gewohnt ist, sich mit den Problemen ihres Chefs herumzuschlagen.

»Mein Name ist Maya Millas, und ich bin die persönliche Assistentin von Estela Valiente.«

»Ich freue mich sehr über Ihren Anruf.«

»Das kann ich mir vorstellen.«

»Wie haben Sie mich gefunden?«

»Pereira hat uns von Ihnen erzählt.«

»Das habe ich befürchtet.«

»Er hat uns auch erzählt, dass Sie vorhaben, Doña Valiente hier in ihrem Haus aufzusuchen.«

»In der Tat. Ich habe etwas für sie.«

»Ich empfehle Ihnen, nicht dort aufzutauchen, ohne eingeladen worden zu sein. Die Valiente-Schwestern sind sehr auf ihre Privatsphäre bedacht.«

»Was schlagen Sie also vor?«

»Das Sie und ich uns vorab treffen.«

»Heute Nachmittag?«

»Morgen früh. Um zehn. Auf der Terrasse des Miranda.«

Da sie über die Rezeption des Hotels miteinander verbunden worden waren, konnte Ríos nicht wissen, ob Maya ihn über ein Mobiltelefon oder einen Festnetzanschluss angerufen hatte, und er konnte sich auch ihre Nummer nicht notieren, was ihn maßlos ärgerte. Denn nachdem er aufgelegt hatte, fielen ihm jede Menge Fragen ein: Wie würde er sie erkennen? Was sollte er tun, wenn sie nicht da sein würde? Wie konnte er sie dann finden?

Er fahndete nach Maya Millas in den sozialen Netzwerken und stieß auf einige Frauen mit ihrem Namen. Eine, die besonders hübsch war, arbeitete als Redakteurin beim *Idéaliste*. Hoffentlich war sie die Frau, mit der er sich gerade zum Frühstück verabredet hatte. Aber das konnte er wohl vergessen. Wahrscheinlich war die persönliche Assistentin einer mürrischen alten Schriftstellerin, die sich lieber in ihrem Haus verbarrikadierte, statt die Früchte des Erfolgs zu genießen, verbittert und hässlich. Genau wie ihre Chefin.

In einer abgelegenen Ecke des Gartens der Valiente-Schwestern schaltete Maya ihr Handy aus und lächelte in sich hinein. Der Plan war riskant, aber ziemlich clever. Sie würde Alonso Ríos glauben machen, dass er mit Estela Valiente nur über deren Vertrauensperson in Kontakt treten könnte, die treu ergebene und effiziente Maya Millas, die er über jeden seiner Schritte und alle seine Absichten genauestens informieren musste, wenn er wirklich an einem Treffen mit der Schriftstellerin interessiert war.

Jedenfalls war dieser hinter dem Rücken der Valiente-Schwestern geführte Anruf der Grund, warum sich Alonso Ríos an diesem Tag dann doch nicht, wie befürchtet, bei ihnen zu Hause blicken ließ.

Am Abend um kurz vor zehn erschien endlich Camino Aribau mit ihrem Rollkoffer im Schlepptau. Trotz der Dunkelheit und der Entfernung hatte sie es vorgezogen, zu Fuß vom Bahnhof bis zum Haus ihrer Freundinnen zu gehen. Tatkräftig, wie sie war, war sie nicht bereit, sich in das Alter zu fügen, das ihre biologische Uhr anzeigte. Das bewies auch der Pelota-Schläger, der in seiner Hülle über ihrer Schulter hing.

Da sie nun vollzählig waren, versammelten sie sich zum Hexensabbat um den Kamin und rauchten das Gras, das Camino mitgebracht hatte. Für die meisten der aus Los Rosales stammenden Frauen war es das erste Mal in ihrem Leben, dass sie sich dem gefährlichen Effekt der verbotenen Pflanze hingaben. Viridiana Altozano, die eh schon ziemlich nervös war, erlitt einen furchtbaren Hustenanfall mit Herzrasen und Tränen. Maya bot an, sie nach Hause zu bringen, und wie sie später den anderen Mitgliedern des Kartenclubs erzählte, musste sie Viri beim Ausziehen helfen, sie trösten und eine Weile über ihren Schlaf wachen, bevor sie wieder zum Haus der Valiente-Schwestern zurückkehren konnte.

Kurz nach Mitternacht stellten sie die gemeinsame Wache ein, da sie sich einig waren, dass um diese Uhrzeit selbst der aufdringlichste Besucher sein Opfer in Ruhe lassen würde. Sie verabschiedeten sich mit lautstarken Wangenküssen und verabredeten sich für den nächsten Tag um Punkt elf Uhr oder früher, wenn es sein musste.

Maya schlief wie ein Baby, und als um neun Uhr morgens der Wecker klingelte, brauchte sie ein paar Sekunden, um sich daran zu erinnern, wo sie sich befand und was der Grund war, der sie zwang, mit derartigen Kopfschmerzen das Bett zu verlassen. Sie hatte dunkle Schatten unter den Augen, ihr Haar war zerzaust, und das Getriebe ihres Gehirns setzte sich derart stockend in Bewegung, als wäre es in der Nacht in einen Sandsturm geraten.

Zerstreut blickte sie durchs Fenster in den Garten hinaus und sah Monteiro, der mit einer Gartenschere die Büsche in Form brachte. Der junge Mann schien das mit der Gartenarbeit wirklich sehr ernst zu nehmen.

Von der anderen Seite der Mauer her war ein schlagendes Geräusch zu hören, was Maya zunächst für das Klopfen eines Spechts hielt, bis sich herausstellte, dass es von Camino Aribau stammte, die einen Ball gegen die Pelota-Wand schlug. Wie es schien, war der Organismus dieser Frau inzwischen immun gegen jegliche Rauschmittel.

Maya hingegen war noch ziemlich wackelig auf den Beinen, als sie ihr Haus verließ und sich auf den Weg zum Hotel Miranda machte, um sich mit Alonso Ríos zu treffen.

Sie entdeckte ihn sofort, hinter einer Zeitung versteckt an einem Tisch sitzend, auf dem eine Tasse mit Milchkaffee stand, und straffte sich in der Aussicht auf das Duell, das in wenigen Minuten hier, direkt am Dorfplatz, stattfinden würde.

Maya stellte sich in Habachtstellung neben den Tisch und beugte sich leicht nach rechts, um ihrem Widersacher die Sonne zu verdecken. Als Alonso Ríos die Gegenwart eines anderen Menschen auf seinem Terrain bemerkte, senkte er die Zeitung und bohrte seinen eisblauen Blick in Mayas dunkle Augen. Und dann folgte der erste Schlag.

»Ich habe Ihrer Kollegin bereits gesagt, dass ich weder ein Croissant noch geröstetes Brot möchte, vielen Dank«, sagte er mit einem schiefen Lächeln.

»Sie wissen ganz genau, dass ich keine Kellnerin bin«, entgegnete Maya ärgerlich.

Alonso Ríos tat überrascht. Dann stand er auf, begrüßte Maya mit einem markanten Händedruck und bot an, für sie einen Kaffee zu bestellen oder »was auch immer die persönlichen Assistentinnen von spanischen Literatur-Nobelpreisträgerinnen so frühstücken«.

Es war eindeutig, dass dieses Gespräch sich nicht durch gegenseitigen Respekt, sondern durch beißende Ironie auszeichnen würde.

»Nun«, räumte Ríos mit einem jovialen Lächeln ein, nachdem sie sich gesetzt hatte, »es ist in der Tat unschwer zu erkennen, dass Sie keine Kellnerin sind, sondern eine junge Nachwuchsredakteurin beim *Idéaliste.*«

Mayas Körper reagierte mit einem leichten alarmierten Frösteln, doch gleich darauf hatte sie sich wieder in der Gewalt.

»Ihre Quellen sind offenbar veraltet, Señor Ríos«, entgegnete sie mit einem süffisanten Lächeln. »Denn seit mehreren Wochen arbeite ich ausschließlich für Señora Valiente. Ich habe bei der Zeitschrift um Beurlaubung gebeten, um Estela dabei zu helfen, sich Individuen wie Sie vom Leib zu halten.«

»Wie ich?«, spottete er. »Also intelligente, gut aussehende Individuen?«

»Bescheidene Individuen, Ríos.«

»An Bescheidenheit bin ich nicht zu übertreffen.«

In diesem Moment erschien die echte Kellnerin des Miranda in ihrer antiquierten Uniform und durchbrach mit ausgesuchter Zuvorkommenheit die angespannte Stimmung zwischen den beiden Rivalen.

»Einen Espresso, bitte«, schnaubte Maya.

»Und zwei Scheiben geröstetes Brot.«

»Ich möchte kein geröstetes Brot.«

»Die sind für mich.«

Die Kellnerin, die sich sichtlich unwohl fühlte, zog sich zurück. Von da an wurden sie von einem Herrn mit Schnurrbart bedient.

»Wie ich sehe, kommen Sie nicht in friedlicher Mission«, stellte Alonso Ríos fest. »Was sehr schade ist, denn im Moment bin ich derjenige, der am längeren Hebel sitzt.«

Maya biss sich auf die Lippen. Da sie keine Ahnung hatte, worauf sich diese Anspielung bezog, versuchte sie es auf gut Glück.

»Pereira behauptet, dass Sie Estela etwas geben möchten.«

»Genau«, erwiderte Ríos und hüllte sich genüsslich in Schweigen.

»Und können Sie mir verraten, was das sein soll?«, fragte Maya.

»Es soll eine Überraschung sein.«

»Estela hasst Überraschungen.«

Stille breitete sich aus.

Nach diesem Unentschieden ergriff Alonso Ríos schließlich als Erster wieder das Wort.

»Sehr schön, Maya Millas. Auch ich habe Eric Berne und seinen Verhaltensmist gelesen. Das Spiel ist vorbei. Sagen Sie mir, was Sie vorschlagen.«

»Dass Sie wieder dahin zurückkehren, wo Sie hergekommen sind.«

»Das ist wohl die unwahrscheinlichste aller Möglichkeiten.«

»Sie werden nur über mich an Estela Valiente herankommen. Das kann ich Ihnen versichern.«

»Also schön«, willigte Ríos ein. »Dann geben Sie ihr bitte das hier von mir.«

Er griff in seine Jacketttasche und nahm ein gefaltetes Stück Papier heraus. Es schien recht alt zu sein. Er übergab es Maya ohne weiteren Kommentar.

In diesem Moment trat der schnurrbärtige Kellner an den Tisch. Er brachte das Tablett mit der Bestellung und stellte Teller und Tassen zwischen sie.

Maya stürzte sich auf ihren Espresso, leerte die Tasse in einem Zug, wobei sie sich die Zunge verbrannte, stand mit hochrotem Kopf auf und wandte sich, bevor sie verschwand, noch ein letztes Mal an ihren Feind:

»Sie werden von mir hören, Señor Ríos. Meinen Kaffee bezahle ich selbst.«

»Und was ist mit dem Trinkgeld?«, fragte Ríos, um sicherzustellen, dass er das letzte Wort hatte.

Mit wild pochendem Herzen ging Maya, das Stück Papier fest in der Hand, die steile Straße hinunter.

Als sie ihr Haus betrat, war es still in der Wohnung, doch aus irgendeinem Grund hatte sie das Gefühl, dass in ihrer Abwesenheit jemand in ihren Sachen gewühlt hatte. Ein Geräusch in der Küche überzeugte sie davon, dass sie nicht allein war.

»Paco?«, fragte sie zitternd.

Keine Antwort.

Doch Paco Monteiro hatte keinen Schlüssel und hätte es niemals gewagt, ohne ihr Einverständnis das Haus zu betreten, sagte sie sich. Sie blickte durch die Glastür, die in den Garten führte, und entdeckte ihn sofort. Er war gerade dabei, das Gestrüpp vor dem Küchenfenster zu schneiden, das zum Teil die Aussicht auf den Garten versperrte. Dabei stieß er hin und wieder mit dem Griff der Gartenschere gegen das Fenster, was das klackernde Geräusch, das aus der Küche gekommen war, erklärte.

Maya atmete erleichtert auf. Seit einiger Zeit schien sie unter Wahnvorstellungen zu leiden.

Sie setzte sich an den langen Tisch, trank das Wasser, das neben dem Computer stand, und wagte es schließlich, die Faust mit dem Stück Papier zu öffnen.

Es war dreifach gefaltet und nicht doppelt, wie sie angenommen hatte. Das große Blatt war aus einem linierten Spiralblock gerissen worden, wie sie früher in den Schulen verwendet wurden. Die Ränder waren vergilbt und in der Mitte stand ein einziges mit Bleistift geschriebenes Wort: *Ende*.

Die Schrift war unverkennbar – Maya kannte sie gut, die spitzen Buchstaben, die kaum wahrnehmbare Rechtsneigung, die barocke Form des großen E und das kleine e, das aussah wie eine Schleife. Es war die Schrift von Estela Valiente.

Kapitel 18

Das Haus in Los Rosales zu betreten war für Camino Aribau immer wie ihr ganz persönliches *Wiedersehen mit Brideshead*. Und so schien es ihr auch dieses Mal, als sie in den hohen Räumen des Hauses auf das Heer an Frauen stieß, das Estela einberufen hatte, um die Festung zu verteidigen, als wäre sie Charles Ryder, der sich am Anfang des Romans, vom Krieg noch betäubt, auf dem Anwesen Lord Marchmains wiederfindet und seine eigenen Malereien an den alten Wänden entdeckt.

Viele der Bücher, die sich in den überfüllten Regalen, auf den Möbeln, den Fensterbänken oder im Flur stapelten, wo man ständig darüber stolperte, hatte sie selbst im Laufe der Jahre an Estela geschickt. Einige enthielten noch die Karten, die sie dazu geschrieben hatte und die eine kurze Zusammenfassung des Inhalts sowie einen jeder Laune, jedem seelischen Tief ihrer Freundin angemessenen Kommentar enthielten. Andere Bücher hatte Estela in irgendwelchen Antiquariaten bestellt, seltene Werke, die in keinem Katalog zu finden waren, zu sehr speziellen Themen und nur für einen winzigen Leserkreis geschrieben, die Estela jedoch für die ausführliche Recherche, die allem, was sie schrieb, vorausging, für unabdingbar hielt.

Camino ging mit ihrem Gepäck die Treppe hinauf und ließ sich, auch wenn es nicht nötig war, da sie seit mehr als fünfzig Jahren immer dasselbe Gästezimmer bewohnte, von Alicia begleiten, die ihr wie stets einige Empfehlungen zur Handhabung des Wasserthermostats, des klemmenden Fensterladens oder des Schrankfachs gab, das sich verbog, wenn es mit zu viel Gewicht beladen wurde.

Camino war dankbar für die Aufmerksamkeit ihrer Gastgeberin, die jedes Jahr älter wurde und niemals vergaß, ihr eine Vase mit frisch geschnittenen Blumen und ein Glas mit kühlem Wasser auf den Nachttisch zu stellen, eine gefaltete Decke ans Fußende des Bettes zu legen und ein paar Lavendelsäckchen in die Schubladen zu geben. Genauso sehr freute sie sich über das kurze banale Gespräch über die Kinder und die Enkel, den Rückzugsort auf Ibiza, die erfolgreichen Geschäfte, die letzten Bücher, die sie gelesen hatte, oder Arpads Alterswehwehchen: die beginnende Arthrose, die hartnäckige Weitsichtigkeit, das leichte Nachlassen des Kurzzeitgedächtnisses.

Als Alicia das Zimmer wieder verlassen und die Plaudereien und die Fröhlichkeit mitgenommen hatte, packte Camino ihren Koffer aus und öffnete das Fenster, um die frische Gebirgsluft mit ihrem Duftgemisch aus Thymian, Pinienholz und Kaminfeuer hereinzulassen sowie das leise Muhen der Küche und das Geläute ihrer Glocken. Unten machte Estela gerade den Kamin an, während im Ofen ein Fisch briet. Der Tisch war bereits gedeckt, und das Feuer knisterte.

Das war das Leben, das Estela Valiente für sich gewählt hatte. Weit weg von der Großstadt und sicher vor den negativen Auswirkungen des Ruhms.

Fünfzig Jahre zuvor war es für viele schwer zu verstehen gewesen, dass Estela, nachdem sie aus dem Gefängnis entlassen worden war, freiwillig auf die Freiheit verzichtete und sich nach Los Rosales zurückzog. Man wollte sie emporheben, auf einen Sockel stellen, als Standarte für die noblen Ziele verwenden. Doch sie war einfach verschwunden. Wie vom Erdboden verschluckt.

Nachdem Estela der Nobelpreis zugesprochen wurde, sah Camino sich zu der Erklärung gezwungen, dass die Autorin von *Hinter verschlossenen Türen* nicht zur Preisverleihung nach Stockholm kommen würde, da sie Zeit und Ruhe benötige, um nachdenken und schreiben zu können. Sie arbeite an einem neuen Roman über ihre Erfahrungen im Gefängnis – eine Lüge. Denn in Wahrheit konnte Estela nicht aufhören zu weinen. Sie klammerte sich an Alicia, an ihre Eltern und an Camino, die ebenfalls weinte, sobald ihr die Bilder ihres Gefängnisaufenthalts ins Gedächtnis kamen.

»Hatten Sie zu jener Zeit häufig Kontakt zu Tony Cienfuegos?«

»Tony Cienfuegos war damals vollauf mit dem Schreiben beschäftigt. Es war die Zeit, als Das rote Backsteinhaus *entstand. Er lebte in der Dachwohnung gegenüber dem Retiro-Park, die er von seiner Mutter geerbt hatte und nur in ganz seltenen Fällen verließ. Ich erinnere mich nicht, dass er mal in Los Rosales gewesen wäre, nein.«*

»A propos Das rote Backsteinhaus*: Es heißt, dass Sie sehr enttäuscht über Tony Cienfuegos' kühle Widmung in dem Buch gewesen sind.«*

»Ich habe keine Ahnung, woher dieses Gerücht kommt. Meine Enttäuschung hatte mit der Widmung nichts zu tun.«

»Was war es dann, was Sie auseinandergebracht hat?«

»Das Leben, Tonys Abhängigkeiten, seine berühmte Autobiografie ... Die Freundschaft, die uns beide verband, bestand

schon sehr lange und hat ihre Höhen und Tiefen erlebt. Wenn Tony nicht so früh gestorben wäre, hätten wir sie sicher wieder aufleben lassen. Davon bin ich fest überzeugt. Wir haben uns zu sehr geliebt.«

Viele Jahre hatten Estela und Camino versucht, das zu vergessen, was in den dreizehn Monaten geschehen war, die sie gemeinsam in einem Frauengefängnis am Stadtrand von Madrid zugebracht hatten. Naiv, wie sie waren, hatten sie geglaubt, dass, wenn sie sich zwangen, nicht daran zu denken, die Zeit die Erinnerung schon löschen würde. Doch nun stellten sie fest, dass das Leben ein Kreis war, der sich am Ende wieder schloss, wie die Tür eines Hauses, wenn man es verlässt.

Als die anderen Mitglieder des Kartenclubs gegangen waren, stiegen Camino und Estela langsam in den Turm hinauf, um sich den Gespenstern der Vergangenheit zu stellen.

Oben waren alle vier Fenster geöffnet und rahmten den Blick auf Millionen von Sternen, die in jeder Himmelsrichtung funkelten. Auf dem Schreibtisch und auf dem Holzboden stapelten sich unzählige rote Notizbücher, Briefe und Papiere. Und hinter dem Schreibtisch, dem Stuhl und der alten Olivetti stand das Sofa. Sie setzten sich und lehnten sich erschöpft wie zwei Comanchen, die nach hartem Kampf die Friedenspfeife rauchen wollen, zwischen all den Bücherstapeln zurück.

Keine der beiden Frauen war in jungen Jahren besonders hübsch gewesen. Camino, groß und schlaksig, hatte überhaupt keinen Wert auf ihr Aussehen gelegt. Sie hatte sich in weite Gewänder, Baumwolltunikas, lange Röcke und viel zu große Hemden gehüllt. Warum Arpad sich einst am Seine-Ufer hoffnungslos in sie verliebt hatte, war ihr bis zu diesem Tag ein Rätsel. Möglicherweise lag es an der Fähigkeit jedes Künstlers, die Seele der Menschen zu lieben und die äußere Hülle zu ignorieren. Wie traurig sein Geigenspiel auf der anderen Seite des vergitterten Fensters geklungen hatte! Die herzzerreißende Melodie, die sämtliche Gefängnisinsassen zutiefst berührt und die Sehnsucht nach der verlorenen Freiheit geweckt hatte!

Einige der weiblichen Sträflinge hatten ihre kleinen Kinder bei sich, und während sie Arpads Musik lauschten, wiegten sie sie, bis sie zufrieden auf ihrem Schoß eingeschlafen waren. Die anderen vergossen Tränen, die die Wut und die Angst wegspülten und ihren gefangenen Geist befreiten.

Und Camino liebte. Mit geschlossenen Augen lag sie auf ihrer Pritsche in der Zelle, die sie mit Estela teilte. Sie spürte Arpads Hände auf ihrer Taille, seinen Mund auf ihren Lippen, seinen Atem in ihrem Ohr, wo er ihr immer wieder sagte, wie sehr er sie liebte: *Je t'aime*. Sein Körper verwandelte sich in Musik, in einen sanften Hauch, der durch jede Pore in ihre Haut drang.

Unterdessen schlich Estela sich diskret auf Zehenspitzen davon, mogelte sich geschickt an der Aufseherin vorbei und verschwand am anderen Ende des Gefängnistrakts. Nie kehrte sie zurück, bevor der Morgen graute. Irgendwo im Gebäude hatte sie einen Ort gefunden, an den sie sich jede Nacht zurückziehen konnte, solange Arpads Zauber andauerte.

Estela war zierlich, leicht und mit ihrem verschnittenen Haar, den groben Schuhen und den herausfordernden

Gesten hätte jeder sie von hinten für einen Jungen gehalten. Von vorn fielen als Erstes ihre abstehenden Ohren auf und die glänzenden runden Augen, die an die eines Nagetiers erinnerten. Dabei war ihr Nachname, Valiente – mutig –, eine unglückliche Provokation für die grausamen Mithäftlinge und die erbarmungslosen Aufseherinnen.

Estela wurde auf dem Hof verprügelt, verbrachte einige Zeit auf der Krankenstation und danach eine Weile in der Strafzelle. Der Gefängnisdirektor konnte sich ihren Namen leicht merken, weil er ständig im Zusammenhang mit Anklagen oder Drohungen gegen sie genannt wurde.

»Stimmt es, dass Tony Cienfuegos Sie beide nie im Gefängnis besucht hat?«

»Ja, das stimmt.«

»Aber in seiner Biografie beschreibt er detailliert den Besuchsraum und gibt sogar Wort für Wort einige Gespräche wieder, die er angeblich mit Ihnen geführt hat.«

»Das ist alles gelogen. Ich habe ihm Briefe geschrieben, in denen ich ihm versichert habe, dass ich ihm sein Verhalten in der Nacht, in der ich verhaftet wurde, nicht übel nehme, und …«

»Und worauf bezog sich das?«

»Na ja, Sie wissen doch, dass Cienfuegos eine Panikattacke erlitt. Er sagte der Polizei, dass ich da war. Er hat mich verraten.«

Am Anfang wartete Estela sehnsüchtig auf den ersten Besuchstag. Sie wollte Tony umarmen, auch wenn es verboten war; auch wenn sie dafür eine Strafe erhalten würde. Das letzte Bild von ihm, das sich ihr eingeprägt hatte, war, wie er schluchzend zusammengerollt in einer Ecke auf dem Boden lag und sich vor Angst in die Hose machte, während sie in Handschellen abgeführt und die Treppe hinuntergestoßen wurde. Sie musste ihn wiedersehen, mit seinem kindlichen Gesicht und seinen kleinen Händen, mit frisch gewaschenem Haar und wie ein Dandy gekleidet.

Als er weder an diesem ersten Besuchstag auftauchte und sich auch später nicht blicken ließ, bemühte Estela sich, in die Abgründe seiner Seele zu blicken, und dort, in der Dunkelheit, fand sie ihn. Völlig verängstigt und nicht in der Lage, dem Mädchen in die Augen zu sehen, das ihn auf dem Schulhof vor den anderen verteidigt hatte.

Daraufhin ergriff sie mit der Feinfühligkeit einer sensiblen Frau die Initiative und bat um Stift und Papier, um ihm einen Brief zu schreiben. Dass sie ihm verzeihe wie einem Bruder, ohne Vorbehalte oder offene Rechnungen und ohne, dass er um Entschuldigung bitten müsse.

Doch die Post, die aus dem Gefängnis verschickt wurde, wurde vom Gefängnisdirektor persönlich strengstens kontrolliert, sodass ihre Worte fast komplett gestrichen wurden, bevor sie den Empfänger erreichten. Damit sie es glaubte, zeigte Alicia ihr einen ihrer Briefe, als sie die Schwester im Gefängnis besuchte. »Die Eltern bitten dich, lieber auf schriftliche Mitteilungen zu verzichten«, sagte sie. »Sie befürchten, dass du dich durch die Dinge, die du schreibst, noch mehr in Schwierigkeiten bringst. Und sie haben recht. Estela, vergiss nicht, dass du wegen Erregung öffentlichen Ärgernisses hier bist. Nicht dass du noch als Rückfalltäterin eingestuft wirst.«

»Erinnerst du dich noch daran, wie alles angefangen hat, Camino?«

»An diese verrückte Sache, dass du begonnen hast, mit den Fingernägeln Worte in die Wände zu ritzen?«

»Ich habe gedacht, ich ersticke, das schwöre ich dir. Die Gedanken drängten sich in meinem Kopf, wollten unbedingt nach draußen. Sie gelangten in meine Blutbahn und vergifteten meinen ganzen Körper. Es war, als ob meine Finger elektrisch gesteuert würden. Ich musste schreiben, so wie andere atmen oder essen müssen, um weiterleben zu können.«

»Irgendwie bist du dann doch an einen Notizblock mit schwarzem Einband und vergilbten Blättern gekommen; die Seiten waren liniert, wie die der Schüler, die sich in Schönschrift üben. Und dann hast du alles von Anfang an niedergeschrieben.«

»Für Tony.«

»Über Tony.«

»Es war die einzige Möglichkeit, ihm deutlich zu machen, wie gut ich ihn kannte, ihn verstand und wie sehr ich ihn liebte. Die Geschichte seines kindlichen Geists, verloren in dem roten Backsteinhaus, in dem seine Mutter starb.«

»Ein Meisterwerk.«

»Das mehr seines war als meines, Camino. Letztendlich war es die Geschichte seines Lebens. Mein Geschenk.«

»Er hätte es niemals annehmen dürfen. Ein solches Geschenk lehnt man ab, wenn man auch nur ein kleines bisschen Würde hat, Estela.«

Kapitel 19

Es geschah mitten in der Nacht. Eine ruppige Aufseherin rüttelte sie wach. »Packt eure Sachen zusammen und folgt mir. Es geht nach Hause.«

Völlig durcheinander standen Camino und Estela auf. Camino suchte den kleinen Stapel gefalteter Wäsche, die Seife und ihre Zahnbürste zusammen. Estela nahm nur den schwarzen Notizblock, den sie sorgsam unter ihrem Kittel verbarg.

Die anderen Gefangenen bekamen nichts mit. Sie drehten sich auf ihren Pritschen um und kehrten in die Freiheit ihrer Träume zurück, während die »vornehmen Damen« ohne einen Laut das Gefängnis verließen.

Niemand kam, um sie zu verabschieden. Niemand erwartete sie auf der anderen Seite der Gefängnistür, da die sofortige Entlassung völlig überraschend vollzogen und erst am nächsten Morgen zunächst zum Gerücht und dann zur Gewissheit wurde, die sich wie ein Virus im Gefängnis verbreitete und für großen Neid sorgte.

»Kehrt friedlich in euer Heim zurück«, riet man ihnen. »Haltet euch von nun an aus allem heraus und wiegelt nicht wieder das Volk auf; am besten bleibt ihr schön brav zu Hause und meidet die Öffentlichkeit.«

Als sich das Gefängnistor hinter ihnen schloss, begannen beide instinktiv zu rennen. Sie liefen durch ein paar menschenleere Gassen, bis sie zu einer gut beleuchteten

Straße kamen, auf der hin und wieder ein Auto an ihnen vorbeifuhr. Schließlich blieben sie im Lichtkegel einer Laterne stehen, um wieder zu Atem zu kommen. Da erst verstanden sie, dass sie wirklich frei waren, und umarmten sich. Dort auf dem Gehsteig verharrten sie weinend bis zum Morgengrauen, unfähig, auch nur einen Schritt zu tun. Unfähig, nach vorn zu sehen.

»Lass uns zu mir nach Hause gehen«, schlug Camino vor. Denn sie hatten Angst, sich zu trennen.

Arpad stand auf dem Balkon und klammerte sich an seine Violine wie an einen Rettungsring, als er sie auf der schmalen Straße herankommen sah. Er vergaß, sich anzuziehen, und stürmte ihnen in Unterwäsche, barfuß und mit wirrem Haar entgegen. Zu dritt stolperten sie die Treppe hinauf und ließen sich auf das alte Sofa fallen.

Arpad machte Kaffee, während die Frauen sich mit Bimsstein den Gefängnisgeruch von der Haut schrubbten. Danach ließen sie sich von der leichten Brise, die durch das offene Fenster ins Schlafzimmer drang, in einen tiefen, ruhigen Schlaf wiegen.

Der köstliche Duft nach französischen Speisen weckte sie schließlich. Es war schon Abend, und der Küchenchef hatte eine geblümte Decke über den Tisch gebreitet und ihnen zu Ehren bereits eine Flasche Wein geöffnet. Bei leiser Musik erwartete er sie am Tisch sitzend. Im Vanillesoufflé hatte er den Verlobungsring versteckt. Als Camino ihn in dem köstlichen Vanilleschaum fand, ging Arpad vor ihr auf die Knie und bat sie, seine Frau zu werden; die Mutter seiner Kinder. Und es störte ihn überhaupt nicht, dass Estela dabeisaß und zur Zeugin des wichtigsten Moments in ihrem Leben wurde.

Die beiden küssten sich noch immer, als Estela, in eine weiße Tunika gekleidet, das Haus verließ und sich auf den Weg zu dem roten Backsteinhaus machte, in dem ihr Freund Tony Cienfuegos lebte.

»Aber wenn es stimmt, dass Sie ihm verziehen haben, Estela, warum sind Sie dann nicht wieder zu ihm in die Dachwohnung in Madrid gezogen? Warum haben Sie sich in Los Rosales niedergelassen?«

»Mein Herz war gebrochen, das müssen Sie verstehen. Ich habe Abstand gebraucht. Also bin ich wie eine Schwalbe zu meinem alten Nest zurückgekehrt. Dort habe ich den Trost, den Frieden und die Anonymität gefunden, die ich gebraucht habe.«

»Und danach?«

»Danach … Sie wissen es ja selbst: Die Tage vergehen und werden zu Monaten, zu Jahren und Jahrzehnten …«

Estela ging vom Malasaña-Viertel bis zum Retiro-Park durch Madrid, als wandelte sie durch einen Traum, ohne den heißen Asphalt unter den nackten Fußsohlen zu spüren. Sie hielt den schwarzen Notizblock an die Brust gedrückt und hörte das Klopfen des papiernen Herzens, das unter ihren Händen zum Leben erwacht war. Schließlich lag das sechsstöckige Gebäude mit der Dachwohnung in der obersten Etage vor ihr, die schmale Treppe mit dem schmiedeeisernen Geländer, die bis auf halbe Höhe gefliesten Wände, das Halbdunkel und der Nachhall ihrer Schritte.

Dreizehn Monate zuvor war sie von vier Polizisten von diesem Ort fortgezerrt worden, während die Nachbarn sie heimlich durch die Spione in den Türen beobachtet hatten. Sie erinnerte sich noch gut an die Geräusche der Türketten und der Riegel, die vorgeschoben wurden, als sie vorbeiging. Nun kehrte sie, ein anderer Mensch geworden, zurück. Mit einem neuen Buch im Arm, ihrem zweiten Kind. Sie musste Tony davon erzählen. Davon und von allem, was hinter den Gefängnismauern geschehen war. Was der Stoff für einen weiteren Roman werden könnte, vielleicht das nächste Werk Estela Valientes werden würde, über die Zeit im Gefängnis, über die Zeit von Schatten und Licht.

Sie läutete an der Tür. Rief: »Tony!«

In der Wohnung blieb es still, und erst nach einer Weile hörte sie das animalische, dumpfe Heulen ihres Freundes.

»Mach auf oder ich trete die Tür ein!«, warnte sie ihn.

»Geh weg, Estela!« Tonys Stimme klang jämmerlich. Es war die Stimme einer wahnsinnigen Kreatur.

Sie lehnte sich mit dem Rücken an die Tür und rutschte daran bis zum Boden hinab, wo sie sitzen blieb und den Kopf in den Händen barg, in dem Wissen, dass er auf der anderen Seite das Gleiche tat.

»Wo bist du die ganze Zeit über gewesen?«, fragte sie und ahnte die Antwort schon.

»Hier. Ich habe gewartet«, sagte Tony.

»Willst du damit sagen, dass du die ganze Zeit, die gesamten dreizehn Monate, die Wohnung nicht verlassen hast?«

»Ich konnte nicht, Estela. Ich hatte Angst.«

»Bitte, Tony, mach die Tür auf.«

Der Anblick war furchtbar. In der Zeit, die seine Freundin im Gefängnis verbracht hatte, hatte Tony sich vollkommen vernachlässigt. Er hatte einen langen, verfilzten blonden Bart, langes, struppiges Haar, seine Kleidung hing in Fetzen an ihm herab, und die Wohnung war ein einziger Müllhaufen. Es roch nach Fäulnis und eingesperrtem Tier.

»Mein armer, verlassener Kleiner!«, stammelte Estela, als sie ihn wie einen Bettler vor sich sah, zitternd, alkoholkrank und vollkommen desorientiert.

Über den Tod von Nina Cienfuegos war in den Medien so gut wie nicht berichtet worden. Lediglich ein paar Zeilen in einer Boulevardzeitung informierten darüber, dass in einer Wohnung im Zentrum von Madrid die Leiche einer Frau gefunden wurde, die mit am Kopfende des Bettes festgebundenen Händen mit einem seidenen Halstuch erdrosselt worden war. Laut der Meldung handelte es sich um die Ehefrau eines gewissen Reinaldo Cienfuegos, eines verschwenderischen Südamerika-Rückkehrers, der von einem Tag auf den anderen mit seinem schmutzigen Geld verschwunden war und seine Frau verschuldet und allein zurückgelassen hatte. Dies hatte vor Jahren im vornehmen Salamanca-Viertel für Aufsehen gesorgt, wo das Ehepaar damals gewohnt hatte. Dann hatte sich die Spur der beiden verloren, bis plötzlich der noch junge und schöne leblose Körper dieser Frau auftauchte, die vor ihrem Tod misshandelt und vergewaltigt worden war. Vermutungen über einen möglichen Überfall oder einen Liebhaber wurden laut, da Nina offenbar allein gelebt hatte. Hinweise auf einen Verwandten oder einen nahen Freund des Opfers gab es nicht.

Estela erinnerte sich an jenen Tag, als wäre das Unglück gerade erst passiert. »Er hat sie ermordet, Estela, dieser Mistkerl hat sie umgebracht. Das wird er bereuen.« Tony war außer sich gewesen. Er war zu ihr herübergekommen, in ihr Haus in Los Rosales. Und er hatte ihr anvertraut, dass er ein Messer in seinem Koffer hatte und auf dem Weg zum Bahnhof war, um nach Madrid zu fahren und den Tod seiner Mutter zu rächen. Er wusste, dass Nina seit ein paar Jahren die Geliebte eines Ministers war, der ihr eine Wohnung am Retiro-Park gekauft und ihr teure Geschenke gemacht hatte, wofür er verlangte, das sie sich ihm sexuell vollkommen unterwarf.

»Sei kein Idiot, Tony!«, warnte Estela ihn. »Wie stellst du dir das denn vor? Du kannst einen Minister nicht einfach so mit dem Kartoffelmesser abstechen! Du weißt doch, dass dieser Mann ständig von Leibwächtern umgeben ist. Sie werden dich festnehmen und ins Gefängnis werfen. Wenn sie dich nicht vorher mit einer Kugel erledigen.«

»Ich werde ihn anzeigen und …«

»Niemand wird dir glauben.«

»Also was dann, Estela? Soll ich hier sitzen und Däumchen drehen, als wäre nichts passiert?« Tony hielt sich den Kopf. »Schon als Kind habe ich gewusst, dass meine Mutter furchtbar leiden musste. Die Männer, die sie angeblich geliebt haben, haben sie alle misshandelt. Sie hat mich heimlich besucht, und manchmal war sie voller blauer Flecken, ein anderes Mal voller Kratz- und Schnittwunden. Und ich habe nie etwas dagegen unternommen! Ich habe sie nicht verteidigt oder beschützt. Ich bin ein Feigling, Estela, und ich werde diesen Álvarez töten, weil es meine Pflicht ist.«

»Du hast recht«, meinte Estela nachdenklich. »Dieser Mistkerl hat es nicht verdient weiterzuleben. Aber du kannst ihn nicht einfach so umbringen. Gibt es keine andere Möglichkeit, dich zu rächen? Fällt dir nichts Besseres ein als das mit dem Messer?«

Sie bat ihn hereinzukommen, bot ihm Zigaretten und Wodka an, und sie ließen jene Sommerabende wieder aufleben, an denen sie sich im Turm eingeschlossen hatten, um sich perverse, blutige Geschichten auszudenken.

Dabei kam die Idee auf, dem Minister anonyme Briefe zu schicken und ihn zu bedrohen. Einen Söldner zu engagieren, der ihm die Beine brach. Sein Haus in Flammen aufgehen zu lassen. Ihm jede Minute seines Lebens zur Hölle zu machen.

Wenig später zog Tony in die Dachwohnung und lebte dort wie ein Guerillero in einem Wachtturm. Der Gedanke, sich an dem Minister zu rächen, wurde für ihn zur Besessenheit. Das ging so weit, dass Tony die Wände in seiner Wohnung mit Zeitungsausschnitten und Bildern von Álvarez vollhängte, die er selbst mit Teleobjektiv fotografiert hatte.

Er schickte kompromittierendes Material an verschiedene Zeitungen: Fotos, auf denen zu sehen war, wie Álvarez Bestechungsgeld annahm. Tony erpresste den Minister. Er drohte ihm, dass er Fotos habe, auf denen er mit einer Prostituierten zu sehen sei, und dass er sie seiner Frau zeigen würde, wenn er nicht …

»Wenn ich was nicht, du Widerling?«

»Wenn du nicht machst, was ich dir sage.«

Drei Monate nach dem Mord an Nina zog auch Estela nach Madrid. Sie machte sich Sorgen um den geistigen Zustand ihres besten Freundes. Mit Recht.

Sie kümmerte sich darum, die Wohnung zu lüften und den Wahnsinnigen zu ernähren.

»Was soll ich tun, Cienfuegos?«

»Ich will, dass du dafür bezahlst, du Mistkerl! Geld, viel Geld. Ich will, dass du mich zu einem erfolgreichen Schriftsteller machst. Dass du für meinen Schutz sorgst, so wie du es bei meiner Mutter getan hast.«

Die erste Erzählung von Tony Cienfuegos, die veröffentlicht wurde, hieß *Im hellen Licht des Tages* und erschien in der Zeitschrift *Ínsula*. Niemand konnte sich erklären, wie diese Geschichte über einen brutalen Mord voller abartiger Gewaltszenen der Zensur entgangen sein konnte.

Estela kümmerte sich um den Haushalt, ging zur Uni, arbeitete für die Studentenzeitung der Fakultät und schrieb für ein heimliches Satireblatt, das Camino Aribau ins Leben gerufen hatte, um den Frauen jener Zeit bewusst zu machen, dass sie wie Sklavinnen behandelt wurden. Und wenn Estela zurück in die Wohnung kam, fand sie dort den völlig verrückten Tony vor, der ständig neue Möglichkeiten erdachte, wie er Álvarez beseitigen könnte.

Dann kam der Sommer und mit ihm die glückliche Zeit der Inspiration in Los Rosales. Die himmlischen Lektüren im Schatten der Eiche im Garten, wo Tony ihre Worte euphorisch feierte, während Alicia genau wie in ihrer Kinderzeit vor Angst zitterte, dass die Eltern sie bei diesem Unsinn und den Schweinereien erwischen könnten.

Und bei der Rückkehr nach Madrid dann das brutale Eindringen der Polizei in die Wohnung, die Festnahme und das Gefängnis.

»Stimmt es, dass sich Minister Álvarez vor dem Gericht für Öffentliche Ordnung für Sie eingesetzt hat?«

»Verdammt noch mal, nein! Niemand hat sich für uns eingesetzt! Dieses Gericht gab es zu der Zeit gar nicht! Álvarez ist, kurz nachdem wir inhaftiert worden sind, ums Leben gekommen. Unsere Freilassung hatten wir der Botschaft von Hinter verschlossenen Türen *zu verdanken, die sich wie ein Lauffeuer in der gesamten modernen Welt verbreitete, das Bewusstsein für die furchtbare Lage von uns spanischen Frauen weckte und für das, was wir zu jener Zeit erlitten haben.«*

»Das heißt, dass Tony Cienfuegos nichts getan hat, um Ihnen beiden zu helfen? Sie waren doch eng befreundet, oder nicht?«

Estela stellte entsetzt fest, dass die Dachwohnung sich in den Käfig eines wilden Tieres verwandelt hatte. Tonys Aussage entsprach durchaus der Wahrheit: Er hatte in den vergangenen dreizehn Monaten nicht einmal das Haus verlassen. Das, was er zum Überleben brauchte, hatte er sich telefonisch bestellt.

Um sie herum herrschte ein furchtbares Chaos. Überall lagen Papiere und Fotografien, schmutzige Teller, leere Flaschen und Berge von dreckiger Wäsche.

Vorsichtig ging Estela zu dem samtbezogenen Sofa hinüber. Dort hatte Tony sich aus Bettwäsche und Kartons eine Art Lager geschaffen. Verwundert stieß sie zwischen den staubigen Kissen auf eine Reihe großformatiger, mit einem Teleobjektiv aufgenommener Fotos. Sie sah sich eines davon genauer an, und was sie darauf erkannte, entsetzte sie so sehr, dass sie erst einmal blinzeln musste.

»Tony, mein Tony.« Sie strich ihm über den Kopf. »Das tut mir so leid.«

Die von einem gewitzten Detektiv vom Dach des Nebengebäudes aus aufgenommene Szene zeigte Tony auf der Terrasse der Dachwohnung beim Sex mit einem seiner gelegentlichen bärtigen Liebhaber. Bild für Bild erschloss sich dem Betrachter das Tun zweier Männer, die sich gegenseitig auszogen und anschließend im Mondlicht unter dem Sternenhimmel im Madrid der Sechzigerjahre alle möglichen verbotenen Praktiken ausführten und damit gegen das Sittengesetz verstießen.

»Sie haben mir die Aufnahmen in der Nacht, in der du verhaftet wurdest, vor die Füße geworfen«, sagte Tony schluchzend. »Sie haben mich bespuckt und geschlagen und mir gesagt, dass dies ein Geschenk von Minister Álvarez sei. Dann haben sie mir gedroht, dass die Fotos, wenn ich die Wohnung verlasse, den Behörden übergeben würden. Und du weißt ja, welche Folgen das gehabt hätte: Psychiatrie, Isolation, öffentliche Diffamierung …«

»Ich habe dir ein paar Briefe geschrieben.«

»Die habe ich nicht bekommen.«

»Am Anfang hatte ich die Hoffnung, dass du es sicher schaffen würdest, dafür zu sorgen, dass Álvarez uns aus dem Gefängnis holt, Camino und mich. Doch die Tage vergingen und du bist nicht gekommen. Ich habe gedacht, dass du dir Vorwürfe machst, weil du uns verraten und mich in der Nacht, in der ich festgenommen wurde, nicht verteidigt hast. Ich bin davon ausgegangen, dass das der Grund für dein Fernbleiben war. Doch letztendlich habe ich geglaubt, dass ich dir einfach nichts bedeute.«

»Wie konntest du nur …«

»Das Gefängnis macht einen verrückt, Tony. Dort drin wird alles von Wut und Bitterkeit bestimmt. Du, der verwöhnte Nachwuchsschriftsteller, das junge Talent, der spanische Truman Capote. Ich habe mir vorgestellt, wie du den Erfolg genießt und uns vergessen hast.«

In der Dachwohnung stank es nach den vielen Essensresten, und auch Tony roch ziemlich streng. Estela hockte sich vor ihn hin, versuchte, den Geruch zu ignorieren, und zog zwischen den Falten ihrer weißen Tunika den Block mit dem schwarzen Einband hervor. Sie drückte ihn noch einmal kurz an sich und übergab ihn dann Tony, als würde sie ihr Baby zur Adoption freigeben. Es war eine spontane und aufrichtige Entscheidung. In ihren Augen standen Tränen, und ihr war schwindelig.

»In der Zeit im Gefängnis habe ich das hier für dich geschrieben«, erklärte sie. »Es geht um eine junge, sehr schöne Frau, die allein in einer Dachwohnung gegenüber dem Retiro-Park wohnt. Dort empfängt sie Männer und feiert Feste. Alle denken, dass sie glücklich ist. Aber in Wahrheit leidet sie sehr, weil sie immer wieder an ihren kleinen Sohn denkt, den sie nur heimlich hinter dem Rücken ihrer Liebhaber besuchen kann.«

»Wie heißt es?«

»*Das rote Backsteinhaus.*«

»Und diese Frau in deinem Roman, die so sehr leidet, wie heißt die?«

»Nina, Tony, sie heißt Nina.«

Kapitel 20

Man musste kein Genie sein, um zu erkennen, dass es sich bei der mehrfach gefalteten Papierseite, auf der das Wort *Ende* stand, um einen literarischen Fund von unermesslicher Bedeutung handelte. Maya begriff sofort, dass Alonso Ríos über den Beweis für ihre Theorie verfügte, dass Estela Valiente, die Autorin von *Hinter verschlossenen Türen*, die Literatur-Nobelpreisträgerin, die mürrische und menschenscheue Einsiedlerin, die freiwillig auf den Ruhm verzichtet und in fünfzig Jahren kein weiteres Buch veröffentlicht hatte, heimlich weitergeschrieben und mindestens ein weiteres Werk fertiggestellt hatte, das mit dem einfachen und universellen Wort *Ende* abschloss.

Am wahrscheinlichsten war, dass es sich um einen Roman handelte. Aber es konnte auch ein Essay, ein Theaterstück oder ein Filmdrehbuch sein. Estela Valiente war unberechenbar. So wie das Stück Papier aussah – vergilbt und nach Feuchtigkeit riechend –, konnte man davon ausgehen, dass sie es in jungen Jahren geschrieben hatte. Darauf ließen auch die entschiedene Schrift und die energische Linie, mit der sie das mit Bleistift geschriebene Wort *Ende* unterstrichen hatte, schließen.

Letzteres brachte sie auf einen Gedanken: Estela Valiente schrieb üblicherweise mit Schreibmaschine, wie man in den Artikeln, die über sie veröffentlicht worden waren, nachlesen konnte. Zuerst auf der ausladenden Underwood, die ihr

Vater ihr geschenkt hatte und auf der sie im zarten Alter von sieben Jahren gemeinsam mit Tony tippen gelernt hatte, und dann auf der alten Olivetti, die sich noch in ihrem Besitz befand und auf der sie die Briefe ihrer Bewunderer beantwortete. Wenn sie persönlich etwas unterschrieb, tat sie dies mit einem eleganten Kugelschreiber, den ihre Schwester Alicia ihr geschenkt hatte, und niemals mit Bleistift. Nur während der Zeit im Gefängnis war sie gezwungen gewesen, darauf und auf all ihre anderen Gewohnheiten zu verzichten.

Es konnte sein, sagte Maya sich, dass die Legende um Estela Valientes hypothetischen zweiten Roman, der den Gerüchten nach ihre Zeit im Gefängnis thematisierte und niemals erschienen war, tatsächlich stimmte. Dass Estela unter dem Druck von allen Seiten – der Behörden, der Leser, der Verlage, des Nobelpreiskomitees, der Feministinnen, der Journalisten, der Biografen und der Universitätsprofessoren – entschieden hatte, das Buch nicht zu veröffentlichen, das dann aus einer Laune des Schicksals heraus in die falschen Hände gelangt war.

Tatsache war jedenfalls, dass Alonso Ríos damit einen echten Schatz besaß. Und das machte ihre eigene Lage nicht besser.

Jemand klopfte ans Fenster und riss Maya damit aus ihren Grübeleien. Monteiro, die Gartenschere noch in der Hand, verabschiedete sich bis zum nächsten Tag. Er musste noch in die Redaktion und war bereits spät dran. Sie lächelte ihm zu und winkte.

Als sie anschließend auf die Uhr sah, stellte sie fest, dass es beinahe elf Uhr war. Jeden Moment würden die Mitglieder des Kartenclubs in die Festung zurückkehren.

Auf dem Weg nach nebenan traf sie schon auf Consuelo und Viri, die Arm in Arm etwas unsicher über das unregelmäßige Pflaster den Abhang hinuntergingen, und schloss sich ihren Plaudereien an. Viri war bleich, hatte dunkle Ringe unter den Augen und schämte sich in Grund und Boden. Sie erinnerte sich nur noch bruchstückhaft daran, wie sie in der vergangenen Nacht nach Hause gekommen war, und hatte keine Ahnung, warum, zum Teufel, sie am Morgen das champagnerfarbene Seidennachthemd anhatte, das sie seit Jahren für ihre Reise nach New York aufbewahrte.

»Du hast gestern Abend ziemlich viel getrunken und geraucht«, half Consuelo ihr auf die Sprünge.

Viri kramte in ihrem Gedächtnis. Verschwommen erinnerte sie sich wieder an die Terrasse der Valiente-Schwestern und an den Moment ihrer Beichte. Ach du liebe Güte! Sie hatte Maya Millas ihr intimstes und peinlichstes Geheimnis verraten! Und anschließend hatte sie sich betrunken, um dann endgültig die Kontrolle zu verlieren.

»Oh, Verzeihung«, entschuldigte sich Maya. »Ich wusste nicht, dass das Nachthemd neu ist. Ich habe nach dem erstbesten gegriffen, das ich gesehen habe, und …«

»Was soll's«, meinte Viri seufzend. »Vergessen wir einfach alles, was gestern Abend passiert ist. Vielen Dank, meine Liebe, dass du dich um die verrückte Alte, die ich bin, gekümmert hast.«

»Wer hätte das gedacht, Viridiana?«, stichelte Consuelo grinsend. »Wenn das deine Schüler wüssten …«

Camino erwartete sie bereits an der Tür und konnte kaum erwarten, endlich loszulegen. Sie hatte die Idee, im Turm einen Wachdienst einzurichten, um abwechselnd und immer zu zweit Ausschau zu halten. Von dort konnte man den Abhang zum Ort hin gut überblicken, und wenn Alonso Ríos doch auf den Gedanken kam, Estela einen Besuch abzustatten, hätten sie genug Zeit, in Position zu gehen.

»Wie die Landfrauen von Palencia, als sie sich im Jahr 1387, mit Hacken und Sensen bewaffnet, dem Grafen von Lancaster entgegenstellten«, verkündete sie.

Den anderen gefiel diese mittelalterliche weibliche Strategie. Sie losten, um nach dem Zufallsprinzip Paare zu bilden: Alicia mit Maya, Estela mit Viri, Camino mit Consuelo …, bis es Zeit war, etwas zu essen.

Um halb drei am Nachmittag verkündete Alicia, dass die Paella fertig sei und der Wachdienst nun bis nach der Siesta pausieren müsse.

Sie hatte auf der Terrasse den Tisch gedeckt und die Keramik-Teller, die Blumendekoration, die Leinenservietten und die Sangría-Krüge liebevoll angeordnet.

»Das sieht ja aus wie bei einer Geburtstagsfeier, meine Liebe!«, lobte Estela.

Alicia hob ihr Glas.

»Auf meine geliebte und bewunderte Schwester. Die einzige Spanierin, die je den Literatur-Nobelpreis bekommen hat. In diesem Herbst ist es fünfzig Jahre her, dass *Hinter verschlossenen Türen* erschienen ist … Wie die Zeit vergeht! Dabei kommt es mir vor, als ob du das Buch gerade erst fertiggestellt hättest, das immerhin hier, in diesem Haus, entstanden ist, unter der Eiche im Garten. Ich weiß noch, wie du Tag und Nacht daran geschrieben hast. Fieberhaft, wie unter Zwang. Und du hast etwas ganz Großes geschaffen, Estela. Einige von uns, die wir nun hier an diesem

Tisch sitzen, waren Zeugen deiner Heldentat. Davon, wie du die Mauern der alten Zivilisation niedergerissen hast, um neue, stärkere, gerechtere, würdigere zu errichten für uns Frauen.«

Estela schlug gerührt die Hände vors Gesicht.

»Auf Estela!«, riefen alle im Chor und stießen mit ihren Gläsern an.

Am Nachmittag wehte eine laue Brise, und die Grillen zirpten. Es war einer der ersten heißen Tage. Der Flieder war noch nicht ganz verblüht, und die ersten Rosenknospen gingen auf. Aus dem Tal schallte das Geläute der Kuhglocken herüber, und die warme Sonne breitete ihren hellen Schein wie eine kuschelige, weiche Decke über die Welt. Jede der Frauen hatte sich im Garten ein schattiges Plätzchen gesucht, wo sie schweigend rauchten, sich leise unterhielten und vor sich hin dösten.

Schließlich wurde Maya mit einer Tasse frisch gebrühten Kaffees von Alicia geweckt.

»Wir haben Wachdienst«, erinnerte sie ihre Nachbarin und legte den Finger an die Lippen.

Der Garten mit den darin ruhenden Frauen sah aus wie ein impressionistisches Gemälde. Die Vorstellung, dass diese friedlichen Rentnerinnen Alonso Ríos mit Steinwürfen vom Grundstück vertreiben wollten, wirkte irgendwie rührend.

Alicia ging vor Maya langsam die Treppe zum Turm hinauf. Einige Stufen knarrten, aber die Stimmung hatte etwas Erhabenes.

Wer hätte gedacht, dass ich diesen Turm einmal mit Fug und Recht betreten darf, anstatt mich heimlich einzuschleichen, um nach den unveröffentlichten Texten von Estela Valiente zu suchen, schoss es Maya durch den Kopf.

Die Tür war angelehnt, und durch den Spalt drang der rötliche Lichtschein der flimmernden Nachmittagssonne. Als Alicia die Tür aufstieß, fiel Mayas Blick auf ein Heer an Notizbüchern mit rotem Einband, die in einem Regal aus dunklem Holz standen und in Licht getaucht waren. Hier war das Herz dieses Hauses, das begriff sie sofort. Und die vier Fenster, die in alle Himmelsrichtungen zeigten, waren wie Ohren, Mund und Nase, die alles in sich aufnahmen.

»In diesem Turmzimmer verbringt Estela die meiste Zeit des Tages«, sagte Alicia. »An diesem alten Schreibtisch. Schau dir mal den unbequemen Stuhl an. Und diese Unordnung!«

Sie öffnete das Fenster nach Norden hin, durch das eine frische Brise hereinkam und ein paar mit Schreibmaschine geschriebene Blätter hinwegwehte.

Maya bückte sich, um sie aufzuheben, und überflog die Sätze.

»Meine Schwester schreibt ununterbrochen«, erklärte Alicia. »Sie kann nicht anders, es ist völlig verrückt. Sie hat eine grenzenlose Liebe zu den Worten. All diese roten Notizbücher sind voll von ihren Gedanken und Geschichten. Zum Glück weiß das keiner. Ihre Fans würden das Haus stürmen, um an sie heranzukommen.«

»Aber das ist doch völlig absurd!«, rief Maya, während sie fassungslos auf die ganzen Notizbücher starrte. »Das ist das Lebenswerk von Estela Valiente! Das kann doch hier nicht einfach so geheim gehalten werden! Es ist ein Kulturgut, das der ganzen Menschheit zugänglich gemacht werden sollte!«

Alicia konnte sich ein Lachen nicht verkneifen.

»Dann versuch du, sie davon zu überzeugen«, meinte sie lapidar. »Camino und ich haben es inzwischen aufgegeben.«

Maya schüttelte ungläubig den Kopf. Dann trat sie an den Schreibtisch und entdeckte einen Stapel Fotoalben.

»In diesen Alben bewahrt sie Zeitungsausschnitte auf. Du hast ja inzwischen gemerkt, dass Estela ein ausgesprochenes Faible für Geheimnisse hat? Deshalb sammelt sie die Verbrechensmeldungen, stellt Theorien auf, macht sich Notizen, und wenn die Fälle gelöst sind, archiviert sie sie wie Polizeiakten. Es gibt sogar ein Album zum Fall der Liebesbrief-Mörderin – möchtest du es mal sehen?«

Die beiden Frauen beugten sich über den Schreibtisch, schlugen die erste Seite des Albums auf und stießen sofort auf den Zeitungsausschnitt mit dem von Monteiro geschriebenen Nachruf. Estela hatte einige Worte unterstrichen und am Rand ein paar Notizen gemacht.

Die Initialen M.P. waren eingekringelt worden, und von dort aus wies ein Pfeil auf den Namen *Marta Poza*.

Es folgten jede Menge kleiner Zettel voller Notizen. Estela ging methodisch vor und benutzte je nach Detail unterschiedliche Farben, genauso wie eckige Umrandungen, Pfeile, Großbuchstaben und Kreise. Jedes Mal, wenn das Wort *Küchenmesser* auftauchte, hatte Estela es rot unterstrichen.

Maya ließ den Blick über all die Zettel schweifen. Das war eine wahrhaft fachmännischen Untersuchung des Falls.

Am Ende hatte Estela noch einmal alles in kurzen, präzisen Sätzen zusammengefasst, an einigen Stellen zusätzlich belegt durch eine Zeitungsmeldung, ein Foto, ein Käseetikett oder eine Rechnung aus dem Hotel Miranda.

Nach einer Weile verlor Alicia das Interesse an dem Album. Sie hob lieber die Briefe und die Bücher auf, die auf dem Boden lagen, während Maya sich auf Estelas Schreibtischstuhl setzte. Sie war neugierig, was das Album sonst noch enthielt, das – wie zu erwarten war – nicht mit der Befragung von Lola Bautista endete, sondern mit einem unvollendeten Kapitel, das die Überschrift *Sancho Herrera* trug.

Der Name des dritten und letzten Opfers der Liebesbrief-Mörderin war in Großbuchstaben geschrieben, rot eingekreist und mit einer dicken Linie mit dem Namen *Tony Cienfuegos* verbunden. Von der Mitte der Linie aus führte eine weitere zu einem weiblichen Vornamen: *Nina.*

»Tony Cienfuegos' Mutter hieß doch Nina, oder?«, fragte Maya mit gerunzelter Stirn.

»Ja. Nina. Antonina«, bestätigte Alicia.

»Und in welcher Verbindung stand sie zu Sancho Herrera?«

»Du meinst, den mit den Perlen?«

Maya sah von dem Album auf. Alicia stellte gerade im hinteren Teil des Zimmers angelegentlich irgendwelche Bücher in die Regale und tat, als wäre nichts.

»Alicia, kann es sein, dass Sie irgendetwas Wichtiges über diesen Herrera wissen, was Sie mir bisher verschwiegen haben?«

»Ach, hat Estela das denn nicht erzählt?«

»Nein.«

Alicia ging zum Fenster hinüber, um es zu schließen. »Es wird schon wieder kalt, man darf der Maisonne nicht trauen«, sagte sie. Dann wandte sie sich mit einem engelsgleichen, unschuldigen, zuckersüßen Lächeln der verblüfften Maya zu.

»Wahrscheinlich hat sie einfach nicht daran gedacht«, meinte sie, um das Versäumnis zu entschuldigen. »Sie ist ziemlich durcheinander wegen der Sache mit diesem Alonso Ríos, weißt du?«

Maya überließ Alicia den einzigen Stuhl im Turmzimmer und ließ sich, ohne Alicia aus den Augen zu lassen, auf dem alten Sofa an der Wand nieder.

»Hör mal, jetzt sieh mich nicht so streng an. Wir sind doch nicht in der Schule«, protestierte Alicia. »Ehrlich gesagt, gibt es da auch gar nicht viel zu erzählen«, meinte sie dann. »Heute Morgen beim Frühstück haben Estela und ich Camino von unseren Ermittlungen erzählt. Und als wir den Namen Sancho Herrera erwähnt haben, ist ihr eine alte Geschichte über Nina Cienfuegos und eine Perlenkette eingefallen. Seltsamerweise sind Estela und ich erst darauf gekommen, als Camino es erwähnt hat.«

»Haben Sie nicht gesagt, dass Sancho Herrera immer damit angegeben hat, eine Truhe voller Perlen geerbt zu haben?«, fragte Maya dazwischen.

»Genau darum geht es ja«, bestätigte Alicia nickend. »Er selbst hat das überall rumerzählt. Dass er sie von einer entfernten Tante geerbt hat, die nach Amerika ausgewandert ist und so weiter. Jedenfalls hat sich herausgestellt, dass Tonys Mutter ihm drei Dutzend Perlen abgekauft hatte, um sich eine Kette daraus machen zu lassen. Zu der Zeit haben sich alle gefragt, womit die gute Nina sich wohl den Lebensunterhalt verdiente, wobei es Gerüchte gab, dass … na ja. Damals hat sie allein in Madrid gelebt; Reinaldo Cienfuegos hatte sie bereits verlassen, und es hieß, dass sie in einer Mietwohnung im Stadtzentrum Herrenbesuche empfing. Hier bei uns hat sie sich niemals blicken lassen. Es war Tony, der das Geschäft mit Herrera abwickelte. Wie es hieß, hatte Nina ein Heidengeld für die Perlen bezahlt, und als sie sich die Kette knüpfen lassen wollte, stellte sich heraus, dass die Perlen nicht echt waren.«

»Das habe ich mir schon gedacht.«

»Tony wollte das Geld natürlich wiederhaben, aber Sancho Herrera drohte damit, vor Gericht zu gehen. Er bestand darauf, dass die Perlen echt gewesen seien, und beschuldigte Nina des Betrugs. Er behauptete, sie hätte die echten Perlen gegen unechte ausgetauscht, und war nicht bereit, auch nur eine Pesete wieder rauszurücken.«

»Und Nina ihrerseits wollte keine gerichtliche Auseinandersetzung.« Maya verstand.

»Nein. Wahrscheinlich hätte sie sich zu viele unangenehme Fragen stellen müssen.«

Maya nickte, während sie ihre Schlüsse zog. Sancho Herrera war das fehlende Glied in der Kette, die Tony Cienfuegos mit den drei Opfern Marta Pozas und damit auch mit der Mörderin selbst verband. Bautista hatte ihn als Kind gehänselt, Olmeda hatte ihm nachgestellt und Herrera hatte ihn betrogen.

»Alles hat mit Tony Cienfuegos zu tun«, murmelte Maya vor sich hin.

»Wie bitte?«

»Ich meine nur, dass überall Tonys Name auftaucht.«

»Genau«, erklärte Alicia und nickte. »Er steckte überall seine Nase hinein. Wie eine alte Tratschtante wusste er stets über alles Bescheid. Schon als kleines Kind. Er hat ständig herumgestichelt, Gerüchte verbreitet und irgendwelche Lügengeschichten erfunden. Er war hier im Ort nicht wirklich beliebt, überhaupt nicht.«

»Ist er deshalb nach Madrid gezogen?«

»Darum und weil seine Mutter in der Dachwohnung am Retiro-Park ums Leben gekommen ist. Habe ich dir schon von dieser Wohnung erzählt? Sie liegt ganz oben in einem alten Gebäude aus roten Ziegelsteinen. Tony hat diese Wohnung von seiner Mutter geerbt und Estela dann von Tony. Jedes Mal, wenn meine Schwester nach Madrid flüchtet, zieht sie sich dorthin zurück.

»Das rote Backsteinhaus …« Maya verstand. »Das Haus aus Tonys erstem Roman.«

»Genau.«

Plötzlich empfand Maya die Luft im Raum als extrem stickig. Das Turmzimmer wurde zu einem beklemmenden Ort voller Geheimnisse. Sie stand auf und ging zum Fenster hinüber. »Alicia, würde es Ihnen etwas ausmachen, wenn ich noch mal kurz ein wenig lüfte?« Maya spürte, wie sich die Puzzleteile irgendwo an einer entlegenen Stelle ihres Hirns nach und nach zusammenfügten. Tony, Estela, der Roman, die Liebesbrief-Mörderin … Plötzlich begann all das sich um sie zu drehen.

Die Sonne hatte die Farbe eines reifen Pfirsichs, und die Wolken waren aus Zuckerwatte. Das Fenster ging direkt auf den Garten des Nonnenhauses hinaus. Von oben betrachtete Maya das alte Dach, das kleine Fenster in der Mansarde, den wiederauferstandenen Garten, die frisch gepflanzten Blumen. Sie beugte sich vor und holte tief Luft. Und in diesem Moment meinte sie, eine menschliche Gestalt zu erkennen, die durch das dunkle Wohnzimmer schlich. Was? Wer …? Jemand war in ihr Haus eingedrungen!

Sie sah genauer hin, kniff die Augen zusammen und blickte direkt in Alonso Ríos' Gesicht, der sie, nun an ihrem Esstisch sitzend, durch die Scheibe lächelnd ansah.

Kapitel 21

Aufs Äußerste empört betrat Maya ihr Haus und prallte direkt auf Alonso Ríos, der die Stirn hatte, ihr dreist entgegenzulächeln. Er empfing sie am Esszimmertisch mit hochgelegten Beinen und hinter dem Kopf verschränkten Händen, so als säße er an einem karibischen Strand gemütlich in der Sonne. Er hatte sich sogar ein Glas gekühltes Wasser gegönnt.

Um ihn herum lagen kreuz und quer Mayas sämtliche Notizhefte, Bücher und Aufzeichnungen. Er hatte alles entdeckt, was sie über Estela Valiente herausgefunden hatte, und kannte damit auch ihre wahren Motive. Alonso Ríos war sich sehr wohl bewusst, dass er nun die Fäden in der Hand hatte, und das war offensichtlich der Grund, warum er immer noch grinsend vor ihr saß, nur leicht den Kopf schüttelte und sich mit einem unerträglichen Ausdruck der Überlegenheit auf die Unterlippe biss, obwohl Maya wie eine Furie ins Haus gestürzt war und ihm gedroht hatte, ihn wegen Hausfriedensbruchs anzuzeigen.

»Aber meine Liebe! Wir wissen beide, dass Sie das nicht tun werden.«

Ríos hatte recht. Maya würde nicht alles aufs Spiel setzen, was sie sich mit so großer Mühe erarbeitet hatte. Aber sie war auch nicht bereit, ihm die Ergebnisse ihrer Recherchen einfach so zu überlassen. Daher stürzte sie sich, Alonso Ríos' Anwesenheit und den Duft seines frischen Eau de

Cologne ignorierend, wütend auf das, was noch unberührt schien, bereit, es mit Zähnen und Klauen zu verteidigen.

»Keine Panik«, meinte er daraufhin belustigt. »Ich habe bereits einen Blick in Ihre Notizen geworfen und nichts Interessantes gefunden. Wollen Sie wirklich ein Buch schreiben, das lediglich auf ein paar privaten Gesprächen und ein paar Einladungen zum Kartenspiel beruht?«

Maya war noch eine Weile damit beschäftigt, ihre Notizbücher zu stapeln und sämtliche Papiere zusammenzuraffen, während Ríos in aller Seelenruhe ein fröhliches Liedchen zu trällern begann und ihr dabei zusah, wie sie ihren Schatz hektisch in den Flur hinübertrug. Doch schließlich gab Maya auf, zog sich einen Stuhl heran und setzte sich keine zwei Meter entfernt ihrem Feind gegenüber.

»Gut«, meinte sie, »du hast mich erwischt.«

»Duzen wir uns jetzt?«

»Sicher. Wir sind ja jetzt gleichauf, oder?«

»Nun ja.« Ríos räusperte sich. »Das kann ich so nicht bestätigen. Versteh mich nicht falsch, aber ich bin ein erfolgreicher Journalist und Schriftsteller und du … na ja, sagen wir mal, du stehst noch am Anfang.«

Liebend gerne hätte Maya diesem Kerl das Glas mit dem Wasser ins Gesicht geschüttet, um sein überhebliches Ego etwas abzukühlen und sein maßgeschneidertes Hemd, seine frisch gebügelte Hose und die Wildleder-Slipper nass zu machen.

»Du bist ein Widerling, Ríos. Ein ekelhafter Mistkerl.«

Pereira war pünktlich im Hotel Miranda erschienen – gerade, als die Kirchenglocken drei Uhr schlugen –, um sich mit

Alonso Ríos zu treffen, und hatte sich, während er wartete, eine Limonade, eine Portion Pommes frites und Oliven bestellt. Wie er es am Vorabend versprochen hatte, hatte er ein Exemplar seines Buches *Gelebte Geschichte von Los Rosales* mitgebracht, das er mit einer ausführlichen handschriftlichen Widmung versehen hatte. Diese umfasste die gesamte erste Seite und enthielt diverse Verweise auf einige Absätze im Buch, an denen er einige Notizen hinterlassen hatte, die dem Kollegen möglicherweise weiterhelfen konnten. Mit großem Stolz hatte er sogleich mit seinem – diesmal mit verifizierten Angaben und dokumentierten Daten unterfütterten – Vortrag über die Gründung des Ortes begonnen, die in der Mitte des vierzehnten Jahrhunderts durch den berühmten Graf …

»Kennen Sie Maya Millas?«, hatte Ríos ihn völlig respektlos unterbrochen.

Pereira hatte sich gezwungen gesehen, wie ein Student im mündlichen Examen eilig das Thema zu wechseln: Ja, er kenne Maya Millas, die junge Reporterin des *Idéaliste*, die nach Los Rosales gezogen war, um über gewisse Verbrechen zu berichten, die sich bei ihnen im Gebirge ereignet hatten. Sie habe das sogenannte »Nonnenhaus« gemietet, das direkt neben dem Heim der Valiente-Schwestern lag, ein großes, heruntergekommenes Gebäude, das zu Beginn des neunzehnten Jahrhunderts von dem äußerst angesehenen Ortsbewohner Dámaso Valiente erbaut worden war. Dieser sei ein Straßenbauingenieur gewesen, der die Errichtung vieler öffentlicher Gebäude vorangetrieben habe. Außerdem sei er der Großvater väterlicherseits der Valiente-Schwestern gewesen und habe nach Kriegsausbruch dieses und andere ihm gehörende Gebäude verschiedenen wohltätigen Einrichtungen überlassen und …

»Schon gut, Pereira, danke für die Geschichtsstunde, aber kommen wir auf Maya Millas zurück. Stimmt es, dass sie als persönliche Assistentin von Estela Valiente arbeitet?«

Nein, das stimme auf keinen Fall. Estela Valientes einzige Assistentin sei schon immer ihre Schwester Alicia gewesen. Ansonsten habe sie lediglich mit ihrer Verlegerin Camino Aribau zusammengearbeitet, um sich bekanntermaßen all die lästigen Menschen vom Leib zu halten – Journalisten, Biografen, Vorsitzende irgendwelcher literarischen Vereinigungen, Literaturpreisveranstalter und das gesamte Lesepublikum –, die sie bedrängten. Estela sei eine Meisterin darin, ihre Privatsphäre zu schützen.

»Die junge Frau ist, wie ich bereits gesagt habe, Journalistin und recherchiert für einen Bericht über die Verbrechen der sogenannten Liebesbrief-Mörderin. Mit Estela Valiente verbinden sie lediglich die seit Kurzem bestehende Bekanntschaft aufgrund des nachbarschaftlichen Verhältnisses und ihre gemeinsame Begeisterung für Kriminalgeschichten. Da Sie ja planen, ein Buch über unsere berühmte Autorin zu schreiben, kann ich Ihnen sagen, dass Estela Valiente über bemerkenswerte detektivische Fähigkeiten verfügt. Und wäre sie nicht hier in Los Rosales geboren, sondern in einem jener pittoresken britischen Orte mit Vikariat und fiktivem Namen wie zum Beispiel St. Mary Mead, hieße sie wahrscheinlich Miss Marple und hätte jede Menge Kriminalfälle gelöst. Sie hat Monteiro und mir – ganz inkognito, versteht sich – schon oft bei der Erstellung der Seite mit den Verbrechensmeldungen geholfen. Wenn es Sie interessiert, kann ich Ihnen einige von mir geschriebene, aber von ihr dokumentierte Nachrufe mit ihren geistreichen Anmerkungen zeigen, die ich in meinen Unterlagen aufbewahrt habe. Keine gute Idee wäre es dagegen, persönlich bei ihr vorzusprechen. Das kann ich Ihnen nicht empfehlen. Wegen des bevorstehenden fünfzigsten Jahrestags ihres preisgekrönten Romans ist sie völlig hysterisch. Ich habe Ihnen ja schon gesagt, dass sie das Licht der Öffentlichkeit scheut wie die Pest. Ihre Privatsphäre ist ihr extrem wichtig. Stattdessen möchte ich Ihnen also vorschlagen, dass Sie mich zur Sitzung des Festkomitees begleiten. Ich würde Sie gern dem Bürgermeister vorstellen und dem Stadtrat …«

»Vielen Dank für das Angebot, Pereira, aber für heute habe ich andere Pläne.«

Auf diese Art hatte Alonso Ríos dank Pereiras Geschwätzigkeit die Wahrheit herausgefunden: Maya Millas hatte ihn wie einen Dummkopf an der Nase herumgeführt, ihn ausgehorcht und sich dabei nicht einmal die Mühe gemacht, sich eine falsche Identität zuzulegen. Er wusste genug. Daher hatte er den alten Journalisten ohne weitere Erklärung sitzengelassen und sich auf den Weg zum Nonnenhaus gemacht, das er dank der Anmerkungen auf Seite 270 der *Gelebten Geschichte von Los Rosales* und Google Maps auch sofort gefunden hatte.

Dort angekommen, war er ohne größere Probleme auf das Grundstück gelangt und ins Haus eingedrungen. Es hatte ausgereicht, der altersschwachen, durch die Feuchtigkeit verzogenen Küchentür mit ein wenig Gewalt zu Leibe zu rücken. Er hatte sich ein Glas kaltes Wasser genommen, sich an den Tisch im Esszimmer gesetzt und sich alles angesehen, was ihn interessiert hatte. Nach einer Weile hatte er dann, in der Hoffnung, die schöne Lügnerin irgendwo zu entdecken, den Blick auf das Nachbarhaus gerichtet und festgestellt, dass sie ihn durch eines der Turmfenster mit entsetztem Gesicht und schreckgeweiteten Augen beobachtete.

Wenige Minuten später hatten sie sich dann Auge in Auge gegenübergestanden. Es war rührend, mit anzusehen, wie die junge Frau wütend die Fäuste ballte, wie sich ihre Brust schwer atmend hob und senkte – was im Übrigen äußerst attraktiv gewesen war – und wie sie hektisch die Worte ausstieß. Duzen wir uns? Beschimpfen wir uns?

»Ich bin nicht widerlicher als du, mein Schatz. Und ich meinerseits habe nicht das Haus neben dem von Estela Valiente gemietet und eine unschuldige Freundschaft vorgetäuscht, um ihr Informationen zu entlocken. Ich bin wenigstens ehrlich.«

Maya schwieg, denn Ríos hatte recht.

»Es stimmt, dass ich zu Anfang …«

»Ich habe auch keine Gespräche mit ihr auf dem Handy aufgenommen, um sie anschließend niederzuschreiben. Ich habe weder alle Welt mit dieser Geschichte über die Liebesbrief-Mörderin belogen, noch das pikante Geheimnis einer gewissen Viridiana schriftlich festgehalten, noch Alicia Valientes Gutmütigkeit ausgenutzt, um an Estela heranzukommen.«

»Aber du hast ihr einen anonymen Brief geschrieben. Hältst du es für richtig, auf diese Art eine wehrlose Frau zu ängstigen?«

Ríos brach in schallendes Gelächter aus.

»Das war kein anonymer Brief«, erklärte er. »Estela Valiente weiß ganz genau, wer ich bin und was mich hierhergeführt hat. Was sie dagegen nicht weiß, meine Liebe, ist, wer *du* bist. Und das werde ich ihr noch heute erzählen.«

»Nein!«, rief Maya aus, ohne ihren Schrecken verbergen zu können. Sie gab auf. »Bitte, tu das nicht«, flehte sie. »Das wäre eine furchtbare Enttäuschung für sie. Und auch wenn du es mir nicht glaubst, ist sie mir sehr ans Herz gewachsen. Das sage ich nicht einfach so. Und wenn Estela herausfindet, was meine wirklichen Absichten waren …«

»*Waren?*«

»Sieh mal, Ríos, da du ein durch und durch skrupelloser Mensch bist, kann es sein, dass du nicht verstehst, was ich dir jetzt sage. Aber ich tue es trotzdem: Es stimmt, dass ich anfangs zu allem bereit war, um mein Buch schreiben zu können. Aber die Dinge haben sich geändert. Ich habe beschlossen, nichts ohne Estelas Einverständnis zu veröffentlichen. Daher habe ich nun die Absicht, dieses Einverständnis zu erhalten.«

Alfonso Ríos schwieg, ohne seinen hypnotisierenden Blick von Maya abzuwenden. Seine Augen wirkten wie die einer Schlange, kurz bevor sie sich auf ihr Opfer stürzt.

»Ich hab dich«, sagte er und gab dann ohne ein weiteres Wort eine Telefonnummer in sein Handy ein. In der Stille des Hauses hörte Maya Alicias Stimme am anderen Ende der Leitung: »Valiente, mit wem spreche ich?«

Maya riss Ríos das Telefon aus der Hand und knallte es auf die Bodenfliesen. Das Display zersprang in tausend Teile. Die Verbindung zu Alicia war unterbrochen. Alonso Ríos schüttelte den Kopf.

»Du wirst es nicht verhindern können«, versicherte er. »Es sei denn …«

»Was?«

»Es sei denn, du arbeitest mit mir zusammen und unterstützt mich bei meinen Recherchen. Du hast Kontakt zu den Schwestern und kannst dafür sorgen, dass Estela mit mir redet. Wenn du das für mich tust, glaube ich, dass ich bereit wäre, dein Geheimnis zu wahren.«

Er stand träge auf und bückte sich, um die Reste seines Mobiltelefons aufzusammeln. Anschließend wandte er sich noch einmal zu Maya um, die wie versteinert auf ihrem Stuhl saß, und nickte ihr zum Abschied kurz zu.

Dann verließ er unauffällig das Nonnenhaus. Von der anderen Seite der Mauer her drangen die fröhlichen Stimmen von Estelas Freundinnen herüber, die sich gerade bei einem Gartenspiel wie Crocket oder Pétanque amüsierten. Obwohl es noch längst nicht Zeit zum Abendessen war, zog von der Küche her bereits ein appetitlicher Bratenduft herüber.

Als Alonso Ríos oben im Ort ankam, begegnete er dem Briefträger und grüßte ihn mit einem freundlichen Lächeln.

Maya starrte ihm in einer Mischung aus Erleichterung und Empörung hinterher, bis er aus ihrem Sichtfeld verschwand. Auch sie grüßte den Briefträger, als er wenig später an ihrem Fenster vorbeikam. Und auch ihm blickte sie hinterher, als er zum Haus der Schwestern hinüberging.

Er klingelte an der Gartentür, und Alicia kam, um ihm zu öffnen, nachdem sie sich vergewissert hatte, dass keine Gefahr drohte.

»Ich bin's, Doña Alicia. Entschuldigen Sie, dass ich heute erst so spät komme, aber ich hatte die Nachricht erhalten, dass ein Päckchen für Sie kommt, das aber erst vor wenigen Minuten im Postamt eingetroffen ist. Ich denke, es ist ein Buch.«

»Wer ist der Absender?«

»Ein gewisser Alonso Ríos. Hier steht es. Es ist für Ihre Schwester Estela. Und es wurde per Eilpost verschickt. Mit dem Aufkleber ›Vorsicht zerbrechlich‹.«

Kapitel 22

Der allgegenwärtige Alonso Ríos hatte Estela also ein Päckchen geschickt. Allein im Turmzimmer hielt Alicia durchaus besorgt den gepolsterten Umschlag in der Hand und fragte sich, was sie damit machen sollte. Ihn öffnen? Oder besser zerstören?

Ein paar Tage zuvor, nach Estelas überstürztem Aufbruch nach Madrid, hatte sie aus Sorge um ihre Schwester den Brief gelesen, den diese an diesen unbekannten Mann geschrieben hatte. Darin bezeichnete sie ihn als berühmten Fernsehmoderator, bezichtigte ihn, sie zu bedrohen, und kündigte an, ihn verhaften zu lassen, falls er »diese absurde Geschichte, die lediglich in Ihrer Fantasie existiert«, tatsächlich veröffentlichte. Bis dahin hatte Alicia den Namen Alonso Ríos noch nie gehört und ihm nicht mehr Bedeutung beigemessen als üblich: der klassische Trittbrettfahrer, der versuchte, von dem Ruhm ihrer Schwester zu profitieren. Wobei Briefe dieser Art eher selten waren. Aber es kam durchaus vor, dass ein allzu hartnäckiger Bittsteller Estela so auf die Nerven ging, dass sie ihre höfliche Zurückhaltung aufgab. Dann war Alicia jedoch wieder eingefallen, dass »Alonso Ríos« genau der Name war, den ihre Schwester an dem Abend im Miranda, an dem sie so betrunken gewesen war, immer wieder vor sich hin gemurmelt hatte. Das Individuum, nach dem Estela Maya vor ihrem Ausflug zu den Bautistas gefragt und dem sie nun den Krieg erklärt hatte.

Aber wovor genau fürchtete sich Estela? Was für eine »absurde Geschichte« war das, die ihr eine solche Angst einjagte?

Das Päckchen, das der Briefträger ihr gegeben hatte, wirkte nicht sonderlich bedrohlich. Es handelte sich um einen von den üblichen gepolsterten Umschlägen, die man benutzte, um Bücher darin zu verschicken. Das Einzige, was ihn von den unzähligen Umschlägen dieser Art unterschied, die bei ihnen ankamen, war der seltsame Hinweis auf die Zerbrechlichkeit. Als ob etwas aus Porzellan darin wäre.

Alicia begutachtete das Päckchen sorgfältig von allen Seiten, bis sie zu dem Schluss kam, dass es sich einfach nur um eine Buchsendung handelte und sich kein anderes Geheimnis dahinter verbarg. Daher traf sie schließlich die Entscheidung, es zu öffnen, auch wenn sie damit das ungeschriebene Gesetz der Vertraulichkeit zwischen Schwestern übertrat. Sie – die ihr ganzes Berufsleben lang als Juristin gearbeitet hatte – war sich bewusst, dass es sich um einen Grenzfall handelte, eine Ausnahme von der Regel, und wie man wusste, gab es Ausnahmefälle, die bestimmte Gesetze außer Kraft setzten, wie zum Beispiel das Postgeheimnis, das unter gewissen Umständen keine Anwendung fand, sodass man eine postalische, telegrafische oder telefonische Nachricht einsehen durfte. Jawohl!

Mithilfe eines silbernen Brieföffners, der einmal ihrem Vater gehört hatte, öffnete Alicia den Umschlag, der einen wahren Albtraum enthielt: eine Erstausgabe von *Das rote Backsteinhaus*, als ob das eine Exemplar nicht ausreichte, das sie mindestens alle zwei Tage unter den Tausenden

Büchern in diesem Haus, die die Wände, die Möbel und die Fußböden bedeckten, verstecken musste.

Alicia blätterte durch die vergilbten Seiten, die Tony Cienfuegos in der Dachwohnung am Retiro-Park geschrieben hatte, während Estela im Gefängnis gesessen hatte. Hinter verschlossener Tür und ohne den Mut und das Mitgefühl aufzubringen, sie auch nur einmal dort zu besuchen. Weil er sich zu sehr auf seinen ersten Roman konzentriert hatte. Ohne sich von irgendjemandem stören, von irgendetwas ablenken zu lassen.

Da ihre Meinung keine Rolle spielte, hatte Alicia beinahe fünfzig Jahr lang geschwiegen. Denn wie Bambis Freund Klopfer bereits festgestellt hatte: »Wenn man nichts Nettes zu sagen hat, soll man den Mund halten.« Aber die Wahrheit war doch, dass *Das rote Backsteinhaus* einen Verrat an Nina Cienfuegos' Andenken darstellte. Wie konnte ein Sohn auf die Idee kommen, eine solche Geschichte über seine eigene Mutter zu schreiben, diese dann auch noch publizieren und öffentlich bekennen, dass sie das Vorbild für die Protagonistin gewesen war, jene leichtlebige Frau, die in der Dachwohnung, die ihr Liebhaber bezahlt hatte, Männer empfing! War es nötig, Ninas Elend derart genau zu beschreiben? Die Schläge, die sexuellen Perversionen, die Abhängigkeiten, die schmutzigen Gedanken?

»Der Grund für Nina Cienfuegos' Tod wurde niemals offiziell bestätigt. Es gab unterschiedliche Aussagen: ein natürlicher Tod, ein Unfall, Selbstmord ... In seiner Autobiografie beschuldigt Tony Cienfuegos eindeutig Minister Álvarez, für den Tod seiner Mutter verantwortlich zu sein. Er behauptet,

dass sie bei gewissen zu weit getriebenen sexuellen Praktiken erstickt sei. Was hat sich Ihrer Meinung nach in jener Nacht in dem roten Backsteinhaus abgespielt?«

»Ich denke, dass Nina es nicht verdient hatte, so zu enden.«

»Ermordet?«

»Derart in den Schmutz gezogen.«

»Und was sagen Sie zu der Theorie über Álvarez' Tod ein paar Jahre später?«

»Wie ich schon gesagt habe: Diese und andere Unwahrheiten in der von Ihnen genannten Autobiografie sind das Ergebnis von Tony Cienfuegos' geistiger Verwirrung in den letzten Jahren seines Lebens und entsprechen nicht der Realität.«

Das rote Backsteinhaus hatte eine verheerende Wirkung auf Estelas Zustand. Dass sie es wie unter Zwang immer wieder las, hatte auf sie die gleichen Auswirkungen wie eine Droge, die zuerst ein vermeintliches Wohlgefühl verschafft und dann zum langsamen Tod führt. Deswegen hasste Alicia dieses Buch aus ganzem Herzen und bemühte sich immer, es vor ihrer Schwester zu verstecken. Doch das verdammte Ding tauchte immer wieder auf. Und mit ihm Tonys Geist, der zur Strafe für seine Treulosigkeit der schlechten Mutter gegenüber, mit der ihn das Leben gestraft hatte, für ewige Zeiten zwischen zwei Buchdeckeln gefangen war. Alicia setzte sich auf den unbequemen Stuhl und blätterte mechanisch eine Seite nach der anderen um.

Es handelte sich trotz der vielen Randnotizen in der Tat um eine sehr gut erhaltene Ausgabe. Der Buchhändler versicherte in einer Anmerkung auf der Buchinnenseite, dass das Buch einmal der berühmten spanischen Schriftstellerin Carmen Martín Gaite gehört hatte und dass die Randnotizen von ihr stammten.

Und aus irgendeinem Grund freute sich Alicia darüber.

Plötzlich fühlte sie sich in das Jahr 1972 mit seinen Technicolorfarben, den Cordhosen und den Rollkragenpullovern zurückversetzt. In jenem Herbst hatte es so häufig geregnet, dass man den Eindruck haben konnte, Los Rosales läge in Galicien. Aus diesem Grund hatten die Bäume auch noch nicht ihre gelben Blätter verloren.

Estela und Alicia Valiente standen unter einem Regenschirm am Gartentor ihres Hauses und blickten den beiden Schwestern Martín Gaite entgegen, wobei sie den Eindruck hatten, in einen Spiegel zu blicken, der ein Paralleluniversum wiedergab. Ana María und Carmen waren fröhlich und ausgelassen, die eine mit Baskenmütze und die andere mit Regenhut. Beide in Regenstiefeln und mit Likörpralinen für die Gastgeber in der Hand, redeten sie ununterbrochen, während in der Küche das Teewasser kochte. Sie hatten Salamanca verlassen, um das Leben kennenzulernen, und sich nun in das Haus ihrer Eltern in El Boalo geflüchtet, das eine knappe halbe Stunde von Los Rosales entfernt lag, weil es Anita so ganz ohne Wurzeln nicht gut gegangen war. »Sie lebt gern auf dem Land, während ich ein Stadtmensch bin. Wir sind wie die Landmaus und die Stadtmaus aus der Geschichte«, erklärte Carmiña mit ihrem nostalgischen Blick. Obwohl sie nur sechs Jahre älter war als Estela, hatte sie schon so viel mehr erlebt … Sie hatte eine heranwachsende Tochter, mit der sie in Madrid ihre Träume teilte, und hatte ein weiteres Kind bereits verloren – Miguel, den sie wegen einer zu spät entdeckten Meningitis nur zwei Monate hatte in den Armen halten dürfen. Und sie hatte einen Ehemann, von dem sie sich zwei Jahre zuvor freundschaftlich getrennt hatte. Und jede Menge Freunde, Schriftsteller, Essayisten, Künstler, Scharlatane, Akrobaten. Außerdem mehrere Literaturpreise: den Premio Café Gijón, den Premio Nadal, vier Romane und einen Essay.

Anita, die als Dokumentarin für die UNO arbeitete, erzählte unzählige Geschichten über den europäischen Sitz der Vereinten Nationen. Genf mit seinem See und den Kühen auf den umliegenden Weiden sei ein geruhsames Städtchen, sagte sie, aber zum Glück gebe es diesen Bahnhof, von dem aus es nur ein Katzensprung zu den traumhaftesten Zielen sei: Paris, Wien, Italien, alles nur einen Steinwurf entfernt. Ach, der Grand Palais, der Louvre! Ach, Venedig und seine Kanäle! Ach, das Schloss von Kaiserin Sissi und die Kaffeehäuser, die Sachertorte und die Weihnachtsmärkte!

Das Gespräch zog sich endlos hin. Die Küche, ein Tempel, ein Ort zum Feiern. Da es draußen in Strömen goss und die Eltern sich in den Salon zurückgezogen hatten, verbrachten die vier jungen Frauen den ganzen Nachmittag am Küchentisch, aßen jede Menge Gebäck, tranken Rum mit Coca-Cola und rauchten Gitanes, bis Carmen irgendwann Estela bat, ihr das berühmte Turmzimmer zu zeigen, von dem in den Zeitungen so oft die Rede war, den Ort, der ihre Schreibmaschine und ihre Erinnerungen barg. Sie wollte gern den schriftstellerischen Geist spüren, »du verstehst schon«, dieselbe Terrasse betreten wie sie und vielleicht in dem einen oder anderen ihrer Lieblingsbücher blättern. Da Alicia und Anita nicht bereit waren, ihr Gespräch zu unterbrechen, gingen Estela und Carmen zu zweit die aristokratische Treppe hinauf, die jedem, der sie betrat, etwas Vornehmes verlieh. Sie zogen sich für eine ganze Weile in den Turm zurück, und als sie wieder in die Küche kamen, war Estela bleich wie ein Laken.

An jenem Abend, nachdem sie ihre Gäste verabschiedet und ihnen nachgeblickt hatten, bis sie im Ort verschwunden waren, hatte sich Estela in ihrem Schlafzimmer eingeschlossen und sich geweigert, zum Essen nach unten zu kommen, obwohl es Empanadas gab. Sie hatte sich damit entschuldigt, dass ihr der Rum und die langen Gespräche auf den Magen geschlagen seien.

Nach jenem Nachmittag hatten sie sich, obwohl Alicia immer wieder bat, einen Gegenbesuch bei den fröhlichen Freundinnen aus dem Nachbarort zu machen, nie wieder mit Carmen und Anita getroffen. Der Name Carmen Martín Gaite wurde in Spanien zur Legende, und als sie im Sommer des Jahres 2000 starb, beweinten sie den Verlust der Freundschaft, die ihnen nicht zu pflegen gelungen war. Alicia wollte zu der bewegenden Beerdigung gehen, zu der die Menschen in Massen nach El Boalo strömten, woraufhin Estela sie fragte, warum, zum Teufel, sie das nach all der Zeit tun wollte, zumal Ana María sich sicher nicht mehr an sie erinnern würde.

Und nun fiel ihr nach so langer Zeit dieses Buch mit Carmens Anmerkungen in die Hände. Eine Reliquie. Alicia strich zärtlich darüber, als begrüßte sie einen alten Freund, der nach vielen Jahren zu Besuch gekommen war. Vielleicht war Alonso Ríos ja doch keine Bedrohung. Sie legte das Päckchen auf seinen Platz ganz oben auf dem Poststapel zurück und klebte den Umschlag unauffällig wieder zu. So würde Estela, wenn sie heraufkam, um ihre Post zu beantworten, eine angenehme Überraschung erleben, dachte sie. Dann kehrte sie nach draußen in den Garten zurück, wo Consuelo sich gerade zur Siegerin im Pétanque erklärte, zum Leidwesen von Camino, die eine schlechte Verliererin war.

»Oben im Turm wartet ein Päckchen auf dich«, flüsterte Alicia ihrer Schwester ins Ohr. »Der Briefträger hat es eben hier abgegeben.«

Estela, die von Natur aus äußerst neugierig und ungeduldig war, überließ Alicia ihren Platz im Spiel und ging in den Turm hinauf, um nachzusehen, um was für ein Päckchen es sich handelte. Als sie den Namen *Alonso Ríos* auf dem gepolsterten Umschlag sah, blieb ihr vor Schreck beinahe das Herz stehen. Sie riss den Umschlag auf und hielt die von Tony Cienfuegos signierte und von Carmen Martín Gaite in der unverkennbaren hastigen Schrift eines Menschen, für den Schreiben wie Atmen war, kommentierte Ausgabe von *Das rote Backsteinhaus* in den Händen.

Da waren sie, die Anmerkungen, über die sie an jenem lange zurückliegenden Nachmittag allein im Turm gesprochen hatten, als die weise Freundin ihre Lüge treffsicher entlarvt hatte.

»Dieses Buch hast du geschrieben, mich kannst du nicht täuschen.«

»Würdest du das Geheimnis mir zuliebe bewahren?«

Es sei unvorstellbar, behauptete Carmen Martín Gaite, dass ein Mann, so ausgeprägt dessen feminine Seite auch sei, sich so genau in eine Frau hineinversetzen könne, um ihre Gründe zu verstehen. »So wie in diesem Absatz zum Beispiel. Schau, was ich unterstrichen habe.«

»Na ja, du weißt ja, dass Tony …«

»Und die Beschreibung von Ninas Einsamkeit und ihre Verzweiflung darüber, dass sie ihren Sohn zurücklassen muss? Ist das nicht der gleiche Schmerz, der auch in *Hinter verschlossenen Türen* zum Ausdruck kommt? Ist das nicht der gleiche Roman? Du, Estela, bist das Mädchen, das in beiden Büchern überlebt, oder?«

Eingekreiste Stellen und Ausrufezeichen, hier ein ganz ähnlicher Absatz, dort der gleiche Rechtschreibfehler, das falsch gesetzte Zeichen, ein eindeutiger Identitätsbeweis, eine unbewusste Signatur.

»Warum, Estela?«

»Aus Angst, Carmiña, aus Angst vor dem Erfolg, du weißt schon, die dunkle Seite des Ruhms. Und weil es nicht meine Geschichte ist. Ich habe sie gestohlen, verstehst du? Und ich habe sie ihrem wahren Eigentümer zurückgegeben.«

»Aber Tony Cienfuegos ist nicht der Autor. Das ist gelogen.«

Tony, der so ausgemergelt, am Boden zerstört und völlig vereinsamt vor ihr saß, hatte nur wissen wollen, wie die Heldin des Romans hieß. »Nina, Tony, sie heißt Nina.« Dann hatte er das Manuskript entgegengenommen, es an seine Brust gedrückt, als wollte er den Geist seiner Mutter wiedererwecken, und war apathisch vor und zurück geschaukelt, bis es dunkel wurde und Estela die Dachwohnung verließ.

Ein paar Monate später war ein völlig anderer Tony aus der Asche auferstanden – gut gekleidet, rasiert, gesprächig und humorvoll, das *enfant terrible* der modernen Literatur, der verdammte Schriftsteller, der spanische Baudelaire, der sich kleidete wie Oscar Wilde und eine Seele wie Lord Byron besaß, hatte sich mit seinem ersten Roman den Medien präsentiert: *Das rote Backsteinhaus*, in dem er die Geschichte seiner Mutter Nina Cienfuegos erzählte, die im gleichen Alter wie Marilyn ums Leben gekommen war, in der Blüte ihres Lebens, jung und schön in alle Ewigkeit.

Kapitel 23

»In Tony Cienfuegos' Leben gab es ein Davor und ein Danach, und der Wendepunkt war das Erscheinen seines ersten Romans Das rote Backsteinhaus. *Damit gelang ihm der Sprung in die internationale Literaturszene, und er etablierte sich in New York. War das der Zeitpunkt, an dem Ihre Beziehung zu Ende ging?«*

»Hören Sie, wir hatten uns doch darauf geeinigt, dass dieses Interview sich nicht auf Tony konzentriert, und Sie fragen mich ausschließlich nach ihm.«

Estela hatte sich ins Turmzimmer zurückgezogen und bearbeitete die Tastatur ihrer Schreibmaschine, als ihre Mutter die Tür öffnete, um ihr mitzuteilen, dass Camino Aribau am Telefon sei. »Was für eine Unordnung, mein Kind! Wie kannst du in diesem Chaos nur arbeiten?«

»Hast du es schon gehört, Estela?«, fragte die Verlegerin in missbilligendem Ton, als Estela sich am anderen Ende der Leitung meldete.

Nein. Estela hatte keine Ahnung, worüber Camino sprach. Sie zog sich einen Hocker an den kleinen Tisch, auf dem das Telefon stand, und hörte sich in den folgenden Minuten schweigend den verärgerten Vortrag ihrer Freundin an.

Tony hatte, unterstützt von einem angesehenen amerikanischen Verlag, zu einer Pressekonferenz in den Salón

Real des Hotel Ritz in Madrid eingeladen, um seinen ersten Roman *Das rote Backsteinhaus* zu präsentieren, ein Werk im typischen spanischen Stil der Sechzigerjahre mit angelsächsischem Einfluss, jedoch auch mit latenten sozialkritischen Elementen, die blablabla …

Er hatte mit falscher Brille, Zigarre und einem weißen Hemd mit weiten Ärmeln den an der Welt leidenden Schriftsteller gegeben und war mit zerknirschtem Gesicht, als könne er jeden Moment in Tränen ausbrechen, vor die Kameras getreten. »Ja, diese Geschichte ist sehr intim und schmerzhaft. Ja, das Leid meiner Mutter, Nina Cienfuegos, hat mich dazu inspiriert. Ja, es war für mich eine quälende Herausforderung, eine unvermeidliche, zutiefst erschütternde Katharsis.«

Unter normalen Umständen wären weder die Handlung noch die Auflösung, noch das zwischen den Zeilen Stehende, die Anspielungen und die Metaphorik der Zensur entgangen; doch da es sich um Tony Cienfuegos handelte, war allgemein bekannt, dass es zweckdienlich war, um der Moderne willen ein Auge zuzudrücken. Unser geistreicher verdammter Schriftsteller, der international gefeiert und von der äußerst angesehenen Columbia University veröffentlicht wurde, hatte eine Sonderbehandlung verdient, auch wenn der Roman den guten Sitten und der Moral widersprach und deswegen für Minderjährige verboten war und weder kommentiert noch in der Öffentlichkeit gelesen werden durfte.

Tony nickte, während er an seiner Zigarre zog. Noch war er nicht der exzentrische, skandalumwitterte Autor, zu dem er mit der Zeit werden würde. Dies geschah erst, als sein Verleger verkündete, dass Paramount Pictures die Filmrechte an dem Roman erworben habe. Ein bekannter Hollywoodstar werde die Rolle von Nina Cienfuegos spielen, und die Handlung werde nach New York verlegt, wo es unzählige rote Backsteinhäuser und überdrehte, leicht verrückte junge Frauen gab. Was er dabei nicht erwähnte, war, dass Nina in der Kinofassung eine alles andere als zurückhaltende Edelprostituierte sein und dass sie anstatt eines Sohnes eine Katze haben würde, die sie im Regen aussetzte und später, in der Schlussszene, unter Tränen wiederfand.

Wahrscheinlich gefiel es Tony ganz und gar nicht, dass sein Alter Ego sich in der Art eines Wolfsmenschen in ein Tier verwandelte, zumal er Katzen schon immer gehasst hatte, vor allem rothaarige wie die in dem Film. Das jedoch konnte Estela an jenem Abend noch nicht wissen, da Tony Cienfuegos in jener Nacht aus ihrem Leben verschwand und für lange Zeit nicht zurückkehren sollte.

Er ließ sich in der amerikanischen Stadt mit den vielen Wolkenkratzern nieder. Allerdings nicht in einem roten Backsteinhaus, sondern in einem gelb gestrichenen Häuschen in Brooklyn, von wo aus er sich jeden Morgen zur Universität aufmachte, um modernen Journalismus zu studieren. Einer seiner Dozenten, Jack oder John oder so ähnlich, wurde sein Liebhaber und zog zu ihm in die Souterrainwohnung, wo sie glücklich und diskret zusammenlebten, während Tony seine Erzählungen schrieb, die er in unregelmäßigen Abständen an die Zeitschrift *Ínsula* schickte, seine Artikel für den *New Yorker* und die Literatur- und Filmkritiken, die im Feuilleton der *New York Times* veröffentlicht wurden.

Gleichzeitig sorgte der große Erfolg von *Das rote Backsteinhaus* für seinen triumphalen gesellschaftlichen Aufstieg. Tony wurde Teil der High Society und passte sich wie ein Chamäleon auf einer bunten Blumenwiese perfekt an seine Umgebung an. Er wurde zum verhätschelten Liebling Hollywoods und schrieb mehrere Drehbücher für Filme, die in Spanien wegen ihres »infamen, jeglicher Moral widersprechenden Inhalts« nicht gezeigt werden durften, wohl aber in Frankreich, wohin viele Spanier – darunter auch Estela und Alicia – reisten, die sich den Kulturgenuss nicht entgehen lassen wollten.

Jedes Mal, wenn eine der Komödien aus Tonys Feder ins Kino kam, stiegen die beiden Schwestern, mit Reisetaschen, roten Notizbüchern, Zigaretten, in der Kleidung versteckten Flachmännern und gültigen Ausweisen ausgestattet, in Los Rosales in den Zug. Sie übernachteten in San Sebastián und reisten am nächsten Tag nach Biarritz weiter, wo es ein elegantes Kino gab, in das die festlich gekleideten Besucher gingen, um sich zunächst am Skandal zu weiden und anschließend essen zu gehen. Danach kehrten Estela und Alicia aufgeregt und vergnügt zurück und waren ein kleines bisschen klüger und kosmopolitischer und etwas weniger rustikal als bei ihrer Abreise.

Diesen Ausflügen, den verbotenen Büchern, die Camino ihr, mit ausgewechseltem Einband als Werke der klassischen Literatur getarnt, zusandte, den Gesprächen mit den Studenten, die ins Gebirge heraufkamen, der täglichen Korrespondenz mit ihren Lesern und den häufigen Besuchen in der Zeitungsredaktion, wo sie mit dem jungen Pereira über die letzten Neuigkeiten aus aller Welt debattierte, war es zu verdanken, dass Estela Valiente ihr freiwilliges Exil in Los Rosales intellektuell überlebte.

»Haben Sie die Großstadt nicht vermisst, Estela?«

»Nein, nie. Genauso wenig wie jetzt. Die Stadt ist ja schnell mit dem Zug zu erreichen. Also praktisch vor der Tür. Meine ›Komfortzone‹, in der ich lebe, ist dagegen mit nichts anderem vergleichbar. Mein Leben hier, das ist der Sessel am Kamin, eine Decke über den Knien, ein Buch in der Hand, eine Zigarette im Mund und ein stets gefülltes Wodkaglas in der Hand.«

»Wie lange haben Sie von Tony nichts gehört?«

»Neun Jahre.«

Sie wurde vom Klingeln des Telefons geweckt, das sie, verstörend wie das Weinen eines kleinen Kindes um Mitternacht, aus dem Schlaf riss. Es war Camino. »Estela, der Nobelpreis!«, sagte sie nur.

»Welcher Nobelpreis?«

Wenig später rief der Vorsitzende persönlich bei ihr an und erklärte ihr auf Englisch, dass die Schwedische Akademie sie für ihr literarisches Werk auszeichnen wolle, genauer gesagt für ihren Roman *Hinter verschlossenen Türen* und ihren universellen Beitrag im Kampf für die Gleichberechtigung von Mann und Frau. Er hoffe, dass sie die Auszeichnung annehme und den Nobelpreis auf der Feier, die am 10. Dezember in Stockholm stattfinden werde, persönlich entgegennehmen könne.

Die Nachricht schlug wie eine Bombe in Estelas »Komfortzone« ein und zersprengte diese in Millionen winzige Teilchen Sternenstaub.

Auf die spontane Feier, die an jenem Tag bei Estela zu Hause stattfand, folgte die, die Camino für sie ausrichtete, und anschließend feierten auch die Feministinnen und die Intellektuellen und überhaupt alle, die in jenem Jahr 1973 für die Freiheit des Denkens, des Wortes und des Werkes kämpften. Der Name Estela Valiente wurde wie ein Banner der Freiheit geschwenkt, die Entscheidung der Schwedischen Akademie bejubelt, und alle warteten gespannt auf die Rede, welche die Autorin vor den Mitgliedern der Akademie halten würde und die, von den Medien in die Welt hinausgetragen, als Sprachrohr des jungen Spanien dienen würde …

Schon bald war der Weg, der aus dem Ort zum Haus der Familie Valiente hinunterführte, von Aktivisten, Journalisten und Neugierigen bevölkert. Estela musste immer wieder hinausgehen, um die Menschen zu begrüßen, die sie sprechen und ihr gratulieren wollten. Und Alicia verteilte Süßigkeiten und entkorkte Sektflaschen wie die Inhaberin eines Lottogeschäfts, in dessen Zuständigkeitsbereich der Hauptgewinn gefallen war.

Eines Morgens tauchte ein hochrangiger Politiker bei ihnen auf und gratulierte im Namen der dreizehnten Regierung Spaniens und natürlich des Staatschefs, bevor er sich zusammen mit Estela an der Tür des Hauses in Los Rosales fotografieren ließ.

Natürlich gab es auch gewichtige Stimmen, die die Entscheidung des Nobelpreiskomitees kritisierten, diese gar als opportunistisch bezeichneten und behaupteten, dass Estela Valientes Roman literarisch nicht wertvoll genug für eine derart wichtige Auszeichnung sei. Niemals werde sie an die

Größe eines Juan Ramón Jiménez oder eines José Echegaray heranreichen. Und nur durch die bevorzugte Behandlung des weiblichen Geschlechts und seiner Bestrebungen sei es überhaupt dazu gekommen, dass eine doch eher durchschnittliche Schriftstellerin wie sie … und so weiter und so fort.

Estela war am Boden zerstört ob dieser Kritik. Sie verlor den Appetit und konnte nicht mehr schlafen. Sie lief im Nachthemd durchs Haus, rauchte und trank und wollte mit niemandem mehr reden. Die Eltern waren ernsthaft besorgt. Alicia bat die lärmende Mischpoke, die sich im Dorf einquartiert hatte, mit ihren Gitarren und Tamburins nach Hause zurückzukehren, da Estela Ruhe brauche, um das großartige Ereignis, das ihr widerfahren war, zu verkraften.

Und genau in diesem Moment, als Estela verwirrter und desorientierter nicht hätte sein können, tauchte Tony Cienfuegos auf.

Vom östlichen Turmfenster aus erkannte Estela ihn an seinem auffälligen blonden Haar und seinem von der Mutter geerbten Kamelhaarmantel. An dem Seidentuch, der roten Fliege und seiner neuen affektierten Art zu reden.

Alicia geleitete ihn über den Kiesweg zum Haus.

Es war kalt, denn es war bereits Mitte November. Wäre Estela ein Wiesel gewesen, hätte sie sich in ihrem Bau versteckt und wäre nicht mehr zum Vorschein gekommen.

Tony klopfte an ihre Tür.

»Estela, mein Schatz, mach auf.«

»Geh lieber wieder.«

Doch neun Jahre des Schweigens hatten ihren Zorn in Sehnsucht verwandelt und ihre Vorwürfe in eine Art Mitgefühl. Und deswegen öffnete Estela ihm schließlich doch die Tür, ihre Arme und ihr Herz. Sie ließ ihn herein, und ohne dass Alicia oder die Eltern sie störten, verbrachten sie die ganze Nacht zusammen in dem mit Büchern und Papier vollgestopften kleinen Turmzimmer.

»Glaub nicht, dass ich mich nicht für dich freue«, sagte Tony. »Wobei ich zugeben muss, dass ich dich glühend beneide. Nicht um den Nobelpreis, denn ich werde eines Tages den Pulitzer-Preis oder den Premio Cervantes gewinnen, du wirst schon sehen, sondern darum, eine Frau zu sein. Das erleichtert diese Dinge ungemein. Im Moment werden alle Preise an Frauen verliehen. Außerdem bin ich davon überzeugt, dass meine Mutter lieber eine Tochter gehabt hätte«, meinte er seufzend. »Wenn ich als Frau geboren worden wäre, hätte ich mir einen Millionär gesucht, damit er mich aushält.« Ein schiefes Grinsen überzog sein Gesicht. »Ich kenne einige vermögende Männer, die mir das Gleiche angeboten haben, doch keiner von denen würde sich öffentlich dazu bekennen. Sie wollen mich zum Geheimnis machen. Zu einem schmutzigen, schäbigen Geheimnis. Und das kommt für mich nicht infrage. Auf keinen Fall. Wäre ich eine junge Frau gewesen, hätte Hollywood mich mit offenen Armen empfangen. Man muss nur blond, vollbusig und ein bisschen dumm sein, und alle sind begeistert.« Er seufzte.

»Soweit ich weiß, *hat* Hollywood dich doch mit offenen Armen empfangen. Die Leute dort liegen dir doch zu Füßen.«

»Denkst du das wirklich? Da irrst du dich aber gewaltig, Estela! Für die bin ich nur ein Clown. Ein Spielzeug, das man einfach wegwirft, wenn es keinen Unterhaltungswert mehr hat. Sie glauben, dass ich nicht merke, wie sie hinter meinem Rücken über mich lachen und sich die Mäuler zerreißen. Aber ich führe auch ein Tagebuch, in dem ich alles aufschreibe, was sie mir erzählen: all die Seitensprünge, die Intrigen, die heimlichen Skandale, Erpressungen, Betrügereien … Ich bin wie eine Zeitbombe, meine liebe Freundin, und wenn ich eines Tages explodiere, werden die Fundamente des ›star system‹ erbeben.«

»Willst du das Tagebuch etwa veröffentlichen?«

»Ich habe doch gesagt, dass ich den Pulitzer-Preis bekommen werde. Oder etwa nicht?«

»Das wirst du nicht tun, Tony. Denn diese Leute sind, egal, was du von ihnen hältst, die einzigen Freunde, die dir noch geblieben sind. Sie laden dich zu ihren Festen ein, auf ihre Yachten, du genießt ihre Luxushäuser, ihre Zerstreuungen, ihre Lebensart … Sie vertrauen dir. Sie erzählen dir ihre intimen Geheimnisse.«

»Ich bin die Müllkippe ihrer intimen Geheimnisse! Sie entlasten ihr schlechtes Gewissen, indem sie ihre schändlichen Skandale bei mir abladen.«

Tony zog affektiert an seiner Zigarette, die in einem langen Mundstück aus weißem Porzellan steckte. In den vielen Jahren, in denen er dem alten Kontinent und ihr den Rücken zugewandt hatte, hatte er sich ein äußerst gekünsteltes Verhalten angewöhnt, fand Estela.

»Du hast dich übrigens nie bei mir für mein Geschenk bedankt«, sagte sie dann.

»Was für ein Geschenk?«

»Mein Roman. *Das rote Backsteinhaus.*«

»Das war kein Geschenk. Das war ein Gefallen, den ich dir getan habe.«

»Du hast mir die Geschichte gestohlen, Tony.«

»So würde ich das nicht sehen. Ich habe dir einen Gefallen getan, indem ich den Roman veröffentlicht habe. Durch mich hat deine Geschichte das Licht der Welt erblickt. Du hättest es doch niemals gewagt, das Buch zu publizieren. Nicht, nachdem du im Gefängnis warst. Denn warum sonst hast du in den letzten zehn Jahren nichts geschrieben?«

»Du irrst dich, Tony. Ich schreibe jeden Tag. Jede Stunde. Die Gedanken explodieren förmlich in meinem Kopf. Sie lassen mich nicht in Ruhe, ich kann mich mit nichts anderem beschäftigen, mich durch nichts ablenken. Ich *muss* schreiben, verstehst du?«

»Und wie kommt es dann, dass du nichts davon veröffentlicht hast?«

»Weil ich nicht so werden will wie du. Deshalb werde ich auch nicht nach Stockholm reisen. Ich lasse nicht zu, dass sie mich fotografieren, dass sie mich bedrängen, dass sie mich ausnutzen. Ich will nur, dass sie mich in Ruhe lassen.«

»Dann hätte ich einen Vorschlag für dich, Estela.«

»Ich ahne es schon.«

»Ich vermiete dir meinen Bauch. Ich werde deine Babys aus der Taufe heben. Für mich der Ruhm, für dich der Frieden. Einverstanden?«

Kapitel 24

Nicht in ihren schlimmsten Albträumen hätte Maya Millas sich vorgestellt, dass sie eines Tages in Gesellschaft von Alonso Ríos und seiner unerträglichen Überheblichkeit in ihrem Auto sitzen würde. »Ziemlich warm hier!« »Von der Klimaanlage bekomme ich Halsschmerzen.« »Es macht dir doch nichts aus, wenn ich rauche, oder?« »Bitte fahr nicht so schnell.« »Du musst bremsen, abbiegen, umdrehen, fahr los, pass auf, geradeaus, halt …«

Beim nächsten Mal, das es hoffentlich nicht geben würde, würden sie den Zug nehmen, mit Plätzen in zwei verschiedenen Waggons.

Dummerweise war diese Fahrt für ihre Recherchen unbedingt erforderlich. Nach einem langen Arbeitstag im Nonnenhaus, an dem Maya Alonso Ríos über all das informiert hatte, was sie über Estela Valiente wusste, waren beide zu dem gleichen Schluss gekommen: Sie mussten die Ermittlungen im Fall der Liebesbrief-Mörderin weiterführen.

Maya hatte das rote Notizbuch aus dem Turmzimmer nicht vergessen, in dem Estela den Namen *Tony Cienfuegos* mit Rotstift umkringelt und mit drei darauf zeigenden Pfeilen versehen hatte. Tony war der Punkt, an dem die Mörderin, die Opfer und die Liebesbriefe zusammentrafen. Demzufolge war es wichtig, die Briefe zu finden und sie als Lockmittel zu benutzen, damit Estela einwilligte, sich mit Alonso Ríos zu treffen.

Noch am selben Abend hatte dieser sich an die Arbeit gemacht und von seinem Mobiltelefon mit dem kaputten Display aus diverse Anrufe getätigt. »Man muss nur die richtigen Leute kennen«, hatte er mit wichtigtuerischer Miene gesagt. Wahrscheinlich hatte er noch in der Hölle seine Kontakte.

Nachdem er den für den Fall zuständigen Richter sowie den Staatsanwalt belästigt hatte – die beide inzwischen im Ruhestand waren und Schlafstörungen hatten – sowie den Gerichtsvollzieher und den Archivar, der im Jahr 1993, nachdem Marta Poza zu lebenslanger Haft verurteilt worden war, die Einlagerung der Beweismittel vorgenommen hatte, war es ihm gegen Mitternacht gelungen, für den nächsten Tag am frühen Morgen einen Termin im Justizarchiv in Madrid zu bekommen, das sich im Haus Nummer 20 in der Calle González Dávila im Viertel Vallecas befand. Konnte es einen vergnüglicheren Ausflug geben?

Sie parkten den Wagen am Camino de las Hormigueras. Es war halb acht, und die Beamten begannen ihren Arbeitstag erst um acht. Der zuständige Beamte erwartete sie an der grün gestrichenen Eingangstür. Ríos reichte dem Mann zur Begrüßung die Hand, wobei Maya die Farbe der Geldscheine zu erkennen meinte, die die beiden dabei unauffällig austauschten.

Danach klappte alles wie geschmiert: Die Akte befand sich auf dem Schreibtisch, und der Fotokopierer war schon eingeschaltet. Um Viertel vor acht verließen Maya Millas und Alonso Ríos bereits wieder das Gebäude und kehrten zum Auto zurück.

»Ich lade dich zum Frühstück im Hotel Miranda ein«, sagte Alonso Ríos zufrieden.

»Das ist das Mindeste, was du tun kannst, nachdem ich die ganze Zeit den Chauffeur spiele.«

»Ist dir bewusst, was wir hier in den Händen halten?«, fuhr er, ihren Kommentar überhörend, fort. »Die gesamte Anklageschrift: sämtliche Beweise, alles über die Ermittlungen, die Zeugenaussagen …«

»Und einen Brief.«

In der Tat. In dem Wust an belastenden Unterlagen befand sich immerhin auch ein Brief mit höchst erotischem Inhalt, der mit den Initialen der Angeklagten unterschrieben war. Sie hatten noch nicht die Zeit gehabt, ihn genau zu studieren, konnten aber bereits einen Blick auf die detaillierte Beschreibung einer in Aussicht gestellten Liebesnacht werfen, die dem Liebhaber unbeschreiblichen Genuss versprach.

»Soll ich ihn dir während der Fahrt vorlesen?«

»Okay.«

»Aber nicht dass es dich zu sehr erregt, schließlich sitzt du am Steuer.«

Maya verdrehte die Augen.

Alonso nahm die Kopie und räusperte sich, bevor er zu lesen begann.

»›Das, was ich mit dir machen werde, wirst du niemals vergessen. Du wirst dich daran erinnern, wenn du mich küsst und wenn du dich von mir verabschiedest. Und ich werde an dich denken. An deine Finger, wie sie in mich ein-‹ Soll ich weiterlesen?«

»Ja.«

»›-dringen, und zwar genau so, wie ich es dir zeigen werde. Und währenddessen werde ich deinen Schwanz mit …‹ Weiter?«

»Natürlich! Hör mal, Ríos, wir sind doch erwachsene Menschen und wissen, worum es geht, oder nicht?«

»Schon. Aber je weiter ich diesen Brief lese, desto attraktiver erscheinst du mir auf einmal.«

Maya trat abrupt auf die Bremse.

»Damit eines klar ist, Alonso Ríos«, warnte sie ihn. »Ich bin nicht zu meinem Vergnügen hier, verstanden? Und auch nicht zu deinem. Möglicherweise hältst du dich für den unwiderstehlichsten Mann auf dieser Erde, ich jedoch finde dich unerträglich, nervtötend und einfach nur zum Kotzen. Ist das klar?«

»Allerdings«, murmelte er und legte die Kopie des Briefes wieder in die Mappe zurück. »Deine aufrichtige Abneigung ist angekommen. Und beruht auf Gegenseitigkeit.«

Maya fuhr wieder los.

»Und mach die Klimaanlage an, es ist unerträglich heiß hier.«

»Ja, wir sind ein wenig erhitzt.«

»Halt endlich die Klappe, Ríos, oder du kannst aussteigen und den Rest des Weges zu Fuß gehen!«

Im Hotel Miranda angekommen, bestellten sie das Frühstück auf Alonso Ríos' Zimmer. Sie konnten es kaum erwarten, endlich die Unterlagen in Ruhe durchzugehen und alle Einzelheiten über den Fall zu erfahren, wollten aber nicht unbedingt zusammen gesehen werden. Schließlich trank Pereira am späten Vormittag üblicherweise seinen Kaffee auf der Terrasse, und es war jederzeit möglich, dass eine der Damen aus Estelas und Alicias Kartenclub auf dem Marktplatz auftauchte.

Maya begutachtete das Zimmer: sauber und ordentlich. Die Fensterläden waren geöffnet, und durch die Vorhänge fiel ein weiches, angenehmes Licht. Es roch leicht nach Menthol und Flieder. Auf dem Schreibtisch lag ein Stapel Bücher. Der Laptop stand neben dem Telefon auf dem Nachttisch.

»Arbeitest du im Bett?«

»Ich mache viele Dinge im Bett.«

Maya setzte sich auf den einzigen Sessel, der im Zimmer stand und passend zu den Vorhängen mit türkisfarbenem Stoff bezogen war. Alonso Ríos drehte den Schreibtischstuhl herum und setzte sich Maya gegenüber.

»Also«, begann er, »wie gehen wir weiter vor? Liest jeder für sich, oder soll einer von uns vorlesen?«

»Ich liebe die Stille, Ríos. Gib mir die Mappe.«

Im Polizeibericht über den Mord an Juan Bautista war der Tatort genauso beschrieben, wie die junge Lola es geschildert hatte: Der Tote war mit einem Küchenmesser im Rücken und dem Gesicht in einem Teller Linsen in der Küche seines Hauses gefunden worden. In der Asche des Kamins hatte man angesengte Reste handbeschriebenen Papiers gefunden. Im ganzen Haus waren keine Fingerabdrücke festzustellen gewesen, allerdings hatte man eine Wimper entdeckt, die von einer etwa fünfzigjährigen Frau stammte. Eine DNA-Analyse dieser Wimper konnte aufgrund der wissenschaftlichen Möglichkeiten erst zu Beginn der Neunzigerjahre durchgeführt werden, wobei festgestellt wurde, dass sie mit der DNA der Hautreste, die man unter den Fingernägeln des späteren Opfers Sancho Herrera fand, übereinstimmte.

Maya überflog die Einzelheiten der Ermittlungsergebnisse. Es gab weder Zeugen noch Verdächtige. Das verzweifelte Blöken der Kühe hatte die Nachbarn alarmiert, die die Polizei gerufen hatten. Aber das wusste sie ja bereits.

Der Bericht über den Mord an Sancho Herrera beschrieb einen etwas blutigeren Tatort: Die Leiche war nackt im hauseigenen Schwimmbad treibend gefunden worden und hatte so viel Blut verloren, dass das Wasser rot gefärbt war. Der Tod war in diesem Fall durch Ertrinken eingetreten. Die Mörderin, die sich im Moment des Verbrechens vermutlich im Wasser befand, hatte die Handgelenke ihres Opfers mit Isolierband zusammengebunden und, nachdem sie zugestochen hatte, seinen Kopf mit den Beinen umschlungen und unter Wasser gedrückt. Es gab eindeutige Hinweise auf einen Kampf, und unter den Fingernägeln des Toten befanden sich Hautreste. Bei diesem Fall wurde kein Brief erwähnt, aber in dem späteren Bericht aus dem Jahr 1993 war Marta Poza bereits als Täterin bekannt und wurde aufgrund der anderen beiden Morde, die sie begangen hatte, als »Liebesbrief-Mörderin« bezeichnet. Als Motiv für das Verbrechen wurde der Diebstahl eines Koffers voller Perlen angeführt, den eine Schwägerin Herreras mit eigenen Augen gesehen und den das Opfer an einem geheimen Ort versteckt hatte, genauer gesagt im Holzschuppen.

Es klopfte. Alonso Ríos stand auf, ging zur Tür und öffnete sie mit einem galanten Lächeln auf den Lippen. Dieses gefror jedoch auf der Stelle, als er feststellte, dass nicht die junge Kellnerin davorstand, sondern der schnurrbärtige Herr, der ihn in letzter Zeit immer bediente.

Das Frühstück kam genau im richtigen Moment. Denn sowohl Alonso Ríos als auch Maya brauchten dringend eine Pause und einen Kaffee.

»In einem Punkt hattest du jedenfalls recht«, sagte Ríos zwischen zwei Schlucken. »Der erotische Brief war das entscheidende Beweismittel, um Marta Poza zu überführen. Ganz schön dumm, die Unterschrift am Tatort zurückzulassen. Die Anklage konnte überzeugend darlegen, dass es sich um ihre Handschrift handelte und der Brief von ihr persönlich unterzeichnet worden war. Außerdem fand man am Umschlag, den sie angeleckt und zugeklebt hatte, ihre Speichelproben.«

»Aber wo haben sie den Brief entdeckt?« Maya konnte ihre Ungeduld nicht verbergen.

»Bist du noch nicht bei dem dritten Fall angekommen? Der scheint mir besonders interessant zu sein. Als die Leiche des armen Mannes gefunden wurde, war sie furchtbar zugerichtet. Und seine Genitalien waren mit Senf beschmiert.«

»Mit *Senf*?«

Instinktiv richteten beide den Blick auf das Senfglas, das neben der Tomatensauce stand und zu der Portion Rührei mit Würstchen gebracht worden war, die Alonso Ríos bestellt hatte.

»Sicher, genau wie es in dem Brief steht: ›Ich werde deinen Schwanz …‹«

»Alles klar!«, rief Maya aus, bevor Ríos den Satz vollenden konnte. »Den Brief habe ich noch nicht ganz gelesen. Das mache ich zuletzt.«

»Bewahrst du das Beste immer bis zum Schluss auf?«

Alonso Ríos lehnte sich auf seinem Stuhl zurück und blickte sie auf eine Art und Weise an, die ihr eine Gänsehaut über den Rücken jagte.

»Hör sofort damit auf, Ríos!«

Er grinste. »Es ist nur … Die Sache mit dem Senf ist echt abgefahren. Ehrlich gesagt, bin ich noch nie auf den Gedanken gekommen, dass so etwas erotisch sein könnte. Ich finde es eher verstörend, du nicht?«

»Ich habe keine Ahnung, was du verstörend findest.«

»Soll ich dir ein paar Dinge aufzählen?«

Maya stand genervt auf und ging auf den Balkon.

»Ich brauche frische Luft. Du bist wirklich unerträglich.«

»Das hast du schon gesagt.«

Alonso Ríos' Zimmer ging auf den Platz hinaus und bot einen schönen Ausblick auf die Kirche, den Brunnen, den Zeitungskiosk und die Terrasse des Hotels. Maya schloss die Augen und atmete die klare Gebirgsluft tief ein. Als sie die Augen wieder öffnete, entdeckte sie unter sich Pereira, der wie üblich hinter seiner Zeitung verschanzt an einem der Tische saß, seinen Kaffee trank und dazu geröstetes Brot aß.

Instinktiv flüchtete sie sich zurück ins Zimmer und zog die Vorhänge vor. Denn wenn der alte Reporter den Blick heben und sie auf dem Balkon entdecken würde, würde er daraus unvermeidlich die falschen Schlüsse ziehen und denken, dass dieser überhebliche Ríos es geschafft hatte, sie zu verführen und …

»Was, zum Teufel, machst du da mit dem Senf?«

Alonso Ríos hatte das Glas mit der gelblichen Substanz geöffnet und steckte den Zeigefinger hinein. Ohne die verblüffte Maya aus den Augen zu lassen, zog er den Finger voller Senf wieder heraus und leckte ihn genüsslich ab.

»Mhm, gut«, meinte er dann. »Willst du auch etwas?«

Jetzt ist es so weit, dachte Maya. Entweder ich trete ihm jetzt zwischen die Beine und verlasse türenknallend das Zimmer, oder ich zeige diesem eitlen Affen, aus welchem Holz moderne, unabhängige Frauen geschnitzt sind. Zieh dir nur die Hose runter, du Idiot, und schmier dir das Zeug drauf, als wäre es Niveacreme, und ich lache mich tot!

Doch Alonso Ríos tat nichts dergleichen. Stattdessen trat er an Maya heran, strich ihr das Haar aus dem Gesicht, sagte ihr, dass sie die schönste Frau der Welt sei, dass er verrückt nach ihr sei, seit er ihr Foto im Internet gesehen habe, dass er sich schon seit Tagen danach sehne, sie zu küssen, dass es ihm furchtbar leidtue, dass er so ungeschickt sei, dass ihm bewusst sei, dass er so nicht weiterkommen könne, aber dass er, ob Maya es ihm glaube oder nicht, was das Flirten anging, eine Niete sei.

Dann streichelte er ihr den Nacken, küsste sie auf die Stirn, die Nasenspitze und den Mund. Und Maya, die völlig überrumpelt war, spürte ein angenehmes Kribbeln im ganzen Körper, während er seine Finger in ihrem Haar vergrub.

Es stimmte schon: Alonso Ríos machte viele Dinge im Bett.

»Möchtest du, dass ich dir jetzt den Brief vorlese?«, schlug Maya gegen vier Uhr nachmittags vor, als sie noch immer nackt in seinem Bett lag.

»Nur zu gern, wenn du mich danach nicht mit dem Messer erstichst«, antwortete Alonso, bevor er sie erneut küsste.

Kapitel 25

Maya wollte gerade klingeln, was aber gar nicht nötig war, denn in dem Moment, als sie das Gartentor vor dem Haus der Valiente-Schwestern erreichte, flog dieses auf und Monteiro stürzte aufgeregt heraus. »Ich komme zu spät in die Redaktion«, rief er nur und rannte die Straße hinauf, als wäre der Teufel hinter ihm her. Maya ging leichten Schritts den Kiesweg entlang und konnte es kaum erwarten, Estela zu sehen. Sie hatte die Mappe dabei, in der sich die Kopien aller im Fall der Liebesbrief-Mörderin relevanten Dokumente befanden – außer dem einen Brief, der, in Alonso Ríos' Hotelzimmer versteckt, darauf wartete, später als Mittel zum Zweck eingesetzt zu werden.

»Warum bist du eigentlich so scharf darauf, dich mit Estela zu treffen?«, hatte Maya Alonso gefragt. »Wir wissen doch schon, dass *Das rote Backsteinhaus* in Wirklichkeit von Estela geschrieben wurde. Daran gibt es keinen Zweifel. Mit dem, was du entdeckt hast, könntest du locker ein Buch füllen, und es würde einschlagen wie eine Bombe.«

»Das ist etwas Persönliches, Maya. Ich muss sie unbedingt etwas fragen, was nur sie und mich etwas angeht. Etwas, was ich vermute, aber nicht beweisen kann.«

»Und dieses ›Etwas‹ weiß niemand außer Estela?«

»Ich glaube nicht. Ich befürchte, alle anderen, die das Geheimnis kannten, sind inzwischen verstorben.«

Alicia war in der Küche und kochte Lindenblütentee. Sie begrüßte Maya mit einer zitternden Umarmung und sagte etwas wie: »Gott sei Dank, dass du hier bist! Du ahnst ja nicht, was mit Estela los ist. Sie hat sich im Turmzimmer eingeschlossen und sagt, dass sie nie wieder herauskommen wird.«

»Aber was ist denn jetzt schon wieder passiert?«

Noch völlig durcheinander erzählte Alicia, dass, während sie das Frühstücksgeschirr weggeräumt hatte, Monteiro aufgetaucht war und nach Estela gefragt hatte, die oben im Turmzimmer Briefe beantwortete. »Und dann haben dieser Junge und meine Schwester hinter verschlossener Tür miteinander gesprochen. Keine Ahnung, was die beiden zu bereden hatten. Sie haben sich sehr leise unterhalten. Ich habe an der Tür gelauscht und nur ein Wispern gehört.« Kurz darauf war Monteiro wieder verschwunden und Alicia war abermals zum Turmzimmer hinaufgegangen, um nachzusehen, was los war. »Aber sie will mir nichts erzählen. Und sie ist furchtbar aufgebracht.«

»Hast du Camino Bescheid gesagt?«

»Ach was. Die schläft noch tief und fest. Ich glaube, sie nimmt irgendein Schlafmittel. Willst du Estela den Tee bringen? Vielleicht macht sie dir ja auf.«

Maya holte tief Luft, als sie vor der Höhle des Löwen stand und an die Tür klopfte. Mit Grabesstimme wurde sie von der anderen Seite her aufgefordert, sich zum Teufel zu scheren.

»Estela, ich bin's, Maya. Ich habe hier einen Lindenblütentee und tolle Neuigkeiten. Ich konnte Marta Pozas Anklageschrift einsehen und habe Fotokopien von allen

Gerichtspapieren mitgebracht. Und ich kann Ihnen versichern, dass der Inhalt sich zu lesen lohnt. Jetzt können wir Schritt für Schritt rekonstruieren, was geschehen ist.«

Die Bewohnerin des Turms marschierte eine Weile mit erregten Schritten im Zimmer auf und ab. Schließlich blieb sie stehen. Und einen Moment später öffnete sie die Tür mit einem Ruck und richtete ihren bohrenden Blick auf die erschreckte Maya.

Estela trat einen Schritt zur Seite, um Maya ins Zimmer zu lassen. Dann knallte sie die Tür zu, entriss ihr die Mappe, beugte sich über ihren Schreibtisch und begann schweigend zu lesen, ohne sich weiter um ihre Besucherin zu kümmern. Maya hielt den Atem an, während Estela durch die Seiten blätterte, hier und da einen Satz anstrich, brummend nickte und Daten und Namen in ihr Notizbuch schrieb.

Über eine halbe Stunde konzentrierte sie sich auf die Unterlagen, ohne auch nur einmal den Blick zu heben. Maya hatte sich inzwischen auf das Sofa gesetzt, trank den Lindenblütentee, bevor er kalt wurde, und dachte noch mal über die verschiedenen Fälle nach.

Der grausamste Mord war sicher der an Darío Olmedo. Der Tote war, in einer Lache aus Blut und Senf, in seinem Bett gefunden worden. Mit brutal verstümmelten Genitalien – der Schmerz musste unerträglich gewesen sein – und aus den Höhlen hervortretenden Augen. Am Rücken hatte er mehr als ein Dutzend tiefe Einstiche, die ihm äußerst brutal mit seinem eigenen Gemüsemesser zugefügt worden waren. Aufgrund des schlimmen Zustands, in dem sich der Körper befand, und einiger Hinweise auf Gewaltanwendung, wie sie für gewisse homosexuelle Praktiken charakteristisch waren, gingen die Ermittler zunächst davon aus, dass es sich um ein von einem sadomasochistischen Gewalttäter begangenes Verbrechen handelte. Doch später konnten die im Zimmer vorhandenen Fingerabdrücke eindeutig einer etwa fünfzigjährigen Frau zugeordnet werden, deren Beschreibung genau zu der Mörderin von Juan Bautista und Sancho Herrera passte. Von da an war von einer gefährlichen Serienmörderin die Rede, die im Gebirge nahe der spanischen Hauptstadt furchtbare Verbrechen beging, und die Bevölkerung wurde um allergrößte Vorsicht gebeten.

Daraufhin führten die Einwohner der betreffenden Orte eine Art Sperrstunde ein, die Kinder verließen nur noch in Begleitung das Haus, und jeder Mensch, der allein durch die Berge, die Straßen oder zu den Bauernhöfen ging, galt sofort als verdächtig. Die Polizei erhielt Hunderte Hinweise. Bürgerinitiativen wurden gestartet, Türen und Fenster verrammelt, und in der Bevölkerung wurde Protest laut, der den mangelnden Einsatz der Behörden anprangerte, die nach Monaten und später nach Jahren nicht in der Lage waren, die Identität der Liebesbrief-Mörderin aufzudecken, geschweige denn, sie zu fassen, vor Gericht zu stellen und endlich hinter Gitter zu bringen.

Der Polizeibericht enthielt eine detaillierte Beschreibung des Tatorts mit Polaroid-Fotos und einer genauen Auflistung sämtlicher Spuren. Und Estela studierte jede davon genau: ein blutbeschmiertes Glas, eine Reitgerte, Handschellen, eine Metallstange …

Maya stellte fest, dass Estela äußerst konzentriert eine Liste in ihrem Notizbuch erstellte. Schließlich stieß sie einen langen Seufzer aus und fiel, den leeren Blick auf den blauen Horizont vor dem Fenster gerichtet, in eine Art Trance.

»Auf seinem Nachttisch lag eine Ausgabe von *Hinter Gittern*«, murmelte sie plötzlich leise.

»Ja. In diesem Buch wurde der Brief gefunden«, erklärte Maya. »Er steckte zwischen den Seiten.«

»Hat die Polizei ihn aufbewahrt?« Estela verharrte unbeweglich, den Blick auf den Horizont gerichtet. »Ich meine, den Brief. Hast du ihn gelesen?«

»Ja.« Maya atmete tief durch. »Es ist ein seltsamer Brief. Erotisch, ja, eindeutig, aber auch sehr substanziell und gut geschrieben. Er enthält eine detailreiche erzählerische Beschreibung einer sexuellen Beziehung, die zugleich pervers und erregend ist. Es geht um Begierde, Schmerz, Lust und … Senf. Wie es aussieht, verfügte Marta Poza über eine ausgesprochen schriftstellerische Begabung. Sie hätte sich ihren Lebensunterhalt auch gut als Pornoautorin verdienen können, anstatt Leute umzubringen.«

»Senf?«, rief Estela plötzlich aus. »Zeig mir den Brief!«

»Das geht nicht«, entgegnete Maya. »Alonso Ríos hat ihn. Er sagt, dass er bereit ist, Ihnen den Brief zu geben, aber nur, wenn Sie bereit sind, sich mit ihm zu treffen.«

»Egal! Ich brauche diesen Brief nicht zu lesen«, antwortete Estela, wobei sie sich plötzlich umwandte und erneut ihren bohrenden Blick auf die verstörte Maya richtete. »Denn ich habe ihn selbst geschrieben.«

Daraufhin erhob sie sich, öffnete die Tür, forderte Maya auf, den Raum zu verlassen, sie nicht länger zu stören und nie wieder zu belästigen.

»Ich bin wütend, traurig und enttäuscht«, sagte sie. »Du hast mich belogen, mein Vertrauen missbraucht und die Freundlichkeit meiner Schwester ausgenutzt, um an Material für dein Buch zu kommen. Woher ich das weiß? Von Monteiro. Ich habe ihn gebeten, in dein Haus zu gehen und nachzusehen, woran du schreibst. ›Eine Biografie‹, hat er mir erzählt. ›Eine Biografie über Sie, Ihre Schwester Alicia, über Ihre Freundinnen vom Kartenclub und über Tony Cienfuegos.‹ ›Arbeitet sie denn nicht an einer Reportage über Marta Poza?‹, habe ich ihn gefragt. ›Nein‹, hat er geantwortet, ›es ist ein Buch über Sie, Estela.‹ ›Das habe ich befürchtet, Paco‹, habe ich darauf gesagt.«

»Sie haben es *befürchtet*?«

»Seit dem Tag, an dem du hier angekommen und in dieses furchtbare Nonnenhaus gezogen bist. Deshalb habe ich Monteiro beauftragt, dich zu überwachen.«

Maya spürte, wie sich ihr das Herz in der Brust zusammenzog. Sie versuchte, die magischen Worte zu finden, um Estela zu erklären, dass nichts so einfach war, wie es schien, dass es nie in ihrer Absicht gelegen hatte, sie zu verletzen, doch diese Worte fand sie nicht, weder in ihrem Kopf noch sonst irgendwo.

»Geh, Maya. Und komm bitte nie mehr zurück.«

»Alonso Ríos sagt, dass er beweisen kann, dass Sie *Das rote Backsteinhaus* geschrieben haben. Und er hat den Verdacht, dass auch *Hinter Gittern* von Ihnen ist.«

»Camino!« Estela rief, mit der Türklinke in der Hand, laut nach ihrer Verlegerin.

»Was ist denn los?«, erklang Alicias Stimme aus der Küche.

»Alicia, sag Camino, dass sie so schnell wie möglich herkommen soll, um diese Betrügerin wegzuschaffen, die ich niemals mehr wiedersehen will!«

Maya stand langsam auf und schlich mit hängendem Kopf zur Tür.

»Sie brauchen nicht nach Camino zu rufen«, sagte sie, als sie an Estela vorbeiging. »Ich kenne den Weg zum Ausgang.«

Leb wohl, du bewundernswerte, leb wohl, du liebe, leb wohl, du faszinierende und geheimnisvolle Schriftstellerin. Leb wohl für immer, Estela Valiente!

Maya ging die breite Holztreppe hinunter, die wie eine Wirbelsäule im Haus der Valiente-Schwestern steckte, und, unten angekommen, umarmte sie Alicia ein letztes Mal, die vor Schreck ins Schwanken geriet. »Was ist los, Maya? Aber was ist denn passiert?«

Camino, die gerade aufgestanden war, lehnte sich mit wirrem Haar und zerknittertem Nachthemd über das Treppengeländer. »Lass sie gehen«, sagte sie, bevor sie wieder in der Dunkelheit des ersten Stocks verschwand. Ihre leisen Schritte auf dem Weg zum Turmzimmer waren das Letzte, was Maya hörte, bevor sie in den Garten hinausstürzte und auf ihrer Flucht das unsichtbare Band zerriss, das sie ein paar Tage lang mit der großen Estela Valiente verbunden hatte.

Camino erreichte das Turmzimmer genau in dem Moment, als ihre Freundin taumelte, zu Boden fiel und sich den Kopf an der Schreibtischkante stieß. Ein Tropfen Blut lief über ihr Gesicht und hinterließ eine unheilvolle Linie, die in einem traurigen Lächeln endete.

»Ach, Camino!«, sagte sie kaum hörbar. »Du hast recht. Ich glaube, diese Geschichte geht ihrem Ende entgegen.«

»Hat Tony Cienfuegos Ihnen gegenüber irgendwann einmal zugegeben, dass er den Minister umgebracht hat?«

»Er hat mir gesagt, dass er ihn mit dem Gemüsemesser erstochen hat, ja. Aber ich habe es nicht geglaubt. Diese und andere Lügen, die in der Autobiografie erwähnt werden, auf die Sie sich beziehen, sind Tonys geistiger Verwirrung zuzuschreiben, unter der er in den letzten Lebensjahren litt, und entsprechen nicht der Wahrheit.«

»Noch einmal, Estela? Jetzt haben Sie mir schon zum dritten Mal mit dem gleichen Satz geantwortet.«

»Dann müssen Sie dieses Interview wohl bearbeiten, mein Lieber. Dafür seid ihr Journalisten doch da, oder?«

Kapitel 26

»Camino, meine Süße, bring mir doch bitte einen Wodka mit Eis«, forderte Estela ihre Freundin auf, »und zieh dich an, denn wir werden jemanden besuchen.« Alicia wäre zwar auch gern mitgegangen, hatte jedoch die Tomatensauce bereits halb fertig, und es wäre eine Schande gewesen, sie wegzuwerfen. Außerdem konnten die Freundinnen aus dem Kartenclub jeden Moment eintreffen, denn sie durften in ihrer Wachsamkeit nicht nachlassen, damit Alonso Ríos sie nach so langer Zeit des Widerstands nicht doch noch heimsuchte. Alicia hätte allzu gern gewusst, was zwischen ihrer Schwester und Maya vorgefallen war. Die junge Frau war beinahe grußlos gegangen, leichenblass und mit zitternden Knien, als hätte sie ein Gespenst gesehen. Am liebsten wäre sie ihr hinterhergeeilt, wenn die Tomatensauce nicht gewesen wäre …

Kurz nach Mayas Verschwinden war Camino in der Küche erschienen mit einem Blutfleck am Ärmel und hatte eilig nach einem Wodka verlangt. Dabei hatte sie Alicia allerdings sofort beruhigt und ihr versichert, dass es Estela gut gehe, dass sie sich nur leicht an der Tischkante gestoßen habe.

Kurz darauf war ihre Schwester heruntergekommen, ausstaffiert wie die Königin von England, und Alicia hatte den Eindruck gehabt, dass Estela mit noch entschiedenerem Schritt ging als sonst, als hätte sie sich einer großen Last entledigt. Während sie auf Camino gewartet hatten, hatten sie gemeinsam eine Zigarette geraucht, und Estela hatte angedeutet, dass sie und die Freundinnen vom Kartenclub schon sehr bald eine Mordsüberraschung erleben würden.

Schließlich war Camino im Blumenrock und mit Strohhut die Treppe heruntergekommen und dann mit Estela am Arm schwankend in Richtung Garage verschwunden. Alicia hätte es nicht beschwören können, aber sie hatte den Eindruck, dass die beiden betrunken waren: Sie kicherten und redeten ununterbrochen, und als sie aus der Auffahrt fuhren, streiften sie mit dem Wagen einen herunterhängenden Ast der Eiche und stiegen nicht einmal aus, um den Schaden zu begutachten.

»Hast du Paco Bescheid gesagt?«, meinte Alicia noch zu hören, bevor das Auto in Richtung Ort verschwand.

Anita Romero, Monteiros Großmutter, öffnete ihnen nur mit Unterwäsche bekleidet – in Korsett und Wollsocken – die Tür. Camino und Estela gingen gleich ins Wohnzimmer, wo die hungrigen Vögel ein Riesenspektakel machten.

»Wie geht es dir heute Morgen, Anita?«, fragte Estela zur Begrüßung, wobei sie ziemlich laut sprechen musste, um das Geschrei der Vögel zu übertönen. Es roch nach schmutzigen Laken und abgestandenem Tabak. Camino riss das Fenster auf, das zur Kirche hinausging, und blickte auf die abschüssige Straße, auf der Paco Monteiro heraneilte.

»Es geht so, meine Liebe«, antwortete die Alte. »Ich höre nichts, ich sehe nichts, und der Zucker ist so hoch wie nie.«

Diesmal war der Fernseher ausgeschaltet, dafür dröhnte jedoch eine ohrenbetäubende Musik durchs Haus, die aus einem alten Radio kam. Anita Romero zog sich in dem

Versuch, die knochigen Knie zu bedecken, die Strümpfe hoch. In ihrem Haar hingen ein paar Lockenwickler.

Paco Monteiro öffnete die Tür und sah überrascht auf das Bild, das sich ihm bot. Im Wohnzimmer tobten die Vögel durch den Käfig. Camino und Estela sahen aus wie zwei Heldinnen aus einem viktorianischen Roman, und seine Großmutter saß halb nackt und fröhlich plaudernd auf dem Sofa.

»Hier bin ich, entschuldigen Sie die Verspätung«, sagte er.

»Danke, dass du gleich hergekommen bist, Paco«, entgegnete Estela. »Du ahnst ja nicht, wie wichtig diese Briefe für mich sind. Glaub mir, ich würde dich nicht um einen derartigen Gefallen bitten, wenn es nicht wirklich von großer Bedeutung wäre.«

Monteiro beugte sich zum Ohr seiner Großmutter vor, strich ihr eine rebellische Haarsträhne aus dem Gesicht und rief:

»Großmutter! Würdest du uns verraten, wo Marta Pozas Briefe sind? Die, die sie dir aus dem Gefängnis geschrieben hat.«

»Na, da, wo sie immer sind, Junge, im Nähkasten. Willst du sie anschauen?«

»Ja, bitte!«, flehte Estela. »Ich muss unbedingt etwas nachsehen.«

Anita Romero, ihr Korsett und ihre Wollstümpfe verließen unter melodramatischen Gesten den Raum, während Carlos Gardel in ohrenbetäubender Lautstärke einen argentinischen Tango sang.

Als Monteiros Großmutter zurückkam, hatte sie ein schwarzes Kleid angezogen und sich die Haare gekämmt. In den Händen hielt sie einen alten Nähkasten, und auf ihrem Gesicht lag ein nostalgisches Lächeln.

Sie ließ sich in einen der abgewetzten Sessel plumpsen, seufzte und bearbeitete den Deckel der Dose, bis er sich öffnen ließ. Dann kippte sie den gesamten Inhalt auf den Tisch: Garn, Scheren, Fingerhüte, Knöpfe, Stecknadeln, Bonbons, Schlüssel, Geldmünzen und jede Menge Papier häuften sich vor den Augen der Gäste wie der Inhalt einer seltsamen Geburtstags-Piñata. Anita Monteiro wies auf einen kleinen Packen aus einem Notizbuch gerissener Seiten, die mitten in dem kunterbunten Chaos lagen.

»Da!«, rief sie triumphierend aus. »Da sind die Briefe. Aber ich warne euch, da steht ziemlicher Blödsinn drin«, fügte sie hinzu. »Das war vielleicht eine!«

Estela entfaltete das Papier, das Anita ihr gab, und nachdem sie einen Blick auf Marta Pozas kindliche Grundschüler-Schrift geworfen hatte, in der sich schiefe Groß- und Kleinbuchstaben zu unzusammenhängenden Sätzen zusammenfügten, wusste sie, dass ihr Verdacht zutraf; dass die Liebesbrief-Mörderin nicht die eigentliche Verfasserin der erotischen Briefe war, sondern in den Briefen an ihre Opfer nur ein paar Sätze daraus abgeschrieben hatte. Und plötzlich verspürte sie ein Grummeln im Magen und ein unangenehmes Schuldgefühl.

»Wie ich es mir gedacht habe, Camino«, meinte sie dann. »Die Marta Poza, die ich gekannt habe, hätte niemals einen sinnvollen Text hingekriegt. Sie konnte kaum lesen und schreiben.« Angeekelt schüttelte sie den Kopf. »Tony hat mir damals genau erzählt, was in jener Nacht in dem Motel passiert ist, als Marta mit ihm durchbrannte. Ich musste mir leider jede obszöne Einzelheit anhören, obwohl ich wirklich nicht scharf darauf war. Marta hat seinen nackten Körper mit Senf beschmiert und ihn von oben bis unten abgeleckt.«

»Und? Hat es ihm gefallen?«

»Tony war damals fünfzehn Jahre alt. Er hatte noch keine Ahnung, was ihm gefiel und was nicht. Aber er hat dieses Erlebnis niemals vergessen. Auf irgendeine seltsame Art hat es ihn erregt, sich seine erste erotische Nacht ins Gedächtnis zu rufen.«

»Du glaubst also, dass Tony diese Briefe geschrieben hat?«

»Das glaube ich nicht nur, Camino, das weiß ich ganz sicher, weil wir sie nämlich zusammen verfasst haben. Es war eine Art Spiel. Ein dämlicher Zeitvertreib, als wir Kinder waren.«

»Ihr habt solche Schweinereien geschrieben?«

»Ja. Und anschließend haben wir sie in einem versteckten Winkel im Garten verbrannt.«

Plötzlich begann sich Anita Romeros Wohnung mit all ihren Möbeln, dem altmodischen Fernseher und dem Vogelkäfig um Estela zu drehen, und aus dem Strudel tauchte die Dachwohnung am Retiro-Park auf, wie sie sie aus ihrer Zeit an der Uni in Erinnerung hatte, mit dem roten Samtsofa und Tonys Wahnvorstellungen, die wie Federn zwischen den Kissen aufwirbelten.

Sie kam mit Büchern beladen nach Hause, und er empfing sie stark angetrunken noch im Pyjama. Mit ausgebreiteten Armen forderte er sie auf, sich zu ihm zu setzen, und las ihr die Texte vor, die er in der morgendlichen Einsamkeit verfasst hatte. Er bat sie um ihren Rat, bevor sie die Texte gemeinsam umschrieben und redigierten, um sie dann, in der Hoffnung auf eine positive Antwort, in einen Umschlag zu stecken und an eine Literaturzeitschrift zu senden.

»Ich werde diesem Schwein Álvarez einen Brief schicken«, hatte Tony Estela an einem jener Tage verkündet, und sein irrer Blick hatte Estela Angst gemacht. »Willst du hören, was drinsteht?«

»Ja, bitte.«

Tony hielt den Briefbogen in der Hand und zitierte die Textstellen, die Schritt für Schritt beschrieben, was sich, als er noch fast ein Kind war, in jener Nacht in einem Motel an der Landstraße ereignet hatte, als er sich von Marta Pozas zügelloser Laszivität hatte blenden lassen.

Estela blieb bei ihm, bis er eingeschlafen war. Dann nahm sie Papier und Stift zur Hand und brachte den Brief in eine stimmige Form, wozu ihr Freund, der den Mörder seiner Mutter mit diesem Schreiben um den Verstand bringen wollte, nicht mehr in der Lage gewesen war.

»Vielen Dank, Anita. Danke, Paco«, sagte Estela und drückte zum Abschied zuerst der Großmutter und dann dem Enkel die Schulter, um dann, gefolgt von Camino, das Haus zu verlassen.

Estela startete den Wagen, doch nach kurzem Nachdenken drehte sie den Schlüssel wieder zurück, atmete tief durch und lehnte sich im Sitz zurück.

»Jetzt passt alles zusammen, verdammt!«

»Dann erzähl es mir«, bat Camino.

Kapitel 27

»Was will denn diese Verrückte hier?«

Es war für Estela kein guter Tag in der Uni gewesen. Eine Kommilitonin hatte am Ende des Ganges auf sie gewartet, um sie anzuquatschen. Es ging um die Gründung einer geheimen Studentenzeitung, die unbemerkt unter den Studenten verteilt werden sollte. Ein revolutionäres politisches und vor allem feministisches Satiremagazin, das die erniedrigende Behandlung anklagen würde, der die Frauen an der Universität ausgesetzt waren. Die Kommilitonin hieß Camino Aribau. Sie war Kettenraucherin, nicht gerade auf ihr Äußeres bedacht, saß im Hörsaal immer ganz hinten und war stets umgeben von anderen Studentinnen, die so streitlustig waren wie sie. Sobald einer der Professoren etwas ihrer Meinung nach Diskriminierendes oder Missbräuchliches sagte, unterbrachen sie den Vortrag mitten in den Ausführungen. »Unterrichten heißt nicht indoktrinieren«, sagten sie dann. »Weniger Propaganda und mehr Freiheit«, forderten sie. Und die Professoren warfen sie aus der Vorlesung.

Einige der Studentinnen hatten eine Interessengruppe gebildet, an deren Spitze die Aktivistin Camino Aribau stand. Die Mädchen trafen sich täglich unter einer Trauerweide auf dem Parkplatz der Fakultät. Sie nahmen an Demonstrationen teil, verteilten Propagandamaterial und hatten zur Freude ihrer männlichen Kommilitonen den Freitag zum »Tag ohne BH« erklärt.

Estela Valiente, die Enkelin Dámaso Valientes, eines in Los Rosales überall bekannten und sehr angesehenen Mannes, hatte nicht die geringste Absicht, sich diesen skandalösen Feministinnen anzuschließen. Sie ging morgens brav in ihre Vorlesungen, um anschließend in der Bibliothek zu arbeiten oder sich um ihren Freund Tony zu kümmern, der gerade unter grässlichen Umständen seine Mutter verloren hatte. Estela hatte weder Zeit noch Lust, noch das Bedürfnis, sich das Leben durch solche Dinge, wie diese Camino sie verbreitete, zu verkomplizieren. Sie war nicht der Meinung, dass die Studentinnen schlechter behandelt wurden als die Studenten; ihr selbst waren bisher sowohl die Professoren als auch die männlichen Studenten durchaus mit Respekt begegnet.

»Das liegt daran, dass du nicht besonders hübsch bist«, hatte Camino ihr ins Gesicht gesagt.

»Und du bist ein Mannweib«, hatte Estela entgegnet, bevor sie entrüstet nach Hause geeilt war.

Sie wollte sich in Tonys Arme flüchten, der sie auf dem roten Sofa sicher schon schmerzlich vermisste, doch stattdessen sah sie sich der unangenehmen Überraschung gegenüber, Marta Poza vorzufinden, die auf dem Teppich herumkroch.

»Was will denn diese Verrückte hier?«

Fünfzehn Jahre waren vergangen, seit Estela sich das erste und einzige Mal den großen Augen und den schlanken Beinen Marta Pozas gegenübergesehen hatte. Und sie hatte sie nie vergessen können. Nicht, nachdem Tony ihr die schmutzige Geschichte von seinen senfbeschmierten Geschlechtsteilen erzählt hatte. Diese lasterhafte Szene hatte sich in ihr Gedächtnis eingegraben und nahm nun in Form des katzenhaften Wesens, das lasziv miauend über den Teppich kroch, erneut Gestalt an.

»Wir haben LSD genommen«, stammelte Tony mit glasigem Blick. »Willst du auch mal was?«

Selbstverständlich nicht! Estela setzte Marta Poza vor die Tür und verbrachte die Nacht damit, dem sich ständig übergebenden Tony den Kopf zu halten.

»Ich will sie nie wieder hier sehen, hörst du?«

»Ich auch nicht. Das schwöre ich.«

Und Tony hielt Wort. Das war tatsächlich das letzte Mal, dass Estela Marta Poza sah, doch leider hatte ihr Besuch ziemliche Nebenwirkungen. Denn von diesem Tag an wurden die Drogen zur ständigen Bedrohung, die ihre Freundschaft mit Tony nach und nach zerstörten und sie schließlich, als es kein Zurück mehr gab, für immer entzweiten.

Hatten Marta und Tony hinter Estelas Rücken weiterhin Kontakt? War sie es, die dem kranken Tony zuerst die Amphetamine, später die Barbiturate und zuletzt das Kokain besorgt hatte?

In der Nacht, in der Tony Estela von dem Brief erzählte, den er dem Minister schicken wollte, pulsierte in seinem Blut ein Cocktail aus Drogen gemischt mit Alkohol. Estela strich ihm übers Haar, bis er ruhiger wurde und in ihrem Schoß schließlich einschlief.

»Warum heiratest du mich nicht, und wir leben die freie Liebe wie Sartre und Simone de Beauvoir?«, waren die letzten Worte, die Tony lallte, bevor ihm die Lidern zufielen.

»Alles passt perfekt zusammen.« Nachdem Estela sich von Anita Romero verabschiedet hatte, hatte sie es endlich begriffen. Dreiundfünfzig Jahre, nachdem sie in der Dachwohnung am Retiro-Park auf Marta Poza getroffen war.

Camino, die Estela nur allzu gut kannte, wusste, wann es besser war, nichts zu sagen. Auf dem Beifahrersitz in dem alten Lancia der Valiente-Schwestern lauschte sie bestürzt, aber schweigend Estelas Bericht, während sie tiefe Züge aus ihren Gitanes nahm:

»Der ›häusliche Unfall‹, bei dem im Herbst des Jahres 1963 Minister Álvarez ums Leben kam, ereignete sich nicht, wie seine trauernde Witwe behauptete, in der gemeinsamen Wohnung in der Calle Serrano in Madrid, sondern in einem im Zentrum der Stadt gemieteten Zimmer, wo der lasterhafte Mann sich mit Frauen traf, die es gern auf die harte Art trieben. Er wurde mit einem Küchenmesser im Rücken gefunden, mit verbundenen Augen und mit Handschellen gefesselt, doch es hieß, er wäre im Badezimmer seines respektablen Heims verschieden, nachdem er ausgerutscht und unglücklich mit dem Kopf aufs Waschbecken geknallt war.«

In seiner Autobiografie vertrat Tony Cienfuegos folgende These: »Der Liebhaber meiner Mutter war brutal und grausam. Es erregte ihn, die Frauen beim Sex zu misshandeln, und eines Tages fand er einen würdigen Gegner, der ihm ein Küchenmesser in den Rücken rammte. Ob er es verdient hatte?, fragte Cienfuegos rhetorisch. Dieser Dolchstoß war vollkommen in meinem Sinne, glauben Sie mir.«

»Also, Estela, was sagen Sie? Hat Tony Cienfuegos den Minister eigenhändig umgebracht, wie er in seiner Autobiografie andeutet, oder war er es nicht?«

»Nein. Er war es nicht. Ich habe viele Jahre irrtümlich geglaubt, dass er es gewesen ist, weil er selbst es so zu verstehen gegeben hat. Aber nun kann ich Ihnen versichern, dass Marta Poza die Mörderin war, eine alte Bekannte von Tony, die den Minister mit einem erotischen Brief geködert hat, in dem sie ihm infernale Freuden versprach.«

»Wer hat diesen Brief geschrieben?«

»Tony und ich. Solche Schweinereien zu verfassen und anschließend zu verbrennen war ein Spiel, für das wir uns in unserer Kindheit begeistert haben. Ich glaube, dass Tony Marta dazu gebracht hat, den Minister zu verführen und ihn dann zu töten.«

»Und was hat er ihr dafür gegeben?«

»Keine Ahnung. Drogen, Geld, um Drogen kaufen zu können … Was auch immer.«

Zwischendurch gönnte sich Estela eine Atempause. »Lässt du mich mal ziehen, Camino? Komm, mach noch eine an. Der Brief war immer der gleiche, verstehst du? Jedes Mal von der tumben Hand der Mörderin abgeschrieben. *Lieber Darío/Lieber Juan/Lieber Sancho, das, was ich mit dir machen werde, wirst du niemals vergessen.* Marta Pozas erstes Opfer war also der Minister«, fuhr Estela, in eine Rauchwolke gehüllt, fort. »Marta kam ganz leicht zum Ziel. Und der Minister erhielt seine gerechte Strafe. Ich nehme mal an, dass sie das dazu ermutigt hat, weiterzumachen. Wer weiß?«, meinte Estela seufzend. »Möglicherweise hat es zwischen diesem ersten Mord und dem an Juan Bautista noch andere gegeben. Schließlich liegen gut zwanzig Jahre dazwischen.« Estela nahm einen tiefen Zug, wobei ihr leicht schwindelig wurde. »Was ich mich frage, ist jedoch, ob der Bezug zwischen den drei Opfern in Los Rosales und Tony Zufall war oder nicht? Ich denke, dass das Martas großer Fehler war: drei Einwohner desselben Ortes so kurz hintereinander umzubringen. Das hat die Polizei darauf gebracht, dass es sich um einen Serientäter handelte. Und als es dann die Möglichkeit der DNA-Analyse gab, war Marta Poza ganz schnell überführt.«

»Glaubst du, dass Tony von Martas Verbrechen gewusst hat?«, fragte Camino

»Ich weiß es nicht.« Estela fasste sich an den Kopf. Sie konnte nicht mehr. »Der Brief steckte jedenfalls zwischen den Seiten von *Hinter Gittern*«, murmelte sie, als ob sie dadurch eine Mitschuld trüge.

»Darf ich dich daran erinnern, was Tony mit deinem Roman angestellt hat, meine Liebe? Dass er eine obszöne, unanständige Geschichte daraus gemacht hat?«

»Das war sein Fluch, Camino. Tony musste alles, was er anfasste, verderben.«

Nach Estelas erschreckendem Bericht wurde es wieder still im Wagen. Estela war mit ihren Gedanken beschäftigt, und Camino dachte über die seltsame Geschichte nach, die das Leben schrieb.

Von ihrem Parkplatz aus konnten sie das Haus von Anita Romero sehen. Irgendwann ging die Tür auf, und Monteiro trat heraus und machte sich an den Aufstieg.

»Paco!«, rief Estela ihm durch das geöffnete Wagenfenster zu. »Gehst du in die Redaktion? Wir können dich mitnehmen.«

Der junge Mann stieg brav in den Wagen, nahm auf dem Rücksitz Platz und entschuldigte sich für das unangemessene Verhalten seiner Großmutter.

»Ist Pereira auch im Büro?«, fragte Estela.

»Davon gehe ich aus«, entgegnete Monteiro. »Um diese Zeit müsste er aus dem Hotel Miranda zurück sein. Dort frühstückt er jeden Tag, wissen Sie?«

Der Motor des alten Wagens keuchte wie ein Veteran bei einer Militärparade, als er sich langsam in Bewegung setzte, und der Außenspiegel kassierte beim Ausparken eine neue Schramme. Doch schließlich machte sich der Lancia mit seinen drei Insassen auf den Weg in den durchaus respektablen Ort Los Rosales, um zu dem Gebäude zu gelangen, in dem sich die Redaktion der lokalen Tageszeitung befand.

»Ich werde dir eine alte Geschichte erzählen, Pereira, mein lieber Freund«, murmelte Estela vor sich hin, »denn wenn sie schon ans Licht kommt, dann auf meine Weise.«

Kapitel 28

Alonso Ríos stand in der sehnsüchtigen Erwartung, dass Maya endlich mit guten Nachrichten zurückkommen würde, auf dem Balkon seines Hotelzimmers. Diesmal war der Köder wirklich unwiderstehlich. Estela Valiente würde anbeißen, endlich bereit sein, ihn zu empfangen, und bestätigen, was ihn seit dem Tag, an dem er den alten Notizblock in den Händen hielt, nicht mehr losgelassen hatte. Wenn es ihm gelingen würde, die Wahrheit aus Estela herauszubekommen, konnte er endlich das Buch fertigstellen, das ihn bereits so viel Zeit und schlaflose Nächte gekostet hatte. Er würde es pünktlich zum fünfzigsten Jahrestag von *Hinter verschlossenen Türen* veröffentlichen – ein glücklicher Zufall, der ihm sehr gelegen kam – und angesichts des Interesses, das die Bildungselite Estela Valiente immer noch entgegenbrachte, vielleicht einen wichtigen Preis dafür erhalten. Die Buchpräsentation könnte im Hotel Ritz stattfinden, überlegte er, in Erinnerung an den Tag, an dem Tony Cienfuegos sich im Schutz der Ahnungslosigkeit seines amerikanischen Verlages als Autor von *Das rote Backsteinhaus* ausgegeben und die halbe Menschheit davon überzeugt hatte, diesen herausragenden Roman in einem plötzlichen Anfall unbezwingbarer Kreativität in der Einsamkeit seiner Dachwohnung am Retiro-Park verfasst zu haben. Natürlich würde er Estela dazu einladen. Er träumte sogar davon, sie während der Veranstaltung live zu interviewen und damit gemeinsam mit ihr in die Annalen der Literaturgeschichte Spaniens einzugehen. Maya Millas, die junge, attraktive Journalistin des *Idéaliste,* würde an dem Abend ebenfalls anwesend sein. Er würde sie bitten, eines jener Kleider anzuziehen, die zu köstlichsten Fantasien anregten, mit schwindelerregendem Ausschnitt und seitlichem Schlitz, der ihre langen Beine und die Stöckelschuhe gut zur Geltung bringen würde. Sie würde den Abend moderieren. Und er würde ihren Namen in die Danksagung im Buch aufnehmen. Oder es ihr sogar widmen: *Für Maya Millas, in Liebe und Dankbarkeit.*

Endlich tauchte Mayas Gestalt im Schatten am Ende der Straße auf. Alonso trat zurück. Nur wenige Meter von seinem Balkon entfernt saß Pereira bei einer Tasse Kaffee mit Churros auf der Hotelterrasse. Kurz zuvor hatte der allseits bekannte Journalist aus dem Ort von unten freundlich heraufgegrüßt und dem Autor auf dem Balkon dabei so ausgiebig zugewinkt, dass ihm beinahe der Arm abgefallen wäre. »Ach, guten Tag, Pereira«, hatte Alonso mit einem leichten Kopfnicken erwidert.

Er wollte lieber vermeiden, dass der alte Fuchs seine Schlüsse zog; die Menschen auf dem Land hatten eine gute Nase für Gerüchte jeder Art. Also schloss er die Fensterläden und wartete vorsichtshalber im Zimmer weiter auf Maya und ihre guten Neuigkeiten.

Sie benutzte den Schlüssel, den er ihr am Morgen am Ende ihres Liebes-Marathons gegeben hatte, den anstrengendsten und genussvollsten vierundzwanzig Stunden seines Lebens, in denen er – wer hätte das gedacht – Mayas Körper, ihre überraschenden Fähigkeiten, ihre angeneh men Gespräche und ihre Scherze ausgekostet hatte … Sie hatten sogar das mit dem Senf ausprobiert und Maya hatte sich fast totgelacht.

Jetzt öffnete dieselbe Maya die Tür und sah ihn mit schief gelegtem Kopf an. Es war fast elf Uhr und Alonso war noch immer im Morgenmantel. In jeder Hand ein Glas Champagner, ging er siegessicher auf sie zu, bereit, die erfolgreiche Umsetzung seines Plans zu feiern.

»Estela hat mich zum Teufel geschickt«, sagte Maya mit zerknirschter Miene.

Sie zog die Tür hinter sich zu und erklärte seufzend, dass Monteiro, der Mistkerl, in ihrem Haus herumgeschnüffelt und ihre wahren Absichten herausgefunden hatte. Dass Estela stinkwütend gewesen war und sie nie wieder sehen wollte.

»Und was ist mit dem Brief?«

»Sie sagt, dass sie den verdammten Brief nicht lesen müsse. Dass sie selbst ihn geschrieben hat. Verstehst du das?«

Alonso Ríos trank einen Schluck Champagner und ließ sich in den Sessel fallen.

»Ich *muss* aber mit Estela Valiente sprechen«, rief er aufgebracht. »Und das werde ich auch, und wenn ich dafür mit Gewalt bei ihr eindringen muss.«

»Sie hat ein Heer an Rentnerinnen bei sich, die die Umgebung überwachen«, entgegnete Maya entmutigt. »Sobald du in der Nähe auftauchst, rufen sie die Polizei. Willst du im Lokalblatt auf der Seite mit den Verbrechensmeldungen erscheinen?«

Ihr konspirativer Plan war leider in einer Sackgasse gelandet. Keiner hatte eine Idee, wie es nun weitergehen sollte.

Sie saßen mit gesenkten Köpfen da und schwiegen. Das Ticken einer Uhr war zu hören. Die Kirchenglocken schlugen elf Mal.

»Dabei fällt mir ein …«, begann Maya.

Alonso Ríos hob aufmerksam wie ein Jagdhund den Kopf und wartete einige Sekunden, die sich unendlich hinzogen.

»Was?«, drängte er Maya. »Was fällt dir ein?«

»Nun ja … die Mauer, die das Nonnenhaus von dem der Schwestern trennt, ist nicht sehr hoch, weißt du? Mit einer Leiter und einem Seil könnten wir rüberklettern. Nachts sind Estela, Alicia und Camino allein im Haus. Und die Tür zur Terrasse hat ein kleines Fenster in Höhe der Klinke, das sich leicht einschlagen ließe. So könnten wir problemlos hineinkommen. Ich kenne das Haus gut: die Treppe, den Flur und den Weg zu Estelas Zimmer. Camino schläft sowieso wie ein Murmeltier, weil sie ein Schlafmittel nimmt. Alicia kann nachts nicht schlafen, aber ihr Zimmer liegt auf der entgegengesetzten Seite des Flurs. Und was Estela angeht …« Maya zögerte und fuhr dann leiser fort: »Estela ist sicher betrunken. Sehr betrunken.«

Alonso Ríos rieb sich die Hände.

»Wir werden ihr einen gehörigen Schrecken einjagen«, sagte er. »Ich hoffe, sie schreit nicht.« Er füllte sein Glas erneut mit Champagner und näherte sich Maya mit verführerischer Stimme. »Wir haben noch ein paar Stunden bis zum Abend«, meinte er. »Hast du eine Ahnung, wie wir uns bis dahin die Zeit vertreiben könnten?«

Das mit der Leiter war das geringste Problem. Monteiro hatte eine Malerleiter mitgebracht, um die hohen Büsche, die an der Mauer wuchsen, beschneiden zu können. Das Seil kaufte Maya in der Eisenwarenhandlung im Ort. Sie banden es an der Leiter fest und fühlten sich wie zwei Juwelendiebe.

Einige Stunden später gingen sie vom Hotel aus im Schutz der Dunkelheit den Berg hinunter und betraten das Nonnenhaus, das sie wie immer kalt und unwohnlich empfing. Durch das kleine Fenster in der Mansarde blickend, überzeugten sie sich davon, dass im Haus der Schwestern kein Licht mehr brannte, und machten sich dann, von einer enormen Erregung angespornt, daran, ihren Plan in die Tat umzusetzen.

Sie lehnten die Leiter im hinteren Teil des Gartens an die Mauer und warfen das Seil auf die andere Seite. Nacheinander – Alonso zuerst, dann Maya – ließen sie sich an dem Seil herab und landeten in einem Fliederstrauch. Lautlos gingen sie den Gartenweg entlang und ließen zuerst das Schwimmbad hinter sich, in dem Estela und Alicia mit ihren altmodischen Badekappen regelmäßig ihre Bahnen zogen, dann das Pelota-Spielfeld, wo sich Camino hin und wieder mit dem Schläger austobte, und zuletzt die Wiese, die von der alten Eiche beherrscht wurde, unter deren schattenspendenden Ästen einst das Buch *Hinter verschlossenen Türen* entstanden war, das seiner Autorin den Nobelpreis eingebracht hatte.

Alonso blieb alle paar Meter stehen, um Luft zu holen und sich vorzustellen, wie die beiden Schwestern an diesem Rückzugsort ihre Tage verbrachten. In seiner Fantasie sah er, wie Alicia Blumen abschnitt, um sie in eine Vase im Eingangsbereich des Hauses zu stellen, wie der Kartenclub auf der Terrasse Poker spielte, wie Tony Cienfuegos kopfüber an einem Ast der Eiche hing und wie Estela Valiente im Schatten saß und auf ihrer altmodischen Olivetti schrieb.

Die Silhouette des Hauses erschien ihm wie ein Gespenst, das er nicht zum ersten Mal sah. Vor seinen Augen erhob sich das alte Gebäude aus dem neunzehnten Jahrhundert mit dem Turm, den Fensterläden, der Terrasse und dem schrägen Dach mit den glänzenden grünen Ziegeln. Im Garten duftete es nach Flieder, nach Rosen, nach jungen Sprossen und feuchter Erde.

Maya deutete mit der Hand auf die Stelle, wo sich das kleine Fenster in der Terrassentür befand. Alonso umwickelte seine Faust mit einem Tuch und durchbrach das Glas mit einem kräftigen Schlag. Sie hielten den Atem an und warteten einen Moment, ob das Geräusch des zersplitternden Glases eine der drei Frauen geweckt hatte. Als sich nichts regte, öffneten sie die Tür, traten ins Haus und machten die Taschenlampe an, die sie mitgenommen hatten.

Verzückt richtete Alonso den Lichtstrahl auf die vollen Regale an den Wänden, die alten Möbel und die überall aufragenden Stapel abgegriffener Bücher. Er hielt inne, um über die Rücken einiger der unzähligen Bände zu streichen, die das Haus füllten, während Maya ihn ungeduldig drängte, mit ihr zu kommen.

Mitten in der Dunkelheit erhob sich die magische Treppe, von der Maya so oft gesprochen hatte. Stufe für Stufe stiegen sie zum ersten Stock hinauf.

Schließlich standen sie vor der Tür von Estelas Zimmer, die wie üblich verschlossen war.

Diesmal war Maya an der Reihe, die Tür zu öffnen. Sie drehte den Knauf und stieß sie vorsichtig auf, um hineinschlüpfen zu können. Als sie sich ganz langsam dem Bett näherten, in dem die Schriftstellerin vermutlich den Schlaf der Gerechten schlief, spürte Maya Alonsos Hände auf den Hüften.

»Sie ist nicht da«, flüsterte sie einen Moment später. »Sieh mal, Alonso, das Bett ist leer.«

»Die Tagesdecke, die auf dem Bett liegt, lässt darauf schließen, dass sie auch nicht vorhatte, heute Nacht hier zu schlafen«, folgerte er.

»Komm mit!«, meinte Maya und winkte ihm, ihr zu folgen.

Auf Zehenspitzen tasteten sie sich am Treppengeländer voran bis zum Absatz der Treppe, die zum Turm hinaufführte.

»Wahrscheinlich ist sie oben und schreibt«, vermutete Maya flüsternd.

Langsam schlichen sie hinauf. Die Stille war undurchdringlich.

Als sie an der Tür angekommen waren, drehte Alonso den Türknauf und trat entschlossen ein.

»Nichts.«

»Mach das Licht an.«

Sie blickten sich um.

»Die Notizbücher sind weg!«, rief Maya aus. »Das ist doch verrückt! Ich schwöre dir, dass das ganze Regal hier voller Notizbücher stand, und in dieser Ecke lag ein Stapel mit Alben voller Zeitungsausschnitte. Und wo ist die Schreibmaschine? Ihre Briefe, die Stifte und die Tintenfässer?«

Das Turmzimmer erschien ohne die Dinge, die seinem Dasein einen Sinn gegeben hatten, ganz verwaist. Nur der Schreibtisch und der dazugehörende Stuhl waren, auf dem staubigen Teppich ihrem Schicksal überlassen, noch vorhanden. Alle Regale waren leer, alle Fenster geschlossen, kein Lüftchen regte sich mehr. Es war ein trauriger Anblick, denn es schien, als hätte jemand dem Haus der Schwestern das Herz herausgerissen.

Kapitel 29

Pereira wusste Bescheid. Daher überraschte es ihn nicht, als Alonso Ríos und Maya Millas am frühen Morgen, noch bevor er im Miranda seinen täglichen Kaffee getrunken hatte, ohne vorherige Ankündigung in seinem Büro einfielen. Es schien, als hätte er sie erwartet.

»Bitte setzen Sie sich doch«, forderte er sie mit einer weit ausholenden Geste auf.

»Wo sind die Valiente-Schwestern?«

Pereira zuckte mit den Schultern.

»An einem unbekannten Ort«, sagte er. »Aber bitte erlauben Sie mir, dass ich Sie ins Bild setze. Nehmen Sie Platz, und sehen Sie mich nicht so an, als ob ich an der Sache schuld wäre.«

Die Lokalredaktion in Los Rosales passte hundertprozentig zu dem alten Reporter. Die Einrichtung des einzigen Büroraums wurde von dem soliden Schreibtisch bestimmt, auf dem ein schwerer Glasaschenbecher stand und unzählige Papierseiten, Zeitungsausschnitte und Dokumente lagen, während weitere Zettel an den großen Korkplatten aufgespießt waren, die die Wände bedeckten. Es roch nach kaltem Rauch und altmodischem Eau de Cologne. Vor Pereira stand eine Schreibmaschine. Daneben befanden sich ein Laptop und ein kleiner Drucker. Rechts davon war das Telefon zu finden und auf einer Konsole an der Tür ein Röhrenfernseher. Ein angeschlossenes, aber unbenutztes Faxgerät stand vergessen und verstaubt in einer dunklen Ecke.

Diese Dinge und die beiden Drehstühle, auf denen Maya und Alonso nun Platz nahmen, waren das gesamte Mobiliar in dem Büro, das sich Pereira und sein Assistent Monteiro teilten. Letzterer war noch nicht eingetroffen, da es seiner Großmutter nicht gut ging, deren Zucker einen beunruhigenden Höchststand erreicht hatte.

Tatsache war, dass die Valiente-Schwestern von einem Tag auf den anderen plötzlich verschwunden waren. Und nicht nur sie, sondern all die betagten Damen, die dem sogenannten »Kartenclub« angehörten, einer geheimen Vereinigung – »Wenn Sie mir den Ausdruck erlauben« –, die sich zweimal pro Woche zu welchem Zweck auch immer traf. Anscheinend wurde dort viel getrunken, Poker gespielt … Zumindest den Gerüchten nach.

Sie alle waren wie vom Erdboden verschluckt: Viridiana Altozano, Consuelo Calderón und ein paar andere angesehene Damen aus dem Ort, allesamt im Ruhestand und von angegriffener Gesundheit. Waren sie von Außerirdischen entführt worden? Nein. Sie hatten lediglich beschlossen, eine Vergnügungsreise zu machen.

»Vergeuden Sie nicht unsere Zeit, Pereira!«, schimpfte Alonso Ríos verärgert. »Sagen Sie uns endlich, wo Estela Valiente steckt!«

»Es tut mir leid, aber mehr kann ich Ihnen nicht sagen«, bedauerte der alte Reporter. »Das Einzige, was ich weiß, und das auch nur, weil Estela persönlich es mir gestern anvertraut hat, damit sich niemand grundlos Sorgen macht, ist, dass sie ins Ausland gereist sind und erst zurückkommen werden, wenn der Jahrestag von Estelas Buch *Hinter verschlossenen Türen* vorüber ist, der, wie Sie beide wohl wissen, in diesem Herbst gefeiert wird. Estela möchte ihre Ruhe haben und nicht von der Presse belagert werden. Deswegen hat sie Los Rosales verlassen.«

»Diese Frau kann mit ihrem Erfolg einfach nicht umgehen«, meinte Alonso Ríos.

»Im Gegenteil«, gab Pereira zurück. »Estela hat ihr ganzes Leben lang eine genaue Vorstellung davon gehabt, wie sie mit dem Erfolg umgehen möchte, nämlich auf ihn verzichten. Und das hat sie durchgesetzt. Sie hat den Ruhm abgelehnt wie ein unbequemes Erbe oder einen lästigen Verehrer. Sie hat die Tür vor ihm verschlossen, ihn draußen stehen lassen, ihm den Rücken zugewandt, ihn von sich gestoßen ...«

»Sie brauchen nicht noch mehr Synonyme aufzuzählen, Pereira, wir haben es verstanden.«

Am Vortag hatten Estela und Camino nach dem Besuch bei Anita Romero ein langes vertrauliches Gespräch mit Pereira in dessen Redaktionsbüro geführt. Monteiro war zu dem Treffen nicht eingeladen worden, aber zum Ausgleich hatte Estela ihm die ganzen Fotokopien der Akten zur Liebesbrief-Mörderin gegeben, damit er über das, was sich in jenen düsteren Jahren tatsächlich ereignet hatte, einen Bericht verfassen konnte. Außerdem hatte sie ihm versprochen, ihm noch am selben Tag ihre Ermittlungs-Notizbücher zukommen zu lassen, zusammen mit den dazugehörenden Zeitungsausschnitten, Fotos und Interviews über die Verbrechen von Marta Poza und viele andere nicht aufgeklärte Fälle. Das war genug Material, um eine Serie oder einen Roman darüber zu schreiben, je nachdem, wozu Monteiro sich berufen fühlte. Und wenn es ein gutes Buch würde, solle er sich für einen Journalistenpreis bewerben, empfahl sie. »Denn du hast großes Talent, Junge, und solltest dich nicht hier in Los Rosales verschanzen, sondern raus in die Welt ziehen.«

Während Estela und Camino mit Pereira gesprochen hatten, hatten die Mitglieder des Kartenclubs im Haus der Schwestern ungeduldig auf sie gewartet und sich gefragt, warum das Ganze so lange dauerte und was hinter Alicias Ankündigung steckte, dass Estela ihr und den Freundinnen vom Club eine Riesenüberraschung bereiten wolle.

Kurz nach zwei Uhr am Nachmittag – die Tomatensauce wurde langsam kalt – sah Consuelo vom Turmzimmer aus den Lancia mit Estela und Camino an Bord heranfahren. Sie beschlossen, den Tisch im Garten unter der Eiche zu decken, weil Estela tatsächlich etwas Bedeutendes zu verkünden hatte.

»Ich wollte schon immer mal nach Schweden«, erklärte sie ihren Freundinnen. »Mindestens seit vierzig Jahren. Und ich glaube, nun ist der Moment gekommen, diesen Traum zu verwirklichen. Ich möchte dort an der Küste entlangreisen, die Flüsse, die Seen und die Inseln kennenlernen, das Baltische Meer und die Insel Gotland erkunden, bis nach Lappland vordringen, um die Mitternachtssonne zu sehen, in Smaland eine Hütte mieten, auf einem Pferd reiten, Heringe essen und natürlich Stockholm besichtigen und mir den riesigen Konzertsaal anschauen, in dem der Nobelpreis verliehen wird. Aber ich habe keine Lust, allein zu reisen«, fügte sie hinzu. »Ich habe die Nase voll von der Einsamkeit. Ich möchte, dass ihr mich alle begleitet, meine Lieben.«

Die Mitglieder des Kartenclubs hatten sich völlig verblüfft angesehen, ohne das gerade Gehörte glauben zu können.

»Ich lade euch ein«, fuhr Estela selbstsicher fort. »Ihr müsst euch um nichts kümmern, nur eure Koffer packen. Wir werden etwa sechs Monate lang fort sein, also nehmt alles an Kleidung mit, was ihr braucht, eure Medikamente, Ausweise … und du, Viri, vergiss das Nachthemd nicht, das neue, bevor die Motten es zerfressen. Du wirst noch genug Zeit haben, dir für New York ein neues zu kaufen.«

»Estelita, meine Liebe …«, wagte Alicia einzuwerfen, »bist du verrückt geworden? Hast du uns gerade eingeladen, ein halbes Jahr in Schweden zu verbringen, oder habe ich das falsch verstanden?«

»Du hast mich sehr gut verstanden, Alicia. Wir gehen auf Abenteuerreise!«

Stille breitete sich am Tisch aus, die nur von dem Geräusch des Windes unterbrochen wurde, der durch die Blätter der Eiche wehte, und vom Glockenschlag der Kirche.

»Und wann brechen wir auf?«, fragte Viri schließlich schüchtern.

»Mit dem Sieben-Uhr-Zug«, antwortete Estela triumphierend. »Heute Nacht schlafen wir in Madrid, und morgen essen wir in Stockholm zu Mittag. Wie gefällt euch das?«

Schade um die Tomatensauce. Denn nach diesem sagenhaften Vorschlag hatte keine der Anwesenden mehr einen Bissen gegessen. Zunächst waren sie so durcheinander, dass sie sich kaum rührten oder etwas sagten. Doch nach und nach kamen sie wieder zu sich, als wären sie nach einem heftigen Erdbeben zu neuem Leben erwacht. Wer sagte denn, dass das Leben mit achtzig schon vorbei war? Im Gegenteil. Keine von ihnen hatte noch andere Verpflichtungen als die, die sie selbst betrafen: das Haus in Ordnung zu halten, Brot zu kaufen, den Garten zu pflegen und ausreichend spazieren zu gehen, um in Form zu bleiben.

Ob man sie vermissen würde? Natürlich, die Kinder, die Enkel, die wenigen Nachbarn und ein paar Katzen und Hunde, die von irgendwem versorgt werden mussten, aber es ging ja nur um sechs Monate. Und danach würden sie ihr friedliches, einfaches Leben weiterführen und sich in ihrem zauberhaften Heimatort Los Rosales einem weiteren langen Winter stellen. Schluss, aus, Ende und vorbei und ein neues Kapitel des Lebens beginnt. Sie würden einige Jahre jünger aussehen und unzählige Anekdoten zu erzählen haben. Sie würden die Welt kennenlernen und eine zweite, unerwartete Jugend genießen. So war das Leben! Großzügig und überraschend.

»Wir sind dabei!«, rief Viridiana aus, die sich spontan zur Sprecherin für alle erklärt hatte.

Dann eilten sie, wie von einer unwiderstehlichen magischen Strömung getrieben, in ihre Häuser, um ihre Koffer zu packen, zwei oder drei dringende Angelegenheiten zu erledigen und mit ihrem schweren Gepäck zum Bahnhof zu pilgern. Dort entstand um Punkt sieben Uhr ein kleiner Tumult, da die Frauen unaufhörlich redeten und gerade ein Zug aus Madrid ankam, in dem jede Menge Schüler unterwegs waren, die von ihren Familien am Bahnsteig erwartet wurden. Außerdem waren mehrere Gepäckträger vonnöten sowie ein paar Freiwillige, die halfen, das Gepäck an Bord des Zuges zu wuchten. Was diese Frauen wohl in ihren Koffern hatten, dass diese so schwer waren? Steine? »Nein, Herr Schaffner, da sind Bücher drin. Wir ziehen eine Bibliothek um, wissen Sie?«

»Das ist also die berühmte Dachwohnung am Retiro-Park!«, riefen die Damen des Kartenclubs aus, nachdem Estela die Tür aufgeschlossen hatte und sie einzutreten bat.

»Genau. Und es gibt nichts Interessantes zu sehen!«, entgegnete diese. »Lasst die Koffer mit den Büchern hier, und dann gehen wir ins Hotel, wo ich fürs Abendessen einen Tisch reserviert habe.«

Kurz darauf schloss sie hinter ihnen die Tür wieder ab und verbannte damit all die Erinnerungen an ihre Zeit als junge Frau: das rote Samtsofa, auf dem Tony sich auszuruhen pflegte; die Terrasse, auf der sie sich gemeinsam betrunken hatten; den Tritt gegen die Tür und die bewaffneten Männer, die sie mitgenommen und die Tony so lange geschlagen hatten, bis er alles vergaß, was er gehört hatte; den Teppich, auf dem Marta Poza, benommen vom LSD, herumgekrochen war; das Bett, in dem der Minister Nina Cienfuegos mit einem Seidenschal erwürgt hatte; die Perlen, die über den Fußboden rollten, als sie gestorben war; den Stift, mit dem Estela den Brief an den Minister abgeschrieben hatte, und die gelegentlichen Besuche von Tonys unzähligen Liebhabern. Alles einbalsamiert und gut verschlossen in der Dachwohnung, die die sieben Koffer, die sie nun beherbergte, wie Gespenster beäugte: sieben Koffer mit Blumenmuster, aus Synthetikstoff oder Leder … alt und abgenutzt, mitten im Raum zurückgelassen, gefüllt mit Hunderten von Büchern und roten Notizheften.

»Sie behaupten also, Estela, dass die einzigen beiden Romane von Tony Cienfuegos in Wahrheit von Ihnen geschrieben wurden?«

»So ist es.«

»Das rote Backsteinhaus …?«

»Habe ich im Gefängnis geschrieben. Es erzählt Nina Cienfuegos' Geschichte, die einer misshandelten Frau, die in jungen Jahren von einem ihrer Liebhaber ermordet wurde.«

»Und Hinter Gittern*?«*

»Ist auch von mir. Das war der Roman, den ich am meisten geliebt habe und den zu schreiben unheimlich schwer für mich war. Aber ich hasse die Version, die veröffentlicht wurde. Tony hat unmoralischen, schmutzigen Müll daraus gemacht.«

»Und Cienfuegos' berühmte Kurzgeschichten, seine Essays, seine Literaturkritiken, seine Drehbücher …?«

»All diese Genres hat er meisterhaft beherrscht. Allerdings war er nie in der Lage, einen langen zusammenhängenden Text zu verfassen, wie es ein Roman erfordert. Letztendlich hat jeder seine Talente. Das Meine sind Romane. Das Seine die Skandale.«

»Dürften wir erfahren, wie viele Romane Sie im Laufe der letzten fünfzig Jahre geschrieben haben, Estela?«

»Vierundzwanzig, mein Lieber.«

»Und was gedenken Sie damit zu tun?«

»Sie zu veröffentlichen, natürlich.«

Maya Millas und Alonso Ríos spürten, dass sich zwischen ihnen ein tiefer Graben auftat, in dem ein Erdbeben der Stärke neun brodelte, ein Tsunami kolossalen Ausmaßes, der das Land überschwemmen und ganze Dörfer mit sich reißen würde, eine Explosion vulkanischer Lava, die ihre ganze Welt in Asche verwandeln würde.

Estela Valiente war verschwunden und hatte sie einfach zurückgelassen. Weder würde sie Mayas Buch ihren Segen geben noch Alonsos Verdacht bestätigen.

»Und was das Schlimmste ist …«, verkündete der betrogene Betrüger mit lauter Stimme. »Wir sind nun allein von den Verlagen abhängig. Es wird eine Neuausgabe von *Hinter verschlossenen Türen* geben und unzählige Essays, Biografien und sogar von Estela Valientes Leben inspirierte Romane. In dieser Masse wird unsere Arbeit vollkommen untergehen.«

Sie hatten eilig die Redaktion der Lokalzeitung verlassen und sich in Alonsos Hotelzimmer geflüchtet, das ihnen plötzlich viel kleiner und enger erschien. Maya hatte das Gefühl, als neigte sich der Boden auf einmal gefährlich zum Dorfplatz hin, und fürchtete, dass sich jeden Moment die Fensterläden öffnen und sie beide auf Pereiras Frühstückstisch landen würden, um dort, mit den Scherben des Limonadenglases gespickt, neben der Kaffeetasse zu verbluten.

»Also müssen wir all dem zuvorkommen«, fiel Maya ein. »Komm, machen wir uns an die Arbeit. Wir werden die Ersten sein. Zusammen könnten wir die überraschendste Biografie aller Zeiten verfassen. Überleg mal, Alonso, schließlich wissen wir doch mehr als jeder andere.«

»Du weißt gar nichts«, entgegnete Alonso Ríos brüsk und funkelte Maya mit seinen Schlangenaugen an. »Das

Wenige, was du über Estela Valiente weißt, habe ich dir erzählt. Und ich kann dir nur raten, dich nicht lächerlich zu machen, indem du irgendeinen Schund über eine Geschichte publizierst, von der du keine Ahnung hast.«

Maya runzelte die Brauen. Sie merkte, dass ihr schwindelig wurde, als hätte sie gerade eine vernichtende Diagnose erhalten, die ihre Lebenserwartung auf wenige Tage reduzierte. War es möglich, dass der Mann, mit dem sie gerade die schönsten Stunden ihres Lebens verbracht hatte, ihr nun schonungslos sein wahres, niederträchtiges Ich offenbarte? War sie von einem Vampir gebissen worden?

»Was, bitte, willst du damit sagen, Alonso?«

»Ich schlage dir einen Handel vor: Ich schreibe das Buch und du hilfst mir mit dem Dokumentationsmaterial. Ich verspreche, dich in meiner Danksagung zu erwähnen. Möglicherweise sogar in der Widmung.«

Maya war kaum in der Lage zu verarbeiten, was sie da hörte.

»So ein Handel kommt überhaupt nicht infrage«, stammelte sie empört. »Was glaubst du, wer du bist, Ríos? Ein Tony Cienfuegos für Arme? Von wegen, mein Lieber! Ich werde nicht so dumm sein und etwas schreiben, was jemand anderer veröffentlicht. Ich bin nicht Estela Valiente, verstanden?«

»Dann geh jetzt. Ich brauche Ruhe, um mein Buch zu schreiben. Viel Glück, wenn du wirklich vorhast, ebenfalls eines zu verfassen.«

Maya stürzte aus dem Raum und knallte die Tür hinter sich zu. Wütend eilte sie am Empfang des Hotels vorbei, und als sie unter Alonso Ríos' Fenster entlangging, meinte sie das klackernde Geräusch seiner Computer-Tastatur zu hören, das drohend über ihr schwebte wie einst Hitchcocks Vögel über Tippi Hedren.

»Maya!«, rief er ihr – vielleicht voller Reue – vom Balkon aus nach, als ihre Gestalt schon fast in der Ferne verschwunden war.

»Leck mich!«, antwortete ihm Mayas Stimme, die vom Turm der Kirche widerhallte.

Kapitel 30

Das Kreuzfahrtschiff *Juno* glitt träge über den Göta-Kanal, vorbei an üppigen Pappel- und Birkenwäldern und an aufgeschreckten Wildgans- und Weißwangengansrudeln, die sich mit dem Geist Nils Holgerssons zwischen den Flügeln in die Lüfte erhoben und das Deck überflogen.

Das Schiff war drei Tage zuvor mit seiner weiblichen Besatzung, den altmodischen Kabinen und dem zauberhaften Agatha-Christie-Stil von Stockholm aus in See gestochen. Hin und wieder legte es an dem einen oder anderen pittoresken Dorf mit Holzsteg und kleinen Puppenhäusern an, weshalb die Fahrt durch den Süden Schwedens, vom Baltischen Meer bis zum Vänersee, ihre Zeit dauerte. Weniger als zweihundert Kilometer in fünf Tagen – zu Caminos Entsetzen und Estelas Entzücken, die sich jeden Morgen in einen Liegestuhl setzte, auf gut Glück einen wunderbaren Roman aufschlug, sich eine Zigarette anzündete – »Señora Valiente, darf ich Sie zum wiederholten Mal daran erinnern, dass das Rauchen an Bord verboten ist!« – und sich dem wiegenden Strom überließ, der sich wie eine glitzernde Schlange in Richtung des Göteborger Hafens wand.

Schon bald wartete das nächste Abenteuer auf sie: ein malerischer kleiner Ort mit bunten Häusern am Ufer des Sees, wo sie für ein paar Tage, umgeben von Milchkühen, wilden Erdbeeren und Picknickkörben, Station machen würden.

Am frühen Morgen war es ratsam, sich in eine warme Decke zu hüllen, vor allem, wenn man sich an Deck nicht bewegte – »Señora, hier bringe ich Ihnen eine Decke aus Merinowolle und Vorsicht mit dem Tee, der ist sehr heiß. Sind Sie sicher, dass Sie keine frische Zimtschnecke möchten?« Die anderen schliefen noch oder dösten in ihren Betten an Bord, obwohl die Sonne bereits durch die Bullaugen in ihre Kabinen schien. Die Wände waren mit Seidentapeten bespannt, die Möbel aus Mahagoniholz, und in dem winzigen Badezimmer gab es einen gerahmten Spiegel und einen Waschtisch in der Größe einer Spieldose. Die Damen des Kartenclubs liebten es, bequem im Speisesaal mit Tischdecken, Samtvorhängen und weichem Teppich gemeinsam mit den anderen Passagieren zu frühstücken, mit denen sie sich sehr gut verstanden und denen sie das Pokerspiel beigebracht hatten.

Ältere Damen, die so spät am Abend noch derart ausdauernd und trickreich um extrem hohe Einsätze spielten, hatte ganz Schweden noch nicht gesehen! Sie hätten sich ihren Lebensunterhalt gut als Falschspielerinnen verdienen können.

Nur Camino verbrachte den Morgen mit langen Spaziergängen an Bord, Gymnastik auf dem oberen Deck und Plaudereien mit der Kapitänin auf der Brücke. Hin und wieder schaute die Verlegerin bei Estela am Bug vorbei und setzte sich zu ihr, um heimlich eine Zigarette zu rauchen.

»Guten Morgen, meine liebe Autorin.«

Beide wussten, dass es ganz besondere Tage waren. Sowohl Estela als auch Camino war klar, dass in Kürze eine Bombe platzen würde, doch sie taten so, als wäre nichts.

»Was liest du da?«

Estela zeigte ihr das Buch mit dem roten Einband, das ihrer Freundin ins Auge gefallen war.

»*Hinter Gittern*, klar.«

Camino nahm neben Estela Platz und hielt ihr die Hand hin. Die Freundin klammerte sich daran wie ein Erstklässler bei der Einschulung an seine Mutter.

»Heute ist der große Tag«, meinte sie seufzend.

»So ist es.«

»Aber hier werden wir nichts davon mitkriegen, nicht wahr?«

»Hier sind wir sicher, Estela. Es gibt nicht einmal ein Telefonnetz.«

»Weder Fernsehen noch Zeitungen …«

»Niemand weiß, wo du bist. Keine Sorge.«

Estela schloss die Augen, holte tief Luft und das rote Buch rutschte von ihrem Schoß und fiel auf den Boden. Camino schickte sich an, es aufzuheben.

»Lass liegen«, murmelte Estela. »Lass mich nicht los.«

Camino zündete sich eine Zigarette an und nahm einen langen Zug. Ihre Lungen füllten sich mit Rauch, und ihr wurde angenehm warm. Eine Weile rauchten sie schweigend. Bis es nicht mehr länger möglich war, die Erinnerungen für sich zu behalten, die schließlich alles überrollten.

»Erinnerst du dich noch an unsere erste Nacht im Gefängnis, Camino?«, fragte Estela kaum hörbar. »Als auf der anderen Seite des Gitters Arpads trauriges Geigenspiel erklang?«

Estela Valiente, zweiunddreißig Jahre alt, mit Schottenrock und Lesebrille, wurde von vier uniformierten Polizisten in

Handschellen aus Tony Cienfuegos' Dachwohnung abgeführt und musste in einen Transporter steigen, der durch die schlafende Stadt in die Außenbezirke fuhr, bis er etwa zwanzig Kilometer vom Zentrum entfernt an den Betonmauern des Frauengefängnisses La Moderna anhielt. Während der angstvollen Minuten, die sie unterwegs waren, war es hell geworden, und der Himmel zwischen den Wolken hatte eine rosa Färbung angenommen, wofür Estela jedoch keinen Blick hatte. Die Bilder, die sich in ihre Netzhaut eingegraben hatten, schmerzten noch zu sehr: Tony, der nur noch ein wimmerndes Bündel war und es nicht wagte, ihr in die Augen zu sehen, der sich dafür schämte, sie nicht verteidigt zu haben, und sie einfach so hatte gehen lassen.

Der Transporter fuhr an der Eingangskontrolle vorbei und auf das Haupthaus zu, einem rechteckigen weißen Gebäude mit Hunderten von vergitterten Fenstern. Es sah aus wie ein überdimensionierter Taubenschlag.

In einem kahlen Raum wurde Estela von einer mürrischen Gefängnisaufseherin empfangen, die sie bat, ihre Taschen zu leeren. Sie hatte nichts bei sich.

»Sie haben das Recht, Ihre Familie oder Ihren Anwalt anzurufen«, erfuhr sie. »Sie können dieses Telefon benutzen.«

Estelas Finger zitterten, als sie in Los Rosales anrief. Dabei hoffte sie inständig, dass Alicia ans Telefon gehen würde und nicht ihr Vater oder ihre Mutter.

»Hallo?« Die weiche Stimme ihrer Schwester versetzte sie für einen Augenblick an den Fuß der Treppe in ihrem Zuhause. Sie sah die süße Alicia im Morgenmantel und mit zerzaustem Haar vor sich, wie sie gerade Frühstück machte und in einem Topf auf dem Herd Milch erhitzte.

»Alicia ...« Sie konnte die Tränen nicht länger zurückhalten.

»Estela? Bist du das? Was ist los, meine Liebe? Weinst du etwa?«

Die Geschichte von den an die Tür hämmernden Polizisten und dem Schrecken, als sie sie in Handschellen die Treppe hinuntergeführt hatten, war zu lang für die Gefängnisaufseherin.

»Kommen Sie, Schluss jetzt«, drängte sie. »Sagen Sie, wo Sie sind, und fertig.«

»Ich bin im Gefängnis, Alicia. Du musst einen Anwalt einschalten und herausfinden, was der Grund meiner Verhaftung ist. Und bitte sag den Eltern erst einmal nichts davon. Ich will nicht, dass sie sich unnötig aufregen. Das alles muss ein Irrtum sein. Ich habe nichts getan.«

»Das sagen sie alle«, höhnte die Aufseherin, die jetzt die Geduld verlor und ihr den Hörer aus der Hand riss.

Als Nächstes führte sie Estela in einen fensterlosen Raum und befahl ihr, sich auszuziehen. Auf einem Stuhl lag exakt gefaltet ihre neue Kleidung: ein langärmeliger grauer, bis zum Hals zugeknöpfter Kittel.

»Die Unterwäsche können Sie anbehalten«, sagte die Aufseherin. »Und wenn Ihnen kalt ist, können Sie einen Pullover unter den Kittel oder eine Strickjacke darüber ziehen.«

Schließlich wurde Estela zu dem Trakt geführt, in dem sich die Zellen befanden. Da es noch früh war, waren sämtliche Türen geschlossen, und es herrschte absolute Stille. Die Gefängnisaufseherin öffnete mit einem schweren Schlüssel die dritte Zelle von rechts und schob sie hinein.

»Camino!«

Die sonst so starke Camino Aribau war in ihrem grauen Kittel kurz davor zusammenzubrechen. Sie schlug sich die Hände vors Gesicht und schien, wie sie da so armselig und mit hängenden Schultern auf der unteren Pritsche des Etagenbetts saß, nicht mehr dieselbe Frau zu sein, die Estela am Vortag noch vom Balkon ihrer Wohnung aus einen Kuss zugeworfen hatte. Denn jene Frau war eine verliebte Prinzessin mit unbezähmbarer Mähne und fröhlichem Lachen gewesen. Während diese eine wehrlose und völlig verschreckte Kreatur war.

»Du auch, Estela?« Eine gewisse Erleichterung mischte sich in Caminos zitternde Stimme.

Dann erzählte sie Estela, wie es ihr ergangen war. Sie war wenige Stunden nach Mitternacht festgenommen worden. Die Polizisten hatten ihre Tür eingetreten, während sie in Arpads Armen geschlafen hatte. Zwei von ihnen hatten sie mit Gewalt von ihm weggerissen, und dann hatte Arpad die Schläge einstecken müssen, die für sie gedacht waren.

»Aber was werfen sie uns denn vor?«

»Dir Erregung öffentlichen Ärgernisses. Mir unerlaubte Veröffentlichung und Vertrieb eines verbotenen Werks und was weiß ich, was noch.«

Estela setzte sich neben sie. Sie klammerten sich aneinander wie zwei Schiffbrüchige.

Irgendwann war das durchdringende Geräusch der Sirene zu hören, die den neuen Tag ankündigte. Um Punkt sieben Uhr. Knarrende Betten, Husten und Proteste wurden laut. Die, die in fünf Minuten nicht fertig waren, bekamen kein Frühstück. Das Quietschen der Zellentüren, Schritte im Flur, Aufstellung unten im Hof.

Vom Geländer im ersten Stock aus beobachteten Estela und Camino die Unruhe der unzähligen grauen Bienen im Stock.

»Auch nach fünfzig Jahren habe ich den Gestank nach Desinfektionsmittel, der an allem haftete, nicht vergessen, Camino: an der Kleidung, der Bettwäsche, den Wänden … Sogar das Essen hat nach Desinfektionsmittel geschmeckt. Erinnerst du dich noch an diese schreckliche Patro?«

»Als wäre das alles erst gestern passiert. Die mit ihren muskulösen Armen! Wie bei einem Hafenarbeiter. Und der Schnurrbart!«

»Sie ist direkt am ersten Morgen zu uns gekommen, die blöde Kuh, um uns so richtig Angst zu machen.«

»Angeblich sollte es ein Gespenst geben.«

»Im Waschraum.«

»Das nachts zu uns kommen würde, um uns im Schlaf zu beobachten.«

»Und das durch Gitter und Wände gehen konnte.«

»Um uns das Hirn auszusaugen.«

»Dabei hat sie nicht mit Arpads Geige gerechnet.«

»Die alle Ängste vertrieben hat.«

Als die Polizisten Camino abführten und die Treppe hinunterstießen, hatte Arpad das Gefühl, man hätte ihm das Herz aus der Brust gerissen. Er hatte einen Schlag auf den Kopf bekommen, wahrscheinlich mit einem der Knüppel, die die Polizisten geschwungen hatten, als sie seine Tür eintraten, und ihm war vor lauter Schwindel schlecht geworden. Camino, die gerade mal die Zeit hatte, sich die Schuhe anzuziehen und ihre Blöße mit einer Tunika zu bedecken, hatte die Männer furchtbar beschimpft.

»Señorita, wenn Sie nicht still sind, werden wir Sie zum Schweigen bringen«, drohte ihr der Älteste der Polizisten und richtete seine Waffe auf sie.

In Handschellen, die Hände auf den Rücken gefesselt, führten sie sie zu dem Polizeitransporter, der vor dem Haus auf dem Gehsteig parkte. Arpad rief ihr vom Balkon aus nach, dass er sie finden und zurück nach Hause bringen würde. Er sagte es auf Französisch, mit einer erschütternden Zärtlichkeit in der Stimme, sodass die Nachbarn dachten, es handelte sich um einen Streit zwischen Liebenden.

Danach hatte er endlose Stunden mit der Bürokratie gekämpft, um ein paar Informationen zu erhalten. Keiner wusste etwas. Der Nachtdienst hatte keinen Zugriff auf die Akten. Die Vorgesetzten schliefen, die Richter schliefen. »Setzen Sie sich auf diese Bank, und wir teilen Ihnen mit, wenn es Neuigkeiten gibt. Oder gehen Sie nach Hause und warten Sie ab, bis wir Sie telefonisch verständigen … Ah, Sie haben kein Telefon.«

Am Morgen beschloss Arpad, Estela und Tony um Hilfe zu bitten, die einzigen Freunde, die er in Madrid hatte.

Er ging den ganzen Weg zu Fuß. Bis zu dem roten Backsteinhaus, unter dessen Dach sich die Wohnung befand, von der aus er so oft auf den Retiro-Park mit seinen hübsch angelegten Wegen geblickt hatte. Mühsam schleppte er sich die Treppe hinauf, und als er oben die demolierte Tür sah, wusste er, dass sich hier ein ähnliches Drama ereignet hatte.

In einer Ecke des Wohnzimmers entdeckte er Tony Cienfuegos, der, die Hände um die knochigen Knie geschlungen, auf dem Boden saß und sich vor und zurück wiegte. Neben ihm lagen ein paar kompromittierende Fotos von zwei nackten Männern im Mondlicht.

Da Tony völlig weggetreten und nicht in der Lage war, Arpads Fragen zu beantworten, setzte der ihn in eine Wanne mit eiskaltem Wasser.

»Wo ist Estela? Wo haben sie sie hingebracht?«

Tony konnte zwar wieder sprechen, doch er redete völlig irres Zeug. »Ich werde ihn töten«, wiederholte er immer wieder. »Ich werden den Minister umbringen.«

Nach einer Weile gab Arpad auf. Er ließ Tony auf dem roten Samtsofa zurück und verließ die Dachwohnung mit dem Gefühl, wertvolle Zeit verloren zu haben. Doch bevor er ging, rief er noch bei Estela zu Hause an. Alicia ging ans Telefon und informierte ihn, dass ihr Vater mit einem der besten Strafverteidiger aus Los Rosales auf dem Weg zu den beiden Freundinnen war.

»La Moderna ist ein neues Frauengefängnis südlich von Madrid«, erklärte sie. »Sie haben beide dorthin gebracht. Sie sind zusammen, Arpad. Bitte verzweifle nicht. Du wirst sehen, sie werden schon bald wieder zu Hause sein.«

Doch Arpad verbrachte den längsten Tag seines Lebens, und Camino kam nicht zurück. Das zweite Telefongespräch mit Alicia führte er unter Tränen.

»Untersuchungshaft, keine Kaution, bis das Urteil gesprochen ist«, erklärte sie ihm. »Es können Monate vergehen, bis man sie freilässt. Es ist furchtbar, Arpad! Ich weiß nicht, was wir machen sollen!«

Direkt neben dem Gefängnis befand sich eine Anhöhe mit dem Namen Cerro de Colgado – Hügel der Gehängten –, die über die Pinien hinausragte. Diesen Ort entdeckte Arpad noch in derselben Nacht, während er mit seiner Geige die Gegend um das Gefängnis durchstreifte und dabei seinen Kummer mit sich herumschleppte. Ihm war eiskalt, weshalb er mit der trockenen Baumrinde ein Feuer entzündete und zu spielen begann. In dieser Nacht komponierte er die traurigste Melodie seines Lebens.

»Hörst du das, Estela?«, fragte Camino, die bereits im gestreiften Schlafanzug auf der oberen Pritsche lag. »Das ist doch Arpads Violine!«

Sie stürzten zum Fenster und konnten durch die Gitterstäbe nur wenige Hundert Meter vom Gefängnis entfernt das helle Feuer sehen, das ihnen wie das Licht eines Leuchtturms erschien, der ihnen den Weg nach Hause zeigte. Plötzlich wurde der Hügel zum Ozean und das Gefängnis zum Schiff. Und der runde, bleiche Mond am Himmel sandte sein Licht zwischen den Wolken herab.

»Morgen holen sie uns hier raus, du wirst sehen«, sagte Estela mit neu erwachter Hoffnung. »Mein Vater mit seinem Anwalt oder Tony mit seinem Minister, und solange spielt Arpad mit seiner Geige.«

Camino blieb, mit den Händen das Gitter umklammernd, bis zum Morgengrauen am Fenster stehen. Estela hingegen schlief in dieser Nacht dank des Wiegenlieds der Geige tief und fest, und als am nächsten Morgen um sieben die Sirene ertönte, glaubte sie für einen Moment, die Nacht im Turm ihres Elternhauses in Los Rosales verbracht zu haben.

Kapitel 31

Im Gefängnis herrschte eine sehr strenge Besuchsregelung: nur einmal pro Woche zwanzig Minuten und keine Sekunde länger und ohne jeglichen Körperkontakt. Zum ersten Mal in ihrem Leben konnte Estela erahnen, wie es war, in klösterlicher Klausur zu leben.

Camino empfing Arpad mit ihrem schönsten Lächeln, sorgfältig gekämmt und frisch geduscht. Und er betrachtete sie verzückt, als ob sie anstatt des Geruchs nach Desinfektionsmittel den süßen Duft nach Levkojen verströmte. Sie sprachen nicht viel, sondern verständigten sich mit Blicken. So lernten sie, sich zu streicheln, ohne sich zu berühren. Sie entdeckten auch, dass sie sich küssen konnten, ohne dass sich ihre Lippen trafen. Und das konnte ihnen niemand verbieten.

Estela jedoch umarmte Alicia an ihrem ersten Besuchstag, woraufhin der Besuch sofort weggeschickt wurde. »Wir haben Sie gewarnt. Kein Körperkontakt«, schimpften die Wärter, als sie wieder in ihrer Zelle war.

Am zweiten Besuchstag erwartete sie Tony, doch stattdessen sah sie sich ihren völlig veränderten, unglücklichen Eltern gegenüber. Der Anwalt habe gesagt, dass die Sache wegen der politischen Komponente komplizierter war als gedacht, erzählten sie ihrer Tochter niedergeschlagen. Die Nachricht von der Inhaftierung der beiden jungen Frauen hatte die Studenten auf den Plan gerufen. Es hatte eine Demonstration mit mehreren Hundert Teilnehmern gegeben.

»Die Antiterroreinheiten sind hart gegen die Demonstranten vorgegangen. Es gab Verletzte, Estela. Die Bilder waren im Fernsehen zu sehen und haben für großen Ärger gesorgt. Ihr beide seid zu Anstifterinnen der Studentenrevolte geworden, meine Liebe. Es heißt, dass ihr Feministinnen seid.«

»Das Problem ist, dass es, solange diese Unruhen anhalten, kein Urteil geben wird.«

»Und der Anwalt meint, dass man euch wahrscheinlich schuldig sprechen wird. Er befürchtet sogar, dass sie euch zur Abschreckung eine extra harte Strafe auferlegen.«

Am dritten Besuchstag kam erneut Alicia, allerdings mit leeren Händen und ohne Antworten. Sie habe nichts von Tony gehört. Er sei nicht bei seinen Tanten in Los Rosales und in Madrid öffne niemand die Tür. Er sei wie vom Erdboden verschwunden. Oder war er vielleicht auch verhaftet worden? Saß Tony Cienfuegos möglicherweise in einem anderen Gefängnis ein? In der Zeitschrift *Ínsula* war jedenfalls keine weitere Kurzgeschichte mehr von ihm erschienen, und er war auch in keinem Lokal gesehen worden.

»Hast du das von Minister Álvarez gehört, Estela? Er ist ums Leben gekommen. Auf eine ganz blöde Art: Er ist im Badezimmer hingefallen und hat sich den Kopf am Waschbecken aufgeschlagen. Stell dir das mal vor!« Estelas Finger trommelten auf den Tisch. Sie brauchte dringend eine Zigarette und ein Glas Wodka. »Ist das nicht unglaublich? Dass ein so mächtiger, so eleganter Mann …«

»Er war ein Dreckskerl.«

»Was, um Himmels willen, sagst du denn da, Estela? Du bist erst drei Wochen im Gefängnis und redest schon wie eine Schwerverbrecherin.«

Zwischen den Schichten in der Näherei und der Wäscherei hatten sie genau zwölf Minuten Pause, die die anderen nutzten, um im Hof eine Zigarette zu rauchen. Estela dagegen bat um Stift und Papier, um Tony zu schreiben: *Ich weiß ganz genau, dass Du Dich in der Dachwohnung eingeschlossen hast. Und ich weiß auch, was Du getan hast. Ich kann nicht sagen, dass ich mich darüber freue, denn das wäre gemein, aber zumindest hoffe ich, dass Du Trost und Deinen Frieden gefunden hast. Komm zu mir, Tony. Du fehlst mir. Du ahnst ja nicht, wie sehr!*

Am vierten Besuchstag kamen wieder die Eltern. Nun waren Estela und Camino bereits einen Monat in Haft, und es gab keine Aussicht auf einen Prozess. Diesmal versuchten die Eltern ihre Tochter mit Geschichten aus Los Rosario aufzumuntern. Sie erzählten, dass ein paar junge Frauen aus Madrid an der Haustür geklingelt und gefragt hatten, ob dies das Haus der Schriftstellerin sei. »Das Buch Ihrer Tochter schafft ein neues Bewusstsein«, hatten sie gesagt. »Wenn Sie sie sehen, danken Sie ihr in unserem Namen.«

»Wir sind sehr stolz auf dich, Estela«, bekannten die Eltern mit Tränen in den Augen. »Am Anfang haben wir es nicht gewagt, dein Buch zu lesen, aber dann haben wir es doch getan. Gemeinsam. Vor dem Kamin. Und wir finden, dass es ein Meisterwerk ist.«

»Alicia ist da anderer Meinung.«

»Das musst du verstehen, sie ist einfach zu sensibel für die furchtbaren Dinge, die du darin beschreibst.«

Schließlich kam der Tag, an dem sie vor Gericht standen. Als Camino und Estela in Handschellen und in der Kleidung, die ihnen von zu Hause mitgebracht worden war, den Saal betraten, waren sie nicht mehr die fröhlichen, sorglosen, jungen Frauen, die sie immer gewesen waren. Sie waren wesentlich dünner, bleicher und gehorsamer.

Im Publikum saßen einige Journalisten, ein paar Freunde, die Eltern, Alicia und Arpad. Nur Tony war nicht gekommen.

»Hiermit verkünde ich das Urteil«, sagte der Richter und bekräftigte dies mit einem Hammerschlag.

Camino wurde wegen Erregung öffentlichen Ärgernisses, anstößigen Verhaltens, Veröffentlichung verbotener Schriften und Anstiftung zur Revolte zu drei Jahren Gefängnis verurteilt. Estela als Autorin des Buches zu zwei Jahren.

»Na, das ist doch halb so schlimm«, war alles, was dem Anwalt dazu einfiel.

Von diesem Tag an litt Camino unter einer tiefen Depression. Sie, die niemals den Mut verloren hatte, ließ den Kopf hängen. Mit Mühe leistete sie ihren Dienst in der Näherei, der hauptsächlich darin bestand, an den Nachmittagen die Kittel wieder zusammenzunähen, die am Morgen aufgetrennt worden waren. Schon bald verlor sie den Appetit und jeglichen Kampfgeist. In den Pausen setzte sie sich im Hof auf eine Treppenstufe in den Schatten und sprach mit niemandem. Und das Einzige, was sie ein wenig aufheitern konnte, war Arpads nächtliches Geigenspiel.

Weil es Camino so schlecht ging, nahm sich die grobschlächtige Mitinsassin Patro die Frechheit heraus, sich an sie heranzumachen und sie zu begrapschen, und Camino, die so etwas in früheren Zeiten niemals hingenommen hätte, starrte nur weiterhin dumpf vor sich hin und wehrte sich nicht. Doch Estela stürzte von der anderen Seite des Hofes herbei und verpasste Patro einen Tritt ins Gesicht. Die Dicke fiel mit einer stark blutenden Wunde zwischen den Augen nach hinten und knallte in einer Staubwolke zu Boden.

Die Aufseherin, die gerade abgelenkt war und ihren illegalen Tabakgeschäften nachging, schaffte es gerade noch, einmal in die Trillerpfeife zu blasen, bevor sie selbst eine Tracht Prügel von den Gefängnisinsassen erhielt, die in der allgemeinen Verwirrung ihre Chance gekommen sahen, sich zu rächen. Kurz darauf war der Hof zu einem Schlachtfeld geworden, auf dem sich Häftlinge und Aufseherinnen gegenseitig an den Kragen gingen. Kampfschreie ertönten, und eine wilde Prügelei brach aus. Erst einem Trupp mit Schlagstöcken bewaffneter Gefängnisaufseher gelang es einigermaßen, wieder Ruhe herzustellen.

»Die war es«, beschuldigten die anderen Häftlinge Estela und zeigten mit dem Finger auf sie. »Dabei sieht sie aus, als ob sie kein Wässerchen trüben könnte, das Miststück.«

Patro fasste sich an die Stirn.

»Sie hat mich verletzt!«, jammerte sie unter Schmerzensschreien.

Estela, die mit geschwollener Lippe Blut spuckte, wurde von einem großen schnurrbärtigen Mann, dem es nach einem filmreifen Kampf gelang, ihr Handschellen anzulegen, ruhiggestellt.

»Du kannst dich schon mal auf eine saftige Strafe freuen«, sagte die Gefängnisaufseherin zu ihr, als sie durch den Gang zum Büro des Direktors geführt wurde.

Am Ende des Ganges gab es eine unauffällige Tür mit einem Messingschild über der Klinke, das das höchste Amt im Haus auswies.

»Herein!«, befahl eine männliche Stimme, nachdem die Aufseherin an die Tür geklopft hatte.

»Ich bringe Ihnen den Häftling Valiente.«

Hinten im Raum erkannte Estela im Gegenlicht den Schatten eines Mannes, der ihr den Rücken zuwandte.

»Lassen Sie sie hier und kommen Sie in einer Stunde wieder, um sie abzuholen«, sagte der Mann mit tiefer Stimme.

Die Aufseherin nickte. Als sie das Büro verließ, warf sie ihrem Opfer einen unauffälligen Blick zu. Estela schien es, als ob sie leise lachte.

Nun war sie also der Gnade des Kerkermeisters überlassen. Stumm und wie gelähmt stand sie an diesem eigenartigen Ort, der unerwartet angenehm wirkte. Sie blickte sich um. Es roch leicht nach Möbelwachs und Lavendelwasser.

Durch das Fenster fiel das helle Tageslicht herein und beleuchtete unzählige, kaum sichtbare Staubkörner, die in der Luft schwebten. Die Seitenwände waren holzgetäfelt und zum größten Teil mit Büchern bedeckt. Darunter befanden sich gebundene Bücher, edle Ausgaben, aber auch billige Exemplare und ganze Sammlungen in verschiedenen Formaten sowie kleine Bände in französischer Sprache. Es gab eine komplette Enzyklopädie auf den am höchsten liegenden Brettern und eine Malerleiter, die am Regal lehnte.

Vor dem Schreibtisch standen ein paar genietete Ledersessel, die für die Funktion, die sie erfüllten, außerordentlich bequem wirkten.

»Bitte setzen Sie sich«, sagte die Stimme.

Erst nachdem Estela Platz genommen hatte, richtete sich die Silhouette des Mannes auf, der bis dahin am Fenster in einem Dokument gelesen hatte, und er wandte sich zu Estela um.

»Sie sind also die berühmte Estela Valiente«, sagte er und blickte sie mit seinen großen blauen Augen eindringlich an.

Da erkannte sie das Stück Papier, das er in der Hand hielt.

»Dieser Brief …«, begann sie schüchtern, schwieg jedoch sofort wieder.

Es war der letzte Brief, den sie an Tony geschrieben hatte. Der, in dem sie ihm versichert hatte, dass sie ihm von Herzen verzieh wie einem Bruder, ohne Groll oder nachtragend zu sein und ohne dass sie eine Entschuldigung erwartete.

»Wer ist dieser Tony Cienfuegos?«, fragte der Gefängnisdirektor.

»Mein Freund. Mein …«

»Ihr Liebster?«

Estela senkte den Kopf.

»Nein«, bekannte sie. »Er ist nur ein Freund. Wir kennen uns seit Kindertagen.«

»Und was ist es, was Sie ihm verzeihen?«, wollte der Direktor wissen. »Was hat dieser Freund Ihnen angetan?«

»Er hat mich im Stich gelassen«, antwortete sie mit kaum hörbarer Stimme.

Der Direktor öffnete mit einem kleinen Schlüssel die Schublade seines Schreibtischs und nahm zu Estelas Erstaunen ein Exemplar von *Hinter verschlossenen Türen* heraus.

»Sie sind also die Autorin dieses Buches«, sagte er. Estela schwieg. »Und das ist der Grund, warum Sie festgenommen und verurteilt wurden«, fuhr der Direktor fort. »Sagen Sie mir eines, Estela Valiente, war es das wert?«

Estela versank in dem blauen See seiner Augen. Sie holte tief Luft.

»Das ist nicht die Frage«, entgegnete sie nach einer Weile. »Sie verstehen gar nichts.«

»Sie?«

»Die Zensoren.«

»Was verstehen wir Zensoren nicht?«

»Dass, wenn jemand wie ich eine Geschichte im Kopf hat, es keinen anderen Weg gibt. Man ist von dieser Geschichte erfüllt, zutiefst in sie verstrickt; sie umklammert einen wie Efeu. Und die einzige Möglichkeit, sich davon zu befreien, ist, sich geschlagen zu geben. Stift und Papier zu nehmen und zu schreiben, was schmerzhaft und unabwendbar ist, bis die Qual allmählich nachlässt und die Stille zurückkehrt. Glauben Sie, ich wollte diese unschöne Geschichte schreiben? Die nichts anderes ist als eine Aneinanderreihung von Tragödien, die miteinander verbunden sind wie eine Kette aus schwarzen Perlen. Sie fragen mich, ob es sich gelohnt hat … Wollen Sie damit sagen, dass ich mit einer bestimmten Absicht schreibe? Möglicherweise, um die Leute aufzustacheln? Um eine Studentenrevolte anzuzetteln? Die Mächtigen herauszufordern? Nein, mein Herr. Sie verstehen gar nichts.«

»Sie auch nicht«, entgegnete er.

»Ach. Nicht?«

»*Hinter verschlossenen Türen* ist ein Meisterwerk«, erklärte er und sah ihr direkt in die Augen. »Das beste Buch, das ich in meinem bisherigen Leben gelesen habe. Und auch der Brief an Ihren Freund Tony Cienfuegos ist ein Meisterwerk. Ich bedauere Ihre Verurteilung, Estela Valiente. Sie ist ungerecht.«

Der Gefängnisdirektor legte das Buch zurück in die Schublade und suchte darin nach etwas. Diesmal nahm er einen schwarzen Notizblock und einen gespitzten Bleistift heraus.

»Erzählen Sie sie«, bat er. »Die Geschichte, die Sie nun nicht mehr loslässt. Die, die Sie mit den Nägeln in die Wände Ihrer Zelle ritzen.«

»Woher wissen Sie, dass ich …?«

»Ich bitte Sie«, insistierte er. »Schreiben Sie Ihren Roman.«

Furchtsam nahm Estela den Block entgegen, den dieser Mann ihr hinhielt. Dabei konnte sie den Blick nicht von seinen Augen abwenden. Sie hatten sie verzaubert. Verbrannten sie.

»Verstecken Sie den Block unter Ihrem Kittel. Passen Sie auf, dass die Aufseherinnen ihn nicht finden, dass niemand davon erfährt. Und kommen Sie hin und wieder zu mir und lesen Sie mir daraus vor, einen Absatz oder ein ganzes Kapitel. Wie Sie möchten. Eines Tages werden Ihre Bücher in den Bibliotheken der Welt ganz vorn stehen. Sie werden Flügel bekommen, davonfliegen. Und Sie werden eine berühmte Schriftstellerin werden, Estela Valiente.«

Mit dem Bleistift in der Hand schlug sie den Block auf der ersten Seite auf. Strich zärtlich darüber. Hielt ihn sich vors Gesicht und atmete den Duft des Papiers ein. Und dann schrieb sie:

Schon immer habe ich mich von den Orten, an denen ich gelebt habe, angezogen gefühlt; von den Häusern und den Vierteln. Da gibt es zum Beispiel ein Gebäude aus rotem Backstein gleich neben dem Retiro-Park, in dem sich meine Wohnung befand.

»Danke«, murmelte sie. »Danke, Señor …«

»Ich heiße Humberto«, sagte er. »Humberto Ríos.«

Kapitel 32

Angesichts der augenscheinlichen Untätigkeit des Gefängnisdirektors – der die Valiente, anstatt sie in die Arrestzelle zu sperren, ohne ihr ein Haar zu krümmen, und mit der Bitte, ihr ein wenig Eis für die geschwollene Lippe zu geben, in ihre Zelle zurückgeschickt hatte – war das Einzige, was die Aufseherin tun konnte, sie wieder in ihren Käfig einzuschließen und damit zu drohen, das Gitter erst am nächsten Tag wieder zu öffnen. (»Heute gibt es nichts zu essen und nichts zu trinken, du Biest!«) Es war gerade Mittag, und in dem Gefängnistrakt, in dem Estelas Zelle lag, war es totenstill.

Estela setzte sich unterhalb des kleinen Fensters im Schneidersitz und den Rücken an die Wand gelehnt auf den Fußboden, legte ihren nagelneuen schwarzen Block auf die Knie und begann, die Geschichte zu schreiben, die sie in den vergangenen Nächten nicht losgelassen hatte.

Die Geschichte von Nina Cienfuegos, die mit der Kraft des biblischen Senfkorns in ihrem Kopf wuchs, hatte sie in den letzten Nächten derart bedrängt und wach gehalten, dass sie tatsächlich bereits ein paar Sätze mit den Fingernägeln in den Putz ihrer Zelle geritzt hatte. Wahrscheinlich hatte die Aufseherin sie dabei beobachtet und sie beim Direktor angeschwärzt, weil sie irrtümlich glaubte, die Valiente hätte den Verstand verloren.

Und sicher wäre es auch so weit gekommen, wenn es den belesenen Humberto Ríos nicht gegeben hätte, der sofort verstanden hatte, was der Grund für dieses seltsame Verhalten war.

Estela stellte fest, dass der Bleistift wie von selbst über das linierte Papier glitt, wie es die Erstklässler für ihre anfänglichen Schreibübungen benutzten. All die Gedanken, die sich in ihrem Kopf drängten, fanden endlich ihren Platz, indem sie zu Worten wurden, dann zu Sätzen und schließlich zu ganzen Seiten.

Als am Abend endlich Camino auftauchte, die sich bei der Prügelei im Hof ein paar blaue Flecken zugezogen hatte, aber immerhin ein Stück Brot unter ihrem Kittel in die Zelle geschmuggelt hatte, hatte Estela bereits die ersten beiden Kapitel von *Das rote Backsteinhaus* geschrieben und den Bleistift schon mehrmals mit den Zähnen anspitzen müssen.

»Ich brauche eine Lektorin«, überfiel Estela ihre Freundin gleich, ohne zu erklären, wie sie an das Schreibmaterial gekommen war.

Das weckte in Camino sofort wieder die Lebensgeister. Sie war nicht mehr ganz so blass, und ein Glänzen trat in ihre Augen.

»Gib mir den Stift.«

Die heilenden Auswirkungen des Schreibens wurden für Estela und Camino zu der Droge, die sie die Monate, die sie im Gefängnis verbrachten, überstehen ließ. In ihrer freien Zeit sprachen sie über Synonyme und Metaphern. Sie trafen sich im Hof, um Ideen auszutauschen und die Handlung zu entwickeln. Die dicke Patro verlor das Interesse an den beiden Verrückten, die immer zusammenhingen, und belästigte andere Frauen. Diese beiden Geisteskranken mit dem ständigen Lächeln auf den Lippen hatten ihre Aufmerksamkeit nicht verdient.

»Sag mal, meine Liebe, wer hat denn deinen Bleistift so schön angespitzt?«

Camino stellte nicht viele Fragen. Sie gab sich mit dem zufrieden, was Estela ihr von sich aus erzählte, ohne wegen irgendwelcher Details in sie zu dringen. Dabei merkte sie natürlich, dass ihre Freundin manchmal in den dunklen Gängen des Gefängnisses verschwand und mehrere Stunden fortblieb. Bei diesen Gelegenheiten öffnete Estela heimlich um Mitternacht, wenn das ganze Gefängnis von Arpads süßen Melodien eingelullt schlief, die vergitterte Tür und verließ auf Zehenspitzen die Zelle. Erst im Morgengrauen kehrte sie dann mit glänzenden Augen und beschleunigtem Atem zurück, legte sich auf ihre Pritsche und verharrte die wenigen Minuten, bis die morgendliche Sirene erklang, still und unbeweglich.

»Jedes Mal, wenn du zurückkommst, hast du einen neuen Bleistift.«

Immer, wenn Estela zwei neue Kapitel geschrieben hatte, suchte sie Humberto Ríos' Büro auf. Die Bleistifte, die sie erstaunlich schnell verbrauchte, waren die perfekte Entschuldigung, sich in seine kleine Bibliothek zu flüchten und ein paar schöne Stunden an seiner Seite zu verbringen. Er trank Whisky mit Soda, hatte für sie jedoch immer eine Flasche Wodka in der geheimen Schublade, in der er auch die verbotenen Bücher und die französischen Zigaretten versteckte, und manchmal auch Tafeln dunkler Schokolade oder Turrón.

Ein paar Wochen nach ihrer ersten Begegnung hatte er sie rufen lassen, und sie, die niemals kokett gewesen war, hatte sich, so gut es ging, das Haar gekämmt und sich in die Wangen gekniffen, bevor sie sein Büro betrat. Er hatte sie, am Bücherregal stehend, erwartet. Hatte sie gebeten, in dem Ledersessel Platz zu nehmen. Ein Roman aus dem Ausland von einem russischen Schriftsteller namens Vladimir Nabokov, der einige Jahre zuvor in Paris veröffentlicht worden war, war ihm in die Hände gefallen. Er wollte ihn ihr unbedingt zeigen, weil ihn ihre Meinung interessierte. In den USA war der Roman sehr erfolgreich. Es hieß, er sei brillant, ein literarischer Geniestreich. Aber er war auch als skandalös, abartig und pervers bezeichnet worden.

Humberto Ríos beobachtete Estela gebannt, während sie mit gleichzeitig verschämtem und entsetztem Blick in *Lolita* las.

»Es gefällt mir nicht. Das Mädchen ist erst zwölf Jahre alt, um Gottes willen«, protestierte sie schließlich.

»Mir auch nicht«, bekannte Humberto. »Sollen wir es gleich hier verbrennen?«

Er sah sie mit einem komplizenhaften Lächeln an, bevor er das Buch wieder in die Schublade legte.

»Ich habe einen Freund im Informationsministerium, der mich hin und wieder um Rat bittet. Ich bin eigentlich Dozent für Französische Literatur, wissen Sie? Wenn meine Arbeit hier beendet ist, werde ich sicher an den Lehrstuhl zurückkehren.«

»Literaturwissenschaftler? Ich dachte, Sie sind Gefängnisdirektor.«

»Das bin ich auch. Aber nur für ein paar Jahre. Bis hier alles so läuft, wie ich es mir vorstelle. Man hat mir diese Aufgabe anvertraut, und sie schien mir eine interessante Herausforderung zu sein. Es ist unbedingt nötig, die Strafanstalten zu reformieren. Schließlich bleibt die Zeit nicht stehen.«

»Humbert Humbert in *Lolita*, der übrigens genauso heißt wie Sie, ist auch Literaturwissenschaftler«, meinte Estela lächelnd.

»Wahrscheinlich hat mein Freund mir deswegen das Buch gegeben. Das wird niemals von der Zensur genehmigt.«

Beide lachten ausgelassen. Anschließend servierte Humberto Ríos zwei Gläser, in denen Eiswürfel schwammen, und entzündete eine Zigarette, die Estela mit sichtbarem Genuss rauchte. Das Gespräch plätscherte angenehm dahin, und die Zeit verging, während es hinter den Fenstern dunkel wurde.

Als Arpads Geigenspiel erklang, stand der Gefängnisdirektor überraschenderweise auf und öffnete das Fenster. Eine Brise kalter Luft strömte, von der Musik begleitet, ins Zimmer. Daraufhin schwiegen beide für eine Weile und lauschten der traurigen Melodie. In jener ersten Nacht war es mehr die Stille, die sie bannte, als die gesprochenen Worte.

Es war bereits nach Mitternacht, als Estela auf Zehenspitzen wie ein Schatten durch die Gänge ihres Gefängnistrakts lief und leise ihre Zellentür öffnete, um hineinzuschlüpfen. Camino empfing sie beunruhigt. Sie war noch wach und konnte nicht schlafen, auch wenn sie aus Angst vor der Aufseherin so tat als ob.

»Wo kommst du denn um diese Zeit her, Estela? Und wie ist es möglich, dass du einen Schlüssel für die Zellentür hast?«

Humberto Ríos hatte nicht nur leuchtende Augen, die wie ein Licht die Dunkelheit erhellten, sondern auch ein schönes Lächeln und einen melodischen, südlichen Akzent, den ihm seine Familie vererbt hatte: die Großeltern aus Málaga und die zierliche dunkelhaarige Mutter aus den andalusischen Bergen. Er bewegte sich elegant, kleidete sich wie ein Filmstar und roch nach feinem Tabak und Eau de Cologne.

Bevor er sich bei Estela mit einem »Bis bald« verabschiedete, hatte er ihr einen dezenten vielsagenden Blick zugeworfen und ihr einen Schlüssel für ihre Zellentür gegeben sowie einen neuen gut angespitzten Bleistift, damit sie ihre Geschichte – »Wie war noch mal der Titel? *Das rote Backsteinhaus*?« – weiterschreiben konnte.

»Ich schätze, dass der Stift bei deinem Tempo in ein paar Tagen schon wieder aufgebraucht sein wird«, sagte Humberto zärtlich. »Umso besser, denn ich würde es gar nicht länger aushalten, ohne dich wiederzusehen. Darf ich beim nächsten Mal ein Kapitel lesen? Wärest du bereit, den Block mitzubringen, Estela Valiente?«

Camino merkte, dass Estela auf Wolke sieben schwebte, als sie, sozusagen ohne die Leiter zu berühren, zu ihrer Pritsche hinaufglitt. Sie war wie ein leuchtendes Glühwürmchen, ein Schwall elektrisierter Luft. Für eine ganze Weile war noch das Geräusch des über das Papier fahrenden Bleistifts zu hören, und so ließ sich Camino von Arpads trauriger Melodie in der Ferne und dem Knistern des Papiers über ihr in den Schlaf wiegen. Und es kam ihr vor, als läge sie in einer Hängematte zwischen zwei Palmen am Meer, während der bleiche Mond über sie wachte.

Kapitel 33

Die Heldin des Romans, Nina Cienfuegos, hatte sich in den letzten Monaten beachtlich entwickelt. Die Erzählerin, ein einsames Mädchen, das vom Turm ihres Elternhauses aus die Häuser der Nachbarn beobachtete, hatte gerade die Szene des mitternächtlichen Eintreffens des schicken Autos geschildert, das von der eleganten Frau mit der Sonnenbrille gefahren wurde. Und das Kind fragte sich, wie diese geheimnisvolle Frau wohl all die Stunden mit ihrem Sohn in dem alten Gebäude verbringen würde. Die Erzählerin beschrieb sehnsüchtig ihre Heimat Los Rosales, wobei sie sie in einen magischen Ort mit steilen Straßen und blühenden Blumen an den Balkonen verwandelte, der von den ihn umgebenden Bergen schützend umfangen wurde.

Mit der Zeit hatte Humberto Ríos Estela sehr lieb gewonnen. Er hatte ein kleines Chesterfield-Sofa in sein Büro stellen lassen, auf dem er es sich bequem machte, wenn er seinen Gast erwartete, um Estela dann in die Arme zu nehmen und unter der Bedingung, sie nicht mit seinen Küssen zu unterbrechen, ihrer Erzählung zu lauschen.

Im Alter von zweiunddreißig Jahren fühlte sich Estela zum ersten Mal so begehrt wie Dolores Haze in Nabokovs Roman, sie, der die romantische Liebe bis dahin noch nie begegnet war. Sie spürte, wie ihr Körper jedes Mal, wenn Humberto seine Arme um sie legte, aufblühte. Ihr Herz schlug mit ungewohnter Heftigkeit und ihre Lippen, die

Brust, die Finger und andere Bereiche ihres Körpers, an die sie nicht zu denken wagte, glühten.

Niemals gingen sie vor dem Morgengrauen auseinander. Manchmal schliefen sie, einer in den Armen des anderen und von Büchern umgeben, auf dem kleinen Ledersofa ein. Und wenn der Moment des Abschieds kam, hatten sie den Eindruck, dass es unmöglich war, ihre Körper voneinander zu trennen, die zu einer warmen, fest verschlungenen Einheit verschmolzen waren.

Eines Tages im März, etwa zu der Zeit, in der die Nina im Roman ihren letzten Liebhaber kennenlernte, ließ Humberto Estela in sein Büro kommen. Dort empfing er sie mit einem mysteriösen Lächeln und einem ungeschickt in Seidenpapier gewickelten Paket.

Estela öffnete es verwundert. Es handelte sich um ein hübsches Kleid. Doch das Geschenk gefiel ihr nicht. Anstatt sich zu freuen, spürte sie einen heftigen Schmerz in der Brust.

»Wozu, Humbert?« Sie hatte sich angewöhnt, ihn scherzhaft so zu nennen. »Erträgst du es nicht mehr, mich in meinem grauen Kittel zu sehen?«

»Das ist es nicht, Estela. Bitte ärgere dich nicht.«

»Hast du auch Schminke und Parfum mitgebracht? Willst du, dass ich mir die Fingernägel lackiere und für dich koche?«

»Aber nein!«

»Was also soll ich mit diesem Kleid machen? Du weißt doch besser als jeder andere, dass ich es im Gefängnis nicht tragen darf.«

»Genau deswegen habe ich es dir geschenkt …«

»Ich verstehe dich nicht, Ríos.«

»Hör zu, Estela.«

Sie ließ ihn reden. Und als sie seinen unglaublichen Vorschlag verstand, wurde ihr warm ums Herz. Zu schade, dass sie kein Telefon hatte!

Hätte sie Alicia von dem Vorschlag, den Humberto ihr unterbreitet hatte, erzählt, hätte ihre Schwester gesagt, dass dies die verrückteste Idee aller Zeiten sei. Riskant, mutig und gefährlich. Doch wenn Estela sie trotz allem gebeten hätte, das Geheimnis für sich zu bewahren, hätte Alicia ihr dies, ohne zu zögern, versprochen. Sie hätten sich unter Schwestern geschworen, dass niemand – weder die Eltern noch Tony, noch ihre besten Freundinnen – jemals von dem Wagnis erfahren würde, das die Gefangene und der Gefängnisdirektor gemeinsam eingehen wollten.

»Wir werden das Gebäude durch die Hintertür verlassen«, hatte Humberto Estela erklärt. »Und von hier verschwinden, ohne dass uns jemand sieht. Geh jetzt zurück in deine Zelle und komm wieder, sobald du kannst, um dich umzuziehen. Ich werde im Auto mit laufendem Motor auf dich warten.«

»Und wohin fahren wir?«

»Nach Los Rosales natürlich. Ich möchte unbedingt den Ort kennenlernen, an dem sich Ninas Geschichte ereignet hat. Wir werden heimlich die Nacht dort verbringen, genau wie sie es gemacht hat. Und morgen früh, kurz vor der Dämmerung, kehren wir zurück.«

»Du hast den Verstand verloren, Humbert Humbert.«

»Du hast mich um den Verstand gebracht.«

Der Mond, der hell am Himmel stand, sah aus, als wäre er aus gelbem Plüsch, als der Gefängnisdirektor die Schranke passierte und wie jeden Abend etwa um die gleiche Zeit das Gefängnis verließ. Im Vorbeifahren grüßte er den Türwächter. Estela hatte sich auf der Rückbank versteckt, wo er sie liebevoll unter einer dunklen Decke verborgen hatte. Obwohl es keinen sichereren Ort gab – denn wer kam schon auf den Gedanken, dass der Direktor höchstpersönlich einen solchen Irrsinn unternahm –, zitterte sie vor Angst.

Als sie sich weit genug vom Gefängnis entfernt hatten, nahm Humberto ihr die Decke ab. »Du bist sehr hübsch in deinem Kleid«, sagte er, »und ich habe dir noch eine Sonnenbrille mitgebracht.«

»In Los Rosales kennt mich jeder«, hatte Estela ihn gewarnt. »Was ist, wenn wir meinen Eltern begegnen oder meiner Schwester Alicia?«

Nach der langen Abwesenheit wirkte der ersehnte Ort ganz anders, als sie ihn in Erinnerung hatte. Die Straßen kamen ihr sauberer vor und das Licht der Laternen wärmer. Es gab kein Fenster, das nicht mit Geranien geschmückt war, und jede Tür schien sie zum Eintreten einzuladen. Von der Anhöhe aus zeigte Estela Humberto ihr Elternhaus mit den Kletterpflanzen an den Wänden, der alten Steinmauer und dem Turm. Sie erklärte ihm, in welchem Haus Tony Cienfuegos bei seinen unverheirateten Tanten gewohnt hatte und wo die Straße verlief, über die Nina in Nächten wie dieser leise über den Kies gefahren war. Es roch nach Schmorbraten, den Alicia wohl gerade zubereitete, und aus dem Garten mit den Fliederbüschen erklangen die leisen, weichen Stimmen ihrer Eltern.

»Möchtest du nicht hineingehen und sie begrüßen?«, bot Humberto an.

»Auf keinen Fall«, entgegnete sie. »Es reicht mir zu wissen, dass es ihnen gut geht und dass sie dort sind. Meine Eltern dürfen von diesem Wahnsinn nicht erfahren, Humbert. Diesen Schrecken möchte ich ihnen ersparen.«

»Diesen Schrecken, sagst du? Warum?«

»Na, weil ich mit einem Mann durchgebrannt bin!«

»Fahren wir zum Hotel Miranda, Estela. Ich möchte die Nacht mit dir verbringen.«

Sie wurden von Lucio Miranda persönlich empfangen, der bereits recht alt und kurzsichtig war und Estela, obwohl er sie seit ihrer Geburt kannte und ihr unzählige Male die berühmten Churros mit heißer Schokolade serviert hatte, zum Glück nicht erkannte. Natürlich zweifelte er nicht an dem Wort dieses seriösen Herrn, der ihm versicherte, dass die wunderbare Frau mit dem Kopftuch und der Sonnenbrille seine Gattin wäre, der es unterwegs ein wenig schlecht geworden war und die deswegen ein bisschen Ruhe brauche. »Ja, vielen Dank für das Angebot, eine heiße Brühe und gebratenen Seehecht nehmen wir sehr gern. Könnten Sie uns das Essen auf dem Zimmer servieren?«

Humberto öffnete Estela die Tür zum Paradies, und sie wirbelte wie ein Derwisch durch das märchenhafte Zimmer. All die Monate ohne ein vernünftiges Bett oder ein Schaumbad …

»Du wartest auf mich, oder?«

»Sicher, lass dir ruhig Zeit.«

Estela ließ sich in das warme Wasser gleiten. Sie leerte einen ganzen Flakon mit Badeschaum und den mit dem Badesalz dazu, seifte sich ein und wusch sich das Haar. Sie wollte alles entfernen, was sie an das Gefängnis erinnerte.

Ihre Haut fühlte sich weich und sauber an, und ihr Körper ertrank beinahe in ihrer Begierde.

Noch nie hatte sie eine Nacht mit einem Mann verbracht. Niemals hatte sie sich danach gesehnt oder es vermisst. Das, was in ihrem bisherigen Leben einer Liebesbeziehung am ähnlichsten gewesen war, war Tony mit seinen erotischen Fantasien und der abgedrehten Geschichte von den kindlichen Sexspielen mit Marta Poza. Doch nun entdeckte sie eine unbekannte Leidenschaft, die sie mit aller Kraft in Humberto Ríos' Arme trieb und …

»Darf ich reinkommen?«

Sie schämte sich ihrer eigenen Gedanken. Denn sie stellte sich vor, wie er ihr zärtlich …

»Ich komme jetzt.«

Von sich selbst überrascht, sah sie bereits, wie sie Humberto auf den Mund küsste und ihren Körper, der unter der Bettdecke glühte, fest an ihn schmiegte.

»Warte, Humbert Humbert, sei nicht so ungeduldig.«

Sie wickelte sich in ein großes weiches Handtuch und schwebte ihm entgegen, so wie an jenem Tag, als sie auf Wolke sieben zurück in die Zelle geglitten war. Er erwartete sie lächelnd und ruhig atmend im Bett, wo das Mondlicht seine nackte Brust beschien, um Estela wie auf dem Sofa in seinem Büro in die Arme zu schließen.

»Komm.«

Zwischen Küssen und Zärtlichkeiten schliefen sie immer wieder ein und standen vor dem Morgengrauen auf. Sie würden nun ihre Reise fortsetzen, sagte Humberto Ríos zu Lucio Miranda, aber sicher bald wiederkommen in diesen hübschen Ort mit dem angenehmen Hotel.

Und er hielt Wort. In der Tat.

Von diesem Tag an wurden ihre nächtlichen Ausflüge zur Gewohnheit. Einmal, ein zweites Mal, jede Woche glitt der Wagen auf dem Weg nach Los Rosales leise durch die Nacht und die Liebenden küssten sich leidenschaftlich in den frischen Laken. Bald kannten sie den Verlauf der Handlinien des anderen auswendig, hatten jedes Fleckchen seiner Haut erkundet. Sie erfanden immer neue Arten, sich zu lieben, und lernten, die Intensität ihrer Empfindungen auszukosten, den Gipfel der Lust zu kontrollieren, um nicht vollends den Verstand zu verlieren.

»Wohin gehst du, meine Liebe? Wer spitzt dir deinen Bleistift an?«

Camino biss sich auf die Zunge. »Es ist besser, wenn du es nicht weißt«, sagte Estela jedes Mal, wenn sie am Morgen, nach Haarshampoo duftend, zurück in die Zelle kam. Und anschließend zeigte sie ihrer Lektorin den veränderten Text, und sie arbeiteten heimlich daran, bis es Zeit fürs Frühstück war.

Sie versteckten den Notizblock mit dem schwarzen Einband unter der Matratze bei den Nestern der Flöhe. Und sie waren sich sicher, dass niemand davon wusste.

Doch eines Tages bestellte Humberto Estela in sein Büro, um sie zu warnen, dass es eine Zellendurchsuchung geben würde. Dabei bot er ihr an, den Notizblock bei sich aufzubewahren, bis die Gefahr vorbei wäre. Tatsächlich inspizierten die Aufseherinnen noch am selben Tag, mit Gummihandschuhen und Mundschutz ausgerüstet, jeden Millimeter von Estelas kaum vorhandener Privatsphäre.

»Die Matratze ist kaputt«, stellte die Aufseherin fest. »Das muss genäht werden, Valiente.«

Nach diesem Schrecken lag auf der Hand, dass die Zelle für einen entstehenden Roman kein sicherer Ort war, sondern eine große Gefahr barg. Denn schließlich waren sie wegen eines Buches überhaupt dort eingesperrt. Und wenn jemand das Manuskript fand? Sie würden sie als Wiederholungstäter anklagen, den Block vernichten, sie in ein anderes Gefängnis verlegen. In ein Gefängnis mit maximaler Sicherheitsstufe, in dem es keinen Platz für Freundschaft und schon gar nicht für Liebe gab.

»Humbert, du musst dich um die Sache kümmern«, bat Estela die Liebe ihres Lebens. »Der Roman ist fast fertig. Ich habe Angst.«

In den folgenden Tagen war Estela damit beschäftigt, das Manuskript in einen anderen Block mit schwarzem Einband ins Reine zu schreiben. Diese Kopie bewahrte Humberto Ríos in seiner gut verschlossenen Schublade auf. Das Original versteckte Estela, jedoch nicht unter der Matratze in ihrer Zelle, sondern eingerollt in einem Rohr im Waschraum. Ende September, nach einem Jahr im Gefängnis, hatte sie die Geschichte vollendet. Der Roman atmete selbstständig. Wie ein Neugeborenes, das in den Armen seiner Mutter schläft.

Kapitel 34

Und plötzlich brach alles zusammen. Wie eine Reihe Dominosteine, wie ein Kartenhaus, wie eine Lawine, die alles überrollt.

Die dicke Patro lächelte spöttisch an jenem bewölkten Morgen des ersten Oktobers. Estela und Camino unterhielten sich in der Warteschlange fürs Frühstück, wie sie es immer taten, als diese furchtbare Frau ihnen zuzischte: »Valiente, du Nutte!«

In einer impulsiven Reaktion schüttete Camino der Widersacherin den Kaffee über den grauen Kittel. Mit wütendem Blick drehte sich Patro um und schlug zu, doch Camino hatte sich rechtzeitig geduckt und konnte dem rechten Haken ausweichen. Patro verlor das Gleichgewicht und fiel auf das Tablett mit dem Besteck, was einen Heidenlärm machte.

Auf dem Boden liegend, beschimpfte Patro Estela noch eine ganze Weile weiter, bis die Aufseherinnen in den Streit eingriffen.

»Du Nutte!«, brüllte die Dicke. »Ich habe dich in der Nacht aus dem Büro des Direktors kommen sehen!«

Estela erstarrte. Vor Schreck wie gelähmt, blickte sie auf ihre Feindin hinab. Camino nutzte die Gelegenheit, Patro einen Tritt zu verpassen. »Was redest du da, du Miststück! Bist du verrückt geworden?« Doch Patro ließ sich nicht bremsen.

»Ehebrecherin!«, schrie sie. »Du schamlose Schlampe vögelst mit einem verheirateten Mann! Nicht mal vor der Ehe hast du Respekt!«

Die drei Streithähne wurden vom Frühstück und vom Hofgang ausgeschlossen und in ihre jeweiligen Zellen gesperrt. »Damit ihr endlich mal lernt, euch an die Regeln in diesem Gefängnis zu halten!« Estela, die völlig zusammengesunken auf ihrer Pritsche lag, weinte bitterlich.

»Hör mal, du Dummerchen«, sagte Camino beruhigend zu ihrer Freundin. »Du solltest das dämliche Geschwätz von dieser Verrückten gar nicht beachten. Die will dir doch nur wehtun.«

»Ach, Camino!«

»Da hat sich diese Irre ja vielleicht eine tolle Geschichte ausgedacht!«

»Ach, Camino!«

In jener Nacht benutzte Estela den Zellenschlüssel zum letzten Mal. Vor Kälte zitternd schlich sie den dunklen Gang entlang.

Humberto Ríos wartete bereits auf sie, jedoch nicht wie üblich auf dem Sofa liegend, sondern an der Tür, und sobald er sie vor sich hatte, umarmte er sie so fest, als wollte er sie für immer festhalten, obwohl er wusste, dass dies die Nacht ihres Abschieds sein würde.

»Sag mir, dass es nicht wahr ist!«, flehte Estela weinend und an einen letzten Hoffnungsschimmer geklammert.

Humberto wurde blass. »Die einzige Wahrheit ist, dass ich dich liebe. Dass ich ohne dich nicht leben kann.«

In diesem Moment brachen für Estela die schützenden Wände mit all ihren Büchern zusammen, die bis dahin die feuchten Flecken und die Spinnweben verdeckt hatten. Humberto Ríos wälzte sich im Schlamm, löste sich zwischen ihren Fingern auf und wurde zu einer grauen Pfütze am Boden. Estela starrte auf ihre Hände. Sie waren von Wunden bedeckt. Zerstört, genau wie der Rest ihres Körpers. Der graue Kittel war ein blutgetränkter Lappen. Ihre Augen mit Essig und Salz gefüllte Brunnen. Ihr Haar war mit Vogelnestern gespickt, und zwischen ihren Fingern und Zehen krochen Würmer.

»Ich verlasse meine Frau. Ich liebe sie nicht. Ich habe sie niemals geliebt.«

Doch seine Stimme war nur Schall und Rauch. Ein Nebel, der für einen Moment in der Luft schwebte und sich dann wie ein Ascheregen auf das Sofa, die Ledersessel und den Schreibtisch senkte. Estela floh hinaus auf den Gang, weil sie dort drinnen keine Luft mehr bekam.

Am nächsten Morgen wurde beim Frühstück eifrig getuschelt. Das Gerücht verbreitete sich von einer Gefangenen zur nächsten. Was für ein furchtbarer Skandal für ein Gefängnis mit einem so guten Ruf!

Sie alle hatten die unehrenhafte Entlassung des Direktors durch die Gitter ihrer Zellen mit vorwurfsvollen Blicken und Buhrufen begleitet. Estela hatte sich die Ohren zugehalten, als die anderen aus Protest gegen die Gitterstäbe schlugen. Denn das war ihre Art, lautstark zu demonstrieren.

Der Generalinspektor hatte den Angeklagten zu dem Auto geführt, in dem Humbert Humbert und seine Muse, die kleine Estela Valiente, so oft zum Hotel Miranda gefahren waren.

Bevor er einstieg, warf er noch einen letzten Blick auf Estelas Zelle, wo er jedoch nur den Schatten Camino Aribaus ausmachen konnte.

Dann hatte er den Wagen angelassen. Der Wächter hatte die Schranke geöffnet, seine Hand schüchtern an die Mütze gelegt und dem scheidenden Direktor nachgesehen, wie er, in eine dichte Staubwolke gehüllt, über die Straße verschwand.

Noch am selben Nachmittag war eine Gruppe uniformierter Beamter, angeführt von dem Generalsekretär, der für die Verwaltung der Gefängnisse zuständig war, vor Ort erschienen und hatte das Verfahren eingeleitet: Don Humberto Ríos, der Direktor des Gefängnisses La Moderna in Madrid, wurde des Besitzes verbotener Bücher und anderer minderer Vergehen angeklagt und seines Amtes enthoben. Seine angebliche Liebesbeziehung zu einer der Strafgefangenen war nicht nachzuweisen und auch nicht von Belang. Viel schlimmer war der Umstand, dass er sein Büro mit Regalen aus Edelholz, einem englischen Schreibtisch, zwei Ledersesseln und einem Chesterfield-Sofa eingerichtet hatte – all das finanziert von öffentlichen Geldern. »Was haben Sie sich nur dabei gedacht, Ríos? Sind Sie der Ansicht, dass die Wirtschaftslage des Landes in einem Zustand ist, der es erlaubt, derartige Launen von Leuten wie Ihnen zu finanzieren? Was soll diese Großtuerei? Tun Sie uns den Gefallen und kehren Sie an Ihre Lehranstalt zurück. Und verbrennen Sie, in Gottes Namen, diesen Büchermüll!«

Estela weinte haltlos. Sie weinte so sehr, dass Camino Patros Geschichte schließlich für wahr hielt. Denn für ein solches

Leid gab es keine andere Erklärung als ein gebrochenes Herz. Die Tage vergingen, und der Schmerz wurde immer größer. Ein neuer Direktor kam, und Estelas nächtliches Schluchzen sorgte dafür, dass Camino die Geigenmusik ihres Liebsten nicht mehr hören konnte.

Und dann kam der nächste Besuchstag.

»Estela Valiente«, rief die Aufseherin mit ironischem Unterton, »gehen Sie nach unten, dort fragt jemand nach Ihnen.«

Bevor Estela die Kabine betrat, zog sie ihren Kittel glatt und strich sich das wirre Haar aus dem Gesicht. All die Tränen hatten Spuren des Leids in ihre Haut gezeichnet.

Auf der anderen Seite der Glasscheibe wartete Humberto Ríos, der in einem genauso üblen Zustand war wie sie.

Nun sah er nicht mehr aus wie ein Filmstar mit einem Seidentuch in der Jacketttasche und silbernen Manschettenknöpfen, sondern wie ein gebrochener Mann mit gramgebeugtem Rücken und ungepflegtem Bart. Verlegen rieb er die Hände im Schoß aneinander.

»Wie geht es dir, Liebling?«, fragte er leise.

Estela hatte den Blick zu Boden gesenkt. Sie war nicht in der Lage, ihm zu antworten. Ihr Kinn zitterte zu sehr.

»Du bist meine Lolita, meine Leidenschaft, meine Sünde. Wenn ich könnte, würde ich mein ganzes Leben für dich aufgeben: mein Haus, meine Arbeit, meine Zukunft. Es wäre mir egal, dass mich die Welt verurteilt, wenn du dafür an meiner Seite wärst.«

Estela merkte, wie ihr zwei heiße Tränen die Wangen hinunterrollten.

»Aber ich *kann* nicht«, erklärte das Häufchen Elend seufzend, in das Humberto Ríos sich verwandelt hatte.

»Sieh mich an, Estela, ich flehe dich an! Es gibt da etwas, was du wissen musst.«

»Dann sag es.«

»Sieh mich an.«

Sie hob den Blick. Die Glasscheibe reflektierte die Angst in ihren Augen, und sie hatte das Gefühl, dass ein Wasserstrudel sie in die Tiefe riss, während sie durch ein Fenster sah.

»Meine Frau erwartet ein Kind.«

Das war alles. Keiner von beiden sagte noch ein Wort. Schweigend sahen sie sich an und nahmen Abschied voneinander.

Estela glaubte zu ersticken. Eine gigantische Woge hatte sie überrollt und zog sie in die Tiefe. Als sie sich so weit unter Kontrolle hatte, dass sie die Kabine verlassen konnte, trat sie hinaus ins Nichts und überließ den Mann auf der anderen Seite der Glasscheibe, der verzweifelt seinen Kopf in die Hände sinken ließ, seinem Schicksal.

»Valiente!« Die Aufseherin, die hinter der Tür wartete, rief sie zu sich. »Direktor Velasco sagt, du sollst in sein Büro kommen. Und wasch dir vorher das Gesicht und kämm dir das Haar, du siehst aus wie eine Irre.«

Wie ferngesteuert ging Estela dieselben Gänge entlang, die sie kurz zuvor noch ins paradiesische Glück geführt hatten. Die Tränen liefen ihr über die Wangen, ohne dass sie es bemerkte.

Die Tür stand offen. Das Büro hatte sich vollkommen verändert und wirkte weiß und leer wie ein Operationssaal. Die einzigen Möbelstücke waren ein abgenutzter Schreibtisch, vor dem ein Holzstuhl stand. Ein übergewichtiger

Mann saß hinter einem riesigen Stapel Papier am Schreibtisch. Der Aschenbecher stank, und sein Gruß war der eines effizienten Beamten.

»Möchten Sie ein Taschentuch?«

»Nein danke.«

»Mein Name ist José María Velasco Ruiz. Wie Sie sicher wissen, bin ich der neue Direktor dieses Gefängnisses. Und es ist meine Pflicht, Sie darüber zu informieren, dass mein Vorgänger, Humberto Ríos, von einer der Insassinnen beschuldigt wird, Sie sexuell belästigt und Ihnen eine intime Beziehung aufgezwungen zu haben.«

»Das ist gelogen.«

»Haben Sie über die familiären Verhältnisse des Angeklagten Bescheid gewusst?«

»Nein.«

»Haben Sie gewusst, dass er ein verheirateter Mann ist, dessen Frau ein Kind erwartet?«

Nun nahm Estela das angebotene Taschentuch doch entgegen. Der Schmerz war so groß, dass sie kein Wort herausbrachte.

»Ihrem Schweigen entnehme ich, dass Sie sich des Vergehens des Ehebruchs nicht bewusst waren, das laut Strafgesetzbuch Artikel 449 und 452 mit einer Gefängnisstrafe zwischen sechs Monaten und sechs Jahren geahndet werden kann. Oder?«

»Wir hatten keine sexuelle Beziehung«, log Estela schluchzend. »Wir haben nur über Bücher gesprochen. Wir haben gelesen und uns unterhalten. Das war alles.«

»Sie weisen den Vorwurf also zurück.«

»Ja, das tue ich.«

»In diesem Fall wird die Anklage gegen Humberto Ríos zurückgezogen. Aber Ihre Aussage muss offiziell festgehalten werden, um die zukünftige Straffreiheit und den guten Ruf dieses Gefängnisses zu garantieren. Bitte unterschreiben Sie hier.«

Trotz ihrer Verwirrung hatte Estela in diesem Moment eine Eingebung, die sie das Licht am Ende des Tunnels sehen ließ.

»Ich unterschreibe nur unter einer Bedingung«, sagte sie und sah den Direktor mit tränennassen Augen fest an.

Dieser blickte neugierig von seinen Papieren auf.

»Camino Aribau und ich werden noch heute Abend aus dem Gefängnis entlassen. Wegen guter Führung oder warum auch immer. Wenn nicht, wird das Ganze an die Öffentlichkeit gelangen und dieses Gefängnis wird zum Gegenstand des größten Skandals in der Geschichte der spanischen Strafanstalten.«

Hocherhobenen Hauptes verließ Estela anschließend das Büro des neuen Direktors. Dann ging sie die dunkle Treppe zum Waschraum hinunter und nahm den Notizblock mit dem schwarzen Einband aus dem Rohr, in dem sie ihn zusammengerollt versteckt hatte. Sie verbarg ihn unter ihrem Kittel und eilte zu dem Gefängnistrakt hinüber, in dem ihre Zelle lag. Als sie diese erreicht hatte, legte sie ihren Schatz unter das Kopfkissen. Sie wusste, dass sie in wenigen Stunden diesen Ort verlassen würden, der Notizblock, die Autorin und die Verlegerin.

Und richtig – um Mitternacht wurde sie wieder von einem Fußtritt gegen die Tür geweckt. Doch diesmal verliefen die Dinge umgekehrt:

»Nehmen Sie Ihre persönlichen Dinge und folgen Sie mir. Es geht nach Hause.«

Estela holte ihren Block unter dem Kissen hervor und wartete dann geduldig darauf, dass die völlig verwirrte Camino verstand, was vor sich ging, und nach ihrem Kittel, der Seife und ihrer Zahnbürste griff.

»Geben Sie Ruhe, wenn Sie wieder zu Hause sind«, warnte sie der Direktor, der sie mit bleichem Gesicht nicht gerade freundlich verabschiedete. »Heizen Sie die Revolte, die Sie angezettelt haben, nicht wieder an, und führen Sie von nun an ein diskretes, zurückgezogenes Leben. Das kann ich Ihnen nur raten.«

Die Aufseherin begleitete sie nach draußen. Es war stockdunkel und sehr kalt. Schon vor einer ganzen Weile hatte Arpad seine Geige eingepackt und war gegangen, und die anderen Gefangenen schliefen tief und fest. Später konnte keiner genau sagen, wann Estela Valiente und Camino Aribau – die »vornehmen Damen« – das Gefängnis verlassen hatten.

Sich gegenseitig stützend, todmüde und noch ein bisschen benommen taumelten die beiden Frauen aus dem Gefängnis. Und als sie begriffen, dass sie tatsächlich frei waren, rannten sie wie zwei aufgeschreckte Hasen davon, ohne sich noch einmal umzudrehen.

»Entschuldigen Sie, Estela, dass ich an diesem Punkt interveniere, aber laut Tony Cienfuegos wurden Sie vorzeitig aus dem Gefängnis entlassen, weil Minister Álvarez sich vor dem Gericht für Öffentliche Ordnung für Sie eingesetzt hat und …«

»Alles gelogen! Als wir entlassen wurden, war Minister Álvarez bereits seit einem Jahr tot. Er ist im Herbst des Jahres 1973 von Marta Poza, der Liebesbrief-Mörderin, erstochen worden. Das können Sie gern nachprüfen, mein Lieber. Schließlich gibt es Zeitungsarchive.«

»Inwieweit beeinflusste Ihr Gefängnisaufenthalt Ihren Entschluss, sich für immer nach Los Rosales zurückzuziehen?«

»Na ja, ich wusste ja nicht, dass es für immer sein würde. Nach meiner Freilassung bin ich zunächst in die Dachwohnung am Retiro-Park zurückgekehrt, wo ich Tony vorfand, der sich offenbar all die Zeit über nicht von der Stelle bewegt hatte. Er war stark abgemagert, verwahrlost und desorientiert. Ich gab ihm damals Das rote Backsteinhaus, *den Roman, den ich im Gefängnis geschrieben hatte, und sagte ihm, dass er ihm gehöre. Dass dies unser gemeinsames Baby sei. Verstehen Sie?«*

»Damit sagen Sie also, Señora Valiente, dass in Wahrheit Sie die Autorin des Romans sind, der Tony Cienfuegos zum Star machte?«

»Ja, das sage ich. Ich hatte entschieden, dass ich kein weiteres Buch mehr veröffentlichen wollte, und habe mich mit meinen liebsten Menschen, meinen Notizbüchern und meinen Erinnerungen in mein Elternhaus zurückgezogen. Und so vergingen Tage, Jahreszeiten, Jahre …«

Alicia Valiente wartete gerade darauf, dass der Kuchen aufging, als sie ihre Schwester Estela wie ein Gespenst vor dem Küchenfenster vorbeigehen sah. Vor Überraschung fiel ihr das Geschirrtuch aus der Hand. Dann stieß sie aus vollem Hals einen Siegesschrei aus. »Estela ist wieder da!«

Die Eltern sprangen wie Kinder die Treppe hinunter, als wären sie vor Glück wieder jung geworden. Sie umarmten sich zu viert und führten einen nicht enden wollenden Freudentanz auf, sie drehten und drehten sich, bis sie schließlich völlig erschöpft und von Küssen überhäuft zu Boden sanken.

Seit diesem Tag kümmerte sich Alicia um ihre Schwester: Sie brachte sie abends zu Bett, servierte ihr morgens das Frühstück im Schlafzimmer, versteckte das Buch, das Tony Cienfuegos wenige Monate nach Estelas Entlassung aus dem Gefängnis veröffentlicht hatte und das sie wie besessen immer wieder las, kochte für sie das Abendessen und begleitete sie zum Bahnhof, wenn sie mal wieder auf und davon fuhr. Sie trug die Briefe von Estelas Bewunderern ins Turmzimmer hinauf. Sie entriss ihr die Schreibmaschine, wenn es spät wurde. Sie bewahrte jede Erzählung, jeden Roman und jede Geschichte auf, die ihre Schwester in die Notizbücher mit dem feuerroten Einband schrieb.

Sie achtete auf die vielen Liter Wodka, die Hunderte von Zigaretten und all die Tränen der Enttäuschung.

Gemeinsam trauerten sie um ihre Eltern, als deren Zeit gekommen war, und gemeinsam reisten sie nach Frankreich, um sich Tony Cienfuegos' in Spanien verbotene Filme anzusehen. Alicia und Estela lebten so gut zusammen, dass sie niemals eine Liebesbeziehung zu einem Mann vermissten. Sie waren Trauben, Nüsse, Salz und Zitrone und Zimtstangen.

Kapitel 35

Eine Stewardess in den Farben der schwedischen Flagge – blaues Kleid, weiße Bluse und gelbe Schürze – ging zu den Passagierinnen hinüber, die auf dem Oberdeck des Kreuzfahrtschiffes in ihren Liegestühlen gemütlich in der Sonne lagen.

»Heute ist der sechste Juni«, informierte sie die Damen mit einem freundlichen Lächeln, »der schwedische Nationalfeiertag. Wir werden die Stadt Borensberg anlaufen, um in diesem malerischen Ort einen Vormittag zu verbringen und an den Feierlichkeiten teilzunehmen. Vergessen Sie Ihre Kameras nicht, und nehmen Sie einen Hut mit.« Sie rümpfte leicht die Nase und fragte: »Sie haben doch nicht etwa geraucht? Darf ich Sie daran erinnern, dass das Rauchen an Bord streng verboten ist! Die größte Gefahr für ein Schiff ist nicht das Wasser, sondern das Feuer, meine Damen.«

Zum Glück hatte Camino die beiden Zigarettenstummel bereits über Bord geworfen, sodass es keinen stichhaltigen Beweis für ihr Vergehen gab.

»Ihnen ist ein Buch heruntergefallen«, sagte die Stewardess nun, wobei sie sich bückte und eine Ausgabe von *Hinter Gittern* aufhob.

»Danke«, entgegnete Camino und nahm das Buch an sich.

Kaum war die Stewardess von der Bildfläche verschwunden, warf sie das Buch wieder auf den Boden.

»Ich wusste gar nicht, dass ausgerechnet heute der schwedische Nationalfeiertag begangen wird«, meinte Estela seufzend. »Was für ein Zufall.«

»Na ja …«

Camino und Estela, die sich noch immer an der Hand hielten, spürten den leichten Wind und die Dünung, die das Schiff sanft hin und her schaukeln ließ. Sie schlossen die Augen und streckten das Gesicht in die Sonne, die ihre müden Knochen wärmte. Und wäre dies nicht der Moment gewesen, in dem eine Bombe die Fundamente der zeitgenössischen Literatur ins Wanken bringen würde, wären sie wahrscheinlich eingenickt: zwei ältere Damen, die gut zugedeckt auf dem Vorderdeck in der Sonne lagen, während das Schiff an den flirrenden Pappel- und Birkenwäldern vorbeifuhr und ganze Schwärme von Wildgänsen aufflattern ließ.

Alonso Ríos war spät zu Bett gegangen und schlief noch, als er von seinem Mobiltelefon geweckt wurde, das er am Abend vorher auszuschalten vergessen hatte. Schlaftrunken meinte er Maya Millas' Namen auf dem Display zu erkennen. Doch das konnte nur ein Traum sein. Er stützte sich auf den Ellbogen, fuhr sich durch das Haar und angelte nach seiner Lesebrille, die der Augenarzt ihm aufgedrängt hatte, obwohl er sich mit Händen und Füßen dagegen gesträubt hatte.

»Hast du schon gehört, was dieses Miststück uns angetan hat?«

Mayas Stimme, die er nach ihrem abrupten Abschied in Los Rosales nicht mehr gehört hatte, klang erbost. Die Kleine schien außer sich zu sein vor Wut.

Sofort sah er ihre zierliche Gestalt wieder vor sich, wie sie in der Ferne verschwand und ihm die nicht gerade zärtlich gemeinten Worte »Leck mich!« zurief.

Er konnte nicht von sich behaupten, dass er Maya Millas in den letzten Wochen vermisst hatte. Oder vielleicht doch? Ein kleines bisschen sicherlich. Ihre schlanken Beine zwischen den Laken, die wechselseitigen Wortgefechte, das Spiel der Verführung und Eroberung. Aber er vermisste sie nicht wie einen über alles geliebten Menschen. Das auf keinen Fall.

Sein ereignisreiches Leben war weitergegangen: das Radio, die Kolumne, hin und wieder ein Glas Wein, die Talkshow im Fernsehen … und zwischendurch hatte er an seinem Buch über Estela Valiente geschrieben. Dabei hatte er, ehrlich gesagt, überhaupt keine Zeit gehabt, an Maya zu denken. Oder wenn doch, dann an die mögliche, wenn auch unfähige Konkurrentin. Aber mehr nicht.

Deshalb empfand er ihren Anruf zu dieser frühen Morgenstunde als äußerst verwunderlich. Es war noch nicht mal zehn Uhr um Gottes willen!

»Wovon sprichst du, mein Senfkörnchen?«

Das »Senfkörnchen« am anderen Ende der Leitung war kurz davor, das Gespräch abzubrechen und das Telefon gegen die Wand ihres »Wohnklos« zu donnern. Seit sie aus Los Rosales zurückgekehrt war, empfand sie ihre kleine Zwei-Zimmer-Wohnung ohne Pflanzen und Haustiere und ohne liebevoll zubereitete Speisen nicht mehr als ihr Zuhause. Alicia Valiente mit ihrem Schmorbraten, dem offenen Kamin, den kuscheligen Wolldecken und den frisch geschnittenen Blumen hatte ihre Vorstellung von einem wohligen Heim komplett verdorben. Vor ein paar Tagen hatte sie sogar Duftkerzen gekauft, wer hätte das gedacht?

Sie schrieb Tag und Nacht an ihrer nicht autorisierten Biografie über Estela Valiente. Clara Cobián, ihre Chefin, war einverstanden gewesen, sie noch bis September freizustellen. Letztendlich hatte sie gesagt, dass jeder mit seiner Zeit anfangen konnte, was er wollte. Und wenn sie den Sommer in ihrer Wohnung eingeschlossen am Computer verbringen wollte, dann nur zu.

Der einzige Tisch in der Wohnung, der gleichzeitig als Ess- und Schreibtisch diente, war übersät mit Büchern über das Leben und Werk der einzigen Spanierin, die je den Literatur-Nobelpreis bekommen hatte. Maya hatte etwa sieben Stunden aufgenommenes Material abgeschrieben, und sie schätzte, dass es – auf ihrem Handy und ihrem Computer – noch etwa zwanzig Gespräche mit Estela gab, die sie sich noch einmal anhören musste. Sie hatte dreimal Tony Cienfuegos' Autobiografie gelesen, die einiges Licht ins Dunkel brachte, wobei man hier natürlich Wahrheit und Erfindung trennen musste und Letzteres nicht immer deutlich zu erkennen war.

Mayas Haushaltshilfe – die sie nun endlich einmal in Person kennengelernt hatte – fand sie schlafend mit dem Kopf auf der Tastatur ihres Computers vor, nachdem sie am Ende eines weiteren endlosen Arbeitstages völlig erschöpft gewesen war. Die Haushaltshilfe ließ sie schlafen, während sie die Reste des kalten, ins Haus bestellten Abendessens einsammelte und die unbenutzte Bettwäsche glatt strich.

»Wenn du mich noch einmal ›Senfkörnchen‹ nennst, bringe ich dich um, Alonso Ríos. Ich bin gerade überhaupt nicht zu Scherzen aufgelegt«, warnte sie ihn.

»Ich freue mich auch, dich zu hören, Maya Millas«, entgegnete er mit einem leicht ironischen Unterton.

»Also weißt du es jetzt, oder nicht?«

»Sollte ich es denn wissen?«

»Du machst mich wahnsinnig, Alonso!«, meinte sie genervt. »Wenn du stehen solltest, setz dich lieber hin, damit dich das, was ich dir zu sagen habe, nicht von den Füßen haut.«

»Keine Sorge. Ich liege noch im Bett. Nackt übrigens. Also, immer nur raus damit.«

»Gut. Dann halt dich jetzt mal fest, mein Lieber. Estela Valiente hat die Veröffentlichung ihrer Autobiografie angekündigt. Der Titel lautet *Meine Sache*, und das Buch wird im Verlag von Camino Aribau erscheinen. Am Montag ist Erstverkaufstag. Also übermorgen.«

Am anderen Ende der Telefonleitung war es erst mal still.

»Dieses alte Hexe …«, brachte Alonso schließlich heraus.

»Die Nachricht verbreitet sich gerade wie ein Lauffeuer. Sie wurde vom Lokalblatt in Los Rosales lanciert. Geschrieben hat sie ein gewisser Pereira. Na? Kommt dir der Name bekannt vor? Estela hat ihm ein umfassendes Interview gewährt, in dem sie alles erzählt: ihre wahre Beziehung zu Tony Cienfuegos, ihre Autorenschaft von *Das rote Backsteinhaus* und *Hinter Gittern*, von ihren vierundzwanzig unveröffentlichten Romanen, ihrem Alkoholproblem, die Geschichte von Marta Poza, von dem Mord an Minister Álvarez, ihrer Zeit im Gefängnis, ihr …«

»Sie spricht über ihren Gefängnisaufenthalt?« Alonso Ríos fuhr hoch.

»Ja. Soll ich dir die Stelle vorlesen?«

»Bitte.«

Maya räusperte sich, bevor sie fortfuhr:

»›Stimmt es, dass sich Minister Álvarez vor dem Gericht für Öffentliche Ordnung für Sie eingesetzt hat?‹«, las sie. »›Nein, mein Herr. Wie Sie in jedem Zeitungsarchiv nachlesen können, hat es zu dieser Zeit gar kein Gericht für Öffentliche Ordnung gegeben. Diese und ähnliche falsche Behauptungen in der Autobiografie, auf die Sie anspielen, sind dem verwirrten Geist Tony Cienfuegos' entsprungen, und nichts davon entspricht der Wahrheit.‹«

»Lies weiter.«

»›Was war dann der Grund für Ihre Freilassung?‹

›Ich hatte eine Liebesbeziehung im Gefängnis. Ich werde mich jetzt nicht im Detail dazu äußern, denn das lesen Sie besser in meiner Autobiografie. Diese Liebe, die einzige wahre Liebe meines Lebens, führte dazu, dass ich *Hinter Gittern* geschrieben habe.‹

›Sprechen Sie von dem Roman über die obsessive homosexuelle Beziehung zwischen zwei Gefängnisinsassen, die mit dem Selbstmord des einen und der Todesstrafe des anderen endet?‹

›Nein. Das ist die Version von Tony Cienfuegos.‹

›Von welcher Liebesbeziehung sprechen Sie dann?‹

›Von der, die mir das Herz gebrochen hat. Meiner leidenschaftlichen Romanze mit dem Gefängnisdirektor Humberto Ríos. Ja, den Vater des berühmten Fernsehmoderators. Nun sehen Sie mich nicht so an, Pereira.‹«

Alonso Ríos schluckte. Er blickte um sich und betrachtete wie durch einen Nebelschleier die vielen Papierseiten, die am Boden lagen, und den Notizblock mit dem schwarzen Einband, dessen mit Bleistift beschriebene Seiten unverkennbar Estela Valientes Schrift aufwiesen. Und der im Besitz seines Vaters gewesen war. Jener Block, den seine Schwester ihm in einer Kiste mit der Nachricht *Wirf das Zeug weg, wenn du möchtest* geschickt hatte, weil die arme, ahnungslose Frau nichts von dem bedeutenden Inhalt ahnte.

»Unglaublich, was für einen Kram Papa auf dem Dachboden aufbewahrt hat«, hatte sie zu ihm gesagt, als sie sich nach dem Tod ihres Vaters um dessen Haus gekümmert hatte.

»Danke, Maya«, brachte Alonso gerade noch heraus, bevor er das Gespräch beendete, ohne ihr die Gelegenheit zu geben, nach irgendwelchen Erklärungen zu fragen oder sich zu verabschieden.

Er las noch einmal den ersten Absatz seines Buches, dem er den Titel *Estela Valiente und mein Vater* hatte geben wollen, und das folgendermaßen begann: *Humberto Ríos sah, wie Estela in einer nebligen Nacht weinend und in Handschellen im Gefängnis ankam, doch er wollte nicht hinuntergehen und sie begrüßen, weil die Lektüre von* Hinter verschlossenen Türen *ihn derart verändert hatte, dass er fürchtete, sie könne etwas merken. Er hatte sich um die Stelle als Direktor des Gefängnisses La Moderna in Madrid beworben, weil er davon überzeugt war, dass die spanischen Strafanstalten dringend reformiert werden mussten. Vor allem die Frauengefängnisse. Möglicherweise hatte er sein Herz bereits an diese kleine Rebellin verloren, bevor er sie kennenlernte.*

Kapitel 36

Das Kreuzfahrtschiff *Juno* fuhr in den kleinen Hafen von Borensberg ein, der an diesem Tag mit blauen und gelben Girlanden und Wimpeln geschmückt war. Die Damen des Kartenclubs hatten sich an diesem Morgen größte Mühe gegeben, hübsch auszusehen. Sie hatten Seidentücher und Perlenketten aus ihren Koffern und Schmuckschatullen genommen. An die Reling gelehnt, schnatterten sie miteinander wie schick herausgeputzte Gänse, die aufgeregt darauf warteten, sich auf dem Markt ein hübsches Souvenir zu kaufen oder auf einer Terrasse in der Sonne einen Wermut zu genießen.

»Fehlen nur noch Camino und Estela, wie üblich«, meinte Consuelo.

»Sie sind schon seit einer Weile oben am Bug«, sagte Viri.

»Ich gehe schon«, bot sich Alicia an, die ihr Blumenkleid und die rote Jacke für besondere Gelegenheiten trug.

Sie fand die beiden mit geschlossenen Augen und einem Lächeln auf den Lippen in ihren Liegestühlen vor.

»Ihr habt doch nicht etwa Gras geraucht, oder?«, schimpfte sie.

Camino schlug die Augen auf und tat unschuldig.

»Wie?«, rief sie dann aus. »Sind wir etwa schon in Disneyland angekommen?«

Aufmerksam, wie Alicia war, fielen ihr sofort die Tränenspuren auf den Wangen ihrer Schwester auf. Genau wie das auf dem Boden liegende Buch.

»Hör mal, Camino«, sagte sie leise, »geh du mit den anderen, und ich bleibe hier bei Estela. Komm, steh auf und überlass mir deinen Liegestuhl. Ehrlich gesagt, ist mir der Trubel eh zu anstrengend …«

Camino gehorchte, drückte noch einmal Estelas Hand und machte dann, worum Alicia sie so feinfühlig gebeten hatte. Sie überließ die beiden ihrem Schicksal, weil ihr bewusst war, dass Estelas Schwester unbedingt erfahren musste, was passiert war. Denn von nun an würde das Leben in Los Rosales nicht mehr so friedlich sein. Sicherlich würde der kleine Ort in den Bergen wieder von Menschen belagert werden.

»Alicia, meine Süße«, sagte Estela, ohne die Augen zu öffnen, »komm, gib mir deine Hand.«

Nun waren sie unter sich, wie all die Jahre zuvor. Schweigend ließen sich die beiden Schwestern eine Weile auf und ab schaukeln. Dann nahm Estela all ihren Mut zusammen und ergriff das Wort.

»Du erinnerst dich doch noch an jenen Sommer, den wir drei, Tony, du und ich, gemeinsam im Schatten der Eiche in Los Rosales verbracht haben …«

Hin und wieder unterbrach Alicia ihre Schwester mit einer Frage, einem Händedruck oder indem sie, die nie etwas vergaß, ihrer Schwester auf die Sprünge half, wenn diese den Faden verloren hatte: »Nein, der Strafverteidiger, den Papa engagiert hat, hieß nicht Sebastián, sondern Severo, wie der berühmte Biochemiker Severo Ochoa, und das, was er uns gesagt hat, hätte furchtbarer nicht sein können; denn der Blödmann meinte, dass alles ja nur halb so schlimm sei.«

Die Erinnerung an jene Tage voller Angst kehrte in Alicias Körper zurück. Fünfzig Jahre lang hatte sie gegen das schmerzhafte Bild angekämpft, ihre Schwester durch die Scheibe der Besuchskabine im Gefängnis zu sehen, ihre geliebte Schwester wie eine gewöhnliche Verbrecherin, und sie hatte sich Vorwürfe gemacht: Warum hatte sie Estela nicht verboten, diesen Quatsch zu schreiben? Und Tony Cienfuegos aus dem Garten vertrieben, das Wunderkind, diesen verdammten Schriftsteller, von dem die ganze Welt sprach, und der nichts Besseres zu tun gehabt hatte, als Estela mit seinen absurden Kommentaren auf den Manuskriptseiten noch anzustacheln: *An dieser Stelle fehlt noch ein wenig Drama, und diese Szene könnte noch ein bisschen pikanter sein …* Füllen wir Estelas Roman doch noch mit mehr Unheil und ein paar Schweinereien.

Und was hatte sie getan, um das Unglück zu verhindern? Sie hatte den Sommer damit verbracht, Limonade und Gebäck auf einem Tablett zwischen der Küche und dem Garten hin und her zu tragen. Sie hatte nichts gesagt.

»Haben Sie gewusst, worüber Ihre Schwester schreibt?«

»Ja, mein Herr.«

»Und wieso haben Sie sie nicht davon abgehalten?«

Sie hatte schweigend Schuld auf sich geladen, und immer wenn sie Estelas unglückliches Gesicht hinter der Scheibe sah, machte sie sich bittere Vorwürfe.

Estelas Gefängnisstrafe hatte Alicia so belastet, dass sie zwei für ihr Leben richtungsweisende Entscheidungen traf: Jura zu studieren und auf die Liebe eines Mannes zu verzichten, um sich um ihre Schwester kümmern zu können.

Sie dachte, dass niemand, der zugelassen hatte, dass direkt vor seiner Nase etwas derart Schreckliches geschah, sich im Leben mit etwas anderem beschäftigen dürfe als den Rechtswissenschaften. Alles andere wäre unmöglich gewesen, genauso wie den Heiratsantrag anzunehmen, den sie damals bekommen hatte: »Alicia Valiente, willst du meine Frau werden?« »Ich kann nicht, Pereira, bitte versteh! Ich wäre eine furchtbare Mutter. Ich hätte keine Ahnung, wie ich unsere Kinder erziehen sollte.«

»Was? Ich habe dir nie erzählt, dass Pereira mir einen Heiratsantrag gemacht hat?«

Estela hatte sich in ihrem Liegestuhl aufgerichtet, und in ihrem Gesicht spiegelte sich eine Mischung aus Ungläubigkeit und Verblüffung wider.

»Jetzt sieh mich nicht so dumm an. Der gute Pereira war vor fünfzig Jahren gar nicht so übel. Damals war er ein junger Mann, der eine brillante Zukunft vor sich hatte. Er hat mit einem Strauß Rosen und in dem Anzug mit dem grünen Jackett, das ihm so gut gefiel, bei uns zu Hause vorgesprochen. Ach ja, die Wollkrawatte, das süßliche Eau de Cologne, der kleine Schnurrbart ...! Er hat Papa sogar um Erlaubnis gebeten, allein im Wohnzimmer mit mir reden zu dürfen. Und er ist vor mir auf die Knie gegangen, Estela! Was für ein vorbildlicher Verehrer! Du ahnst ja nicht, was er für ein Gesicht gemacht hat, als ich ihm einen Korb gegeben habe.«

»Aber wann war das denn?«

»Ach, meine Liebe, als du im Gefängnis warst! Wenn du zu Hause gewesen wärest, hätte er sich sicher nicht getraut.« Alicia lächelte.

Und nach Pereira kam nichts mehr. Alicia hatte die Liebe verjagt. Sie hatte sie aus ihrem Leben verbannt, wie sie den Staub von den Möbeln entfernte: mit einem Wisch. Alicia hatte ihren Platz in der Küche des Hauses in Los Rosales gefunden und ihre Berufung darin, sich für den Rest ihres Lebens um ihre arme, traurige, verängstigte, traumatisierte Schwester zu kümmern … und sie hatte nie wieder zugelassen, dass Cupido an ihre Tür klopfte.

Alicia wusste, warum sie selbst nie geheiratet hatte, hatte jedoch irrtümlich immer geglaubt, dass ihre Schwester auch ohne Mann geblieben war, zumal sie sich nach der Zeit im Gefängnis freiwillig nach Los Rosales zurückgezogen hatte. Sie hatte von der Terrasse aus zum Nonnenhaus hinübergeblickt und seufzend geklagt, dass ihre Klausur viel strenger sei als die im Kloster.

Es stimmte zwar, dass mit den Jahren die Disziplin nachgelassen hatte und dass sich nach dem Tod ihrer Eltern ihre Wangen wieder gerötet hatten und sie zum Lachen zurückfand. Damals, als dieser teuflische Tony Cienfuegos nach Jahren zurück nach Los Rosales gekommen war. Doch zu der Zeit war sie bereits eine seltsame Frau mittleren Alters gewesen, die am Spiel der Verführung und der romantischen Liebe kein Interesse mehr hatte und dem Alkohol zusprach. Estela würde ebenso jungfräulich sterben wie sie selbst, hatte Alicia mit einem Anflug von Bedauern gedacht. Allerdings ohne auch nur jemals einen Heiratsantrag bekommen zu haben, eine Geschichte wie die mit Pereira erlebt zu haben, an deren Erinnerung sie sich in kalten Nächten wärmen konnte.

»Hättest du denn nie gern geheiratet?«, fragte Alicia ihre Schwester plötzlich, »Kinder gehabt, Enkel …?«

Estela schwieg eine ganze Weile, bevor sie antwortete. Als sie es dann schließlich tat, klang ihre Stimme belegt.

»Da gibt es etwas, was du wissen solltest, Alicia. Es ist schon viele Jahre her«, gestand sie. »All die Zeit über habe ich versucht, darüber hinwegzukommen, aber es ist mir nicht gelungen. Es ist nichts, was sich mit Medikamenten heilen oder mit Alkohol vergessen lässt. Weißt du eigentlich, warum Alonso Ríos' Drohung mich derart mitgenommen hat?«

Und dann rief Estela sich in den längsten Minuten ihres Lebens Szene für Szene ihrer heimlichen Liebesgeschichte ins Gedächtnis, ohne auch nur einmal innezuhalten oder das verblüffte Gesicht ihrer Schwester zu beachten. In ihrer Erinnerung tauchten plötzlich wieder Humbertos Küsse auf dem Sofa auf, ihre heimlichen Ausflüge ins Hotel Miranda, seine Schwüre ewiger Liebe. Und dann die schief sitzende Krawatte, seine hilflos gestikulierenden Hände während jenes letzten furchtbaren Gesprächs.

»Das heißt, Alonso Ríos wurde genau in der Zeit gezeugt, als …«

»Und nicht nur das, Alicia«, klagte Estela, »Alonso hatte vor, mich zu erpressen. Er wollte die ganze Geschichte veröffentlichen, nachdem er auf dem Dachboden seines Vaters einen von mir beschriebenen Notizblock gefunden hatte. Er erklärte, herausgefunden zu haben, dass ich *Das rote Backsteinhaus* verfasst hatte, und wollte ein Buch über mich schreiben.«

Alicia fuhr auf wie der Blitz.

»Stimmt das? Hast du das Buch wirklich geschrieben?«

»Ich habe es geschrieben, ja. Aber eigentlich war es ja Tonys Geschichte. Tony hat es nachher zu dem Meisterwerk gemacht, das berühmt wurde. Erinnerst du dich noch, wie er mir bei *Hinter verschlossenen Türen* geholfen hat? Wie viele seiner Ideen in die Handlung eingegangen sind? Na ja, und genauso war es bei *Das rote Backsteinhaus* und *Hinter Gittern*. Und wenn er nicht gewesen wäre, hätte keiner der beiden Romane es zu einer solchen Berühmtheit gebracht.«

»Aber er hat dir die Romane *gestohlen*, Estela! Wie konntest du zulassen, dass er sich als der Autor deiner Bücher ausgegeben hat?«

»›Für mich der Ruhm, für dich der Frieden‹«, zitierte Estela mit einem seltsamen Lächeln im Gesicht.

Nach dieser Eröffnung stellte sich zwischen den beiden Schwestern für eine ganze Weile tiefes Schweigen ein, das nur durch das Knarren der Schiffsplanken und die Schreie der Wildgänse unterbrochen wurde. Bis Alicia schließlich wieder das Wort ergriff.

»Ich glaube, ich habe diesen Humberto Ríos einmal kennengelernt«, erinnerte sie sich. »Er hatte leuchtend blaue Augen, sagst du? Und einen andalusischen Akzent?«

Der fremde Mann war ihr eines Tages aufgefallen, als sie Estelas Post ins Turmzimmer hinaufgebracht hatte. Er stand unbeweglich auf halber Höhe zwischen ihrem Haus und dem kleinen Ort. Damals trug er einen Lodenmantel und einen Borsalino-Hut und wirkte wie ein übernächtigter Dandy. Oje, der hat sich wohl verlaufen, dachte Alicia und ging hinunter, um sich zu vergewissern.

Er war ein hochgewachsener Mann von etwa achtzig Jahren, sie kamen ins Gespräch und spazierten eine Weile zusammen durch das kleine Wäldchen, das hinter dem Haus anfing. Das Gehen schien ihn anzustrengen, und schließlich ließen sie sich auf einer Bank in der Nähe der

Kirche nieder, um sich auszuruhen. Die Ärzte hätten bei ihm ein Lungenleiden festgestellt, erklärte er. Da er sein ganzes Leben über geraucht habe, fügte er hinzu. Alicia sah, dass seine Hände leicht zitterten, und dachte, es liege an der Kälte. Er interessierte sich für Los Rosales, das Leben, das eine so nette Frau wie sie an einem solchen Ort führte, und er lächelte, als sie von ihren Freundinnen aus dem Kartenclub erzählte, ihren gelegentlichen Ausflügen mit dem Nahverkehrszug nach Madrid, ihren friedlichen Abenden am Kamin, ihrem saftigen Schmorbraten. Und vor allem, als sie von ihrer Schwester erzählte. Ihrer geliebten, bewunderten Schwester Estela, die immer für eine Überraschung gut war.

»Ist Ihre Schwester denn glücklich?«, hatte der Mann gefragt. »Hat sie all die Jahre über ein zufriedenes Leben geführt?«

»Sicher«, hatte Alicia geantwortet. Estela sei glücklich gewesen. »Mit Höhen und Tiefen wie bei jedem, Sie verstehen mich schon, aber im Grunde sehr glücklich. Genau wie ich. Möchten Sie mit hereinkommen und sie kennenlernen? Wenn Sie mögen, können wir einen Aperitif zusammen nehmen.«

»Haben Sie nicht gesagt, dass Ihre Schwester es nicht mag, auf Unbekannte zu treffen?«

»Unbekannte können ja nur aufhören, solche zu sein, wenn man ihnen die Gelegenheit zum Kennenlernen gibt, oder?«

Er lächelte und lehnte dankend ab. Es reiche ihm zu wissen, dass Estela Valiente in ihrem Zuhause sei und es ihr gut gehe. Diese Antwort verwunderte Alicia ein wenig. So sehr, dass sie mit einem Mal den Verdacht hatte, dass die zitternden Hände dieses Fremden noch einen anderen Grund haben könnten als die Kälte. Vielleicht ist er einer von Estelas Bewunderern, sagte sie sich. Einer dieser begeisterten Leser, die sich so sehr mit den Geschichten, die sie lesen, identifizieren, dass sie schließlich glauben, den Autor zu kennen. Diesen Leuten durfte man nicht allzu sehr vertrauen, rief sie sich in Erinnerung, denn manchmal waren sie ganz schön verrückt. Es war besser, sie mit Vorsicht zu genießen und auf Abstand zu halten. Sie auf freundliche Art loszuwerden, sich unter dem Vorwand des Hühnchens, das im Ofen briet, zu entschuldigen und ihnen zu versichern, dass es eine Freude gewesen war, mit ihnen zu plaudern. Und vor allem durfte Estela nichts davon erfahren, damit sie sich nicht wieder aufregte.

Der Fremde bestand darauf, Alicia zurück zu ihrem Haus zu begleiten. Dort verabschiedete er sich von ihr, indem er mit einer eleganten Geste den Hut lüftete. Und als Alicia dem attraktiven, zuvorkommenden Herrn auf dem Weg nach oben in den Ort nachsah, fiel ihr auf, dass er ihr seinen Namen gar nicht genannt hatte.

»Er hat dir gesagt, dass es ihm reiche zu wissen, dass ich in meinem Zuhause sei und es mir gut gehe? Dann *muss* er es gewesen sein«, sagte Estela versonnen und drückte die Hand ihrer Schwester.

Eine weiße Wolke schob sich vor die Sonne. In diesem Moment brachte die Stewardess mit dem blauen Kleid und der gelben Schürze ihnen zwei Gläser Champagner, den keine von ihnen bestellt hatte. Eine Aufmerksamkeit des Hauses, erklärte sie mit strahlendem Lächeln. Dieser Tag müsse schließlich gefeiert werden.

Kapitel 37

»Du wirst doch nicht einfach so aufgelegt haben, Alonso?«

»Aber nein, mein Senfkörnchen. Das würde ich niemals tun. Das Gespräch ist irgendwie unterbrochen worden.«

Anmerkung der Autorin

Die freundschaftliche Beziehung, die gegenseitige Faszination, die Rivalität und die Eifersucht, die Harper Lee und Truman Capote verband, haben mich schon immer sehr neugierig gemacht. Genauso wie ihre unterschiedliche Art, mit dem Ruhm umzugehen und das Schreiben zu verstehen. Diese beiden großen Schriftsteller haben mich zu den Helden des vorliegenden Romans inspiriert, zu Estela und Tony. In einigen Fällen habe ich mich auf Tatsachen gestützt, um der Fiktion eine Form zu geben. Andere von mir bewunderte Autoren, ihre Werke und ihre Figuren habe ich hier und da in den Text eingestreut: Carmen Martín Gaite, Carmen Laforet, Antonio Tabucchi und Etgar Keret.

Das Leben und die Liebe – serviert mit viel Aroma und Atmosphäre

*Cover- und Preisänderungen vorbehalten

Diego Galdino

Der letzte Kaffee am Abend

Roman

Aus dem Italienischen von
Christiane Landgrebe
Piper Taschenbuch, 272 Seiten
€ 11,00 [D], € 11,40 [A]*
ISBN 978-3-492-31754-2

Der sympathischste Barista aller Zeiten hat Liebeskummer. Bis irgendwann eine neue Frau seine kleine Bar in Trastevere betritt. Nach ein paar romantischen Spaziergängen wird aus der Sympathie zwischen den beiden bald mehr. Doch gerade, als der enttäuschte Massimo zaghaft sein Herz öffnet, klopft die Vergangenheit an die Tür: Seine alte Liebe erscheint wieder auf der Bildfläche. Massimo stehen schwierige Tage bevor! Da braucht es selbst für einen gestandenen Barista mehr als einen Espresso, um die richtige Entscheidung zu treffen …

Leseproben, E-Books und mehr unter **www.piper.de**